U0420684

国家哲学社会科学成果文库

NATIONAL ACHIEVEMENTS LIBRARY
OF PHILOSOPHY AND SOCIAL SCIENCES

十九世纪下半期俄国反虚无主义文学研究

朱建刚 著

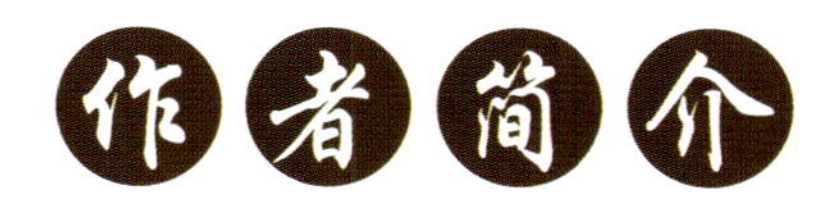

作者简介

朱建刚　1975年生，2004年毕业于中国社会科学院研究生院外文系，文学博士，苏州大学文学院副教授，硕士生导师，莫斯科大学访问学者（2012—2013）。主要研究方向为俄罗斯文学、思想史。曾于《外国文学评论》《外国文学研究》《中国比较文学》《俄罗斯文艺》《二十一世纪》等刊物上发表论文多篇。先后主持和完成国家社科基金项目两项，中国博士后特别资助、一等资助项目各一项，省教育厅人文社科项目两项。代表著述有《普罗米修斯的堕落：俄国文学知识分子形象研究》（人民文学出版社，2006年）、《徘徊在审美与功利之间：论别林斯基之后俄国文学批评之争》（《外国文学评论》，2011年第4期）、《生命意识与民族根基：略论斯特拉霍夫对托尔斯泰的阐释》（《外国文学评论》，2014年第1期）、《从“地下室人”到“群魔”：陀思妥耶夫斯基与俄国虚无主义》（《外国文学研究》，2008年第5期）、《三角对话中的斯特拉霍夫及其批评思想》（《外国文学研究》，2014年第3期）等。

《国家哲学社会科学成果文库》
出版说明

为充分发挥哲学社会科学研究优秀成果和优秀人才的示范带动作用,促进我国哲学社会科学繁荣发展,全国哲学社会科学规划领导小组决定自2010年始,设立《国家哲学社会科学成果文库》,每年评审一次。入选成果经过了同行专家严格评审,代表当前相关领域学术研究的前沿水平,体现我国哲学社会科学界的学术创造力,按照“统一标识、统一封面、统一版式、统一标准”的总体要求组织出版。

全国哲学社会科学规划办公室
2011年3月

序

建刚在我工作的社科院外文所完成博士学业后，依依不舍地南下苏州，可不久之后，却不断有令人欣喜、甚或惊喜的讯息自他那里传来，从结婚生子到买车置房，从职称晋升到课题承接，从论文发表到专著面世，作为他在外文所的同事和同出一门的师兄，我很为他的获得和成就而兴奋。前些日，他又寄来这部书稿，命我作序，遵嘱通读全书，我才更深切地感受到了建刚在生活和工作上表面的遂愿之后所付出的艰辛，以及这份艰辛所换得的学力长进和学业跃升。

在我看来，建刚这部《十九世纪下半期俄国反虚无主义文学研究》的最大特色或曰价值，就在于它体现出了其作者在诸多方面别出心裁的整合，作者将一些貌似难以交织的因素，或其他学者尚较少加以组合的因素熔铸于一体，进而得出了他独到的探索结果。

首先，此书是俄国文学史研究和俄国思想史研究这两者的结合。俄国文学史向来就不仅仅是文学的历史，而是社会思潮和民族精神之发展和积淀的历史。俄国诗人叶甫图申科写过这样一句诗："诗人在俄国大于诗人。"我们也可以把这句诗改头换面为："文学在俄国大于文学。"建刚此书中多次引用的米尔斯基《俄国文学史》在谈到批评家拉祖姆尼克时曾有这么一段话："他的《俄国社会思想史》（改写后以《二十世纪俄国文学》为题于近期再版）是对个人主义（他将这一概念等同于社会主义）发展过程的深入研究，他以这一社会思想史取代文学史。"也就是说，在俄国，"思想史"和"文学史"似乎是可以相互"取代"的。西方学界盛行的思想史写作传统在俄国不甚流行，俄国至今仍很少有一般意义上的俄国思想史著作，其原因或许正在于俄国文学以及俄国文学史写作传统的过于强盛。这一假设如若成立，对俄国文学的文化学阐释和思想史书写就不仅仅是一个选项，更是一种必需，建刚此书即为一个有益的尝试。虚无主义和反虚无主义的论争和对峙既是十九世纪下半期俄国文学中的一大主题，也是当时俄国社会思想史中的一条主线。建刚对此显然有着清醒的意识，于是他选取的研究对象便既有陀思妥耶夫斯基、冈察洛夫、列斯科夫、皮谢姆斯基等大作家，也有斯特拉霍夫和卡特科夫乃至安年科夫、波特金及德鲁日宁等当时的重要思想家。而且，即便是对上述几位大作家及其作品进行文学层面的分析，作者的用意仍在于揭示他们的思想史价值和意义。其结果，作者呈现给我们大家的，就不仅仅是他所谓的十九世纪中后期文学批评乃至当时整个俄国文学的“另一面”，而且也是那一时代俄国的思想断代史。

其次，与对文学史进行思想史阐释的写作初衷相呼应，这部著作中自然会体现出宏观思考与微观分析的并重，理论概括和文本细读的交替。对俄国文学中的虚无主义和反虚无主义思潮、或曰虚无主义和反虚无主义思想在俄国文学中的渗透进行研究，这首先是个文学理论问题，此书作者因而广泛涉略了相关的思想和理论著作，对虚无主义和反虚无主义等概念的来龙去脉作了认真的梳理和归纳，对当时的社会思潮和时代背景进行了概括的扫描和总结。但与此同时，这又毕竟是一项文学研究和作家作品研究，此书作者因而也进行了大量的文本阅读，尤其是对人们如雷贯耳却又甚少阅读的某些文本，如卡特科夫的文字、皮谢姆斯基的《浑浊的海》、列斯科夫的《结仇》等，作者均作了细致的阅读和阐释。作者自小处入题，从大处着眼，恰与作者本人所推崇的科学研究方法论构成有趣的对映：“对于科学研究来说，大胆的假设，小心的求证是必经之路。”（第三章第三节）使这“大”与“小”谋得有机统一的，就是作者的深刻思索，作者也因而获得了诸多有趣的发现，比如：“反虚无主义小说的倾向性主要表现为对西方思想的反对，对俄罗斯宗教思想的推崇。”（序言第二节）“从历史的角度看，无论是虚无主义还是反虚无主义，实际上都是对俄罗斯在十九世纪农奴制改革后所面临的最迫切问题的答复：即俄国向何处去?”（序言第三节）“在今天看来，国家军事力量的强大和文化上的盲目崇外是十九世纪俄罗斯的一个主要悖论。”（第二章第一节）“翻开十九世纪的俄国文学史，有一个现象值得注意：即作家与批评家之间的对立。”（第二章第四节）“‘父与子’在十九世纪的俄国文学中不单是一部作品的名字，更是一个文学主题，一种社会现象。”（第四章第二节）“在笔者看来，尼采（划分虚无主义）的这三种阶段正巧妙地体现在陀思妥耶夫斯基的三部代表作中。”（第七章开篇）“而实证主义，又正好是虚无主义在哲学上的得力支柱，反对实证主义，就是反对在俄国乃至世界范围内流传已久的虚无主义思想。要反对一样东西，自然先得弄清楚它的实质。在这个意义上，1909 年出版的《路标》文集不仅是知识阶层对时隔不久的1905年革命之反思,更是追根溯源,对19世纪文学中的虚无主义思想的挖掘和剖析。”(第八章第一节)应该说,这些结论都是饱含学术内涵的。

最后,是作者对多种渠道研究资源的综合性把握。这里又有三个层面的“并重”:一是对俄、英两种语言研究成果的并重。建刚是大学俄语本科毕业,英语也很好,这使得他可以游刃有余地广泛涉略俄、英两种文字的相关学术资料。研究俄国的反虚无主义文学,自然首先要倚重俄文的作品和研究著作,但率先对俄国文学中的虚无主义和反虚无主义问题展开研究的西方学者的文字无疑也是重要的学术参照,可喜的是,这两种语言的学术成果均及时地落入了建刚的学术视阈。二是对中、俄两国学者研究成果和研究方法的并重。建刚在莫斯科大学语文系历时一年的潜心钻研,使他搜集到了许多珍贵的俄文资料,也结交了许多俄国同行,但与此同时,建刚在写作此书时显然时刻保持着一位中国学者的独立立场,这既体现在他对众多俄国文学汉语译本和汉语研究文献的大量援引,他对中国前辈同行诸多研究成果的借鉴,也体现为他作为一位中国学者的自觉意识,即填补我国俄罗斯文学研究界在反虚无主义文学研究方面的空白。三是文学史的正本清源工作和文学研究的历史主义态度这两者的并重。建刚在本书结尾处写了这样一段话:“本研究报告的最终构想是完整地剖析十九世纪六、七十年代俄国小说的论争,既要考虑到反虚无主义小说的发展变迁及影响,同时也不能忽略作为其对立面的革命民主主义文学。如何把这两种主要倾向的作品、这么多情况各异的作家有机地结合起来,关注文学作品的分析,以及社会思潮与作品的互动,这是笔者在今后进一步的研究中需要加以注意的。”建刚拟在今后展开的这种“进一步的研究”,其实已在本书中得到了一定程度的贯彻,也就是说,作者在此书的写作过程中始终注意到了对两种文学史观的并重。

学术研究上的多方并重其实并非一种秘籍或一道捷径,特意维系各种平衡反而往往会构成面面俱到的平庸或混乱无序的杂烩,而建刚此书却写得既有条有理,有板有眼,又行云流水,兴致勃勃,至少,我是能在他的字里行间读到他跋涉的艰辛和思索的愉悦的。我为建刚写成此书而高兴,并向他表示由衷的祝贺!

刘文飞

2014年11月11日于京西近山居

目　录

Content

Содержание

序　　言

十九世纪俄国文学无疑是世界文学史上的一座高峰。鉴于十九世纪俄国的现实情况,俄国文学历来被看作是“唯一的讲坛”[①],文学在很大程度上成为革命的喉舌,诚如亨利希·曼(Heinrich Mann,1871—1950)曾说“伟大的百年俄国文学是革命前的革命”。[②] 另一位著名革命家罗莎·卢森堡(Rosa Luxemberg, 1871—1919)也指出:“俄国文学的功绩恰恰在于,它在俄国社会中唤醒了这种崇高的公民感,摧毁了专制制度最深刻的心理根源。从它产生的时候起,从十九世纪初起,它从没有放弃过社会责任,从没有忘记过痛心的,折磨人的社会批判精神。”[③]从最初拉吉舍夫的为民请命,到后世陀思妥耶夫斯基的苦难之书,俄国文学的人道主义与革命精神尽显其中。

有进步自然就有保守,有革命自然便有反动。就文学史的角度而言,苏联科学院通讯院士 И. И. 扎莫京(И. И. Замотин,1873—1942)是较早将十九世纪俄国文学分为进步与保守的研究者之一。二十世纪之初,在他为奥夫夏尼克-库利科夫斯基(Д. Н. Овсянико-Куликовский,1853—1920)主编的4卷本《十九世纪俄国文学史》撰写的章节中,扎莫京指出:“从60年代中期开始,文学逐渐分裂成两大阵营——进步的与反动的。两大流派很快又分成更小的派别:进步文学在洞察生活方面具有从激进主义到温和自由主义,从尖锐的民主主义到贵族世界观一系列色彩;反动小说也正是在下列广阔范围中变化:一方面对改革进行这样那样的修正,一方面完全否定改革及60年代的思想。”[④]应该指出,扎莫京的这种分类既是对十九世纪文学思潮的大致总结,其结论不但对苏联时期的古典文学研究意义重大,同样也影响了国内学术界

---

① [俄]赫尔岑:《论文学》,辛未艾译,上海:上海文艺出版社,1962年,第58页。

② *Г. Гачев.* Образ в русской художественной культуре. Москва.:Искусство,1981. С. 7.

③ [德]卢森堡:《柯罗连科:〈我的同时代人的故事〉译序》,载于[德]卢森堡:《论文学》,王以铸译,北京:人民文学出版社,1983年,第60页。

④ История русской литературы XIX века:в 4 т. //под ред. *Д. Н. Овсянико-Куликовского.* Петербург.: 1910. Т. 4. С. 130.

在审视十九世纪俄国文学时的视角。①

于是,苏联学者及国内学术界长期以来对于十九世纪俄国文学的研究便是建立在上述进步——保守,革命——反动的二元论基础之上,并且由于众所周知的原因,我们的认识往往侧重那些“进步”“革命”的文学身上,对与之相对的所谓“反动”文学却大多仅知其名,不知其实。这样造成的后果便是:这些作家,这些作品在今天成了十九世纪俄罗斯文学中“熟悉的陌生人”。说其“熟悉”,是因为其中的多数人、多数作品,我们都可以在文学史上找到其踪迹;称其“陌生”,是因为我们除了在文学史所提到的几个名字、带有倾向性的定语及大概的简介之外对其便知之甚少了。譬如,我们只知道别车杜曾与之论战的雄文,却不知对方竟是何许人物方令别车杜如此义愤填膺,更不知这些“反动文人”对于别车杜的文章有过何种回应。当舞台的聚光灯总照在一面的时候,我们所了解的十九世纪俄国文学便很难说是完整的。有鉴于此,反虚无主义小说(Антинигилистический роман)的存在为我们提供了一面比较鉴别的镜子,它也许不是那么精美,但通过它至少能知道十九世纪俄国文学的另一个方面。

一、反虚无主义小说的源流

反虚无主义小说的起源,正如研究者所指出的:“反虚无主义小说出现的根本原因在于以知识阶层民族意识之分裂为特点的社会环境中,各种政治力量的极端化。”②1860年代,自十九世纪初以来的启蒙运动已经走向尾声,万众期盼已久的农奴制改革无论给知识分子还是普通农民带来的失望远多于满足,资本主义在俄国的发展虽然为俄国经济注入了活力,但却进一步拉大了贫富差距。知识界于此失望之际,便纷纷将矛头对准原有体制的方方面面,不遗余力地抨击。其直接后果便是如巴枯宁(М. А. Бакунин,1814—1876)在一封信中指出的:“建立在宗教、宗法制和文学的社会权威基础上的

---

① 二十世纪三十年代侨民宗教哲学家、大司祭格奥尔基·弗洛罗夫斯基(Георгий Флоровский,1893—1979)在他那本著名的《俄罗斯宗教哲学之路》中也有类似看法,虽然他谈的是宗教思想:“否定与回归——这是俄罗斯意识和俄罗斯心灵从十九世纪中叶开始就陷入的同一个不安的宗教过程的两个方面。无论如何,这是个不安的时代。”如果我们把“否定”看作是革命;把“回归”视为保守,似乎也未尝不可。[俄]格奥尔基·弗洛罗夫斯基:《俄罗斯宗教哲学之路》,吴安迪等译,上海人民出版社,2006年,第371页。

② *Ю. М. Проскурина*. Жанровые разновидности антинигилистических романа 1860-х годов // Проблемы стиля и жанра в русской литературе XIX века :Сб. научных трудов. Екатеринбург. :1994. С. 88.

旧道德永远地崩溃了。”[①]礼崩乐坏的结果便是“一切都不再神圣”(陀思妥耶夫斯基语)的虚无主义思想。

1862年5月发生了彼得堡阿普拉克辛商场大火,整个彼得堡为“虚无主义者”纵火的传言而惴惴不安。同时还出现了题为《青年俄罗斯》的匿名传单,其中有号召青年一代“拿起斧头来!”之类的煽动性语言。此等过激言论的后果便是车尔尼雪夫斯基、皮萨列夫等人的被捕;两份激进刊物《现代人》及《俄国言论》被官方封杀。高压必然带来反弹,1866年卡拉科佐夫(Д. В. Каракозов,1840—1866)谋刺亚历山大二世更将思想上的虚无主义思潮发展到现实中“弑君”的阶段。俄国舆论界保守分子以此大做文章,将“虚无主义”理解成“对一切已形成的生活方式的否定”[②],从而在攻击谩骂之余,也为“虚无主义”在俄国社会的推广起到推波助澜的作用。

任何一种流行的主义或思潮都不会是干巴巴的说教,总是离不开文学作品的阐释与宣传。“虚无主义”(нигилизм)以及“虚无主义者”(нигилист)这两个词的推广者当然是屠格涅夫。文学批评家尼·斯特拉霍夫(Н. Н. Страхов,1828—1896)曾言:“在屠格涅夫小说之中,‘虚无主义者’一词获得了最大的成功。它在被它所指思潮的反对者及拥护者中得到了无条件地接受。”[③]1861年,屠格涅夫在《父与子》中塑造了一个否定一切的虚无主义者——巴扎罗夫——的形象,并以此人之早殒论证虚无主义先天不足。以下所引便是作家对虚无主义者的经典描写:

“虚无主义者是一个不服从任何权威的人,他不跟着旁人信仰任何原则,不管这个原则是怎样受人尊敬的。”……

“‘凡是我们认为有用的事情,我们就依据它行动,’巴扎罗夫说。目前最有用的事就是否定——我们便否定。

‘否定一切吗?’

‘否定一切。’

‘怎么,不仅否定艺术和诗……可是连……说起来太可怕了……’

‘一切,’巴扎罗夫非常镇静地再说了一遍。”[④]

---

① Шестидесятники. // *Феликс Кузнецов* состав. Москва.:Советская Россия,1984. С. 163.

② *Страхов. Н. Н.* Литературная критика. Издательство. РХГИ. СПб.:2000. С. 78.

③ *Страхов Н. Н.* Из истории литературного нигилизма 1861—1865. СПб.:1890. С. 203.

④ [俄]屠格涅夫:《父与子》,巴金译,北京:人民文学出版社,1991年,第25、59页。

虽然无论从人物的塑造，还是从小说情节的构思而言，《父与子》对后来者都影响甚大，但我们并不能认为屠格涅夫是反虚无主义小说的创始者。苏联学术界对此问题也较为谨慎。研究者巴扎诺夫（В. Г. Базанов，1911—1981）指出："自从屠格涅夫的《父与子》出现在《俄国导报》上后，反虚无主义小说之路便开始了。"[①]言下之意是作家及其《父与子》是反虚无主义小说的开端。正是因为有了《父与子》，才出现了《怎么办?》，接着又出现《地下室手记》等一系列论争小说。不过从屠格涅夫的作品倾向而言，我们看不出有反对虚无主义的意思。相反，他对主人公巴扎罗夫还十分热爱，这可以在他之后的一些书信、言论中得到证实。比如 1862 年 4 月 28 日，他跟赫尔岑说："我立即给你回信，不是为了辩解，而是为了感谢你，同时声明：在构思巴扎罗夫时，我不仅不生他的气，而且对他'倾慕如狂'……"[②]

尽管屠格涅夫自称是满怀热爱塑造巴扎罗夫这一形象，但这种貌似粗鲁的形象并不能使革命民主派满意，他的结局更令革命民主派不满，因此作家所使用的"虚无主义者"这一称呼自然也没人愿意承认，进步人士更多地倾向于使用"新人"（новые люди）这个词来称呼当时俄国文学中出现的平民知识分子。但与此相反，与革命民主阵营相对立的那些文学家、评论家则十分欣赏这一称呼，因此在创作和评论中大量运用"虚无主义者"这一称谓，企图达到攻击乃至谩骂的目的。由此，《父与子》之后的俄国文坛出现了描写同一代人的两种小说：其一是广为流传的"新人小说"。车尔尼雪夫斯基之《怎么办?》一时成为革命青年的必读书目和生活指导。其二则是出现了以描写刻画"虚无主义者"的所谓"反虚无主义小说"，如列斯科夫的《无路可走》、陀思妥耶夫斯基的《群魔》、冈察洛夫的《悬崖》等。正如美国当代史学巨擘派普斯（Richard Pipes）指出："从最广泛的意义来说，1860 年后俄国的保守主义是一种反虚无主义理论，试图在车尔尼雪夫斯基'新人'为俄国社会展现的恐怖幽灵之外提供别样选择。"[③]

如果说屠格涅夫对巴扎罗夫尚爱恨交加（这也是本书之所以不将其列入

---

① *Базанов В. Г.* Тургенев и антинигилистический роман. //Карелия . Альманах союза советских писателей Карелии , Кн. 4. Петрозаводск. :1939. С. 169. 在此之前的 1929 年，著名文学评论家蔡特林也曾指出屠氏对反虚无主义有首建之功。

② 《屠格涅夫全集》，第 12 卷：书信，张金长等译，石家庄：河北教育出版社，2000 年，第 373 页。

③ Richard Pipes. *Russian Conservatism in the Second Half of the Nineteenth Century.* Slavic Review, Vol. 30, No. 1 (Mar., 1971). p. 124.

反虚无主义小说家的原因之一),那么巴扎罗夫之后的虚无主义者形象则多数成了反面人物。即以其中最著名的陀思妥耶夫斯基为例,从《地下室手记》到《罪与罚》《群魔》,作家从不同角度,不同层次对虚无主义做了深入的思考,所塑造的人物不是心理阴暗的地下室人,便是铤而走险的罪犯,乃至滑稽可笑的阴谋分子。根据苏联陀学权威列·格罗斯曼(Л. П. Гроссман,1888—1965)的看法,1866 年《罪与罚》的发表,其目的在于进一步与《怎么办?》论战。作家通过拉斯柯尔尼科夫这样一个"不幸的虚无主义者"(斯特拉霍夫语)形象,提出了一系列的问题:像拉斯柯尔尼科夫这样的新人,即使成了俄罗斯的拿破仑,能够拯救俄国,能够给人民带来幸福吗?拉斯柯尔尼科夫后来的结局众所周知,这归宿不但暗示了作者对虚无主义的反对,也暗含了作家为俄国社会指出的拯救之路。

创作于 1871—1872 年的《群魔》更是将反虚无主义思想推到了一个高潮:从反对个人发展到反对整个团体,从反对行动深入到反对整个思想体系。小说主人公之一的斯塔夫罗金是当时知识分子吸收西方思潮的集大成者,在他身上,对思想的追求、对现存一切的否定已经发挥到了极致。他做了一切能做的事情,以证明自己在精神上的无限自由。然而,在即将出国定居的前夕,这个无所不能的人却选择了自杀。斯塔夫罗金之死,其根本原因就是虚无主义。上帝算什么?他自己就可以是上帝。然而人终究不是上帝,自由虽然无限,人却总是要逃避,总是要为自己找一处精神的依托,因为他总是面临着自由所带来的"生命中不能承受之轻",彻底的虚无主义使之陷入无限的虚空之中。除陀思妥耶夫斯基之外,冈察洛夫、列斯科夫、皮谢姆斯基等人的小说也颇有影响,一起组成了蔚为大观的反虚无主义小说阵营。

冈察洛夫在小说《悬崖》(1869)中塑造了一个典型的虚无主义者——马克·伏洛霍夫。此人来历不明,在县城里肆意妄为,偷窃苹果还以蒲鲁东反对财产私有制的学说来强词夺理;希望与人私奔却又并不赞成婚姻,只是将爱情看作是情欲的满足。总之,在作品中伏洛霍夫经历了一个由传奇人物逐渐褪变为庸俗虚无主义者的过程,最后他被女主人公薇拉抛弃的结局也暗示了作家对虚无主义者的反对。按萨尔蒂科夫－谢德林的话说,冈察洛夫甚至认为,"伏洛霍夫是我们现代生活的一个污点,所以不应当画成一个人,而只应当画成一个污点。"[1]作家自己后来也承认对虚无主义者们的敌视："社会已经把伏洛霍夫们当作一种病态现象驱除出去。"[2]与此相应的是，微拉却从一个满怀妇女解放思想的女虚无主义者转向具有俄罗斯传统美德的贤妻良母。发生这一切变化的根本原因便在于以下的这段话：

> "首先映入她(指薇拉——引者注)的眼帘的是他(指伏洛霍夫——引者注)的布道中的变化无常，片面，漏洞百出，仿佛他在宣传鼓动中有意编造谎言，把精力、才能、机智、不知餍足的渴望的虚荣心和过分的自信心，在散布谎言中消耗殆尽，而把普通的、明显的、现成的生活真理给损害了，仅仅因为那是一些现成的真理。
>
> ……她想要知道的是新大陆在哪里？然而她的哥伦布不让她看到真理，善，爱情，人类的发展和趋向完美的生气勃勃、充满热情的典范，只让她看到累累荒冢，准备吞噬直到如今还是社会所赖以存在的一切。"[3]

首先是虚无主义反对一切的盲目性，其次是其理论本身的绝望性，这是冈察洛夫在书中强调最多的虚无主义之致命不足，事实上，这两点也是很多反虚无主义作家所强调的，比如列斯科夫。

作为一个自学成才的作家，列斯科夫对虚无主义有着更为切身的体验，早在1862年的小说《麝牛》中，作家所描写的主人公，激进的虚无主义分子瓦西里·鲍戈斯洛夫斯基在试图发动起义遭到失败之后，得出了痛苦的结论："是的，现在才知道我一无所知。我曾问自己'俄罗斯，你往何处去？'您别怕，我哪儿也不去。无路可走……没人把我看作自己人，而我也不把任何人看作自己人。"[4]此等绝望实际上已经暗示了列斯科夫对激进虚无主义的某些反对。在此后的《无路可走》中，作家进一步指明了这种激进虚无主义的绝望；小说《结仇》(1870—1871)更是因"夸大虚无主义，与车尔尼雪夫斯基的小说《怎么办》争论……贬低了革命民主领袖在青年一代眼中的威信……对妇女

---

① ［俄］萨尔蒂科夫－谢德林：《街头哲学——关于冈察洛夫的长篇小说 <悬崖> 的第五章第六节》，载于《古典文艺理论译丛》，第4册，北京：人民文学出版社，1962年，第140页。

② ［俄］冈察洛夫：《迟做总比不做好》，载于［俄］冈察洛夫、屠格涅夫、陀思妥耶夫斯基、柯罗连科：《文学论文选》，冯春选编，上海：上海译文出版社，1997年，第77页。

③ ［俄］冈察洛夫：《悬崖》，翁文达译，上海：上海译文出版社，1983年，第883、884页。

④ *Лесков. Н. С.* Собрание сочинении в 11. т. Москва.: Государственное. Издательство Художественной литературы. 1958. Т. 1. С. 85、86.

解放思想、农民暴动的庸俗化，贬低某些人物的民族优点”[①]而长期被打入冷宫。可以说，《结仇》体现了十九世纪六十—七十年代反虚无主义小说的一切特征，无论从情节和人物设置上来，还是从作品主题而言，都属于反虚无主义小说的成熟作品、典型作品[②]。它与同时期出现的《群魔》一起使反虚无主义小说达到了前所未有的高峰。在高峰之后，反虚无主义小说迎来了其衰落期。

对于反虚无主义小说的终结，目前还是有些争议。美国学者查尔斯·莫瑟(Charles. A. Moser，1935—2006)认为：反虚无主义小说终结于1872年，理由是此后并无更多更重要的小说出现。“1872年后，这股潮流转入三流作家之手，除了屠格涅夫的《处女地》，几乎没有高质量的作品产生。并且，已有作品的主题也发生了相当的改变，转入另一时期，即俄国社会所关注的个人恐怖主义及‘到民间去’运动的时期。”[③]在此后出现的一些作品，如克列斯托夫斯基《血染的凳子》无论在情节上还是人物设置上，都是模仿屠格涅夫等一些经典作家，创新意义不大。莫瑟的这个论断大体上正确。但是，《处女地》一书能否列入反虚无主义小说的范畴，这跟屠格涅夫是否属于反虚无主义小说家一样值得讨论。民粹派运动的失败标志着60年代以降的虚无主义运动不但在理论上，而且在现实中遭到了彻底的失败。皮之不存，毛将焉附。反虚无主义小说在失去其攻击目标后，自然也就逐渐退出文坛。

俄国研究者瓦列里·捷廖欣(Валерий Терёхин)认为这类小说直到十九世纪末至二十世纪初才逐渐退出文坛。理由是这个时期科学有了进一步发展，作为虚无主义理论基础之一的达尔文进化论已被广泛接受，反对达尔文主义几乎等于蒙昧和无知。“在二十世纪初，任何体现作者对虚无主义仇恨态度的作品，都被贴上‘反虚无主义’的标签，并被视为过去时代的‘反动’传统持续存在的证明。在1910年前后，众多反虚无主义

① *Шелаева А. А.* Забытый роман. //*Лесков. Н. С.* На ножах . Москва. : Издательство “Русская книга”. 1994. С. 3.

② 俄国研究者谢拉耶娃指出：“在小说《结仇》中能看到所有十九世纪60—70年代反虚无主义小说的特点。” *Шелаева А. А. Забытый роман. //Лесков. Н. С.* На ножах . С. 3.

③ Charles A. Moser. *Antinihilism in the Russian novel of the* 1860's. Mouton & Co. the Hague, 1964. p. 62.

小说被有意地'遗忘'了。"[①]这显然忽视了十九世纪八十、九十年代反虚无主义小说退场这一现实,笔者无法赞成捷廖欣的这一判断。从另一个角度来看,若反虚无主义小说果真在1910年前后被遗忘的话,那如何解释彼时陀思妥耶夫斯基作品的再度流行;如何解释艺术剧院上演《群魔》并引发争论的举动;如果解释列斯科夫及其作品在这一时期的回归?事实上,这一时期不但不是反虚无主义小说退出舞台的时刻,反而是社会在摆脱了虚无主义思潮之后开始理性、严肃地接受审视这批作品的时刻。当然,反虚无主义小说中有一批政治性过于强烈,完全是谩骂攻击式的作品就被自然淘汰了。捷廖欣所说的,可能是指这一批作品。

整体来说,反虚无主义小说主要存在时期还是十九世纪的60—70年代,在此之后对白银时代文学的影响更多体现在思想主题及研究接受方面,至于本身具体的创作,则基本上不复存在。

二、反虚无主义小说的特性

《苏联文学大百科辞典》(1987)对"反虚无主义小说"的定义是:"流传于十九世纪60—80年代上半期俄国社会政治小说的一种俗称。小说中以敌对口吻反映了所谓'虚无主义者'——即思想和实践的'否定性派别',盼望剧烈变革俄国生活制度、社会生活与道德基础(教会、家庭、婚姻)的平民知识分子。"[②]可以看出,在这个今天看来并不完整的定义中主要强调的有三点,即小说是"社会政治小说";其次,小说的反映对象是"虚无主义者",即平民知识分子;再次,小说是以"敌对口吻"来反映平民知识分子的。需要指出的是,反虚无主义小说的主要论战武器是俄国东正教思想,这一点是上述定义所忽略的。

首先,所谓"社会政治小说"其实指的是反虚无主义小说过于强烈的思想性或者倾向性。这实际上导致了反虚无主义小说在艺术性方面相对薄弱。索罗金(Ю. С. Сорокин,1913—1990)甚至在《俄国小说史》中说:"一般而言,这些倾向反动的小说在纯艺术上的优点所得寥寥,其思想如此偏颇,其手段如此易于化为陈词滥调,以至于没必要对这类作品作详尽

---

① *Валерий Терёхин* Утаённые русские писатели. Москва. :Знак. 2009. С. 25.

② Литературный энциклопедический словарь. //под общей ред . *В. М. Кожевникова и П. А. Николаева*. Москва. :Советская энциклопедия,1987. С. 29.

分析。"[①]在著名的反虚无主义小说家行列中，除了陀思妥耶夫斯基与屠氏为公认的一流作家外，另外如列斯科夫、皮谢姆斯基等尽管各有特色，但因种种原因未能列入十九世纪俄国文学大师之列，剩下的作家如克柳什尼科夫（В. П. Клюшников）、阿维纳利乌斯（В. П. Авенариус）、克列斯托夫斯基（В. В. Крестовский）等则影响更小了，有的甚至已被历史遗忘。即使是那些知名的文学家，他们的作品也大多因论战的需要而充满了说教和攻击。譬如，陀思妥耶夫斯基在创作《群魔》的时候，便在给斯特拉霍夫的信中说："在思想和感情上积聚起来的一切吸引着我；哪怕写成一部抨击性的小册子，我也要把意见全部讲出来。"[②]结果也正是如此，固然小说中揭示了大量哲理思想，充分表达了作家对现实的关注，但无可否认的是，小说中也充斥大量说教，以及对革命者形象的攻击之词。这一点，连保守阵营的一些作家都承认。在《群魔》出版之后，以保守倾向而著称的《俄国世界》杂志上出现德·阿夫谢延科（Д. Авсеенко）的论文，"除了对长篇小说具有倾向性这一点产生共鸣外，同时批评陀思妥耶夫斯基的作品缺乏艺术性，过于冗长和充满虚构的成分。"[③]有鉴于此，皮萨列夫甚至认为："无需认真谈论小说的构思，原因很简单：那样做只会夸大这一类小说的意义。"[④]过于强烈的思想主题的确妨碍了反虚无主义小说在艺术性上的发挥，这也是反虚无主义小说长期在文学史上处于无名状态的原因之一。

反虚无主义小说的倾向性主要表现为小说对西方思想的反对，对俄罗斯宗教思想的推崇。正如《群魔》开头的那段题词所说，真正的魔只有一种：即来自西方，对俄罗斯传统文化采取否定一切的虚无主义。正是因为如此，陀思妥耶夫斯基反虚无主义的根本立足点便是俄罗斯的传统文化之代表——宗教：知识分子必须放弃原先的那种理性意识，必须与俄罗斯民族的传统相结合，回归到宗教上去。小说结尾斯捷潘·特罗菲莫维奇的出走被赋予了强烈的宗教意义，它很容易让人联系起俄罗斯大地上漫无目的的流浪者和朝圣者，尤其是当他和传播福音书的人相遇之后，这种色彩就更为明显。此外，皮谢姆斯基的《浑浊的海》同样塑造了一个虔信宗教的女主角：叶甫普拉科西

---

① История русского романа. В 2 т. М－Л.：Наука，1964. Т. 2. С. 102.

② ［俄］陀思妥耶夫斯基：《书信选》，冯增义等译，北京：人民文学出版社，1986年，第240页。

③ ［俄］安娜·陀思妥耶夫斯卡娅：《相濡以沫十四年》，倪亮译，上海：上海译文出版社，1993年，第489页。

④ ［俄］Л. 普洛特金：《皮萨列夫》，高惠群译，上海：上海外语教育出版社，1990年，第170页。

娅。她一出场时便因其笃信宗教而显得与众不同,最后当小说中的虚无主义者或身陷牢狱,或虚度时日时,她毅然离开丈夫和孩子,移居到莫斯科——这个传统的城市,在修道院里追求心灵的安宁。俄国当代研究者斯塔雷金娜(Старыгина Н. Н.)正是据此指出:“虚无主义者与反虚无主义者之间的争论不但反映了两种对立思想的冲突,而且首先是两种世界观的冲突——即实证主义—唯物主义和宗教唯心主义。”[①]可见,当时反虚无主义者的主要思想武器便是宗教。正是在这个意义上说,白银时代宗教哲学的兴起才显得不是那么突兀。

其次是关于小说人物的问题。由于“新人小说”(即通常所谓“进步的革命民主文学”)基本上以平民知识分子为正面人物,通过其学习、生活来展示其完美个性、通过其斗争经历揭示其对未来的美好畅想,因此“反虚无主义小说”便反其道而行之,将类似“新人”故意加以丑化,以其同样的经历,揭示出不同之个性。在这方面,《地下室手记》《罪与罚》《群魔》《悬崖》等堪为此类小说之典范。

这其中,屠格涅夫的《父与子》可谓起了典型的示范作用,几乎为反虚无主义小说构造了一个所谓的“屠格涅夫模式”:常见情节是一个激情洋溢的热血青年,深受西方唯物主义思潮影响,鼓吹否定一切,但最终不是幡然醒悟,弃恶从善,便是英年早逝,留下诸多遗憾。死亡在反虚无主义小说的结尾起着很重要的作用,它往往和改信宗教一起,被视为虚无主义者两种不可逃脱的命运(不妨想想巴扎罗夫、拉斯柯尔尼科夫、斯塔夫罗金等诸多代表)。除此主人公之外,小说中基本上都伴随着一个或多个极端可笑的虚无主义者形象。作者往往夸大其言行举止,如漫画般将其丑化,以收嘲讽之效。苏联学者巴扎诺夫(В. Базанов)指出:“西特尼科夫的形象成为反虚无主义小说的中心人物……当然,在当前情况下,不能否认屠格涅夫的《父与子》与皮谢姆斯基、列斯科夫、克柳什尼科夫、克列斯托夫斯基的反动保守小说之间的联系。”[②]

小说中的正面人物往往是那些贵族,或者宗法制家长。他们笃信上帝,

---

① *Старыгина Н. Н.*: Русский роман в ситуации философско-религиозной полемики 1860—1870-х годов, Москва.: 2003. С. 12—13.

② *Базанов В.* Тургенев и антинигилистический роман. //Карелия . Альманах союза советских писателей Карелии , Кн. 4. Петрозаводск.:1939. С. 167.

诚实勤劳，以传统美德来对抗那些不信上帝的虚无主义者。（冈察洛夫《悬崖》中的老祖母是一个很明显的例子。）对于这种正面人物，皮萨列夫后来说："这都是些没有面目的形象，具体化了的说教，温和的、笑嘻嘻的庸常之辈，活像旧式喜剧中兹德拉沃苏多夫和斯塔罗杜莫夫那一类人物。"[①]这种丑化革命者，美化贵族等保守势力的做法当然会引起革命派的不满。难怪列宁在《向民主派的又一次进攻》(1908 年)中旧话重提，谈及这类小说，认为"从那里可以找到描写高贵的贵族首领，心地善良的心满意足的农夫、食得无餍的恶棍、坏蛋以及革命怪物等等的小说。"[②]

再次是"敌对口吻"，即小说的论战性特点。绝大多数反虚无主义小说都是发表于卡特科夫的《俄国导报》上，其目的就是为了与代表激进倾向的《现代人》《俄罗斯言论》杂志针锋相对。因此，当代俄国研究者普拉斯库林娜在《1860 年代反虚无主义小说的风格多样性》一文中指出："'反虚无主义小说'……通常指的是以与哲学、政治、道德方面的激进民主观点展开论争为主要内容的作品。"[③]从整体上看，几乎每本反虚无主义小说的出现，都是为了与当时的革命民主小说（主要是《怎么办?》）进行论争，小说的主要矛盾就是革命民主主义与传统宗教思想这两种思想体系的冲突和辩论，而论战最常发生的地方便是某个贵族地主的家庭。

事实上，家庭问题及随之而来的妇女问题也是反虚无主义小说一再围绕展开的中心。如文学史家指出的："在第一批反虚无主义小说中（《浑浊的海》和《无处可逃》）特别提出了家庭问题。皮谢姆斯基和列斯科夫确信：出现虚无主义的原因之一就是恶劣或者过于浅显的家庭教育不能将年轻人对'时髦思想家'的盲目崇拜中转变过来。"[④]家庭中往往会有待字闺中的小姐，她们多少接触过一些西方思潮，便梦想着解放和自由。虚无主义者如撒旦化身为蛇一样，以花言巧语勾引之，使之私奔或身败名裂。最终，在"高贵的贵族首领"等正面人物的努力下，特别是在上帝的感召下，失足者认识到了自己的错误，苦海无边，回头是岸，全书在大团圆中结束。这种团圆实际上也意味

---

① *Д. И. Писарев*. Сочинения в 4 т. Москва.: Государственное издательство художественной литературы. 1956. Т. 4. С. 255.

② 《列宁全集》中文第 2 版第 18 卷，北京：人民出版社，1988 年，第 309 页。

③ *Ю. М. Проскурина*. Жанровые разновидности антинигилистических романа 1860-х годов // Проблемы стиля и жанра в русской литературе XIX века :Сб. научных трудов. Екатеринбург. :1994. С. 87.

④ История русской литературы. В 4 т. Ленинград. :Наука, 1980. Т. 3. С. 279.

着激进派与保守（或者温和）派的论战往往以前者的失败而告终，这与反虚无主义小说的目的比较一致。正如《俄国文学史》指出的："不管其作者描写对象的方式如何不同，反虚无主义小说首先是一种小说，它捍卫国家和家庭'基础'的稳固，否定以'快速发展'—即革命方式—解决俄国现实问题的合理性。"①

从艺术性的层面上说，反虚无主义小说的确乏善可陈。正如美国学者谢尔盖·格列戈里（Serge V. Gregory）指出的："反虚无主义文学的内在问题之一就是强调内容以至于无固定形式。因为缺乏独特的类型，反虚无主义小说本质上被它反对的东西所定义。作为一种保守艺术形式，它以一种被设计成诉诸于大众品味的方式来回应教堂、家庭生活和现存秩序所受的威胁，但并没有展现出一个连贯的视角。"②换而言之，反虚无主义小说在思想上的倾向比较容易归纳，但具体到艺术性上，则是八仙过海各显神通。有高明的作家如陀思妥耶夫斯基能立足于现实又超越现实，不但反对彼时的虚无主义，也反对整个人类历史上的极端理性主义思潮。比如小说中基里洛夫的自杀便上升到了哲学的层面，加缪在《西西弗斯的神话》里提到这个问题时说："我们知道，同样的主题在基里洛夫——《群魔》的主人公之一——身上异乎寻常地得到广泛而又深刻的具体化。"③这似乎可以看作是二十世纪著名的存在主义哲学家向十九世纪的陀思妥耶夫斯基致敬。也有拙劣的作家把小说写成了对现实事件及人物的丑化和攻击，使作品彻底沦为反虚无主义思想的传声筒。素以研究十九世纪小说著称的涅兹维茨基教授（В. А. Недзвецкий，1936—2014）对此曾评价说："和'新人'小说一样，我国的虚无主义者小说与其说是语言艺术的产物，不如说是思想小说化的产物。"④

反虚无主义小说的特点当然不仅限于此，然于上述几点之中却也可大致了解该小说类型的基本面貌。

---

① История русской литературы. В 4 т. Ленинград. : Наука, 1980. Т. 3. С. 282.

② Serge V. Gregory *Dostoevsky' s the Devils and the Antinihilist novel.* Slavic Review, Vol. 38. №. 3 (Sep., 1979), p. 455.

③ ［法］加缪：《西西弗斯的神话：论荒谬》，杜小真译，北京：生活·读书·新知三联书店，1987年，第138页。

④ *В. А. Недзвецкий* История русского романа ⅩⅨ века. Неклассические формы. Москва., Издательство Московского Университета., 2011., С. 92.

三、反虚无主义小说的意义

反虚无主义小说自出现至今，已有130多年的历史，然而对它的研究却只是近几十年来的事情。应该说，对反虚无主义小说本身的研究及对接受史的研究，都颇具意义。

我们今天研究反虚无主义小说，并非简单地寻章摘句，从故纸堆里做翻案文章，而是希望通过对那一段被遗忘的历史的发掘和回顾，重塑一个真实的十九世纪俄国文学原貌。说到底，文学上的虚无及反虚无主义之争，折射的其实是俄国社会思潮中两条道路的斗争。反虚主义及反虚无主义小说的出现是对当时革命民主主义思潮的一种反驳和反思，直接影响了白银时代俄国文学尤其是小说的发展进程。但也正是出于这一点，反虚无主义在苏联时期的意识形态中被斥为异端和反动学说，苏联时期出版的大多数专著均颂扬以别、车、杜为代表的革命民主派观点，同时贬斥陀思妥耶夫斯基、列斯科夫、皮谢姆斯基等人的反虚无主义思想，造成了文学史上的某种缺憾。事实上，文学总是在矛盾对立中不断发展前进的，我们无法接受一个只有主角的文学舞台，且不说，那作为主角的是否真的是主角。尽管我们不可能原样复制十九世纪的俄国文坛，但我们将在不断的发掘研究中努力接近这种主角配角同时在场的真实。因此，近年来学术界已有多人提出重新审视十九世纪俄国文学的问题。中国社科院外文所的吴元迈先生曾提出："现在该是较多关注十九世纪以及十九世纪以前时代文学研究的时候了。"[①]汪介之先生也认为："文学研究的'创新'与否，远不是视研究对象本身的'新'与'旧'来确定的，而是要看能否在人所共见的文学现象面前有新的发现。"[②]笔者所从事的反虚无主义文学研究，事实上也是对这一呼吁的一种回应。

其次，仔细考察反虚无主义小说有助于我们全面深入理解虚无主义，或者说所谓"革命思潮"的真实面目。从历史的角度看，无论是虚无主义还是反虚无主义，实际上都是对俄罗斯在十九世纪农奴制改革后所面临的最迫切问题的答复：即俄国向何处去？每个人的回答因其各自所受教育、经历等因素而各不相同，有激进，有温和，也有保守。长期以来，我们往往将激进、革命等同于进步，正义，殊不知，事物之发展既有革命式的飞跃，也有改良式的渐进，

① 吴元迈：《对十九世纪俄罗斯文学的再认识》，载于《外国文学评论》，2006年第1期，第6页。

② 汪介之：《十九世纪，一个不应匆匆"告别"的时代》，载于《俄罗斯文艺》，2010年第1期，第125页。

忽略或者贬低任何一种,都容易造成文坛的"冤假错案"。从这个角度上说,反虚无主义小说恰如一面镜子,可从矫枉过正中照出革命虚无主义之缺陷。

再次,仔细考察反虚无主义小说有助于我们深入当前俄罗斯思想界的走向。众所周知,普京总统在其《千年之交的俄罗斯》里将俄罗斯思想作为其官方意识形态而大力提倡,这充分说明了当今俄罗斯社会对新精神支柱的渴求。事实上,普京所强调的"强国意识"和"爱国主义"等论点,很多都能从十九世纪的保守派思想(反虚无主义为其中之一)中找到原型。普京为首的执政党"统一俄罗斯"党在2009年的11月21日第11次党代会上通过纲领:"党的意识形态是俄罗斯保守主义。这是稳定和发展的意识形态,避免停滞和革命,不断进行创造性的社会革新的意识形态。"[①]这充分说明了俄国当局对保守主义路线的回归。苏联解体之后,曾有一段时间俄罗斯精英的关注焦点在于西方文化,索尔仁尼琴返俄后所受的冷遇及盖达尔的休克疗法大行其道便是两个再好不过的例子。然而叶利钦执政的近十年内,一味西化的政策已被证明行不通,"双头鹰到底面向何方"的问题依然得不到解决。在这种情况下,身为俄罗斯掌舵人的普京必须提出新的治国理念。因此,作为俄罗斯道路的另一种可能性,自20世纪90年代中期开始回潮的保守主义思想不但引起当今俄国学术界的重视[②],同样也成为目前俄罗斯执政党的选择,这也就在情理之中了。

1996年俄罗斯科学院哲学所出版的对话集《新保守主义;对俄国的挑战》中,对话方之一的德国保守主义政治哲学家罗尔莫泽尔(Г. Popмозер)在论及保守主义回归的原因时,列举了以下因素:"其一,在俄国的千年历史中,保守主义精神有其深厚的根源,俄国人民对保守主义具有本能的感觉。

① 转引自李兴耕:《统一俄罗斯党的意识形态:"俄罗斯保守主义"》,载于《当代世界与社会主义》,2010年第1期,第110页。

② 从1997年开始,俄国科学院历史所、高尔基世界文学研究所、沃罗涅什国立大学等一批科研院所纷纷召开研讨会,先后以论文集或专著方式出版了大量著作:《俄国的保守派》(1997)、《文学、文化、哲学和美学中的保守主义与传统主义》(1998)、《俄国与世界的保守主义:过去与现在》(2001)、《十九世纪俄国文学与社会思想中的俄国保守主义》(2003)、《俄国保守主义的社会哲学》(2009)、《俄国保守主义:价值依据与发展策略》(2010)、《启蒙保守主义:俄国思想家论俄国文明发展道路》(2012)等。此外,昔日俄国保守主义思想家、政论家的著作纷纷再版,名目之繁多,令人眼花缭乱。比如,莫斯科文明学院近年来出版的"俄罗斯文明"丛书,收录的都是一连串陌生的名字:波别多诺斯采夫(Победоносцев К. П.)、谢尔巴托夫(Щербатов А. Г.)、缅什科夫(Меньшиков М. О.)、梅谢尔斯基(Мещерский В. П.),当然也有熟悉的名字,比如陀思妥耶夫斯基、果戈理、阿克萨科夫兄弟等等。这在某种程度上似乎可以说是当前俄国学者的一种"复古"思潮。

其二,一切试图改变文化的计划都会遇到有力的抵抗。文化发生深刻变革需要很长时间,在俄国类似变革需要三代人以上的时间。其三,存在着人类学常数,即某种保守性的固定值。人类本性之中存在某种'保守核心',人们因此反对任何改变它的尝试,仅在一定范围内允许这种改变。这一点成为社会主义不可逾越的障碍。其四,历史的危机向保守主义精神提出了特殊的挑战。这些危机大大缩小了自由主义及其政治的生存空间。"[①]此外,陀思妥耶夫斯基、卡特科夫、斯特拉霍夫等大量保守派作家、思想家著作的出版,也证明了今天俄罗斯人试图从十九世纪先辈那里获得指导和启迪的迫切心情。

最后,从反虚无主义小说的历史命运而言,也能给我们某种启示。如上文所叙,反虚无主义小说本来是对俄国现实问题的一种解决之道。但从其出现的那一天开始,直到十月革命之后的苏联学术界,绝大部分作家学者都将其作为反动作品加以抨击、封杀。列斯科夫就是一个很好的个案。他并非看不到专制制度下的黑暗,但他试图依靠本民族的历史传统和人民的自发道德力量来逐渐改良社会。但针对列斯科夫的这种观点,当时的革命民主派却采取了一系列极端的做法,攻击、辱骂乃至诽谤,迫使作家在文学界无立足之地。[②] 在这种情况下,列斯科夫不得不和卡特科夫的《俄国导报》暂时合作,以求谋生。这样一来,更为革命派小组增添了口实。这种非此即彼,粗暴对待不同意见的方式,我们并不陌生。今天我们再看那些被遗忘的经典,同样可以促使我们反思那种二元对立的思维模式,力争在不断的深入研究中以对话争论的开放形式来取代之。

高尔基曾这样谈及反虚无主义作家:"这些作者对俄国历史多多少少都有一些固定的、合乎逻辑的看法,他们也有自己的发展俄国文化的工作计划,而且我们没有理由否认,他们是真诚地相信祖国不能走另一条道路。……他们同激进主义进行的斗争,有时是粗暴的,有时像皮谢姆斯基那样是卑劣的,

---

① *Рормозер Г.* ,*Френкин А. А.* Новый консерватизм:вызов для России. Москва. :1996. С. 107.

② 根据作家雅辛斯基(И. Ясинский,1850—1931)回忆:"1870 年,当我第一次进入瓦西里・斯捷潘诺维奇・库罗奇金的文学小组时,每个人都把列斯科夫的名字挂在嘴边。大家都是带着蔑视和厌恶在谈论他,甚至相信他是第三厅的密探。"参见 *Ясинский И.* Роман моей жизни. Л. :1926. С. 194. 皮萨列夫也说:"其一,除了《俄国导报》,你还能在俄罗斯找到一家杂志敢于出自斯捷布尼茨基(这是列斯科夫的笔名——引者注)之手并署名的大作吗?其二,还能在俄罗斯找到一个无视自己声誉,敢于同意在用斯捷布尼茨基作品装点自己的刊物上工作的诚实作家吗?"参见:*Д. И. Писарев.* Сочинения в 4 т. Москва. : Государственное издательство художественной литературы. 1956. Т. 3. С. 262—263.

但始终是坦率的、激烈的。”[①]唯物辩证法告诉我们，真理总是愈辩愈明，从来就没有天然的、永恒的真理，明白了这一点，也就明白了今天我们要与经典对话、甚至争论之意义所在。

四、反虚无主义小说研究现状

几乎从反虚无主义小说诞生的那一天开始，学术界对这一术语的争议就未停息过。有的学者直接将其命名为“论争小说”（Полемический Роман）。十九世纪著名的文学史家 П. В. 安年科夫在回忆录中将皮谢姆斯基的《浑浊的海》称之为“我们论争小说的第一次尝试”及“论争小说的纪念碑”。[②] 1890 年，斯特拉霍夫也在他的《文学虚无主义史论》提出，В. П. 克柳什尼科夫的《海市蜃楼》“像《浑浊的海》一样属于论争小说。换言之，他以此体现了思想和信念的斗争，它们如今仍在激荡社会。而且，作者本人也暗地站在斗争的某一面。”[③]需要说明的是，考虑到安年科夫、斯特拉霍夫等人的立场，他们所谓的“论争小说”其实有特定的含义，主要是指与革命民主主义小说家们的争论。因此在当时环境下，说到“论争小说”实际上就是指反虚无主义小说。

苏联时期的研究者基本上采用“反虚无主义小说”这个概念，并往往冠之于“反动保守”这样的形容词。进入新世纪，研究形势为之一变，出现了一些专门著述。如瓦列里·捷廖欣用了“保守小说”（Охранительно-консервативный Роман）这一称呼来指代反虚无主义小说，这当然是侧重于小说的倾向性而言的。而另一位研究者伊利亚·维尼茨基（Илья Виницкий）则直接认为：“从皮谢姆斯基《浑浊的海》（1863）到阿夫谢延科《邪恶的精神》（1883）的俄国反虚无主义小说就其本质而言是社会性的妖魔化小说（Социально-демонологический Роман）。”[④]此等种种，多数侧重在小说的社会内容而言。不过，当前俄罗斯学者更多地倾向于使用“论争小说”来指代反虚无主义小说。譬如，2003 年出版的《1860—1870 年代哲学—宗教论争背景下的俄国小说》一书中，作者虽然运用了反虚无主义小说这一特定称谓，但也指出：“我们把虚无主义和反虚无主义小说看作是*论争小说*（斜体为

---

① ［俄］高尔基：《论文学》续集，冰夷等译，北京：人民文学出版社，1983 年，第 97 页。

② *Анненков П. В.* Литературные воспоминания. Москва. :1983. С. 501 ,502.

③ *Страхов Н. Н.* Из истории литературного нигилизма. 1861—1865. СПб. :1890. С. 344.

④ *Илья Виницкий* Русские духи: спиритуалистический сюжет романа Н. С. Лескова“На ножах” в идеологическом контексте 1860 – х годов. // Новое Литературное Обозрение. 2007. №87.

原文所有——引者注）的变体。”[①]直到2005年俄罗斯出版的大型研究刊物《陀思妥耶夫斯基：资料与研究》第17卷上的一篇文章中，作者仍将反虚无主义小说称之为“论争小说”，并且在注释中指出“反虚无主义小说”这一术语是“苏联文学研究并不合理的遗产”，因为在二十世纪下半期“反”较为流行，如“反革命”“反苏维埃”等等。[②] 此外，还有一些学者也提出对这个问题的看法。如莫斯科大学语文系教授涅兹维茨基在2011年的新作《十九世纪俄国小说史：非古典形式》中干脆把新人小说和虚无主义者小说分开来讲。涅兹维茨基认为“苏联时期把上述1860—1870年代平民知识分子们的思想与道德伦理规范称为革命民主主义思想，而它的体现者则是革命民主派。在如今按照民主常理概念来说，显然不正确。更准确地可以将其界定为*西欧实证主义*（斜体为原文所有——下同）的俄国变体。这样，在自己生活中受此主导的‘新人小说’也可命名为俄国实证主义者小说。”[③]至于反虚无主义小说，涅兹维茨基认为：“更准确的命名是大众化的俄国实证主义者（虚无主义者）小说，但要从俄国传统信仰与价值观念的层面去予以批判性理解。”[④]不难看出，上述观点重在强调虚无主义与实证主义的内在联系，事实上也没有抓住该类作品的真正关键。

笔者以为，论争是这类小说的特色之一，也是俄国文学的一大主题。从伊凡雷帝与库尔勃斯基（А. М. Курбский，1528—1583）之间的通信笔战开始，直到今天，很多作品都可以算是论争性的，这其中自然也包括小说。仅仅以“论争”来命名十九世纪60—70年代的小说，似乎彰显不出这一时期小说的特性，甚至无法区分小说和文学批评、政论。卢森堡曾谈及这个问题：“正是由于俄国文学的论争性质，它的文艺作品和政论作品之间的界限就划得远远不像现在在西方那样明确。在俄国，这两种往往相互混同，就好像德国过去的那样一个时期，当时莱辛给资产阶级指出了途径，他时而从戏剧评论转向戏剧，时而又利用哲学—神学的辩论作品和美学的研究，为近代世界观开辟

① *Старыгина Н. Н.* Русский роман в ситуации философско – религиозной полемики 1860—1870 – х годов. С. 11.

② Достоевский：материалы и исследования. 17. Санкт – Петербург.：Наука，2005. С. 4.

③ *В. А. Недзвецкий* История русского романа XIX века. Неклассические формы. С. 81.

④ Там же. С. 87.

了道路。”[1]另外，在当前语境下，“论争小说”应该包括虚无主义小说在内，这显然又扩大了本研究的范围。总体来说，反虚无主义小说这一术语自然有其不足之处，但考虑到“虚无主义”一词本身能体现十九世纪六七十年代的特殊思想状态，在此基础上的“反虚无主义小说”更能体现被研究对象的内涵和时代性；加之俄罗斯及欧美学术界对反虚无主义小说研究也有一段时期，这一术语基本上已得到大家的认可，因此本书也采用这一固定说法，在有需要的地方适当加以补充。

反虚无主义小说作为十九世纪俄国文学中不可或缺的一部分，本应得到足够的重视。但因意识形态的原因，长期以来被贯之以“反动小说”之名而埋于故纸堆中。从目前国内外学术界已有的研究来看，俄罗斯学者因占有材料之便走在了研究前列，以下按时间顺序就笔者手头材料做一概述。

世纪之交的白银时代，恰是俄国文学批评界总结回顾百年文学的时期。正如当代研究者指出的：“在白银时代初现曙光的日子，人们已经意识到俄罗斯经典文学遗产对于世纪之交文学的意义（我们在此简略地引用了梅列日科夫斯基的说法）。”[2]这其中，文学史的编撰成了重新审视文学遗产的重要途径之一。在此期间出现了一批具有代表性的文学史著作：譬如佩平（А. Н. Пыпин，1833—1904）编撰的4卷本《俄国文学史》（圣彼得堡，1898）、奥夫夏尼克—库利科夫斯基编撰的4卷本《十九世纪俄国文学史》（圣彼得堡，1910）、西波夫斯基（В. В. Сиповский，1872—1930）的《俄国文学史——十九世纪新俄国文学史：普希金、果戈理及别林斯基》（圣彼得堡，1910）、伊凡诺夫—拉祖姆尼克（Р. В. Иванов-Разумник，1878—1946）的《俄国社会思想史：十九世纪俄国文学与生活中的个人主义与市侩习气》（圣彼得堡，1911）等等。其中涉及反虚无主义小说的是奥夫夏尼克—库利科夫斯基的文学史。在该书第4卷以《60—70年代的倾向性小说》为题的第4章里，作者扎莫京虽然从意识形态化的角度将两种倾向的文学分成左派和右派，但总算一视同仁，没有过分厚此薄彼。扎莫京对虚无主义与反虚无主义小说的常见情节做了概括：“先进的平民知识分子以家教、教师及医生等身份走进地主或某个社会

---

① ［德］卢森堡：《柯罗连科：＜我的同时代人的故事＞译序》，载于［德］卢森堡：《论文学》，第78—79页。

② 俄罗斯科学院高尔基世界文学研究所集体编写：《俄罗斯白银时代文学史》第1卷，谷羽等译，兰州：敦煌文艺出版社，2006年，第17页。

名流甚至官僚家庭，与老一代守旧派和现存不完善秩序的代表作斗争，后者主要是富有的老爷或某个高官。平民知识分子还吸引了一些青年男女，结果他与某个反动分子的妻子或女儿私奔了，两人凭借自己的劳动过得很幸福，或者落在当局手里，为自己勇敢的反抗而承受严酷的惩罚。”[①]其中话语，虽有些许褒贬倾向，但总体而言尚属平和。

1929年，以研究屠格涅夫和冈察洛夫而著称的苏俄老一辈文学研究者蔡特林（Цейтлин А. Г.，1901—1962）在《文学与马克思主义》这一论文集上发表了《反虚无主义小说的情节》一文。此文发表于俄国形式主义盛行之时，又兼苏俄初创，正逢阶级斗争理论大行其道，因此在研究方法方面深受两者之综合影响。蔡特林首先将文学对现实的展现分为三种方式：日常生活、事件及心理。在此基础上，评论家结合反虚无主义小说中的人物形象，根据其不同阶级出身将反虚无主义小说分为三种类型：日常生活、历险故事及心理分析。蔡特林指出：“资产阶级和庄园贵族是反虚无主义文学的创立者和需求者。其阶级心理的多样性、趣味的深刻差异、对虚无主义不同的思想态度决定了他们各自叙述道路的倾向。”[②]如屠格涅夫、克柳什尼科夫等人作品中的虚无主义者多数出身于中产阶级或小贵族家庭，故而这类小说重点描写其日常生活的情况，如《处女地》中的涅日丹诺夫。其次是如克列斯托夫斯基等人的作品，这类作品更多考虑的是冒险因素，反虚无主义因素在这里更多服务于作品的娱乐性。第三种小说类型则是列斯科夫、皮谢姆斯基等人作品中的主人公多数为外省的知识分子，小说所强调的是他们受虚无主义的吸引与之前的陈旧生活方式决裂，并最终对虚无主义失望的过程。这类小说较为突出的是人物心理转变的描写。

蔡特林甚至将这种划分直接运用到具体作品分析里。譬如，他以《奥勃洛摩夫》为例，认为其中奥勃洛摩夫是心理描写的对象；查哈尔则是日常生活的代表；希托尔兹则当然是资本家冒险者的形象。当然，从今天的角度来看，蔡特林的论述并不高明，因为其侧重点在于从阶级出身来看待反虚无主义作品中的人物，形式主义的研究方法固然简单明了，但也难免有牵强附会的地

① История русской литературы XIX века：в 4 т.// под ред. *Д. Н. Овсянико－Куликовского.* Москва.：1910. Т. 4. С. 130—131.

② *Цейтлин А. Г.* Сюжетика антинигилистического романа // Литература и марксизм. 1929. №2. С. 40.

方,因此有些作品如 Б. М. 马尔凯维奇(Б. М. Маркевич,1822—1884)的作品就无法放入上述三种类型之中。这一点研究者本人也有同感,他指出"一批倾向性小说因其复杂的结合超出了上述三种叙述层次。"①

此后,巴扎诺夫(Базанов В. Г. ,1911—1981)也在 1939 年发表了《屠格涅夫与反虚无主义小说:巴扎罗夫与俄国文学中的虚无主义》一文。文章并不长,前半部主要谈了屠格涅夫创作的客观性,以及巴扎罗夫否定倾向中的积极因素。也许是受到当时政治气氛的影响,评论者较多地引用了赫尔岑、皮萨列夫、谢尔古诺夫等革命民主主义者对巴扎罗夫的评论,认为:"在分析了《父与子》的阶级排列之后,屠格涅夫得出结论说他的小说'旨在反对作为先进阶级的贵族',巴扎罗夫'镇住了小说所有的其他人物。'"②这一论断在整个苏联时期对《父与子》的看法中具有很大的代表性。

文章后半部重点谈了屠格涅夫对反虚无主义小说的影响。这种影响,在作者看来纯属无心插柳柳成荫,因为这是由卡特科夫等人促成的。"《俄国导报》的评论指出:西尼特科夫'极为真实,对他的描写体现了生活的真理'。……由此,保守主义出版界利用西尼特科夫的形象来与革命民主派作战。这个漫画式的'虚无主义者'形象反而成了 60 年代反虚无主义小说的中心人物。"③在作者看来,屠格涅夫与反虚无主义的关系,主要便在于此了。

蔡特林和巴扎诺夫是老一辈苏联学者中较早关注反虚无主义小说的人,这显然体现了他们学术眼光的敏锐。但也不必讳言,他们的文章数量较少,而且受时代影响,大多在研究的同时抱之以批判的姿态,缺乏一定的深度。另外,限于后来政治形势的发展,总体而言虽有开拓之功,却无后继之人。此后很长一段时间内,苏联学术界都没有出现反虚无主义小说方面的研究论述。

直到 1941—1956 年间,在苏联科学院俄国文学所编撰的 10 卷本《俄国文学史》中,才有作者比亚雷(Г. А. Бялый,1905—1987)在第 8 卷中以《60 年代小说(综述)》为名,对反虚无主义小说进行了一些简单的介绍。不过,比亚雷指出:"反虚无主义小说的作者们深深地偏离了现实主义原则。他们以人像木偶取代了新人的典型形象。社会现象的本质不但未在反虚无主义小说中

① *Цейтлин А. Г.* Сюжетика антинигилистического романа // Литература и марксизм. 1929. №2. С. 67.

② *Базанов В.* Тургенев и антинигилистический роман. // Карелия . Альманах союза советских писателей Карелии , Кн. 4. С. 164.

③ Там же. С. 167.

得到揭示,反而被极大地歪曲了。”[①]同一版本的文学史第9卷也提及“在70—80年代的文坛上出现了不少所谓保守倾向的作家……”,并列举了Б. М. 马尔凯维奇,В. Г. 阿夫谢延科等作家的名字,进一步指出反虚无主义作家如列斯科夫之流“其命运与反动世界不可分离”[②]。其批判之意,昭然可见。

在随后由布什明(А. С. Бушмин,1910—1983)等人主编的两卷本《俄国小说史》(1962—1964),作者Ю. С. 索罗金对反虚无主义小说做了更为详尽的介绍,尽管其倾向仍是批判性的。作者把反虚无主义小说分为三个阶段。第一阶段是1861年之后,“1862年的五月火灾及1863年的波兰起义成为系统地围捕民主力量的信号。”第二阶段则是60年代末到70年代初,随着1866年4月4日卡拉科佐夫刺杀沙皇未遂,俄国保守势力对革命民主派又发动了新一轮的攻击。第三阶段是70年代末。总体来说,作者认为:“六十至八十年代的反虚无主义小说,就其自身内容而言,主要是政治小说;就其思想倾向而言,是反动保守的小说;中心主题是两种力量,即民主与反动力量的斗争;就其对民主运动代表们的描写手段而言,这是攻击性的小说。它的主要任务不在于客观历史全面地描写人物,不在于讨论‘新典型’,而在于攻击、诽谤式地评价所描绘人物。”[③]接下来,索罗金以近30页的篇幅逐个介绍了一些反虚无主义作家及其小说大概。从中不难看出,苏联研究界对反虚无主义小说已越来越重视,但限于其时代背景,仍然拘泥于阶级斗争这根弦,没有也不可能从另外的角度来看待反虚无主义小说。

上述问题同样出现在这一时期的报刊及某些专著中。著名的果戈理专家曼(Манн Ю. В. 1929—)在1968年第10期《新世界》上发表的《巴扎罗夫及其他》一文中涉及了反虚无主义小说的问题。在谈到巴扎罗夫的行动时,他说:“反虚无主义小说在其实质上讽刺性模拟革命民主派的活动:革命宣传、试图以村社的方式改造农村生活,解放妇女,而对于这些活动,巴扎罗夫或者冷漠不睬,或者不赞成。”[④]这里对反虚无主义小说的内容做了一点概括,但可惜并无太多深入。另外,在出版于1963年的《列斯科夫的讽刺》一书里,作者戈里亚奇金娜说皮谢姆斯基、列斯科夫、克柳什尼科夫等作家“在为自己

---

① История русской литературы: В 10 т. М – Л.: Издательство АНССР. 1956. Т. 8. С. 295.

② Там же. Т. 9. С. 136—137,134.

③ История русского рамана. В 2 т. М-Л.: Наука, 1964. Т. 2. С. 97、102.

④ *Манн Ю. В.* Тургенев и другие. Москва.: 2008. РГГУ. С. 54.

确立了诽谤革命民主派阵营,否定革命思想本身的目标之后,所有这些作家都将自己的政敌描绘成道德堕落的刑事犯,他们的道德就在于没有任何道德。"[①]这显然属于泛泛而论,概括得过于粗糙了。

1980 年,苏联科学院版的 4 卷本《俄国文学史》在评价反虚无主义小说方面应该算是一个进步。该书的第 3 卷第 7 章专门分析了反虚无主义小说,这章实际上是作者巴秋托(Батюто А. И.,1920—1991)在一篇名为《屠格涅夫与一批反虚无主义倾向的作家》的长文基础上扩充而成,收录在当时的苏联科学院俄罗斯文学研究所的论文集《屠格涅夫及其同时代人》(Тургенев и его современники, Ленинград,1977)一书中。巴秋托在一开始便指出"反虚无主义小说——就该词语最广泛的意义而言——是反动保守的小说。"其后,作者逐次分析反虚无主义小说的关注重点:家庭问题,教育问题,民族问题等等,认为:"'证明'革命民主派社会政治理想之无前途,无基础,无道德在反映农民暴动及彼得堡大火的反虚无主义小说章节中表现得尤为坚决。"此外,在教育问题上,"由虚无主义思想所激起的理智混乱状态在反虚无主义小说情节中占有显著地位。"在民族问题上,"除了大国沙文主义外,反虚无主义小说还有狂热的反犹主义。"最后,作者也指出:"不管其作者在反映对象之方式上的巨大差异,反虚无主义小说首先是一种小说:它捍卫国家和家庭'基础'之不可动摇,否定'快速发展'即革命方式解决俄国现实主要问题之合理性。"[②]这是继两卷本《俄国小说史》之后,苏联学术界再一次尝试将反虚无主义小说作为一个单独的门类进行论述。尽管在根本的倾向上还没有太大的转变,但可以看出,反虚无主义小说正由纯粹被批判的对象转变为严肃的学术研究对象,学术性的研究开始取代阶级性的分析。

编撰于 1987 年的苏联文学大百科辞典因其时代的关系,在对反虚无主义小说评价方面又稍有进步,它的解释如下:"流传于 1860—1880 年代上半期俄国社会政治小说的一种俗称。小说中以敌对口吻反映了所谓'虚无主义者'——即思想和实践的'否定性派别',盼望剧烈变革俄国生活制度、社会生活与道德基础(教会、家庭、婚姻)的平民知识分子。"[③]应该说,这一定义就其

---

① *Горячкина Н. С.* Сатира Лескова. М-Л.: Издательство АНССР. 1963. С. 19.

② История русской литературы. В 4 т. Ленинград.: Наука, 1980. Т. 3. С. 282.

③ Литературный энциклопедический словарь. // под общей ред. *В. М. Кожевникова и П. А. Николаева.* Москва.: Советская энциклопедия. 1987. С. 29

本身描述而言是比较完整的，但因其未能揭示出反虚无主义小说内在的思想基础，按照研究的需要来说还远远不够。

苏联解体前后，受社会思潮的影响，反虚无主义小说研究有了重大的突破：1991 年，孔久琳娜（Кондюрина А. А.）以题为《十九世纪 60—70 年代的俄国反虚无主义小说》作为自己的语文学副博士论文；之后出现了以作家（如列斯科夫、冈察洛夫等）为研究个案的论文及专著，不胜枚举。比如上文提及的瓦列里·捷廖欣的著作。1994 年，他以论文《十九世纪 60—70 年代俄国文学中的"反虚无主义"小说类型学及社会达尔文主义》通过高尔基世界文学研究所的答辩，次年，该文以《"反潮流"：被隐匿的俄国作家，反虚无主义小说类型学》的名字出版，2009 年又再版，其时扉页上注明作者是后苏联时代俄国文学研究中第一批关注反虚无主义小说的人。在这部篇幅仅为 100 多页的论著中，捷廖欣一方面从社会学的角度分析了俄国虚无主义的起源及其文学体现，指出了达尔文进化论思想对十九世纪中后期俄国思想界的巨大影响，另一方面又从小说模式等艺术角度对反虚无主义作品进行了剖析。因为作者重点在于克列斯托夫斯基等一批无名作家，对陀思妥耶夫斯基等人的作品倒反而谈得不多，总体来说，还不能说是对反虚无主义小说全面彻底的研究。并且，受篇幅的限制，作者没有也不可能列出作家作品予以一一论述，只能从宏观上加以把握。

2003 年，俄国出版了斯塔雷金娜的专著：《1860—1870 年代哲学—宗教论争背景下的俄国小说》，其中涉及了对陀思妥耶夫斯基、列斯科夫、皮谢姆斯基等人小说的分析，这是作者 1997 年进行答辩的博士论文，原名为《1860—1870 年代俄国论争小说：人的概念、进化、诗学》，是目前反虚无主义小说研究方面新成果之一。该书共分为 4 部分，352 页，其内容分别是"关于人的哲学—宗教论争中的虚无主义与反虚无主义"，"1860 年代下半期—1870 年代前半期哲学宗教论争背景下的反虚无主义小说：人的概念与人物形象体系"，"反虚无主义小说作为论争小说的实践：基本思想和主题的象征化和比喻化"，"论争小说在 1870—1890 年代文学史背景下的转变：某些方面问题"。应该指出，就笔者目前所掌握材料而言，这是俄国迄今为止研究反虚无主义小说最为详细的一本专著。该书大量采用十九世纪的小说文本，发掘了克柳什尼科夫、阿维纳利乌斯、克列斯托夫斯基等这样一批早已被遗忘的作家文本，并展开分析。作者将上述作家的作品与皮谢姆斯基、列斯科夫等人作品并列，研究其人物形象的相似性、传承性并努力构建反虚无主义者的形象体系。这种努力是有一定成效的,因而也是值得肯定的。此外,就小说整体结构来说,从社会背景到文本分析,再到对后世的影响,步步推进,逻辑性很强。

不过值得一提的是,该书的不足之处也比较明显。2006 年第 81 期的俄国《新文学评论》(Новое Литературное Обозрение)杂志上刊登了斯特罗加诺夫(М. Строганов)的书评文章《丧失的可能性》,对该书进行了严厉批评。斯特罗加诺夫认为,斯塔雷金娜的著作没有给读者带来预期的收获,反而使之丧失了正确了解反虚无主义小说的可能性。评论者指出,作者将 1860 年代的俄国社会思潮分为两种,即虚无主义与反虚无主义。且不说这种划分在那个时代来说是否失之简化,即使在对这两种思潮的界定方面,斯塔雷金娜都往往语焉不详。在具体到对作品的分析上,斯特罗加诺夫认为,作者列举了众多小说,唯独缺乏最主要的几部:反虚无主义的《浑浊的海》《无处可逃》,虚无主义的《父与子》《怎么办?》,"舍此则虚无主义和反虚无主义无从谈起。这部或那部小说有时会被提及,但这并不足以构成与整体现象相应的认识。"[①]另外,作者认为反虚无主义的基础是俄罗斯的东正教传统,但在论著中,这种传统的具体体现得不到详细的论述。值得一提的是,评论家的这些观点,同样对本研究的开展起到警示作用。

此外,2010 年俄罗斯东北国立大学(Северо-Восточный государственный университет)博士斯科列伊尼斯(Склейнис Г. А.)的毕业论文《俄国反虚无主义小说:起源与体裁特点》,是目前俄国关于反虚无主义小说研究的最新成果。根据笔者在俄罗斯国家图书馆查阅到的资料,论文共分序言、4 章及结语,第一章谈虚无主义起源、本质及反虚无主义小说的形成;第二章从皮谢姆斯基及其《浑浊的海》和克柳什尼科夫《海市蜃楼》两部作品着手,分析反虚无主义小说的体裁形成;第三章则是以克列斯托夫斯基的《染血的椅子》《两种力量》等作品为例,分析反虚无主义小说的体裁特点;第四章则是围绕陀思妥耶夫斯基的五大巨作(Великое пятикнижие)展开论述,也是加强上述对反虚无主义小说体裁特点的论述。总体来说,该作者的论文是在斯塔雷金娜的著作基础上做了更深入的挖掘[②],着重分析反虚无主义小说的体裁方面(属于艺术性角度),有别于斯塔雷金娜对宗教哲学背景的强调(属于思想性角度)。但在笔者看来,论文的不足也是很明显的:首先文章缺乏对列斯科夫两部小

---

① *М. Строганов*. Утраченные возможности. См. http://magazines. russ. ru/nlo/2006/81/st33 – pr. html.

② 这一点从她论文中对斯塔雷金娜的推崇也可看出,并且斯塔雷金娜也是她论文答辩的委员之一。

说的分析,考虑到《无处可走》和《结仇》在反虚无主义小说中的代表性,这颇有些不可理解;或许是限于资料搜集的关系[1],论文中虽然涉及卡特科夫的反虚无主义问题,但仅是一带而过;至于另外反虚无主义小说的理论家斯特拉霍夫,文章中更是没有涉及。尽管如此,该论文仍不失为当前俄罗斯学界对反虚无主义小说问题的最新思考,值得我们注意。

英语世界对反虚无主义小说的研究最早是在二十世纪 60 年代,主要代表人物是美国乔治·华盛顿大学的查尔斯·莫瑟。1964 年他出版了《1860 年代俄国小说中的反虚无主义》一书,1965 年在《东欧斯拉夫杂志》第 9 卷第 2 期上发表了题为《1860 年代俄国诗歌中的反虚无主义》,作为对前者的补充。值得一提的是,时至今日,莫瑟教授的专著仍是目前西方世界唯一一本论述俄国反虚无主义小说的专著,正如作者在书中所说:"西方斯拉夫研究者对作为整体的反虚无主义小说研究迄今尚无建树,尽管对该传统下的个别作者有所论述。"[2]该著作之独特意义不言而喻。该书在作者博士论文的基础上修改扩展而成,聚焦于 1855—1872 年的俄国反虚无主义小说,其中既有《父与子》《群魔》这样的名家名作,也有《浑浊的海》《海市蜃楼》等这样的久被遗忘的作品。全书共分三大部分,即对 1860 年代俄国虚无主义形势的论述;当时俄国小说的反虚无主义因素,人物刻画之现实基础、影响;反虚无主义小说的特征。书末还附了十九世纪 60 年代一些主要俄国刊物的简介,以及一些不太知名的反虚无主义小说情节概述。

但是,作为西方最早研究反虚无主义小说的一部专著,莫瑟教授的这部书也存在着一些不足。比如,全书共计 215 页,但分析虚无主义及反虚无主义背景的就占了 136 页,真正用以分析反虚无主义小说本身的仅有第三部分,仅 44 页,似乎有些比例失调。再如,作者对反虚无主义小说的定位并不明确。屠格涅夫的《父与子》虽是较早以虚无主义者为主人公的小说,但是否能定义为"反",这个问题值得商榷。皮萨列夫作为年轻一代的领袖,在俄国文学史上素来被看成虚无主义者,但作者在本书中似乎也未过多加以论述。

当然,这一点在作者后来的专著《作为梦魇的美学:1855—1870 年间的俄国文学理论》得到了弥补。该书作为一部文学批评史著作,实际上是对

---

① 东北国立大学是位于俄罗斯远东地区马加丹(Магадан)地区的一所高校,前身是 1960 年建立的师范学院,期间几经变迁,于 2007 年才升级为东北大学。

② Charles A. Moser. *Antinihilism in the Russian novel of the* 1860's. p.8.

《1860年代俄国小说中的反虚无主义》在理论上的补充。因为前者过于重视小说文本的分析,因此本书着重于1855—1870年间,文学批评界对虚无主义思想的纠正和反驳。其中涉及大量今天已不为人知的评论家,如尼古拉·斯特拉霍夫、叶甫盖尼·埃德尔松(Евгений Эдельсон,1824—1868)、尼古拉·索洛维约夫(Н. И. Соловьёв,1831—1874)。全书分为4部分,在介绍了这个时期的报刊及参与论争的批评家之后,便分别从"艺术与理性""艺术与道德""艺术与现实"这几个角度列举虚无主义与反虚无主义两派的观点,展开论述。总体而言,莫瑟研究的意义在于他能在历来被视为官方正统的革命民主派文学之外另辟蹊径,从旧纸堆里发掘那批文学史上的失踪者,为读者揭示了十九世纪下半期俄国文学的另一条发展脉络,使这个时期的俄国文学乃至思想进程得到更为完整的展现。

莫瑟之后,西方在这方面的研究总体而言出现了停顿,尽管有零星的论述,但至今有影响的著述不多。比如,谢尔盖·格列戈里于《斯拉夫评论》(1979年9月号)上发表的《陀思妥耶夫斯基的〈群魔〉》与反虚无主义小说。该文侧重对《群魔》在思想和形式上的两重分析,将之与其他反虚无主义小说对比,指出了《群魔》深远意义及形式上的创新。由维克多·特拉斯(Victor Terras,1921—2006)主编的《俄国文学史》(1991)也对反虚无主义小说有所涉及。该书认为第一部反虚无主义小说是维克多·阿斯科琴斯基(Виктор Аскоченский,1813—1879)的《当代魔鬼》(1858),之后编者介绍了克柳什尼科夫、克列斯托夫斯基、皮谢姆斯基、陀思妥耶夫斯基等一批反虚无主义小说作家,并扼要介绍了其作品内容。可能是限于文学史的体裁,编者未对反虚无主义小说做出整体性的评价。[①] 此外,初版于1989年,修订于1992年的《剑桥俄国文学史》(查尔斯·莫瑟主编)对于反虚无主义小说丝毫未有提及,仅在第6章"十九世纪:现实主义时代,1855—1880"中涉及了车尔尼雪夫斯基等人与陀思妥耶夫斯基等人在文学目的论等问题上的不同意见,并未提及反虚无主义小说,更没有进一步的分析。[②]

综上所述,俄罗斯与欧美学界对反虚无主义小说的研究起步较早,也取得了较多的成果,为我们今天的研究奠定了基础。相形之下,国内对反虚无

---

① Victor Terras: *A History of Russian Literature.* Yale university Press, 1991. 尤其是第320—369页。

② Charles A. Moser *The Cambridge history of Russian Literature.* Revised edition Cambridge university Press,1992. 尤其是第248－333页。

主义小说的研究基本上处于空白状态。从历史角度来看,中国学者在外国文学研究方面受俄苏传统影响较大,虽不能说是亦步亦趋,但往往把思想内容作为判断作家作品的唯一标准,有些泛政治化。这就使得反虚无主义小说这样的"反革命小说"没有也不可能进入我们的研究视野。从研究本身而言,在中国语境下研究反虚无主义小说,无论是原始资料的占有,还是最新成果的把握,都与俄罗斯或者欧美学者有一定的差距。仅笔者能力所及,曹靖华先生主编的三卷本《俄苏文学史》第一卷寥寥数语提及十九世纪 50—60 年代,有《俄国导报》刊发了许多反虚无主义小说,并引了列宁的话,说"这些'反虚无主义'小说专门'描写高贵的贵族首领,心地善良的心满意足的农夫、食得无餍的恶棍、坏蛋以及革命怪物'"[①]。蒋路先生在他的《俄国文史采微》中也略有提及:"克柳什尼科夫、皮谢姆斯基、阿韦纳里乌斯、克列斯托夫斯基等人的所谓'反虚无主义小说',更是极力给虚无主义者抹黑,描述他们如何寡廉鲜耻,干出讹诈、偷窃甚至谋杀之类的勾当,因而受到皮萨列夫、谢德林和赫尔岑的严正批驳。"[②]此外,任子峰教授于 2010 年推出的《俄国小说史》,也提及反虚无主义小说,这应该是国内较早也是较严肃对待这一小说的代表。但总体而言该书对这一小说着墨不多,并且其论述基本未超出俄苏学者的研究。该作将反虚无主义小说定义为"社会政治小说和政治纪实小说",认为"表现'善'与'恶'两种力量之间的斗争,是这类小说的基本主题。""其基本思想倾向是保守和反动的"[③]。此后,作者列举了一些代表作的故事梗概便结束了全部介绍。这说明反虚无主义小说已经引起国内研究者的关注,但仍需投注更多的力量去加以进一步研究。在这样的研究背景下,将反虚无主义小说放在中国语境下加以研究,归纳并系统地展现,这本身就是一种创新和填补空白。何况,从前文所述可知,反虚无主义小说本身确实有其值得被研究的价值。

---

① 曹靖华主编:《俄苏文学史》第一卷,郑州:河南教育出版社,1992 年,第 271 页。其中列宁的话引自《列宁全集》中文第 2 版第 18 卷,北京:人民出版社,1988 年,第 309 页。

② 蒋路:《俄国文史采微》,北京:东方出版社,2003 年,第 67 页。

③ 任子峰:《俄国小说史》,北京:北京大学出版社,2010 年,第 191 页。

第　一　章

虚无主义与反虚无主义

一、虚无主义：定义及界定

欲谈反虚无主义（антинигилизм），必先言虚无主义（нигилизм）。而后者在今天，却似乎已成为一个越说越糊涂的问题：从学科看，有哲学的虚无主义，也有政治的虚无主义，还有文学的虚无主义；从地域看，有尼采、海德格尔所谓的“欧洲虚无主义”，也有俄国式的虚无主义。具体到俄国而言，既有六十年代文学、政论中的虚无主义，也有七十年代政治中巴枯宁式的虚无主义。限于学力，本书所关注的，只能是十九世纪六十年代俄国文学中的虚无主义及反虚无主义。当然，在谈论这一点之前，介绍一下时代背景还是很必要的。

应该说，在黑格尔之后，西方哲学界已经在一定程度上意识到了虚无主义的到来。费尔巴哈、马克思、叔本华、尼采等多有提及，但多是指出这一现象而未加学理上的阐述。马克思在1848年的《共产党宣言》中指出：“生产的不断变革，一切社会状况的不停的动荡，永远的不安定和变动，这就是资产阶级时代不同于过去一切时代的地方。一切固定的僵化的关系以及与之相适应的诉被尊崇的观念和见解都被消除了，一切新形成的关系等不到固定下来就陈旧了。一切等级的和固定的东西都烟消云散了，一切神圣的东西都被亵渎了。”[①]马克思在此强调的是资产阶级对封建价值观念的否定，它的立足点是启蒙运动以来的理性。

众所周知，西方文化现代化的进程始于环球航行与启蒙运动。前者使人发现了一个全新的地球；后者则使人重新发现了自然与人本身。对于这个问题，美国有文化学者认为：“科学家和理性主义者曾大大有助于在整个西方

---

① 《马克思恩格斯选集》中文第2版第1卷，北京：人民出版社，1999年，第275—276页。

知识分子心灵中建立两个相互补充的观念。这两个观念赋予了十八世纪的启蒙运动一种应付社会变化的行为模式,而这种行为模式在今日世界仍具有推动前进的力量,这两个观念是:一、自然秩序的观念。对于那些无所用心的人来说,宇宙似乎充满着不规则与混乱,其实,在不规则与混乱的表象之下,自然是有其一定秩序的;二、人类天赋的观念。这种天赋最好称为'理性',不过大多数人的'天赋'常常因为错误的传统教育而隐没不彰,恢复'天赋'之道,只要提倡健全的——即理性的教育就行了。"[①]启蒙运动加强了人类认识世界和认识自我的信心,继而分别从英国工业革命、法国大革命和德国古典哲学这三方面开辟了西方现代化之路。德国的思想家马克斯·韦伯用"理性化"(rationalization)来说明这一过程的基本特征,其源泉便在于此。[②]

理性也是这一时期古典主义文学的根本:用理性克制情感是古典主义悲剧的必备要素。除了卢梭这样少数的另类外,整个启蒙运动思想家基本上强调理性对人类认识世界乃至改造世界的重大作用。当然,在英国自由主义思想家以赛亚·伯林(Isaiah Berlin,1909—1997)看来,即使是有着"浪漫主义之父"头衔的卢梭,他对理性的敌视也是表面的,骨子里还是理性主义者。然而,物极必反,理性的滥用终究导致了对其本身的否定。伯林在《反启蒙运动》(1968)中曾如此概括:"整个启蒙运动的共同特点是,它否定基督教的原罪说这一核心教条,代之以这样的信念:人之初天真无邪而又善良,或在道德上中立,有可能由教育或加以塑造,或者往最坏处说,人虽有严重缺陷,仍能通过与环境相配合的合理教育,或通过譬如说卢梭所要求的那种对社会的革命性改造,得到极大的改善。"[③]原罪说既然被否定,上帝与救世主自然不应存在,人在完全独立的状况下能自我完善,人的主体性和能动性可以被充分发挥。人可以,也应该对社会上一切不完美的事物提出否定,然后在此基础上重建一个大同世界。既然"人是万物的灵长",那么,自启蒙运动以来发展到十九世纪末期的那一套资产阶级价值观念显然已经成了束缚人的枷锁,急需打破,尼采(Friedrich Wilhelm Nietzsche,1844—1900)的"超人"便是世纪末的虚无主义者。

尼采的名言"上帝死了"将一度是造物主的上帝变成了我们所要认识的

---

① [美]布林顿、克里斯多夫、吴尔夫著:《西洋文化史》第5卷,刘景辉译,台北:台湾学生书局,1983年,第313-314页。

② [德]马克斯·韦伯:《新教伦理与资本主义精神》,于晓等译,北京:生活·读书·新知三联书店,1987年,第15页。

③ [英]伯林:《反潮流:观念史论文集》,冯克利译,南京:译林出版社,2002年,第21页。

对象，相较于此前启蒙运动对封建王权、教权的否定而言，尼采更从思想上否决了资产阶级的价值体系。他在1887年时说：“我要讲的是下两个世纪的历史，我要描述正在到来者，即虚无主义的到来。”[①]这其实已经不是宣告，而是对近百年来虚无主义传播史的一种总结。尼采由此划分了两种虚无主义的概念。他认为，虚无主义“意味着最高价值自行贬值”，上帝死了。但有两种意义：一种是上帝死了之后人的完全独立与强大，所谓的“超人”；另一种则是人在失去上帝这样的最高价值后变得渺小堕落，完全不能适应生命中不能承受之轻[②]，前者是新时期的虚无主义者，后者则是历史的被淘汰者。这便是所谓“一切价值的重估”。

尼采作为一位哲学家，他对虚无主义的理解带有强烈的思辨特征。如海德格尔（Martin Heidegger，1889—1976）所言：“尼采谈论的是‘欧洲的虚无主义’。以这个说法，他并不是指兴起于十九世纪中叶的实证主义以及它在欧洲的流播。”[③]此外，海德格尔还指出：“‘虚无主义’一词经屠格涅夫而流行开来，成为一个表示如下观点的名称，即：唯有在我们的感官感知中可获得的，亦即被我们亲身经验到的存在者，才是现实的和存在着的，此外一切皆虚无。因此，这种观点否定了所有建立在传统、权威以及其他任何特定的有效价值基础上的东西。不过，人们通常用‘实证主义’（positivism）这个名称来表示这种世界观。”[④]值得注意的是，海德格尔在这里点明了虚无主义的根本特点在于只承认感官感知，否定以往一切价值观，同时又指出这是“实证主义”价值观的内容。我们认为，这是联系欧洲虚无主义和俄国虚无主义的关键之一，因为俄国虚无主义的理论基础之一便是实证主义，但从否定的层次而言，两者的区别又显而易见。

总体而言，欧洲与俄国的虚无主义都是属于以否定为特点的一种哲学思潮。两者都反对现存的一切，反对权威，正如有研究者认为的：虚无主义是“一种全盘否定各种传统的价值观念甚至道德真理的态度或观点。”[⑤]有鉴于

① ［德］尼采：《权力意志：重估一切价值的尝试》，张念东等译，北京：商务印书馆，1998年，第34页。

② 尼采如此区分两种“虚无主义。它有双重意义。A. 虚无主义是精神权力提高的象征：积极的虚无主义。B. 虚无主义是精神权力的下降和没落：消极的虚无主义。”参见［德］尼采：《权力意志：重估一切价值的尝试》，第280页。

③ ［德］马丁·海德格尔：《尼采》下卷，孙周兴译，北京：商务印书馆，2003年，第671页。

④ 同上书，第669—670页。

⑤ ［英］A. 布洛克等编：《枫丹娜现代思潮辞典》，中国社科院文献情报中心译，北京：社科文献出版社，1988年，第394页。

此,丹尼列夫斯基(Н. Я. Данилевский,1822—1885)还强调俄国虚无主义与西欧的密切联系:"虚无主义——恰恰是我们欧化(Европейничанье)的形式之一;……何谓虚无主义? 虚无主义就是彻底的唯物主义,再无其他。"[①]但也要看到,欧洲虚无主义在这方面走得更远,不但宣称上帝死了,而且连人类的理性也死了。用海德格尔的话说就是:"'基督教的上帝'已经丧失了它对于存在者和对于人类规定性的支配权力。同时,这个'基督教上帝'还是一个主导观念,代表着一般'超感性领域'以及对它的各种不同解说,代表着种种'理想'和'规范'、'原理'和'法则'、'目标'和'价值',它们被建立在存在者'之上',旨在'赋予'存在者整体一个目的、一种秩序,简而言之,'赋予'存在者整体一种'意义'。虚无主义是那种历史性过程,在其中,占据统治地位的'超感性领域'失效了,变得空无所有,以至于存在者本身丧失了价值和意义。虚无主义是存在者本身的历史,通过这个历史,基督教上帝的死亡缓慢地、但不可遏止地暴露出来了。"[②]不难看出,欧洲虚无主义所关注的是自柏拉图以来欧洲思想的传统范式之死,着眼的是人类永恒的宿命。因此,我们说它有更为强烈的形而上意义。

可是,俄国虚无主义却是相对形而下的范畴,它与现实牵扯较多。我们不能不考虑到俄国作为一个欧亚大国,它的虚无主义既有欧洲的源头,即形而上的性质,又必然掺杂了本国的特色(比如陀思妥耶夫斯基曾有名言:"虚无主义出现在我们中间,因为我们都是虚无主义者"[③])。首先,相较于前者的"理性之死",俄国虚无主义并不反对理性,相反,理性是其斗争的武器。二十世纪初的宗教哲学家 С. Л. 弗兰克(С. Л. Франк,1877—1950)在论及这一点的时候指出:"俄国革命完全不同于法国革命启蒙活动意义上的'理性崇拜'。真正的'理性'应当是崇高的绝对本原,应当是一种宗教信仰(尽管是模糊的和贫乏的,但毕竟是信仰)的客体。相反,俄国革命对理性的信仰,是达到极限的虚无主义,是对一切崇高的超人本原的否定;它只承认人的自以为是的理性,只承认人自我确认的自律原则,而不相信任何更高的规范。"[④]换

---

① *Н. Я. Данилевский*. Россия и Европа. Москва.: Институт русской цивилизации, Благословение, 2011. С. 349.

② [德]马丁·海德格尔:《尼采》下卷,第 671 页。

③ *Ф. М. Достоевский*. Полное собрание сочинений в 30 т. Ленинград.: Наука.,1984. Т. 27. С. 54.

④ [俄]С. Л. 弗兰克:《俄国革命的宗教历史意义》,载[俄]Вл. 索洛维约夫等编著:《俄罗斯思想》,贾泽林等译,杭州:浙江人民出版社,2000 年,第 296 页。

而言之，俄国虚无主义所用的理性，是围绕着人展开的，具有更多的现实意义。究其实，这还是启蒙运动影响所导致的结果，即将人的主观能动性予以了无限扩大。不能不看到，当时的俄国社会居民（尤其是占人口绝大多数的农奴）的素质远低于西欧各国，沙皇老爹的光辉形象和上帝万能的宗教思想占了主要地位。所以俄国虚无主义者作为社会的先知先觉者，首先需要打破原有这种原有的思维惯式，树立以理性为主体的价值判断标准。正如文学史家德·米尔斯基（Д. П. Святополк—Мирский，1890—1939）指出的："科学，特别是自然科学（达尔文），是他们（即虚无主义者——引者注）主要武器。他们将反美学运动推至极端。……他们的首要职责是用实践知识和进化论科学启蒙民众。"[①]可见，理性与科学是俄国虚无主义的理论基础，而非欧洲虚无主义的打倒对象。

可能也正是考虑到这一点，二十世纪初的俄国思想家伊凡诺夫—拉祖姆尼克在他的《俄国社会思想史》一书中认为这个时期的思想还算不上虚无主义："我们并不打算将巴扎罗夫及其同道者称为虚无主义者，尽管其自称如此。这个术语更适合后文将要提到的 60 年代末的那一代。……对他来说，'虚无主义'首先是批判性的观点，是对'圣人曰'之原则代表下的权威之否定，对有限真理和必要重估的原则之否定。"[②]联想到彼时尼采哲学的盛行，拉祖姆尼克站在二十世纪的高度，回望十九世纪的思潮，得出如此结论自然也不奇怪。

其次，考虑到俄国的国情，与强调哲学终极意义的欧洲虚无主义相比，俄国虚无主义更具有现实性、实践性。事实上，这也是俄国虚无主义者坚持理性与科学的最终结果，因为虚无主义在俄国并不是书院里沙龙中的谈资，而是改造社会的工具。克里米亚战争的失败显然是俄国全体上下的奇耻大辱，它将俄国人从欧洲强国的迷梦中惊醒，而惊醒之后便是怀疑、困惑与愤怒，改革之呼声愈发强烈。在耻辱面前，大多数俄国人表现出了高度的民族主义意识，爱国成为当时流行的风尚。甚至连远在国外的赫尔岑，因为波兰起义后对沙皇政府的批判而被多数俄国民众所抛弃（此后《钟声》杂志的销量一落千丈可为例证）。知耻近乎勇。如果俄国政府能够很好利用这股潮流，抓住机会进行改革，那么二十世纪的历史或许会改写。然而，历史证明，所谓的改革

① D. S. Mirsky：*A History of Russian literature*：*from its beginning to* 1900. Vintage Books，1958. P. 335.

② *Иванов-Разумник*. История русской общественной мысли. Т. 2. Санкт-Петербург.：1911. С. 90—91.

只是在最大限度考虑统治者利益的基础上对底层民众状况的一点改良，其效果微不足道。富者暴富，贫者依旧，此等结局无疑令1855年之后的俄国进步人士大失所望。改革之失败或者无效，促发了虚无主义意识的诞生。正如著名无政府主义者克鲁泡特金（П. А. Кропоткин，1842—1921）所说的，虚无主义之诞生，其根源还在于农奴制改革后俄国的现状。农奴制虽去，而其风俗习惯残存，"只有一个以志在铲除恶根的激烈社会运动才能够改善日常生活之风俗习惯。"[①]这个运动便是虚无主义。著名的大司祭格奥尔基·弗洛罗夫斯基也曾对这个时期的虚无主义问题做过准确的概括："当时的所谓'虚无主义'，其真正含义不仅仅在于同过时的传统决裂和抛弃陈腐的生活方式。不，'否定'要更为坚决，更为宽泛。这也正是虚无主义的吸引力之所在。当时否定和拒绝的不仅是这种过去的生活方式，而正是一般意义上的全部'过去'。换言之，当时是**拒绝历史**。那个时代的俄国'虚无主义'首先是一种**反历史的乌托邦主义**的猛烈冲击。"[②]俄国虚无主义拒绝的是丑恶的历史甚至现在，构建的却是一个美好的乌托邦。这使得之具有了另一个特性，即宗教性。

其三，俄国的虚无主义具有某种宗教色彩。宗教哲学家H·别尔嘉耶夫（Н. Бердяев，1874—1948）说："虚无主义是富有俄罗斯特色的现象，西欧不了解其形式。……俄国虚无主义否定上帝、精神、灵魂、规则及最高价值，但我们仍需将其视为宗教现象。……就其纯粹和内在的意义来说，虚无主义的基础，是东正教对世界的否定，认为世界处于邪恶之中，意识到一切财富和生活骄奢、艺术与思想中一切创作富余物之罪过。"[③]从否定的基础来说，俄国虚无主义是在东正教这样的精神基础上，对骄淫奢侈的西方物质世界的一种否定。别尔嘉耶夫以其一贯的俄罗斯文化特殊论，将俄国与西方仔细地区分开来：即俄国是精神的、纯洁的，西方是堕落的、腐败的，俄罗斯精神将拯救世界。从否定的目的来说，否定旧的是为了建设新的，只有人民的幸福才是第一位的，其他的如艺术、思想的创作都是奢侈品，都应该遭到否定。我们可以不赞成别氏对俄罗斯文化独特性的强调，但我们确实可以发现，在俄国虚无主义看似无情否定的背后，隐藏着虚无主义者改造世界、拯救世界的弥赛亚

---

① ［俄］克鲁泡特金：《我的自传》，巴金译，北京：生活·读书·新知三联书店，1985年，第293页。

② ［俄］格奥尔基·弗洛罗夫斯基：《俄罗斯宗教哲学之路》，吴安迪等译，上海人民出版社，2006年，第348—349页。黑体字为原文所有。

③ *Бердяев Н. А.* Истоки и смысл русского коммунизма. Москва.: Наука. 1990. С. 37、38.

情结，这种情结具体表现为他们对社会现状的关注。他们太需要尽快推翻一个旧世界，建立一个新世界了。因为这不仅是他们的要求，同时也是俄国人民的呼声。新世界作为一个美好的乌托邦，虽然不知如何实现，却始终存在并激励虚无主义者们不断为之献身。正如有我国研究者指出的："可以认为虚无主义是一场以否定为主要内容，表达了一种深切的社会关怀、具有强烈的行动意识的思想运动。"[①]在这个过程中，所谓虚无主义者，往往具有一种宗教般的勇于献身精神。

上文所谈的只是俄国历史上的虚无主义现象，具体到文学中，两者还有一定的区别。这不仅仅是历史与文学的区别，而且还涉及虚无主义与革命民主主义的划分。因为文学对历史的反映在一定程度上模糊了虚无主义与革命民主主义的界限，往往使之等同起来。众所周知，屠格涅夫将"虚无主义"及"虚无主义者"这两个词赋予了当时的社会思潮与进步青年，从而使前者成为后者的代名词。那么，虚无主义是否就是革命民主运动呢？现实的虚无主义能与文学中的虚无主义等同吗？

答案似乎是肯定的。屠格涅夫曾言："要是他（指巴扎罗夫——引者注）自称是虚无主义者，那就应当理解：革命者。"[②]不仅如此，与作家同时期的《现代人》杂志评论家安东诺维奇（M. M. Антонович，1835—1918）在谈到60年代的革命民主运动时也不无恼火地说："屠格涅夫已用'虚无主义'这个令人鄙视的绰号命名了这个运动。"[③]进入苏联时期之后，这一点更得到了诸多研究专家的肯定。如以研究俄国社会革命史而著称的库兹明（Козьмин Б. П，1888—1958）指出："在巴扎罗夫身上，屠格涅夫首先也是强调最多的是他对身处社会、对习以为常的观念风俗、对统治阶级的传统思想——总而言之，对一切封建农奴制生活方式所持的否定态度。'虚无主义者'是这一时期俄国产生的新知识阶层代表，他们开始感觉到自身越来越有力有信心超越旧的贵族知识阶层。屠格涅夫力图在自己小说中反映的那个时代的革命民主派阵营便由这些人组成。"[④]在这里，论者直接将虚无主义者等同于革命民主派，似乎是一种毋

---

① 姚海：《俄国虚无主义运动及其根源》，载《史学月刊》，1993年，第6期，第72页。

② 《屠格涅夫全集》第12卷：书信，张金长等译，石家庄：河北教育出版社，2000年，第390页。

③ Шестидесятые годы. Материалы по истории литературы и общественному движению, издательство. АН СССР, М.-Л.: 1940. С. 111.

④ *Козьмин Б. П.* Два слова о слове《нигилизм》// Известия Академии наук СССР. Отделение литературы и языка. -Москва.: Издательство АН СССР, 1951. Т. Х. Вып. 4. С. 378.

庸置疑的定论。但仔细想来，这种观点其实值得推敲。原因有二：其一，忽视了文学与历史的区别；其二，没有考虑到虚无主义本身的历史变迁。

我们知道，文学塑造典型人物的特性便是“最熟悉的陌生人”，即以真实生活为基础，但又超越生活。屠格涅夫是一位高度敏感的作家，“最新的思想、最新的生活潮流——这是最吸引他注意力的东西。”[①]作家在发掘这种“最新思想”的代表人物时，势必要进行艺术加工，将其行为或加以夸张，或进行综合，以便获得较好的艺术效果，他对巴扎罗夫的塑造也不例外。而这种艺术手法却模糊了虚无主义与革命民主主义的区别，使读者认为现实中的革命者就是巴扎罗夫式的，这显然失之偏颇了。

评论家斯特拉霍夫对于这种区分看得比较透彻：“巴扎罗夫是典型，是理想，是创造杰作中的现象。可以理解的是，他高于巴扎罗夫习气这种真实现象。我们的巴扎罗夫们只是部分的巴扎罗夫，而屠格涅夫的巴扎罗夫是主要的，完整的。”[②]作家只是将当时社会思潮中一些初露端倪的倾向集中起来，做了生动的描写。他笔下的巴扎罗夫只是这种倾向最突出的象征，但并不是这种倾向本身。在后来的文章里，斯特拉霍夫还特地强调了车尔尼雪夫斯基等人与皮萨列夫的区别：“众所周知，车尔尼雪夫斯基先生与皮萨列夫先生在基本观点上并无分歧，但其中也存在着重大差异。不难看到，这种差异体现了皮萨列夫先生的优势。顺便指出一下我注意到的两位作家间差异的一些特点。车尔尼雪夫斯基先生是教条主义者，坚信着某种著名的思想；皮萨列夫先生是将一切置于怀疑与分析下的批评家、怀疑论者。车尔尼雪夫斯基先生是以严密的逻辑结论使读者信服的论证家；皮萨列夫先生是以辱骂和嘲笑为武器的说大话者。车尔尼雪夫斯基先生认为他是建设者，皮萨列夫先生则直言他是破坏者。车尔尼雪夫斯基先生勇敢、坦然，皮萨列夫先生更勇敢，更坦然。车尔尼雪夫斯基先生是论据和开端，皮萨列夫先生是结论和终结。”[③]50 年代的革命民主派与 60 年代的虚无主义者，其中之区别，应该是很明显了。

就历史而言，虚无主义是对 40—50 年代以来的革命民主主义思想的继承，或者说，是后者在 60 年代这样一个特殊时期的特殊表现。它上承 40—50

---

① *Страхов Н. Н.* Литературная критика. СПб.：Издательство. РХГИ. 2000. С. 186.

② Там же. С. 189.

③ *Страхов Н. Н.* Из истории литературного нигилизма 1861—1865. С.-Петербург.：1890. С. 102—103.

年代的革命民主主义,下接70年代的民粹主义运动,兴盛于60年代,属于过渡阶段。因此,它在刚刚萌芽的时候实际上带有很多革命民主主义的特征。从这点上说,屠格涅夫说虚无主义者就是革命者,有其合理成分在内。虚无主义体现了革命民主主义的某些原则,比如对现实的否定,但它在后来的发展中在某些方面又走向了另一个极端。革命民主主义有建构理论体系以及对未来社会的一些完整的设想,虚无主义不但否定了现实,还否定了俄国乃至人类社会过去的一切,包括精神文化遗产。波兰著名思想史家瓦列茨基(Andrzej Walicki)在他那本著名的《俄国思想史》里也承认了这一点:"事实是,60年代的虚无主义并非革命运动,它对现存权威的攻击无疑有助于公共舆论的激进化,但它并不宣传斗争的革命手段或自动地走向革命目标。"[①]所以,彻底的否定与否定之后的建构,这应该是两者之间的最大区别。

在不同的时间段,虚无主义的具体表现也有所差异。从历时的角度看,斯特拉霍夫所谓的"最新",应该也是有待发展的。我们可以想见,当屠格涅夫说"虚无主义者"就是"革命者"的时候,无论是他本人思想还是虚无主义本身,都处在发展之中,不能作为作家永久的定论来看待。比如,作家后来的作品《烟》中还出现了如古巴廖夫这样的伪革命者,他们在小说里也是以虚无主义者形象出现的,这批人整日高谈阔论,无所事事,甚至还干坏事。这显然不能与巴扎罗夫等同,更不是现实中的革命者。屠格涅夫专家巴秋托认为:"虚无主义因自身内容的性质与深度而程度不同,色彩有别,这必然注定了其在社会中的道德权威。И. С. 屠格涅夫对此颇为了解,譬如,他很好地区分了巴扎罗夫式的虚无主义与庸俗的、虚假的、卑劣的变节的虚无主义(西特尼科夫、古巴廖夫、格鲁什金等其他类型)。"[②]作为后来的研究者,我们不能仅仅从文学(甚至仅仅是某一时期的文学)中去看待历史。似乎屠格涅夫描写了巴扎罗夫这样一个否定一切的虚无主义者,那么整个革命民主运动便是一场全盘否定。革命民主主义运动有否定一切的趋势,但也不完全如此。克鲁泡特金说:"肯定个人的权利、否认一切伪善的虚无主义,不过是走向一种更崇高的男女新典型之第一步罢了。那种新人物是同等地自由,但为着一个伟大理

① Walicki, Andrzej. *A History of Russian Thought: from Enlightenment to Marxism* Stanford University Press, 1979. P. 210.

② История русской литературы. В 4 т. Ленинград.: Наука, 1980. Т. 3. С. 279.

想而生活的男女青年。”[1]车尔尼雪夫斯基在《怎么办?》构思了薇拉的几个梦,它象征着革命者对未来社会的美好向往,这一点是巴扎罗夫这样的虚无主义者所缺乏的。

至于安东诺维奇的说法,应该是来自于他驳斥屠格涅夫的那篇《当代魔鬼》。该文充满了对《父与子》的误解乃至不公论断,这是学术界早有公论的。对于当时大多数革命民主派来说,“虚无主义者”并不是他们乐意接受的称呼,其领袖如车尔尼雪夫斯基等人在自己的文学作品里更愿意称之为“新人”。但对于保守派以及部分自由派而言,“虚无主义”“虚无主义者”恰恰是他们攻击前者的称手武器。伯林后来在跟人的谈话中指出:“谁是虚无主义者?没有一个团体自称是虚无主义者。虚无主义仅仅是反对这种思想的人使用的一个名词而已。他们以此指责这些人否认所有的道德价值观。”[2]从某种程度上说,称呼一部小说的主人公是“新人”还是“虚无主义者”,倒是可以成为判断一部小说倾向的标准之一。总而言之,正如二十世纪初的马克思主义批评家沃罗夫斯基(В. В. Воровский,1871—1923)所说:“虚无主义的价值并不是绝对的,要看时间、地点这些具体的条件而定;在一个历史时期里,可能是有益的、进步的、人们所期望的东西,在另一个时期里,就可能成为人们不喜欢的、反动的、有害的东西。”[3]

通过以上西欧虚无主义与俄国虚无主义、文学中的虚无主义与现实中的虚无主义、虚无主义与革命民主主义的三层次比较,我们大致可以确定本书的研究对象——虚无主义及反虚无主义——应该是一种文学上具有论争性质的思潮,它具体体现在当时的各种文学创作与评论方面,或者也可称之为文学虚无主义,因此本研究也必须围绕着这些作品和评论文章展开。我们在进入文学作品研究之前,对作为背景的文学虚无主义进行一番介绍颇有必要。

二、文学虚无主义的兴起:赫尔岑—车尔尼雪夫斯基—皮萨列夫

根据俄国语文学家阿列克谢耶夫院士(М. П. Алексеев,1896—1981)的

---

① [俄]克鲁泡特金:《我的自传》,巴金译,北京:生活·读书·新知三联书店,1985年,第298页。

② [英]柏林、[伊朗]雷敏·亚罕拜格鲁:《以撒·柏林对话录》,杨孝明译,台北:正中书局,1994年,第211—212页。“柏林”即伯林。

③ [俄]沃罗夫斯基:《论文学》,程代熙等译,北京:人民文学出版社,1981年,第235页。

考证，虚无主义及虚无主义者这两个词的最早使用者是评论家尼·纳杰日金（Н. И. Надеждин，1804—1856）。他在1829年1、2两期《欧洲导报》上发表了批判普希金等人的文章——《一群虚无主义者》，文中首次使用了该词。但此时的“虚无主义”一词主要指代“否定者及怀疑者”，意义尚未正式固定。比如，19世纪40年代末，别林斯基在给波特金的信里提到“否定”的问题，认为必须“发展否定的思想，舍此则人类陷入停滞和发臭的沼泽中。”[①]批评家接着又说：“否定是我的上帝。在我的英雄史上，旧世界的毁灭者有路德、伏尔泰、百科全书派、恐怖分子、拜伦（《该隐》）及其他。”[②]赫尔岑因此才指出：“别林斯基从1838年开始就是虚无主义者，他完全有权力这么认为。”[③]这主要还是着眼于虚无主义与“否定”的关系而言。

此后直到60年代，俄国思想界、文学界尽管陆陆续续出现“虚无主义”或“虚无主义者”之类的词，但所指含意各不相同，甚至互相矛盾。譬如，批评家格里戈里耶夫（Ап. А. Григорьев，1822—1864）在回忆录中提及：“‘虚无主义者’一词并不具有我们今天屠格涅夫所赋予的意义，它只是指代那些一无所知（斜体为原文所有——引者注）的人，在艺术和生活中立足于虚无之中的人……”[④]还有的评论家直接将其等同于唯物主义者或者怀疑主义者，如功勋教授B. 别尔维在那本题目繁琐的著作（《用比较方法对生命之开端与终结的生理学心理学的一瞥》）中嘲笑了他所谓的“虚无主义者”，从而遭到了杜勃罗留波夫的讽刺。[⑤] 比如文学批评家舍维廖夫（С. П. Шевырев，1806—1864）就将这个词理解为“唯心主义的极端形式”[⑥]，与前者正好相反。所以阿列克谢耶夫院士指出：“‘虚无主义’‘虚无主义者’这两个词在我国30—50年代偶尔使用，意义不定（粗鲁、唯心主义、唯物主义、怀疑主义），因偶然因素而变

---

① *Белинский В. Г.* Полное собрание сочинений в 13 т. Москва.：1956. Т. 11. С. 576.

② Там же. Т. 12. С. 70.

③ *Герцен А. И.* Сочинения в 30 т. Москва.：1959. Т. 18. С. 216—217.

④ *Григорьев А.* Мои литературные и нравственные скитальчества. //*Аполлон Григорьев.* Воспоминания. Москва.：1988. С. 60—61.

⑤ ［俄］杜勃罗留波夫：《评功勋教授B·别尔维著〈用比较方法对生命之开端与终结的生理学心理学的一瞥〉》，载北京大学哲学系外国哲学史教研室编译：《十八—十九世纪俄国哲学》，北京：商务印书馆，1987年，第485页。

⑥ *Шевырев. С. П.* История поэзии. СПб.：1835. Т. 1. С. 91.

化。”[1]将虚无主义与彻底否定的概念联系起来的是屠格涅夫，他在《父与子》里塑造了一个虚无主义者巴扎罗夫，不但当时引得文坛纷争一片，对后来也是影响深远，以至于有学者认为：“巴扎罗夫的文学形象对于理解1860年代的虚无主义运动是至关重要的。”[2]

大致说来，虚无主义在俄国的传播和发展，除了屠格涅夫在文学上的推动之外，以下三人功不可没。其一为赫尔岑：无论是他本人，还是后来的研究者，都把他看作是虚无主义之奠基人，精神导师；其二是车尔尼雪夫斯基，他将虚无主义从哲学层面扩展到文学，他的《艺术对现实的审美关系》一书，在当时引起了莫大的争论；他的《怎么办?》更是因其中所体现的虚无主义精神而成为众多反虚无主义小说模仿并攻击的对象；再次是皮萨列夫，此公年纪虽幼，却锋芒毕露，否定矛头之所向，无不是文坛泰斗，思想权威，为虚无主义的文学批评实践开辟了道路。在今天看来，从赫尔岑到车尔尼雪夫斯基再到皮萨列夫，虚无主义从理论走向了实践，从形而上的否定发展到现实生活中的否定。值得一提的是，较早提出否定思想的赫尔岑，也是较早对此否定进行反思的人。

赫尔岑的青年时代，无疑是变革的前夜。作为一个思想上的先驱者，赫尔岑已预感到了这种即将到来的变迁：“我们生当两个世界的交替之际，因而对于有思想的人们说来生活就格外的艰辛和困难。一些陈旧的信念、一切过时的世界观都已摇摇欲坠，而人们在心目中却把这些东西奉为至宝。新的信念包罗万象而又宏伟，但犹未开花结果；嫩叶和蓓蕾预兆着壮实的花朵，然而这些花朵却含苞未放，因而人们在心目中把这些东西视如路人。”[3]旧世界即将灭亡，而新世界却还没出现，这是赫尔岑这一代人所面临的困境。于是，“新世界在哪里”这个问题便成为他终生追寻的问题。从小所受的教育使赫尔岑对西欧这个彼岸世界充满着好感，这种好感又在俄国的黑暗与落后中衬托得日益强烈。

众所周知，赫尔岑成长的年代恰逢俄国历史上所谓的“黑暗三十年”，即尼古拉统治期。普列汉诺夫曾这样谈及这个可怕的年代：“在三十年内，‘令

---

① *Алексеев. М. П.* К истории слова《нигилизм》.(Сборник статей в честь академика А. И. Соболевского). Ленинград.: 1928. С. 417.

② Charles A. Moser. *Esthetics as nightmare*: *Russian literary theory* 1855—1870. Princeton University Press. 1989. P. 262.

③ [俄]赫尔岑：《科学中华而不实的作风》，李原译，北京：商务印书馆，1997年，第3页。

人难忘的'尼古拉的政策使俄国受到沉重的压迫。停滞几乎被提到宗教信条的地位。一切有生气的、有思想的、表示抗议的东西都立刻被消灭,或者被迫改头换面到难以辨认的程度。"[①]有压迫必然有反抗,在闻悉十二月党人起义失败之后,年轻的赫尔岑很快立下了推翻沙皇专制的"汉尼拔誓言",这种誓言的实现首先就离不开对现实的否定。否定需要武器,在当时的条件下,主要指的就是自然科学。

1843 年,《祖国纪事》接连发表了作家的系列文章《科学中华而不实的作风》,指明了科学对于现代人的重要性:"上升到现代的具有活生生的灵魂的人,在科学之外是无法得到满足的。"[②]需要指出的是,由于当时俄国的特殊国情,科学在这里不但指自然科学,同时也意味着"最高意义上的科学"——哲学。赫尔岑和当初大多数进步思想家一样,以讨论科学的名义来宣扬唯物主义哲学。在他们看来,自然科学所取得的成就是哲学讨论的基础,而自然科学的某些理论也可推广到社会科学中去,如后来的达尔文进化论发展到社会进化论。他在数年之后的《自然研究通信》中这样说道:"哲学没有自然科学,就像自然科学没有哲学一样,都是不可能的。"[③]对于这种打着科学的旗号来讨论哲学,甚至传播某些革命思想的行为,政府相关部门也早有察觉。当时的教育大臣 Д. А. 托尔斯泰(Д. А. Толстой,1823—1889)就认为:"在古代语言及数学的研究中,所有传授给学生的知识都处于经常的正确的控制之下,从而无助于形成独立观点。但在其他科目中,尤其是自然科学中,学生对所学知识的理解超出了教师的控制。因此,这些科目可能会产生个人观点和不同意见。"[④]这种不同意见则会促进独立思想的产生,从而打破官方的文化控制。这也正是赫尔岑大力宣传自然科学,鼓吹唯物主义哲学之用意所在。

作家除了撰写自然科学和哲学著作外,在小说中也体现出了这一点,《谁之罪?》就是很典型的例子。《谁之罪?》虽然不是俄国文学中第一部虚无主义

---

① [俄]普列汉诺夫:《尼·加·车尔尼雪夫斯基。导言》,载于《普列汉诺夫哲学著作选集》第 4 卷,汝信等译,北京:生活·读书·新知三联书店,1974 年,第 3—4 页。

② [俄]赫尔岑:《科学中华而不实的作风》,第 19 页。

③ [俄]赫尔岑:《自然研究通信》,载于《十八—十九世纪俄国哲学》,第 154 页。

④ 转引自 Alexander Vucinich:*Science in Russian Culture*:1861—1917. Stanford University Press. 1971. p. 60.

小说[①],但其中却体现了虚无主义的一些主题与原则,如个人主义、理性与科学、婚姻自由等等。小说的很多情节实际上在《怎么办?》中得到了再现,只是不同的作家赋予了不同的结局。有鉴于此,我们不妨将其视为虚无主义小说的先声,来略作分析。该书虽出版于1859年,但其构思和创作却是1841—1846年,即赫尔岑被流放至诺夫哥罗德时期,那正是有"普鲁士警察典型"(别尔嘉耶夫语)之称的尼古拉一世统治最为黑暗的时候,作家后来回忆说:"尼古拉皇朝是消灭精神的时期,它不仅用矿坑和皮鞭消灭它,而且用使它感到窒息和屈辱的气氛,用所谓否定的铁拳消灭它。"[②]知识阶层处于这样的社会中,欲有所为而不可得,其情其景,正如鲁迅先生所描述的:"沉默呵,沉默呵!不在沉默中爆发,就在沉默中灭亡。"。[③]

小说情节并不新鲜:别里托夫年少才高,但事事无成,反给他人造成家庭不幸。类似模式在十九世纪并不少见,但赫尔岑在结构上又别有特色:作者设计了两次否定,其一是对传统家长制的否定。医科大学生克鲁采弗尔斯基和将军私生女柳波芙结婚,使之脱离了散发着"无穷无尽的空虚气氛"[④]的将军家庭。女主人公由此获得了身体的解放,人身得以自由。后来的虚无主义者所宣传的第一要素便是个人的自由,这一点在这里已经算实现了。值得注意的,他们成功的关键在于大学生所具有的自然科学知识。正是因为有了这个,他才能有能力使女主人公获得自由。自然科学及理性的重要性在此得到了彰显。这一点是后来虚无主义小说特别强调的斗争武器。

但小说并不到此为止,否则它不过是一篇陈旧的说教故事,虽颠覆了传统婚姻观念,建立了新的家庭,却并不具有多少深度。因此,作者在此声明:"还只是新故事的开端。"[⑤]并通过另一个小说人物别里托夫进一步否定了家庭(即使是自由恋爱建立起来的家庭)。

别里托夫是传统意义上的"多余人",他的"多余"来自于对社会的冷漠。他毕业于莫斯科大学,然而他的性格不适合官场,解剖学这类科学知识使他

---

① 美国学者理查德·弗里鲍姆(Richard Freeborn)把《父与子》列为俄国第一本革命小说,把巴扎罗夫列为"第一个俄国革命人物"。笔者以为,就其中所体现的否定原则及其影响而言,称之为第一部虚无主义小说也许更恰当些。参见:Richard Freeborn. *The Russian Revolutionary Novel: Turgenev to Pasternak*. Cambridge University Press. 1982. P. 3.

② [俄]赫尔岑:《往事与随想》(中),项星耀译,北京:人民文学出版社,1998年,第637页。

③ 鲁迅:《纪念刘和珍君》,载于《鲁迅选集》第2卷,北京:人民文学出版社,1983年,第280页。

④ [俄]赫尔岑:《谁之罪?》,楼适夷译,上海:上海译文出版社,1979年,第32页。

⑤ 同上书,第67页。

厌倦，他也找不到纯真的爱情聊以自慰。然而，他很想有所作为，无论是在事业上，还是在感情上。他希望做一个个人主义的英雄。恰如后来民粹派作家斯捷普尼亚克在他的名著《地下的俄罗斯》(1881)中把虚无主义等同于"绝对的个人主义而已"。[①] 但结果他的努力换来的只是一片混乱。他冒冒失失地爱上了柳波芙，从而使原先美满的一家人陷入困境，他的理由很简单："假如您丈夫因为花了无限的爱才得到这个权利(指被爱的权利——引者注)，那么另一个男子的深刻的忠心的爱，怎么就得不到这种权利呢?"[②]换句话说，人只要敢于去爱，那么就应该有被爱的权利。在别里托夫这样的早期虚无主义者心里，构成社会稳定基础的家庭，以及个人对于家庭的责任是不在考虑之内的。难怪柳波芙听了这话之后，说"您是一个可怕的人。"[③]

然而他们只是知道否定家庭，却还不知道走出了这一步之后将会怎样。他们暂时无力去否定社会这个整体大环境。处于萌芽时期的虚无主义者如同彷徨无助的少年，"怎么办?"是他们问得最多的问题。柳波芙在日记里写道："我不知道我怎么办。"老医生克鲁波夫也问别里托夫："该怎么办呢?"答案是："不知道。"甚至别里托夫的"多余人"兄弟们在类似情况面前也是如此。娜塔利娅在决定性的时刻也是这样问罗亭的："您看，咱们现在该怎么办?"而后者的回答除了劝她服从命运之外，还说了一句："怎么办呢?"就是在《前夜》里，叶琳娜在给亲人的最后一封信里也说，她不能回到祖国，因为她不知道她在那里该怎么办。难怪杜勃罗留波夫在《真正的白天什么时候到来》中对此感叹："我们老是探求、渴望、等待……等待总会有什么人来向我们解释可以做些什么。"[④]

当然，这只是年轻的赫尔岑对虚无主义的理解。当他离开俄国，到了西欧这个彼岸世界之后，他就能从另一个角度来看俄国的虚无主义，得出新的看法。

1905年10月12日，年过八旬的托尔斯泰在日记里记下这么一段话："还读了赫尔岑的《来自彼岸》，也为之叹服。应该写他，让当代人了解他。我们的知识分子已经堕落到不能理解他的地步。他所期待的读者在未来。他

---

① ［俄］司特普尼亚克：《地下的俄罗斯》，载《巴金译文全集》第8卷，北京：人民文学出版社，1997年，第10页。

② ［俄］赫尔岑：《谁之罪?》，第182—183页。

③ 同上书，第183页。

④ 《杜勃罗留波夫选集》第2卷，辛未艾译，上海：上海译文出版社，1983年，第296页。

越过现在这群人,向将来能够理解他的思想的人们讲述自己的思想。”[①]托翁在这里提及的《来自彼岸》又被译为《彼岸书》,是赫尔岑写于1848年革命前后的论文集,1850年首先以俄语加法语在德国出版,1855年在伦敦出俄文版,并在俄国私下传播。[②] 但自托尔斯泰以降,学术界对赫尔岑的阐释多以列宁的评价为圭臬:苏俄将赫尔岑视为普列汉诺夫、列宁等马克思主义者的先驱人物,全然不顾赫尔岑在世时与马恩的激烈论战;欧美则反其道而行之,干脆将赫尔岑和别林斯基等人一锅端,统统视之为俄国反对沙皇专制的革命派,狂热激进。在此前提下,《彼岸书》作为赫尔岑对1848年革命的反思,就主题而言并不符合苏联官方反沙皇专制的需要,论影响也不可与其之前的批判性文学作品及此后《往事与随想》相提并论。多年以来,《彼岸书》在赫尔岑文学遗产中几乎默默无闻,其深意不仅为人忽略,即使偶有提及,也多遭误读。

此等状况直到伯林之后才稍有改变。如果说列宁树立的是革命家赫尔岑,那么伯林塑造的则是自由主义者赫尔岑。[③] 在为《彼岸书》英译本所写的导言(1956)里,伯林首先将赫尔岑定义为“一个没有狂热的革命者”,并在此后的《俄国思想家》一书里进一步指出《彼岸书》“这部伟大的辩难杰作是赫尔岑的信仰告白,也是他的政治证言……”[④]由此,《彼岸书》逐渐进入海内外学术界研究视野,陆续出现了一批相关论文。[⑤]

《彼岸书》就篇章而言,并非长篇大作。全书共计8篇文章,外加短短的序言和附录,在笔者所参照的9卷本赫尔岑文集第3卷中,也就占了146页的篇幅。既为《彼岸书》,自然首先得弄清何谓“彼岸”。苏联有研究者认为“赫尔岑与儿子谈到此事时,要他不能停留在‘此岸’——反动派之岸,赫尔岑正

---

① 陈燊主编:《列夫·托尔斯泰文集》第17卷,陈馥等译,北京:人民文学出版社,2000年,第291页。

② 这两个版本的部分篇章有所差异,俄文版比第一版多增加了三篇文章,顺序也有变化。其中似可瞥得赫尔岑在这段时期内的思想变迁。详请参见 *Герцен А. И.* Сочинения в 9 т. Москва.: 1955. Т. 3. С. 559—567.

③ 这种塑造实际上都是有所偏颇的。关于伯林对赫尔岑的故意误读,陆建德先生曾在他《阅读文学的政治:伯林论俄国思想家》一文中加以揭示。详见陆建德:《思想背后的利益:文化政治评论集》,桂林:广西师范大学出版社,2005年,第158—167页。

④ [英]以赛亚·伯林:《俄国思想家》,彭淮栋译,南京:译林出版社,2011年,第229页。

⑤ 如 *Гинзбург Л. Я.* «С Того Берега» Герцена (проблематика и построение). Известия Академии Наук СССР. Отделение литературы и языка. Москва.: Издательство АН СССР, 1962., Т. XXI. Вып. 2. С. 112—124. 又如 Francis B. Randall *Herzen's From the Other Shore*, Slavic Review, Vol. 27. №. 1 (Mar., 1968), pp. 91—101. 但专门著作迄今尚不多见。

站在此岸的边缘挥笔疾书。他召唤儿子转向'彼岸'——革命之岸，而他自己的希望就在'彼岸'。"[①]如此阐释，固然不无道理，但考虑到赫尔岑1848年前后的心路历程，便不免失之浅显。

笔者以为：彼岸确有"革命"之意，但"彼岸"的意向并不固定，而是随着赫尔岑思想变化而发生变化。在1848年前，赫尔岑的思想正如捷克政治家马萨里克(T. G. Masaryk，1850—1937)所言："赫尔岑曾是活跃于尼古拉时期进步人士中最杰出的代表。在塞瓦斯托波尔保卫战失败后，他又成为亚历山大二世自由主义时期最勇敢的代言人，他也是所谓'60年代'那批年轻改革者们的老师。"[②]但是，赫尔岑的勇敢，他对沙皇政府的批判，是建立在西方资本主义价值观念和科学进步基础之上的。他以科学理性为武器批判俄国沙皇统治下的黑暗，并为此不惜放弃万贯家财，去国他乡。这个时候，"彼岸"是欧洲，"此岸"是俄国。1848年之后，赫尔岑思想发生变化，曾经坚若磐石的西方价值观念发生动摇，彼岸不再是革命的希望之地。或许，对作家来说，"此岸"是革命失败后的欧洲，"彼岸"则是不可知的未来。事实上，彼岸在何处，作家自己也在探索之中。[③] 从这一意义上说，《彼岸书》既可以看作是作家这种迷惘的结晶，亦可以视为作家对未来的某种想象，先知般的预言。

笔者以为，《彼岸书》是赫尔岑虚无主义思想的最初体现，大致表现在三方面：首先是对俄国、法国乃至整个欧洲的失望；其次是对1848年后崛起的社会主义工人运动不抱希望；再次，对未来的失望直接影响到赫尔岑对历史的虚无主义看法，即伯林所概括的"自然并无计划，历史亦无剧本。"[④]过去、未来和整个的人类历史进程，都显得扑朔迷离，不可预知。若是把《彼岸书》看作是赫尔岑在1848年前后一段旅程的话，那么他首先抛弃的是作为旧世界的"此岸"。对于旧世界的批判，在文中随处可见，这主要分为两方面：即沙皇统治下的俄国和资本统治下的西欧。1841—1846年，即赫尔岑被流放至诺夫哥罗德时期，他就批判过前者，甚至说："可以毫不夸张地说，任何

---

① ［俄］弗・普罗科菲耶夫：《赫尔岑传》，张根成等译，商务印书馆，1997年，第309页。

② T. G. Masaryk *The Spirit of Russia: studies in history ,literature and philosophy*. Volume one. London &New York, 1955. P. 385.

③ 赫尔岑在全书开篇致儿子的信里提到："不要在这本书里寻找解决之道——这里没有答案，一般而言，现代之人找不到答案。"此言或可证明赫尔岑在1848年革命之后的彷徨迷惘。参见 *Герцен А. И.* Сочинения в 9 т. Т. 3. С. 233.

④ ［英］以赛亚・伯林：《俄国思想家》，第102页。

稍有尊严感的人都无法在俄罗斯生活。”[①]不过，与流亡前的文字相比，《彼岸书》的批判重点在于西欧市民阶级，对俄国的批判在书中反而退居其次。

比如，谈到素以大革命精神著称的法国时，赫尔岑称：“法兰西的衰败无力是一目了然的。一个已经丧失教育的国家，一个市民的国家已经丧失一切朝气蓬勃的、诗意的东西，一切真诚的东西——这个国家还能干什么呢？”[②]法国都这样，整个欧洲还能怎样呢？“我们看到的、陈旧又正统的欧洲并非在熟睡，它正在死去！”[③]这种对沙皇俄国及资本主义社会的批判，按“敌人的敌人就是朋友”这样的逻辑，历来为俄苏学术界所重视。因为在传统观点看来，这正是赫尔岑思想进步性的充分体现。不过涉及赫尔岑到对社会主义工人运动的看法时，传统评论界却又多数选择性失明，王顾左右而言他了。仅以《多诺索—柯蒂斯·瓦尔德加马斯侯爵及罗马皇帝尤里安》为例，赫尔岑对工人运动的前景就并不看好。

该篇主要以西班牙政治家多诺索－柯蒂斯（Juan Donoso Cortés, marqués de Valdegamas, 1809—1853）及古罗马反基督教的皇帝尤里安（Юлиан Отступник，331 或 332—363）为对比。赫尔岑以柯蒂斯的演讲为出发点，谈到当前欧洲反动势力对工人运动的迫害，认为反动势力指望教会与军队的力量来维持现状，甚至回到过去，这是不现实的。类似的情况在古罗马时期已经发生过。尤里安皇帝也试图开历史的倒车，残酷镇压刚刚兴起的基督徒，但结果无济于事，反而落个“背教者”的历史骂名。旧的自然要让位于新的。然而，赫尔岑所担忧的是：新的就一定是好的吗？昔日的被迫害者——基督徒，到了中世纪不也成了迫害他人的宗教大法官吗？那么，今天的无产阶级呢？在《统一和不可分割的共和国 57 年》一文中，赫尔岑预言了无产阶级革命的未来：“时辰一到，赫尔库拉内乌姆与庞贝会被抹除，善与恶、义与不义将一体毁灭。这将不是一场审判，也不是一场报复，而是惊天剧变、总体革命……这熔岩、这些蛮人、这新世界、这些来结束无能者与衰朽者的拿撒勒人……比你所想的更近在眼前。”[④]应该说，赫尔岑的这种担忧在当时欧洲知

---

① *Герцен А. И.* Сочинения в 9 т. Т. 3. С. 242.

② ［俄］赫尔岑：《赫尔岑文学书简》，辛未艾译，合肥：安徽文艺出版社，1993 年，第 78 页。

③ *Герцен А. И.* Сочинения в 9 т. Т. 3. С. 344.

④ Там же. С. 286.

识分子当中并不少见。1848 年 5 月，重病缠身的亨利希·海涅特地去了卢浮宫，面对断臂的维纳斯潸然泪下："我哭得如此伤心，石头见了必定也会怜悯的。"[①]原因何在，无非担忧革命风暴对艺术与美的破坏。无独有偶，屠格涅夫也有类似说法："弥罗斯的维纳斯看来要比罗马法或 1789 年的原则重要得多。"[②]

因此，赫尔岑说："我们甚至可以发现，有时古代世界反对基督教是正确的，因为后者以空想的、不可能的学说来动摇世界。或许，我们的保守派在攻击某些社会主义学说时也是对的……但这种正确有什么用呢？罗马的时代已经过去，福音书的时代来临了！"[③]最后，作者以尤里安皇帝那声著名的呼喊结束全文："你胜利了，加利利人！"这种呼喊，很难体现出作者对未来究竟持何种心态。尽管在 1848 年底，作家致信给莫斯科友人时说："垂死的欧洲孕育着社会主义的未来，这是它发展的必然结果或归宿。"[④]可是，在赫尔岑眼中，这种必然结果到底是好还是坏，他本人是主动欢迎还是被动接受，终不得而知。究其因在于历史发展没有终极规律可循，希望之不存，正如失望之多余。

列宁在《纪念赫尔岑》(1912)一文中指出："一八四八年以后，赫尔岑的精神破产，他的深厚的怀疑论和悲观论，是表明资产阶级(黑体字为原文所有——引者注)的社会主义幻想的破产。"[⑤]事实上，列宁的说法虽然正确，但仅着眼于阶级斗争角度而言。若从赫尔岑自身思想历程而言，笔者以为这非但不是"精神破产"，反而是赫尔岑对历史认识的深化。或者说，从《彼岸书》开始，赫尔岑的头衔除了"革命者""思想家"之外，又多了一个："虚无主义者"。而且，按照斯特拉霍夫的观点，还是"纯粹的虚无主义"，"否定、完全的纯粹的虚无主义构成了赫尔岑直至生命最后一息的思想倾向。"[⑥]。这种历史的虚无主义早在《彼岸书》的第一篇《暴风雨之前：在甲板上的谈话》里就得

---

① [德]海涅：《〈罗曼采罗〉后记》，载于章国锋等主编：《海涅全集》第 3 卷，潘子立译，石家庄：河北教育出版社，2003 年，第 274 页。

② [俄]普斯托沃依特：《屠格涅夫评传》，韩凌译，北京：人民文学出版社，1983 年，第 122 页。

③ *Герцен А. И.* Сочинения в 9 т. Т. 3. С. 372—373.

④ [俄]Л. Е. 塔塔里诺娃：《赫尔岑》，陈志良等译，北京：中国社会科学出版社，1989 年，第 120 页。

⑤ [俄]列宁：《纪念赫尔岑》，载于列宁：《论文学与艺术》，中国社会科学院文学研究所文艺理论研究室编，北京：人民文学出版社，1983 年，第 125、126 页。

⑥ *Страхов Н. Н.* Борьба с Западом в Нашей Дитературе. : Исторические и Критические Очерки. Кн. 1. Киев. : 1897. С. 116.

以详细阐发。

有研究者指出:《彼岸书》里有两种平行的意象结构:其一为风暴、船、港口;其二是历史、现状、未来。[①] 整个欧洲文明社会好比是汪洋中的一条船,已驶离港口,却不知前途何在,而途中的风暴却即将来临。顾名思义,《暴风雨之前》写于1848年革命前夜。此时的赫尔岑,虽然已在法国体验到了资本主义自由的滋味,但法国资产阶级统治下那种氛围使他对社会前景并不看好(想想《红与黑》当中的于连)。文章一开始引用了歌德的《威尼斯》警句诗:"神、人、世界的本质果真是一大秘密?不!但无人愿问;故永远神秘。"[②]便预示了两人争论的怀疑论基调:即有些我们认为是神秘或伟大的东西,究其实也许并非如此。

对话始于赫尔岑与友人加拉霍夫对生活意义的讨论。"若是我曾尽力理解生活,我也并无其他目的,只是想多知道一些,看得更深刻一些。所有我听到的,读到的并不能使我满足,也没能令我明白,反而导致矛盾或荒谬。……但我现已冷静多了:我已不再因生活未赋予我它无力赋予之物而迁怒于它。"[③]面对赫尔岑的这种消极姿态,加拉霍夫仍是充满理想主义的激情:"从自己角度来说,我不想停止愤怒和受苦。我从未想过要放弃这样一种人类的权利。我的不满即我的抗议,我不想妥协。"接下来问题就来了。赫尔岑的回答是:"跟什么妥协?你说你不想停止受苦,这意味着你不想接受基于你的观念所揭示的事实,也许,它并不要求你受苦。"[④]赫尔岑认为:"这种一味与世界保持距离的顽固企图——不仅是矛盾,而且还是极大的懦弱。"[⑤]在这里,赫尔岑提出了一个重要的命题:即质疑强调主客观对立的二元论。自文艺复兴以来,人以自我为中心,世界是被改造的对象。这种改造过程存在着某种必然规律。人须去追求探索之,方能获得所谓自由。此等观点历经启蒙运动,到赫尔岑时代,几成定论。然而赫尔岑认为:"人类并不因自然的反抗而感到受冒犯,因自然的独立性已彰显无遗。……所有这些都是二元论造成的痛苦痕迹;长期以来我们看待事物忽左忽右,摇摆于两种视觉幻象之间。"[⑥]其

---

① Francis B. Randall *Herzen's from the Other Shore*, Slavic Review, Vol. 27. №. 1 (Mar., 1968), p. 92.

② [德]歌德:《歌德诗集》上,钱春绮译,上海:上海译文出版社,1982年,第415页。

③ *Герцен А. И.* Сочинения в 9 т. Т. 3. С. 247.

④ Там же.

⑤ Там же.

⑥ Там же. С. 294.

实所谓“二元论”这种规律无非是人自身的一种假设，它以抽象原理来衡量现实生活，实质是对生活的扼杀。加拉霍夫说愿为真理献身，赫尔岑则言为何谈真理必谈受苦献身：“因害怕认识真理，许多人喜好受苦胜过分析；痛苦使人分心，忙碌，获得安慰……”①这等言词，若联系起1909年的《路标》文集，便知赫尔岑之先见之明。在谢・布尔加科夫（С. Булгаков，1871—1944）看来，知识阶层所谓的大事，“尽管完成起来非常困难，因为这需要克服对生命的眷恋以及恐惧这两种最强烈的本能；但又特别简单，因为这只要相对短时间内的顽强努力，而这一事业暗示或期待的成果又是如此重大。”②如此看来，知识阶层的这种行为究竟是勇于献身、舍生取义的英雄主义还是不愿务实、但愿作秀的逃避行为尚值得商榷。

当然，赫尔岑在这里并不是为了反思俄国知识阶层，他更多着眼于人类文明的整个历史。“在其整个发展过程中，文明手持两杆大旗：其一为‘为心灵的浪漫主义’；其二为‘为理智的理想主义’。”③在漫长的历史中，多少人为了这种所谓的必然规律、抽象原理浴血奋斗，将活生生的生命献祭于虚幻的未来。因此在赫尔岑看来：“每一代人的目的就是其本身。自然不但从未将一代人作为达成某未来目标的手段，而且它从未关心过未来。”④此种关注当下，关注个体的论点，赫尔岑在后来的《告别》中又再次强调：“个人自由是最伟大的事情；正是在此基础之上，也只有在此基础之上人民的真正意志才得以成长。”⑤

这种用历史虚无意识去解构当时流行的诸多宏大命题的做法，在另一篇名为《安慰》的文章中得到了进一步的阐释。对话者之一的女子认为自由与独立是人类世代追求的目标，而医生则认为自由与独立为少数个人之理想，是某些社会阶层在特别幸运的环境下养成的倾向。如此一来，发动人民之革命意义何在，或者人民还需要革命吗？卢梭所谓“人生而自由，却无时不在枷锁之中”，完全可以代之以“鱼生而飞翔，却无处不在游泳中。”⑥这种不顾事

---

① *Герцен А. И.* Сочинения в 9 т. Т. 3. С. 247.

② В поисках пути：Руссая интеллигенция и судьбы России/Сост.，вступ. ст.，коммент. *И. А. Исаева*. Москва.：Русская книга.，1992. С. 59—60.

③ *Герцен А. И.* Сочинения в 9 т. Т. 3. С. 251.

④ Там же. С. 262.

⑤ Там же. С. 240.

⑥ *Герцен А. И.* Сочинения в 9 т. Т. 3. С. 323.

实，主观臆想的论调，实乃以先验命题为事实，以特例为常理，若运用于实践实在是后患无穷。联想到卢梭思想对法国大革命、俄国革命的深远影响，联想到二十世纪诸多思想先驱对"终极目的"的批判，我们不能不惊叹于赫尔岑彼时论点的颠覆性，也不得不钦佩于时至今日其思想仍不失其深刻性。

应该指出，赫尔岑在《彼岸书》中的这种虚无主义是纯哲学思辨性的，按斯特拉霍夫的话说是"纯粹的虚无主义"（чистый нигилизм）。究其实，这种虚无主义可能更接近尼采"上帝死了"的思想。但在接下来的整个50—60年代，随着俄国解放运动的发展，赫尔岑的虚无主义观也逐渐走出纯哲学思辨的领域，开始与俄国现实发生联系。1864年，受《父与子》争论的影响，赫尔岑在《秩序的胜利》一文中写道，虚无主义"在严格意义上"就是"以科学、怀疑、研究取代信仰，以理解取代顺从。"①在这里"虚无主义"之虚无，其矛头直接针对农奴制度下的"信仰"和"顺从"，理性成为了虚无主义之有力武器。然而随着40年代人与60年代人的隔阂的加深，在随后的《再论巴扎罗夫》（1869）一文中，赫尔岑对虚无主义的认识似乎又回到了《彼岸书》中的观点。他认为，虚无主义起源于尼古拉一世统治时期，是先进俄国知识阶层反对俄国反动的表现。他将虚无主义定义为："从一切陈旧的概念，一切阻碍西方理性与自己的历史核心共同前进的捣乱和劣品中解放出来……虚无主义……这是无结构的逻辑，是没有教条的科学，是对经验的无条件顺从，是对一切结论毫无怨言的接受，无论怎样，只要这些后果来自观察，为理性所要求。虚无主义不是将*某物*（斜体字为原文所有——引者注）化为虚无，而是揭示我们以为是某物者之为虚无。"②

从彻底的虚无主义到强调理性的虚无主义，再到自觉的纯哲学意义上的虚无主义，赫尔岑的思想兜了一个大圈，在晚年还是重拾起了《彼岸书》中的观点。这实际上与他在1848年之后的思想历程是分不开的。我们知道，赫尔岑在俄国思想史中属于典型的西欧派。正因为如此，他对西欧了解之深，实非常人所能及。1848年革命让他看到了西方启蒙思想、进步观念在西欧的衰落，资本主义之毫无希望。由于俄国与西欧的历史脱节，那些启蒙思想和观念在同时期的俄国尚是流行的思想主流。于是，问题正如赫尔岑自己所说的："自然会有一个问题——俄国是否应该重复欧洲发展的一切阶段？或者

---

① *Герцен А. И.* Собор. соч.：в 30 т. Т. 19. Москва.：1960. С. 198.

② Там же. Т. 20. Москва.：1960. С. 348.

它应该走一条不同的革命道路？我坚决反对重复欧洲人的老路。……人民不需要重新开始这种痛苦的努力，他们为什么要为那些我们遇到的、只能是引起其他问题和激起其他渴望而无法彻底解决的问题而流血呢？"①他一度试图鼓励俄国的年轻人，要"以科学、怀疑、研究"改变社会，但60年代人的种种表现终究使他丧失信心。老路既不能走，新路又无处可寻，这是赫尔岑在1848年后面临的困境。尽管此后他又将俄罗斯乃至欧洲的命运寄希望于极具俄国特色的村社，但远离俄罗斯使得赫尔岑并不了解真正的村社。理想的俄罗斯只存在于他的想象之中。陀思妥耶夫斯基在后来的《作家日记》里不无遗憾地回忆起赫尔岑，指出了这一问题："历史似乎自己指定赫尔岑以其鲜明的典型表现我们有教养阶层的大多数与人民的脱节。在这意义上来说这是一个历史性的典型。"②并且，赫尔岑仍试图以西方思想的那一套模式来理解俄国，这就造成了他与本民族之间的双重隔阂。正如丘特切夫的诗中所言："不能以理性理解俄罗斯，公尺也无法衡量她。俄罗斯具有独特的气质——对她只有信仰。"③斯拉夫派与西欧派这两种对立的观点在晚年赫尔岑身上得到了矛盾的统一。他既不满于欧洲的堕落，又不了解俄国农奴制改革后的现状。既非俄国，又非西欧，别尔嘉耶夫说："赫尔岑的社会主义是个人主义的，……是人格主义的。赫尔岑本人则把它想象为俄罗斯的社会主义。他越出了西方主义的营垒而捍卫了俄罗斯的特殊道路。"④这种美好的想象使他在面对欧洲思想家如米什莱、马志尼等人时能大胆放言欧洲乃至人类文明前途仍在俄国，在于淳朴的俄国农民。但实情究竟怎样，恐怕他自己也不敢全信。所以波兰史家瓦列茨基认为对欧洲的悲观绝望和对俄国村社的美好想象在此时的赫尔岑身上矛盾地共存："尽管'俄国社会主义'的基础与《彼岸书》中的极端怀疑论、悲观主义、明确的无信仰相矛盾，但这一矛盾仍应予以辩证地看待。"⑤

另外，也应该看到，1848年的打击令其不敢对任何一种思想投之以百分百的信任，唯一可信任的便是自己。这种力求独立与四顾无助的并存心态既

① 转引自 *Володин А. И.* Утопический социализм в России, Москва.: 1985. С. 136.

② 《陀思妥耶夫斯基论艺术》，冯增义等译，桂林：漓江出版社，1988年，第126页。

③ *Тютчев Ф. И.* Полное собрание стихотворений. Ленинград.: Сов. Писатель, 1987. С. 229.

④ [俄]别尔嘉耶夫：《俄罗斯思想》，雷永生等译，北京：生活·读书·新知三联书店，1996年，第62页。

⑤ Walicki, Andrzej. *The Slavophile Controversy: history of a conservative utopia in nineteenth – century Russian thought.* University of Notre Dame Press, 1989. P. 585.

是赫尔岑后半生思想的主要特色，也是他在二十世纪最能唤起以赛亚·伯林共鸣的地方。在这点上，跟赫尔岑同时代的斯特拉霍夫倒是看得比较清楚：赫尔岑是"天生的一个思想家"，"独立个性的思想构成了赫尔岑的出发点。"他始终以悲观主义看待一切事物。"与欧洲观念的斗争是赫尔岑主要的任务与功绩。"①不过，个性独立固然是赫尔岑的追求，但历史的虚无更令其感到人生的幻灭。这可能也是赫尔岑自己所认识到的。在晚年的几篇文章中，赫尔岑再三强调他与巴枯宁、格拉诺夫斯基对俄国虚无主义的开创之功，认为他们这一代人留给平民知识分子的遗产就是"虚无主义"②。从他的一生努力来看，这个评价还是比较中肯的，尽管这种虚无主义发展到后来，令他倍感失望。不过，所幸他所为之坚持的理想并未消亡。写于19世纪60年代的一份民粹派材料，直接证明了民粹派对赫尔岑思想的继承："我们是迟到的民族，而正是这一点使我们得救了。我们应该感谢命运，我们不曾有过欧洲式的生活。欧洲的不幸，欧洲的绝境对于我们是教训。我们不要欧洲的无产阶级、贵族、国家原则和皇帝权力。"③

对于赫尔岑个人来说，《彼岸书》首先是一部1848年革命亲历史。他在其中不但详细描绘了这个时期的法国社会各阶层状况，而且还加入了自身不同时期的体验。比如在《他们活过了》(Vixerunt)开始，作者便描写了巴黎民众的风貌；在《暴风雨之后》里，作者描写了革命后的白色恐怖："恐怖像油污似的浸入每个角落，门后有人偷听，人民生活在极其可怕的气氛之中。坏蛋们随时都可能给你制造种种政治谎言，他们知道，如果警察委员会听到他们的谣言，第二天就会派密探把你搜查一番。……晚上，一伙伙密探出动，追捕出售被查禁杂志的人。"这种历史的记录，在其他的一些篇章如《牺牲》(Dedication)等里面并不少见。与此同时，《彼岸书》中还有作者大量的感慨。比如在《牺牲》中，当作者看到高唱《马赛曲》的女演员拉赛尔，不禁心生敬意说：

---

① *Страхов Н. Н.* Борьба с Западом в Нашей Литературе. Исторические и Критические Очерки. Кн. 1. С. 122、120.

② 原文为："十二月党人是我们伟大的父辈，而巴扎罗夫则是我们放荡的孩子。我们从十二月党人那里继承了已觉醒的对人之尊严的自觉，对独立自主的追求，对奴役的仇视，对西方与革命的尊敬，对俄国发生改革可能性的深信不疑，要参加这种改革的热烈愿望，还继承了青春与取之不尽的地方。所有这些都经过了改造，已经变成另一种样子，但基础仍是一样。那我们这一代人究竟拿什么东西遗留给新的一代呢？虚无主义。"*Герцен А. И.* Собр. соч. в 30 т. Т. 20. С. 346.

③ 《致青年一代》，载于《俄国民粹派文选》，中共中央马克思恩格斯列宁斯大林著作编译局国际共运史研究室编译，北京：人民出版社，1983年，第9页。

"只有在识破 2 月 24 日的骗局，目睹了 6 月的罪恶之花，才能唱出这样的歌。"①

不过，如果仅仅把《彼岸书》看作是一本历史书，那显然是低估了赫尔岑的思想水平。1906 年，梅列日科夫斯基在《未来的小人》一文中指出："当赫尔岑从俄罗斯跑到欧洲时，他是从一种奴役落入了另一种奴役，从物质的落入了精神的奴役。"②这种"精神的奴役"实质上就是西方启蒙思想的束缚。强调"进步""民主"等概念的启蒙思想在十九世纪上半期已成为资本主义社会的主流，遭到了包括波德莱尔等极少数有识之士的反驳。赫尔岑也指出："若进步是目标，那我们又为谁工作呢？摩罗神是谁？……历史全是即兴创作，全是意志，全是临场发挥，没有界限，亦无既定路线。"③《彼岸书》的历史意义就在于赫尔岑在启蒙运动以降的西方思想史上即使不是最早，也是较早地提出了对理性史观、进步观念的质疑。这种质疑在经历了两次世界大战的二十世纪人来说，似乎并无太多新意，但回想到 1848 这样一个年代，其先驱性不言自明。

当然，赫尔岑在这里是运用对话方式来表达这种观点，这种似是而非的方式很容易给读者造成某些误会和不解。卢那察尔斯基曾将赫尔岑与别林斯基做过对比："如果说在对周围事物的理解上，赫尔岑究竟没有达到别林斯基所达到的高度的话，那么原因并不在于他缺乏才气，倒也许在于赫尔岑虽然是少见的光辉的人物，却毕竟是一个地主，他太爱玩赏他的智慧的光芒，他的思想中精微之处太多了。"④这种太多的"精微之处"或许也是造成同时代人无法理解赫尔岑的原因之一。

再回到上文中托翁的那段话，其中所谓"让当代人了解他"，恰恰说明了当代人对赫尔岑——尤其是晚年赫尔岑——的不理解。1870 年 1 月 9 日，赫尔岑去世。时隔半年，斯特拉霍夫为他写了长达 137 页的评论文章。斯特拉霍夫将赫尔岑身份定位为"文学家与宣传家"，并且"赫尔岑不是简单的宣传家；他首先是文学家，即著名思想和观点的持有者，对他来说，说出这些思想观点才是主要的基本使命。宣传家的角色只是部分与其观点相合，大部分与

---

① *Герцен А. И.* Сочинения в 9 т. Т. 3. С. 374.

② ［俄］梅列日科夫斯基：《病重的俄罗斯》，李莉等译，昆明：云南人民出版社，1999 年，第 12 页。

③ *Герцен А. И.* Сочинения в 9 т. Т. 3. С. 261、264.

④ ［俄］卢那察尔斯基：《论俄国古典作家》，蒋路译，北京：人民文学出版社，1958 年，第 39 页。

之激烈冲突。”[①]但这样客观的论断在俄国社会中并不占主流。随着政治斗争的需要,政治家赫尔岑的形象逐渐盖过了文学家赫尔岑。这其中,列宁的《纪念赫尔岑》(1912)功不可没。文中所提出的“十九世纪前半期贵族地主革命家那一代的人物”[②]这一论断基本上为赫尔岑在整个苏联时期的接受奠定了基调。[③] 欧美对赫尔岑关注颇多,但也基本上视之为信仰革命乌托邦的俄国激进分子。这一经典形象直到以赛亚·伯林方有所改变。他在《俄国思想家》中着力描述赫尔岑的心路历程,将其描绘成一只“多知”的大狐狸,为后人塑造了一个不一样的赫尔岑。毫无疑问,赫尔岑是个多面手,他的多方面成就为后人对他的多重理解提供了条件。所以才有了贵族革命者赫尔岑,自由主义者赫尔岑和文学家赫尔岑。然而,这种“多知”却反而在某种程度上模糊了他的本来面目:俄国最早的虚无主义者之一。

不过,随着二十世纪的到来,两次世界大战的爆发、极权与专制的恐怖,越来越多的人意识到赫尔岑及其《彼岸书》的思想价值。当代英国哲学家罗杰·豪舍尔(Roger Hausheer)在为伯林《反潮流》一书所作的序言中指出:“随着时间的推移,赫尔岑的立场变得越来越有吸引力,对于对任何想找出人类问题最终解决办法的努力的怀疑有增无减的一代人,就更是如此。”[④]

在别林斯基去世,赫尔岑远走他乡之后,俄国文学界似乎出现了一个真空。这个真空一直到1855年才被打破。这一转折便是这一年间车尔尼雪夫斯基学位论文《艺术对现实的审美关系》的发表。作者在文中旗帜鲜明地指出:“美是生活”;“科学与艺术(诗)是开始研究生活的人的Handbuch(德文:手册,教科书——引者注)”;艺术的使命就是:“当现实不在眼前的时候,在某种程度上代替现实,并且给人作为生活的教科书”[⑤]。车尔尼雪夫斯基的唯物主义美学观在社会上反响极大,年轻一代对此十分热衷。屠格涅夫对此深

---

① *Страхов Н. Н.* Борьба с Западом в нашей литературе.: Исторические и Критические Очерки. Кн. 1. Киев.: 1897. С. 2.

② [俄]列宁:《论文学与艺术》,第125页。

③ 如同时代的沃罗夫斯基在《赫尔岑是社会主义者吗?》(1920)中就延续了列宁的观点,仅从标题本身就说明了对赫尔岑的认识。之后的卢那察尔斯基也坚持了类似看法:一方面承认赫尔岑观点的某些正确性,另一方面又指出:“我们决不能说列宁主义来源于赫尔岑的学说;甚至也不能说赫尔岑是列宁主义的嫡亲的先驱。”参见[俄]卢那察尔斯基:《论俄国古典作家》,第54页。

④ [英]以赛亚·伯林:《反潮流:观念史论文集》,第42页。

⑤ [俄]车尔尼雪夫斯基:《艺术对现实的审美关系(学位论文)》,载于[俄]车尔尼雪夫斯基:《车尔尼雪夫斯基文学论文选》,辛未艾译,上海:上海译文出版社,1998年,第142、146页。

为忧虑,他从艺术的角度出发,认为艺术除了为生活服务外,还应该考虑到美的问题。在作家眼里,类似于车尔尼雪夫斯基这种粗俗的、功利性极强的唯物主义只能毁灭美。尽管有屠格涅夫等人对其驳斥,但虚幻的、艺术的美还是难敌现实的、政治的实用性,车尔尼雪夫斯基论文以其鲜明的现实意义在19世纪60年代大学生中影响日益增长。俄国知识阶层对暴力革命的狂热日益强烈,鼓吹"热爱破坏就是热爱建设"的巴枯宁主义一时间大行其道,甚至出现了如涅恰耶夫之类为目的不计手段之辈。1862年,俄国革命者彼·格·扎伊奇涅夫斯基在狱中写了著名的《青年俄罗斯》的传单,其中所流露出的虚无主义情绪至今令人听来震撼:"记住,那时谁不和我们站在一起,谁就是反对我们,谁反对我们,谁就是我们的敌人,而对敌人就应该用一切手段予以消灭。"①对于年轻人这种言论,赫尔岑毫不客气予以批评:"这些否定共同生活一切通行准则的人,却充满了先天性痼疾和畸形现象。"②

于是,所谓"60年代人"与"40年代人"的冲突,便反映出两代知识分子之间根本的分歧。这场冲突是俄国知识阶层诞生以来的第一次重大转变,它对于知识阶层在心理、精神面貌等方面的影响是极为深刻的。自此之后,知识阶层由贵族沙龙里、大学讲台上的启蒙教师变成了现实斗争中的斗士,革命颠覆取代了文化创造,否定一切的虚无主义代替了温情脉脉的改良主义,车尔尼雪夫斯基取代赫尔岑成为俄国青年的精神导师。

巴扎罗夫在临死前说:"俄国需要我。……不,明明是不需要我。那么谁又是俄国需要的呢?"③这种肯定与否定的问答恰恰反映出屠格涅夫对虚无主义的犹豫不定:俄国需要巴扎罗夫式的"虚无主义者"吗?仿佛是对这一问题的肯定,车尔尼雪夫斯基的《怎么办?》以一种文学乌托邦的方式给当时的俄国青年指出了前进的道路。他自豪地把以主人公拉赫梅托夫为代表的俄国知识阶层称之为"这是优秀分子的精华,这是原动力的原动力,这是世上的盐中之盐。"④如果说屠格涅夫只是提出了虚无主义这个话题的话,那么车尔尼雪夫斯基则是通过这种文学乌托邦旗帜鲜明地表明了自己的立场。这是俄国虚无主义思想高涨的必然,反过来,《怎么办?》也进一步促进了虚无主义

---

① 《青年俄罗斯》,载于《俄国民粹派文选》,第30页。

② [俄]赫尔岑:《往事与随想》(下),第385页。

③ [俄]屠格涅夫:《父与子》,巴金译,北京:人民文学出版社,1991年,第451页。

④ [俄]车尔尼雪夫斯基:《怎么办?》,蒋路译,北京:人民文学出版社,1990年,第326页。

的勃兴。该书被别尔嘉耶夫称之为“俄国虚无主义的基本教条”[①],因为小说中掺入了太多虚无主义的主题和特点:如妇女解放、婚姻自由及即将到来的革命等等。小说对家庭、婚姻、社会经济关系之激烈否决,使得拉赫梅托夫这类新人形象更是深入人心,“披头散发的先生和不修边幅的女学究”成为各种小说中虚无主义者形象的典型。俄国宗教哲学家尼·洛斯基(Н. О. Лосский,1870—1965)后来认为:“车尔尼雪夫斯基及其同道杜勃罗留波夫在著作中表现出来的对社会生活传统支柱的否定,被准确地称之为虚无主义。”[②]

这种“社会生活传统支柱”就是婚姻、家庭以及劳动体制。《怎么办?》和之前诸多有关俄国现实的小说不同之处在于:它不但否定了上述这一切,甚至构思了一个乌托邦式的工场。小说基调是乐观而欢快的,有别于屠格涅夫、赫尔岑作品中的那种无所事事的哀愁和壮志未酬的遗憾。当然,《怎么办?》在立足现实的基础之上带有更多的幻想性,它是在俄国现实基础上对未来的一种展望或者构想,后人把这部作品纳入十九世纪乌托邦小说不无道理。正是在这种幻想和虚构中,虚无主义者的时代到来了。

《怎么办?》发表于1863年《现代人》杂志,时值农奴制改革后不久,改革的不彻底性令社会有识之士大为失望。“俄国往何处去?”这一问题成为整个知识界关注的中心。《怎么办?》虽然是以问题为标题,但其中所体现的,是对时代的呼应,是虚无主义者们对自身和对改造社会的十足信心。其副标题“新人的故事”明确揭示了本书主旨:塑造新一代的时代人物,以此为俄国的发展寻找新的道路。因此有评论家指出:这是一部“为改造社会、为祖国和人民的幸福未来而斗争的百科全书”。[③] 小说的主人公是韦拉、洛普霍夫、基尔萨诺夫和作为更高意义上的思想者、革命者拉赫梅托夫。小说对以上四位人物的形象塑造主要通过以下方面得以体现:即对家庭的否定,对经济体制的否定,对未来社会模式的设想。

农奴制改革后的现状令人大失所望,用小说中的话说:“这个国家像土耳其似的愚昧无知,像日本似的孤立无援。”[④]小说讲述了韦拉·帕夫洛夫娜的爱情故事,但这又不等同于普通的爱情故事,这也是她在政治思想上的成

---

① *Бердяев Н. А.* Истоки и Смысл Русского Коммунизма. Москва.: Наука,1990. С. 43.

② *Лосский Н. О.* История русской философии. Москва.:Советский писатель, 1991. С. 70.

③ [俄]尼·鲍戈斯洛夫斯基:《车尔尼雪夫斯基》,关益等译,哈尔滨:黑龙江人民出版社,1986年,第309页。

④ [俄]车尔尼雪夫斯基:《怎么办?》,第488页。

长过程。她叛离自己旧家庭,先与洛普霍夫,最终与基尔萨诺夫组成了幸福的家庭,自己也成长为一个坚定的革命知识分子。这一切无疑需要以否定作为基础。韦拉出生于一个小官僚家庭,家中弥漫着浓重的市侩气息。在小说开始前,韦拉只是一个具有初步反抗意识的单纯少女,她也看过一些书,但用她的话说,书上写的东西,“仿佛是幻想,好固然好,就是没法实现。”[①]在真正的启蒙者出现之前,她对传统的否定还是属于自发性质的,未曾上升到理论的高度。家庭教师洛普霍夫的出现,给她的生活带来了新的希望和光明。韦拉兴奋地把两人初识的那天称之为“她的生日”(意即在精神上的新生)。洛普霍夫以先进的西方思想来开导她,但又绝非高高在上、夸夸其谈,而是以极为通俗易懂的语言来接近和启发她。正如书里所说,“洛普霍夫这类人掌握着一套有魔力的语言,能够把一切苦恼的、受屈辱的人吸引过去。”[②]从中我们不难看出新人形象对罗亭这一类(“语言的巨人”)人的继承。

但区别于后者的是,洛普霍夫不仅能说,而且还善于做,他帮助韦拉勇敢地帮助韦拉逃离了家庭的控制,使其追求自由的理想化为了现实,这就是他们这些新人之不同于多余人的地方。但我们可以看到,与洛普霍夫的结合并不意味着她在思想上的完全成熟,她对后者还有某种感恩心理,明知性格不合,但还是强迫自己爱他。这在作者来看,并非是完全的、真正意义上的解放。所以她又爱上了基尔萨诺夫,直到这时她勇敢地追求自己的所爱时,她才算是达到了完全的思想解放。在这里,车尔尼雪夫斯基避而不谈三角恋爱中的责任问题,只是强调了爱情的自由,这显然是有失偏颇的。同样的处境,托尔斯泰笔下的安娜死了,而韦拉活着,难怪托尔斯泰对车尔尼雪夫斯基嗤之以鼻了。

无独有偶,基尔萨诺夫也曾有过同样的经历。他在求学期间认识一名沦为街头妓女的女子,但他以知识分子的启蒙精神开导她,使她认识到自己处境的可悲性,并成为一名有初步解放意识的新女性。甚至连韦拉自己在从家庭逃出之后,通过创办缝纫工场及开展文化教育活动,唤醒了其他女性的自立意识,使之成为具有潜力的新人。韦拉的成长在这里并不是一般意义上的成熟,而是代表着俄国妇女的觉醒,这种觉醒不是自发的,而是通过外在帮助而达到的。凑巧的是,整整 20 年之后,俄国女作家科瓦列夫斯卡娅(C.

---

① [俄]车尔尼雪夫斯基:《怎么办?》,第 85 页。

② 同上书,第 84 页。

Ковалевская, 1850—1891）创作的《女虚无主义者》（Нигилистка, 1884）中也塑造了一个虚无主义者韦拉。她一开始在乡下时爱上了一个被流放的革命者瓦西里采夫，后者的教导使之摆脱了宗教和家庭的影响，并出走寻找真理。到了彼得堡之后，她又因旁听法庭审判而认识了更有名的虚无主义者巴甫连柯夫。为了拯救后者，韦拉不惜撒谎，自毁名誉，跑到监狱与之结婚，并随之远赴西伯利亚。宗教的信仰、父母的权威、家庭的责任，甚至个人名誉，在外力的帮助下逐一被推翻，一个虚无主义者正在成长。从另一方面来说，由于这种外力的介入，传统的道德伦理价值观念都被逐渐打破，一再都不再神圣，为了所谓的"事业"，个人的品德成为无足轻重的东西。这也是虚无主义者在当时最为人诟病的地方。

这是十九世纪俄国文学中常见的"拯救与被拯救"模式：即思想先进的大学生（贵族或平民知识分子）偶遇贵族或小市民家庭中的少女，前者以其雄辩的口才、激进的思想打动了为庸俗环境所苦的年轻少女，令后者无限崇拜。但两者关系最终表白之际，也是其终结之时。男主人公（知识分子）的态度此时就显得极富时代特点。从普希金的奥涅金到屠格涅夫的罗亭，包括《谁之罪》里的别里托夫在内，基本上属于同一个类型，即长于言词，止于行动。但洛普霍夫显然打破了这种模式，小说不再限于以知识分子自身的沉沦来发泄对社会的不满，而能将其先进思想付诸行动，最终赋予小说一个圆满的结局。这也证明小说的主旨除了对现实的否定之外，更在于塑造一个美丽的水晶宫，为现实中的人们指明奋斗的方向。

作家在小说里还用了很多笔墨描绘一个性格古怪的革命家拉赫梅托夫。此人就外表看来是"一个阴沉的怪物"[1]，对人对己都极为苛刻。[2] 但小说通过韦拉之口以及作者的议论笔锋一转：其实他是个"又可爱又愉快的人"，原因何在呢？拉赫梅托夫说："看到的总是些不愉快的现象，怎能不变成阴沉的怪物？……我自己也不高兴做一个'阴沉的怪物'，可是环境如此，像我这种强烈地爱善疾恶的人，就不能不变成'阴沉的怪物'……"[3]，这就把对个人

---

① ［俄］车尔尼雪夫斯基：《怎么办?》，第 336 页。

② 难怪当时小说出版后，拉赫梅托夫形象受到的攻击和误解最多，且不论来自敌对阵营的抨击，连高尔基也认为车尔尼雪夫斯基描写拉赫梅托夫是"把一种最荒唐的虚构放在俄罗斯面前"。参见［俄］高尔基：《俄国文学史》，缪灵珠译，上海：上海译文出版社，1979 年，第 396 页。

③ ［俄］车尔尼雪夫斯基：《怎么办?》，第 336 页。

性格的分析转到对社会的隐性批判上去了。[①] 表面上作者看起来只是在分析人物的性格形成，但实质上作者在这里试图揭示的主要还是社会环境的丑恶，由原因的剖析展示了拉赫梅托夫们对沙皇专制的批判意识。另一方面，国之不振、民之不幸导致了主人公的阴郁性格，虚无主义者某些不近情理，否定一切的意识也得到了合理的解释。按照作者在小说第二部里的构思，革命胜利之后，拉赫梅托夫将有充分机会去享受爱情的幸福和生活的欢乐，他将成为一个愉快的人。但仅从小说本身来看，虚无主义者不但否定外在于他的社会环境，甚至否定了个人情感。在这些虚无主义者身上，个人情感、家庭观念是次要的，重要的是俄国人民的利益。但若仔细深究，这人民利益体现在哪里，却又是有些茫然了。这正应了巴枯宁说过的话：革命者"鄙视社会舆论。他鄙视和憎恨目前社会道德的一切动机和表现。对他来说，凡是促进革命胜利的东西，都是合乎道德的。凡是阻碍革命胜利的东西，都是不道德的和罪恶的。""他日日夜夜只应该有一个思想，一个目的——无情地破坏。他沉着地，不倦地致力于这个目的，因此他应该准备牺牲自己，并且准备亲手摧毁妨碍达到这个目的的一切东西。"[②]

"娜拉出走以后怎么办?"同样的问题摆在知识分子面前。所以，一种对未来生活模式的构想便油然而生。作者安排了一个乌托邦式的"裁缝工场"，在那里人人平等，个个劳动，集体住宿，共同消费，大家过着幸福而又安宁的生活，不仅在物质上有所保障，而且精神上还有机会接受艺术的熏陶，可谓达到了精神物质双丰收的圆满境界。"裁缝工场"的主要人物是接受启蒙之后的韦拉，以及她背后的基尔萨诺夫。他们夫妇两人成为这一乌托邦实体的灵魂，种种美好幻想皆出自他们。韦拉甚至还有那么多的关于未来的梦，尤其在她的第四个梦中充分表达了作者在文中不便直说的意思。光明美人似乎就是一种新思想、新宗教的主宰，她揭示了未来的美好画卷："这儿有各种各样的幸福，个人可以享有自己所需要的幸福。在这儿，个人可以选择自己所喜欢的生活，在这儿，人人都享有充分的自由、无拘无束的自由。"[③]一切都太简单了，得来全不费工夫。正因如此，当列斯科夫把这些人称为"好心人"的

---

① 这里考虑要到车尔尼雪夫斯基是在彼得保罗要塞里创作《怎么办?》一书这一背景。详见该书译本序。

② [俄]巴枯宁:《革命问答》，载于《巴枯宁言论》，中共中央马克思恩格斯列宁斯大林著作编译局资料室编，北京：生活·读书·新知三联书店，1978年，第164页。

③ [俄]车尔尼雪夫斯基:《怎么办?》，第437页。

时候，斯特拉霍夫却把他们称之为“幸福的人”，揶揄之情尽在其中。

但作者的这种构想在当时的俄国简直是不能实现的，虽然小说里也说：“我们先前指给你看的一切不会很快地充分发展起来，不会一下子变成你现在见到的样子。你预感到的前景要经过好几代人的更迭才能全部实现。”[①]但从全书来看，通篇洋溢着的一种乐观主义显示出作者对未来设想的简单化、乐观化倾向。屠格涅夫在《烟》（1867 年）中通过否定性人物、女地主苏汉奇科娃对这种幻想加以嘲讽（“缝纫机，缝纫机。应该使全体，全体妇女都有缝纫机，而且组织一些社团。这么一来，他们就能赚钱自给，马上就独立自主了。否则，她们永远无法解放自己。”[②]），语虽尖刻，却不无道理。指望一个工场并将之作为一个模式加以推广以便改变俄国人民的命运，这和欧文的公社没什么区别，只能说是一个美好的乌托邦。但通过这种乌托邦，小说为俄国的热血青年们指明了努力的方向，而不仅仅局限于巴扎罗夫式的否定。这在俄国文学虚无主义的进程中是一个里程碑式的事件。当然，对于俄国的保守派来说，车尔尼雪夫斯基所描写的这种“新人”成为他们的梦魇，必须加以反对。反虚无主义因此而诞生。正如美国当代史学巨擘派普斯（Richard Pipes）指出：“从最广泛的意义来说，1860 年后俄国的保守主义是一种反虚无主义理论，试图在车尔尼雪夫斯基‘新人’为俄国社会展现的恐怖幽灵之外提供别样选择。”[③]

应当承认，《怎么办?》就艺术性而言并不突出，很多地方都显得粗糙，对人物形象的刻画也略嫌不足，但正如象征主义小说家瓦·勃留索夫（В. Брюсов，1873—1924）所说：“无论别人怎么评价它，我还是认为这是一本不同寻常的小说，很值得一读。”[④]原因就在于《怎么办?》的出版使俄国的激进青年从中看到了自己效法的榜样以及为之奋斗的目标，“哈姆雷特”开始转变成“堂·吉诃德”。以赛亚·伯林在《俄国民粹主义》一文中论及此书说：“这部说教小说描写自由、道德纯净、合作式的未来社会主义共和世界；其动人的诚挚用心与道德热情，使理想主义与满怀罪恶感的富农子弟目迷心醉：此书提供了一个理想模范，一整个世代的革命家奉此模范为圭臬而教育、坚强自

① ［俄］车尔尼雪夫斯基：《怎么办?》，第 437 页。

② ［俄］屠格涅夫：《烟》，王金陵译，北京：人民文学出版社，1991 年，第 20 页。

③ Richard Pipes. *Russian conservatism in the second half of the Nineteenth century*. *Slavic Review*, Vol. 30, №. 1（Mar.，1971）. P. 124.

④ ［俄］瓦列里·勃留索夫：《勃留索夫日记钞》，任一鸣译，天津：百花文艺出版社，1992 年，第 123 页。

己,反叛现有法律与习俗,以近乎崇高之姿,将放逐与死亡全然置之度外。"[①]当时在帝俄警察局的询问记录中有这么一栏:在某年某月我读了车尔尼雪夫斯基并成了革命者。列宁曾经说:"在接触马克思、恩格斯、普列汉诺夫等人的著作之前,唯有车尔尼雪夫斯基对我具有首要的、压倒一切的影响,而这种影响是从《怎么办?》开始的。……这部作品能使人受用一辈子。"[②]

相较于前面两人,德米特里·皮萨列夫(Д. И. Писарев,1840—1868)的名字,也许更能令人联想起破坏一切的虚无主义思潮。皮萨列夫固然是著名的批评家,但他更是一位著名的宣传鼓动家。美国斯拉夫学者彼得·波泽夫斯基(Peter C. Pozefsky)指出:"皮萨列夫、扎伊采夫及其他人并不是车尔尼雪夫斯基那种意义上的文化先锋。然而正是在他们的领导下,激进主义从闭塞圈子里的一小撮人发展为社会运动,其支持者遍布俄国城乡大街之上。"[③]也许正因如此,他在俄国文学批评史上地位才比较尴尬。一方面,他是别车杜之后的革命民主主义最后一位代表,但另一方面他又是有些极端的虚无主义活动家,他曾是年轻一代的偶像,几乎代表了这种思潮的最高潮。米尔斯基认为:"虚无主义影响在60年代尤为强大,当时其领袖为杰出的抨击性文章作者皮萨列夫。但在他去世之后,虚无主义者的影响就衰落了,在我们所审视的这个时期(指80年代——引者注),就最终消失了。"[④]皮萨列夫等于虚无主义者,这似乎在很长一段时间内成为苏联和欧美学术界的共识。与他的前面几位相比,对于他的研究,无论是苏联还是欧美,似乎总是不温不火,游离于中心与边缘之间。

针对皮萨列夫在二十世纪的被冷落,美国批评家雷纳·韦勒克(Rene Wellek,1903—1995)似乎颇有不平之意。他说:"不过在我看来,这一切都有失公正。皮萨列夫是激进的功利主义者,笃信最终会促进公益的理性的利己主义。……他的全部希望都寄托于散播理性的科学的思想,逐渐创建一个信奉唯物主义的知识界。"[⑤]皮萨列夫的思想在很大程度上是车尔尼雪夫斯

---

① [英]Isaiah Berlin:《俄国思想家》,彭淮栋译,台北:联经事业出版公司,1987年,第298页。

② 转引自[俄]A.伊祖耶托夫:《列宁与俄国革命民主主义者(论文学观点和美学观点的继承特点)》,载于《列宁文艺思想论集》,董立武、张耳编选,北京:中国社会科学出版社,1986年,第50页。

③ Peter C. Pozefsky *the Nihilist Imagination: Dimitrii Pisarev and the Cultural Origins of Russian Radicalism*(1860—1868). Peter Lang. 2003. P. 3.

④ D. S. Mirsky : *A History of Russian literature: from its beginning to* 1900. Vintage Books, 1958. P. 335.

⑤ [美]雷纳·韦勒克:《近代文学批评史》第4卷,杨自伍译,上海:上海译文出版社,第297页。

基、杜勃罗留波夫观点的进一步发挥。譬如批评家历来为人所诟病的《美学的毁灭》一文,实际上也是对车尔尼雪夫斯基"美是生活"的合理发挥。"美是生活"固然强调了美的现实性,但也否定了美学作为一门科学的存在可能。车尔尼雪夫斯基之所以要从美学的层面上来讨论生活,在皮萨列夫看来,只是为了照顾读者大众的习惯,被迫在开始时"用庸夫俗子的语言去同庸夫俗子交谈""用敌人的武器去反对敌人"①。车尔尼雪夫斯基最终的目的是要把读者的注意力从黑格尔唯心主义体系上引开,使之更多地关心社会现实问题。等到整个美学逐渐被体现为生活中的各种事物,乃至生活本身,那么读者就会抛弃那一套理论体系,直接投入到现实的生活中去。事实上,在皮萨列夫看来,生活是多方面的,美学是一种系统的学科,再多的定义和概念都无法囊括生活中的美。"假如美只是我们所喜爱的东西,假如由于这个缘故,所有关于美的形形色色的概念原来都是同样合理的,那么美学就化为灰烬了。"②虚无主义美学本身存在着这种不可克服的矛盾,皮萨列夫只是将这种矛盾做了过度的阐释。由于俄语中"жизнь"既有"生活"亦有"生命"之意,按车尔尼雪夫斯基的意思,生命不过是人的有机体中一种非常复杂的化学组合的过程,而研究一切生物,包括人在内的这种有机体生命过程的科学就是生理学。由此,皮萨列夫甚至提出了"美学消失在生理学与卫生学之中"③的论断,固然荒谬,却也并非空穴来风。难怪当后来有人非难皮萨列夫是美学上的虚无主义者时,他理直气壮地回答:毁灭美学的并不是他皮萨列夫,他只不过非常详细地论证了车尔尼雪夫斯基在美学论文中对美学的毁灭。④ 可见,有了"美是生活",才会迎来"美学的毁灭"。

因此,皮萨列夫固然年少激进,却也不是通常我们所认为的莽撞之人。值得一提的是,他对文学同样有着敏锐的感知力。正是这种感知,使他能够准确地从虚无主义的角度来审视各种文学作品。比如说,他对《父与子》的评价便深得屠格涅夫的欣赏。当屠格涅夫遭到激进和保守两派一致攻击的时候,是皮萨列夫站出来发表了相对公允的意见:"对这个典型的塑造是经过了深思熟虑的,他对它的理解非常正确,我们现实主义作家中的任何一个人

---

① *Д. И. Писарев.* Сочинения в 4т. Москва.: Государственное издательство художественной литературы. 1956. Т. 3. С. 418.

② *Д. И. Писарев.* Сочинения в 4 т. Т. 3. С. 420.

③ Там же. Т. 3. С. 423.

④ Там же. Т. 8. С. 463.

都不能像他那样理解它。”这等于为屠格涅夫洗刷了污蔑青年一代的罪名。接着批评家又指出屠格涅夫本人的创作风格，强调了巴扎罗夫在作家作品中的重要地位。“屠格涅夫不喜欢无情的否定，可是一个无情的否定者往往具有刚毅的个性，而且总能获得每个读者的不由自主的尊敬。屠格涅夫倾向于理想主义，然而在他的长篇中所描写的任何一个理想主义者，不论在才智方面，还是在性格方面，都不能同巴扎罗夫相比。”总体来说，皮萨列夫认为："对于现实主义文学家来说，这部小说无疑是珍贵的，它提供了关于他们的思想命运的信息，更可贵的是提供了同读者公众进行详尽阐释的缘由。”[①]有鉴于此，屠格涅夫在发表《烟》的时候，甚至还专门请教皮萨列夫，希望听取他的建议，这已是众人尽知的事实。

不过，虽然皮萨列夫在文学批评史上如此富于魅力，但他在思想倾向上的转折却往往令人惊讶，要知道他几乎是一下子从一个听话懂事的孩子变为否定社会的激进鼓动家。虽然目前已有无数的研究者对此提出了种种猜测，但这个转变仍然是“一段令人遗憾的空白。”[②]皮萨列夫出生于一个古老的贵族家庭，受过良好的教育，举止温文尔雅，是个典型的贵族少爷。他的优雅风度一度令屠格涅夫产生疑惑："杜勃罗留波夫我了解不多，对皮萨列夫也一样。杜氏对我来说更为严肃，而皮萨列夫则更为细致。当皮萨列夫前来拜访我的时候，他的外貌令我惊讶。他给我印象是来自纯粹贵族家庭的青年，温柔、保养很好，手很漂亮，白皙，十指纤细修长，态度温和。”[③]这简直是对皮萨列夫的一幅素描。然而就是这么一个青年，在文坛论战中却表现得咄咄逼人，高举批评大棒横扫一切，被他批判的对象中既有柏拉图、黑格尔等哲学大师，也有莎士比亚、普希金这样的文学巨匠。

不过，皮萨列夫并不贬低这些人物本身的价值。譬如，他也将莎翁称为“天才般的伟大人物”[④]。他只是指出：作为一位经典权威，莎翁及其戏剧已经过时了，至少已经不适合当今的俄国国情。因为在当前的俄罗斯，大众需要的不再是那些距离遥远的历史剧或爱情剧，对生活真实的渴求已成为读者对文学的迫切要求。“如果我们的时代出现了一位才华横溢的诗人，如果这

---

① *Д. И. Писарев.* Сочинения в 4 т. Т. 3. С. 14.

② ［俄］Л. 普洛特金：《皮萨列夫》，高惠群译，上海：上海外语教育出版社，1990 年，第 12 页。

③ И. С. Тургенев в воспоминаниях современников. Т. 2. Москва. : 1983. С. 75.

④ *Д. И. Писарев.* Сочинения в 4 т. Т. 3. С. 62.

位诗人像莎士比亚那样将自己才华的最好部分奉献给历史剧,那么现实主义批评完全有权严厉批评这种情况,即巨大才能脱离了活生生现实的利益。”[①]但现实却是莎士比亚、普希金等这些诗人在当时的俄国文坛已经成为不可动摇的权威,正在成为众人学习效法的榜样,因而发挥着举足轻重的影响。这种影响,在皮萨列夫看来是错误的,因而也是不能容忍的。

因此,皮萨列夫在《普希金和别林斯基》(1865)一文中对以普希金(自然也包括普希金所尊崇的莎士比亚)为代表的文学权威进行了激烈的指责。皮萨列夫认为别林斯基完全高估了普希金的历史意义,在他看来,所谓权威,盛名之下,其实难副。因为“普希金究竟发现了哪些人类痛苦而必定要讴歌一番呢? 第一是无聊和忧郁;第二是不幸的爱情;第三是……第三……没有了,在二十年代的俄国社会再也没有别的痛苦了。”然而,皮萨列夫所关注的问题还不仅仅在于普希金这样的权威本身,他更希望读者关注那些旧权威所产生的不良影响,甚至发出号召:“要以自己的观点更仔细地看看那些陈旧的文学偶像,我们的那些十分凶残而又怯弱的压迫者便躲在他们之后。”[②]在这里,普希金、莎士比亚是作为“陈旧的文学偶像”而遭到否定,他们被看作是纯艺术论者的保护伞。正如皮萨列夫谈及普希金时所说的:“普希金的名字已经成为不可救药的浪漫主义者和文学庸人们的旗帜。”[③]1837 年去世的普希金既已过时,比他更早的莎翁显然更是老古董了。

皮萨列夫对文学权威的否定是有原因的。在他登上文坛的那个时期,俄国正处于改革后的困境。两千万左右的农奴在改革后拥有了做工、经商、结婚等最低限度的公民权利,但却发现自己所耕种的土地反而因为无力购买而比以前减少,从而导致了生活水平的下降,农民因饥饿而发生大规模骚动。在皮萨列夫看来,“当社会中不但有饥饿的人,甚至还有饥饿的阶级时,那么关注次要需求的满足对社会来说便是愚蠢的、丑恶的、不成体统的、有害的。[④]因此,当饥饿在威胁着身边现实的人群的时候,有良知的文学家怎么能有心思去谈论人类永恒的真理。皮萨列夫甚至说,对于拉赫梅托夫这样的新人来说,并不需要“观看莎剧”这样的审美愉悦,他“唯一的缺点是一支好烟,舍此

---

① *Д. И. Писарев.* Сочинения в 4 т. Т. 3. С. 107.

② Там же. С. 364.

③ Там же. С. 364、363.

④ *Д. И. Писарев.* Посмотрим! //Русское слово. 1865. 9. Ⅱ. С. 19.

则不能顺利思考。”[①]此等言论,便是此后“莎士比亚或皮靴”这一问题的雏形,在今日看来不但荒谬而且可笑,但在当时却颇有市场。因为在它的背后折射的是贵族文化和平民文化的对立:前者让人联想起贵族式的浪漫主义情感,后者则代表了底层民众生存之残酷现实。这样的言论在当时自然唤起了众多热血青年们的共鸣。譬如,根据俄国著名女数学家索·瓦·科瓦列夫斯卡娅的回忆:陀思妥耶夫斯基曾与其姐姐围绕虚无主义展开争论。“‘现在所有的年轻人都是愚钝的、缺乏教养的!’有时陀思妥耶夫斯基叫道。‘对他们所有的人来说,一双擦上油的皮鞋比普希金更珍贵。’‘对于我们时代来说,普希金确实过时了,’我姐姐心平气和地说。”[②]

皮萨列夫首先是一位文学批评家,其次才是一位激进的虚无主义者。他在俄国文学史上的地位也许不如赫尔岑、车尔尼雪夫斯基,但他的意义正如二十世纪初的批评家沃罗夫斯基所指出的:“他对权威原则的斗争,他对个人权利的坚持,在他作为它的表现者的那个时代过去了很久,还在起着作用。他的卓越的批判才能直到现在还保持着自己的清新的气息和强大的感染力。”[③]

三、徘徊在审美与功利之间的文学批评

即使到了今天,别林斯基、车尔尼雪夫斯基和杜勃罗留波夫这三驾马车对于国内多数学人而言依然是十九世纪俄国文学批评的代表人物。结合近年来俄国出版的诸多历史文献,我们可以发现上述看法不但显得简单,而且有片面之嫌。传统的文学批评研究一再强调,革命民主主义文学批评是在斗争中不断成长起来的,但对于斗争的另一方却又语焉不详,这不能不说是种遗憾。另一方面,跨入新世纪后的俄国思想界流行文化“寻根热”,今人试图从中觅得“俄罗斯思想”复兴的力量,这些被遗忘的思想家正得到更多的关注。笔者拟自别林斯基去世之后俄国文学批评的状况谈起,分析非主流批评家对激进派文学批评的反击,揭示十九世纪俄国文学批评在别车杜之外的另一面,以求教于方家。

---

① *Д. И. Писарев.* Сочинения в 4 т. Т. 3. С. 11.

② ［俄］索·瓦·科瓦列夫斯卡娅:《童年的回忆》(摘录),载于《回忆陀思妥耶夫斯基》,多人译,北京:人民文学出版社,1987年,第299—300页。

③ ［俄］沃罗夫斯基:《论文学》,程代熙等译,北京:人民文学出版社,1981年,第208页。

正如普希金是俄国民族文学的奠基人一样，别林斯基（В. Г. Белинский，1811—1848）是俄国民族文学批评体系的奠基人，他对普希金的诠释，对果戈理的评论，树立了战斗性文学评论的典范。他为俄国诗学所确立的现实主义原则，即既要忠于现实，又要积极影响现实的观点，一直是十九世纪中后期俄国文学创作的根本原则之一。但是别林斯基之后，俄国文学批评应该往何处去，对于当时的批评界来说是个至关重要的问题。一般认为，别林斯基之后，俄国文学批评分为两种倾向，实质上是继承了别林斯基文学遗产的两个方面：即为人生的文学与为艺术的文学。[①] 前者为别林斯基晚年批评的主要倾向，尤以致果戈理的信（1848）为最。后者则贯穿了别林斯基批评的一生，乃至于发出如下呼声："我的生命和我的血，都是属于俄国文学的。"[②]在别林斯基看来，"艺术的本质是普遍事物和特殊事物的平衡，概念和形式的平衡。"[③]所谓"平衡"，便是在人生与艺术之间的中和，这其实也是他留给俄国文学批评的遗产。

"概念和形式"，功利与唯美，到底哪一派才是别林斯基的正统接班人，这个问题的焦点集中体现在别林斯基曾担纲主编的《现代人》（Современник）杂志。作为俄国进步思想界的风向标，《现代人》对于十九世纪40—60年代文学的影响是不言而喻的。以研究十九世纪思想史而著称的俄国学者叶戈罗夫（Б. Ф. Егоров）将其视为"60年代人的核心杂志"、"俄国出版界最进步的刊物。"[④]别林斯基通过该杂志把握了40年代的文学批评主导权，可以说该杂志今后的文学倾向在某种意义上代表了别林斯基之后俄国文学批评的走向。

1848年5月，别林斯基病逝于彼得堡，年仅37岁。此前2月份出版的《现代人》（第8卷第3期）刊登了他最后一篇公开发表的文章《一八四七年俄国文学一瞥》（第2篇），此后，《现代人》杂志文学栏目再也未见文学批评文章刊出。这种真空状态直到1849年1月才被安年科夫（П. В. Анненков，1812—1887）的批评文章打破，安年科夫也继别林斯基之后接了批评栏目的

---

① 美国学者维克多·特拉斯将别林斯基遗产分为三方面：左派、右派和审美派。参见 Victor Terras: *Belinskij and Russian literary criticism – the heritage of organic aesthetics*. The University of Wisconsin Press. 1974. pp. 206—260. 但笔者以为左派右派实质上都是对功利主义文学批评观的继承，因此不作特别区分。

② ［俄］波利亚科夫著：《别林斯基传》，力冈译，哈尔滨：黑龙江人民出版社，1985年，第190页。

③ 《别林斯基选集》第3卷，满涛译，上海：上海译文出版社，1980年，第201页。

④ *Егоров Б. Ф.* Борьба эстетических идей в России 1860-х годов. Л.: 1991. С. 56.

编辑之职。[1] 值得一提的是,此时的安年科夫也刚刚结束欧洲之行,于1848年10月回到国内。声势浩大的1848年革命才过去几个月,身在巴黎的安年科夫无意中成了这场革命的见证人。这一经历对他思想发展的影响不可忽视。

1. 争论之始:安年科夫与波特金

安年科夫此人在俄国文学史上素以回忆录著称[2],1849年的这篇《关于去年俄国文学的札记》是他生平第一篇批评文章,在形式上也是对别林斯基开创的年度文学批评传统的继承。但仔细加以阅读,我们便不难发现安年科夫与别林斯基在文学观念上的巨大差异。单从标题而言,晚年别林斯基所用的是"Взгляды на русскую литературу",而安年科夫的文章标题则是"Заметки о русской литературе прошлого года"。单从俄语的角度看,前者是观点、论点的意思,含有评判的意味。后者则只表示记录,倾向上保持客观,这实际上也暗指了《现代人》批评倾向的一种转变。但关键的问题还不仅在于此。

在仿照惯例对1848年俄国文坛的几部小说——如陀思妥耶夫斯基的《女房东》《诚实的小偷》等——介绍之后,安年科夫话锋一转,谈到了这些小说的倾向问题:"我国文学中出现的现实主义引起了诸多误解,现在已到了加以澄清之时。我们的某些作家对现实主义的理解相当狭隘,这是彼得堡杂志上任何一篇有关这一问题的文章都未如此理解的。出于正义感和对这些批评文章的敬意,我们不得不为它们仗义执言,反驳那些一般针对这一倾向(指自然派——引者注)的种种责难。"[3](需要指出的是,后世广为流传的"现实主义"〈реализм〉一词在俄国文学批评中就是由安年科夫首度运用于此。)在批评家看来,这种"相当狭隘"的理解就表现为人物的贫乏,热衷于表面的细节描写而忽视更重要的题材。事实上,这种对现实主义的狭隘理解早在别林斯基在世时便已萌芽。陀思妥耶夫斯基与别林斯基小组在1848年的彻底决裂,很大程度上就是由于他创作了《双重人格》《女房东》等研究人之谜的作品,反对后者对现实主义的片面理解。用陀思妥耶夫斯基自己的话说:

---

① 《现代人》杂志文学栏目的详细刊文情况,可参见:*Боград В.* Журнал «Современник», 1847—1866. Указатель содержания, М.-Л.: 1959.

② 其《辉煌的十年》一书经以赛亚·柏林在《俄国思想家》推荐后在我国学术界知名度颇高。1999年黑龙江人民出版社还推出了甘雨泽译的《文学回忆录》选译本,可惜印数太小(1000册),学界知之者不多。

③ *Анненков П. В.* Критические очерки. Санкт-Петербург.: 2000. С. 40.

"我批评他(指别林斯基——引者注)硬要给文学安排一个微不足道的个别的使命,把文学降低到只是描写一些报章轶事和丑闻,如果可以这样表述的话。"①

应该说,安年科夫的这篇年度批评尽管在很多方面是别林斯基传统的延续,但在一些基本问题上也有所发挥,甚至超出了别林斯基的范围。譬如,就现实主义本质的而言,安年科夫的理解显然比别林斯基等人那种狭隘的写实主义有更大的包容性。

此后,安年科夫更坚持了对激进派的批评,在很多方面都与车尔尼雪夫斯基等人展开了论战。在1855年的《论优美文学作品的思想》一文里,安年科夫对车尔尼雪夫斯基等人宣传的文学思想性、教诲性做了批判。批评家认为:这种对文学的要求将会使文学失去"可贵的本质":即"失去对现象理解的新鲜性""观点的纯朴性"和"接近观察自然与性格"②等。又如,在《软弱的人的文学典型》(1858)中,他反对车尔尼雪夫斯基关于正面人物的论点,否定"英雄个性""完整个性",宣称俄国不需要这类英雄,不应期待他们来革新生活。安年科夫认为,一批优秀的作家和社会活动家组成了软弱的人圈子,这些人并不像车尔尼雪夫斯基所指责的那样,是"过时的"一代,相反,他们是"唯一工作的"一代,是"一切认真、有益、高贵"事业的支柱。他强调,在俄国只需要"受过教育与善良的人们"的平凡而顽强的日常劳动,而不需要什么英雄主义。③ 这种观点和二十世纪之初的《路标》文集所提倡的"反英雄主义""回归知识分子岗位"等呼吁颇有相似之处,从中似可体现出俄国几代自由主义知识分子精神的薪火传承。

作为审美派批评三巨头之一的波特金(В. П. Боткин,1811—1869)虽然论著不多,但仅有的一篇《费特的诗歌》(1857)却影响颇大。文章虽然是因捍卫费特(А. А. Фет,1820—1892)的诗歌而作,但其涉及的其实是对艺术的根本看法,因此不但被托尔斯泰称之为"充满诗意的诗学手册"④,后世论者也将其视为"'纯艺术论'批评的纲领性宣言"⑤。文章开头,波特金首先谈到了时

① 陈燊主编:《费·陀思妥耶夫斯基全集》第18卷,石家庄:河北教育出版社,2010年,第721—722页。

② 转引自刘宁:《俄国文学批评史》,上海:上海译文出版社,1999年,第224—225页。

③ *Анненков П. В.* Критические очерки. Санкт-Петербург.: 2000. 156.

④ [俄]苏·阿·罗扎诺娃编:《思想通信——列·尼·托尔斯泰与俄罗斯作家》上册,马肇元等译,北京:文化艺术出版社,1997年,第185页。

⑤ 刘宁:《俄国文学批评史》,第236页。

代特征："当今时代习惯于说，我们生活在一个实用的世纪，对此可理解为某种平庸乃至对一切诗歌的敌视。"不过，"人类的精神从未满足于物质的单纯丰富，人类社会只是依靠道德观念才得以存在和发展。……艺术是道德观念主要的、最有力的工具和表达"①并且，由于人性的永恒，艺术包括诗歌也应该是永恒的。其根源不在于现实生活，而在于人的内心，在于"我们最深邃且难以言表的情感。"艺术创作是一种"无意识的、神秘的心灵活动"，"诗歌是一种推动人实现表达自己感觉和观点这一天生愿望的动力。"真正的诗人充满着"表达自己灵魂内在生命的无目的的愿望"，这正是"诗之为诗的最主要条件。"②

在从宏观上论述了诗歌的本质之后，波特金又以费特为个案，详细分析了他的诗学观及对功利主义诗论的反驳。在批评家看来，费特并不算很流行的诗人，原因有二：他不是"抽象思想的诗人"，其次他也不是"具有某种深刻观点的诗人"③。而无论是"思想"，还是"观点"，都是当时俄国民众所热烈期盼的，真正作为本体的诗歌，反而只是成了一种外在的载体。正是在对诗歌本体的强调上，费特成为了批评家所说的"真正的诗歌天才""当世难得的现象"。④ 并且，"自普希金及莱蒙托夫时代以来，我们在俄国诗歌创作者中找不到较费特先生更具诗才之人。"⑤这里，波特金显然是把费特看作普希金的接班人。因为在他看来，费特成功之处便在于他坚持了"自由创作论"，"与另一种功利主义理论相对立，后者企图使艺术服务于实用目的。"⑥因此，波特金得出结论："没有人会对诗人喜好教诲目的持有异议，但同时也应该预告他们，这种类型的作品，即使有诗歌的外表甚至部分诗歌的特征，但在公正的批评面前却不能被称为真正的诗歌作品；它们可以被称为教育性的、有益的或别的都行，就是不能被称为诗歌作品。"⑦

若将这种观点放到当时背景下看，可知作者之论显然意有所指。别林斯基早就提出："诗人首先是人，然后是他的祖国的一个公民，他的时代的儿

---

① *Боткин В. П.* Литературная критика ,публицистика, письма. Москва. : 1984. С. 192、194.

② Там же. С. 202.

③ Там же. С. 209.

④ Там же. С. 210.

⑤ Там же. С. 211.

⑥ Там же. С. 202.

⑦ *Боткин В. П.* Литературная критика ,публицистика, письма. С. 208.

子。民族和时代精神对他的影响不可能比对其他人们少。”①这个论断直接为后来涅克拉索夫的那首诗歌《诗人与公民》(1856)奠定了基调:“你可以不做诗人,/但是必须做一个公民。”②诗人与公民不是说不能共存于一体,但是在十九世纪中后期的俄国,残酷的社会现实迫使这两者彼此对立。波特金在这里一再强调诗人的主体性和诗歌的独立性,其意旨在矫枉过正,以使文学不要偏离文学本身,可谓用心良苦。

总体来说,安年科夫和波特金的看法在今天看来并非离经叛道。但联系社会现实,考虑到“疯狂的维萨里昂”(即别林斯基)在世时俄国批评界的情况,便知道这已是一种难得的突破。女作家巴纳耶娃(А. Я. Панаева,1820—1893)曾说:“别林斯基对于他那个圈子里的人具有一种精神上的约束力,所以他去世之后,大家都像学生摆脱了老师的监督,感到自由了。他们再也不必在别林斯基面前文过饰非,或者自怨自艾了。”③无论是安年科夫,还是波特金,都是在这种如释重负的氛围中提出了他们的文学观。对文学本身的强调实际上继承了别林斯基重视文学的一面。但由此而导致的反对文学中的功利倾向,这又是他们对别林斯基晚期思想的批判,尽管就当时来看他们未必敢这么想。

2. 争论之中:德鲁日宁

不过需要说明的是,尽管安年科夫和波特金的文章在评论界引起了一定的反响,但毕竟文章数量太少,而且他们也不是专业的评论家。特别是安年科夫,知识面虽广,却更善于在书信或闲聊中任意发挥,但真要从学术角度去看他的评论,说理论证方面倒反有些许含糊不清。英国学者欧福德(Derek Offord)曾说:“因为安年科夫从未令人信服地在出版物中展示其出色的批评及见识,屠格涅夫及其他很多人倒是对其谈话和书信里随意的文学评价大为钦佩。”④事实上,十九世纪50年代中后期,审美派批评的最主要代表还是亚·瓦·德鲁日宁(А. В. Дружинин,1824—1864)。

德鲁日宁是个文学多面手,他的小说《波林卡·萨克斯》曾在俄国文坛引起轰动,给年轻的托尔斯泰留下深刻印象。他还是一位英国文学的热情翻译

① 《别林斯基选集》第6卷,辛未艾译,上海:上海译文出版社,2006年,第589页。

② 《涅克拉索夫文集》第1卷,魏荒弩译,上海:上海译文出版社,1992年,第324页。

③ 《巴纳耶娃回忆录》,蒋路、凌芝译,上海:上海译文出版社,1981年,第100页。

④ Derek Offord. *Portraits of early Russian liberals : a study of the thought of T. N. Granovsky, V. P. Botkin, P. V. Annenkov, A. V. Druzhinin and K. D. Kavelin.* Cambridge university press, 1985. P. 132.

者，包括《理查三世》在内的四部莎剧译作历来是俄国文学的经典版本。他从1848年至1855年[①]间担任《现代人》的文学编辑，后因与车尔尼雪夫斯基等人分歧较大，愤而离开，改去《读书文库》任主编。托尔斯泰曾为此事向涅克拉索夫抱怨："不，您失手让德鲁日宁离开了我们的同盟，铸成了大错。本来《现代人》的批评栏是满可以指望的，而今则给这位臭不可闻的先生（指车尔尼雪夫斯基——引者注）弄得羞于见人了。"[②]事实证明，德鲁日宁在办刊物上确实有独到之处，《读书文库》在他所主持期间成为当时俄国文坛唯一能与《现代人》相抗衡的温和派杂志。[③] 而这个时期，即50年代的下半期，是德鲁日宁与《现代人》争论最为激烈的时候，也是决定俄国文学批评到底往何处去的时期。

如果说上述的安年科夫与波特金重在某些理论观点（如关于现实主义、关于诗歌的本质等问题）的辩驳论战，那么德鲁日宁所侧重的则是对文学批评史的梳理，这主要体现在以下三个方面：首先，重新评价别林斯基及其批评遗产；其次，提出"优美的批评"这一原则与"教诲的批评"相抗衡；再次，强调"自由创作论"。

谈到40年代的批评，自然离不开"批评之父"别林斯基。众所周知，1854年之后，车尔尼雪夫斯基等人都是以别林斯基的接班人身份出现在批评界。可是他们对别氏的阐释正确与否，接受是否全面，这些问题在德鲁日宁看来都需要好好鉴别。在当时来说，这种鉴别实际上就意味着对俄国启蒙思想界文化主导权的争夺。德鲁日宁在那篇最富于代表性的论战性长文：《论俄国文学的果戈理时期及我们对这一时期的态度》（1856）[④]里开篇就指出："对于每个过去了的文学时期，严格地审视这一时期的批评既是必要的，也是有益的。"[⑤]在批评家看来，40年代批评之根本不足"在于既无高于自己，亦无反对自己的严肃批评。"[⑥]别林斯基成为整个批评界的代表。没有竞争就容易出现专制，于是就有了别林斯基晚年的愤怒："在他文章里可听到一种怨恨的偏

① 这段时间被以赛亚·伯林称为"十九世纪俄国蒙昧主义长夜里最黑暗的时辰"，参见［英］以赛亚·伯林：《俄国思想家》，第17页。

② ［俄］苏·阿·罗扎诺娃编：《思想通信——列·尼·托尔斯泰与俄罗斯作家》上册，第36页。

③ 1857年1月，屠格涅夫在给德鲁日宁的信中说："因为您的《读书文库》运行得有声有色，上帝保佑，可别把《现代人》彻底挤垮了。"参见 Переписка И. С. Тургенева в 2 т. Москва.：1986. Т. 2. С. 83.

④ 仅仅从标题来看，就令人联想到车尔尼雪夫斯基的名作《俄国文学果戈理时期概观》（1855—1856），其挑战之意，昭然若揭。

⑤ *Дружинин А. В.* Литературная критика. Москва.：Сов. Россия. 1983. С. 124.

⑥ Там же. С. 128.

执之声，他似乎是在讲一句名言：如果你不赞成我，那就是说你反对我。如果你不赞成我，那你永远也不可能赞成我。”[①]对于这个问题，后来的斯特拉霍夫也有同感：“公正地说，在其晚年，别林斯基的批评陷入了一种片面性，丧失了曾经的准确性。由此，说教的需求妨碍了力量的平静发展。”[②]问题在于，这已不仅仅是别林斯基个人的问题。在德鲁日宁看来，别林斯基的这种偏激如今又“在文学中造就出大量崇拜者、学习者、模仿者和继承者，更糟糕的是，还有盲目的献身者。这些人从敌视各种陈规的原则中为自己炮制出新的陈规。”[③]批评家提到的这些人显然就是指车尔尼雪夫斯基等人。[④]

针对这些人的“新的陈规”，德鲁日宁反其道而行之，提出“优美的批评”与之相抗。何谓“优美的批评”？德鲁日宁定义如下：“一切能促使新、旧诗歌世界激荡的批评体系、论点和观念皆可归纳为永远对立的两类：一类我们称之为‘优美的理论’，即以纯粹‘为艺术而艺术’为口号的理论；另一类是‘教诲的理论’，即通过直接训诫而力图影响风尚、生活和人的理解力的理论。”[⑤]从今天的角度来看，“优美的批评”说到底就是艺术至上，这也是德鲁日宁有时被称为“唯美派”的原因。

不过回过头来看，“优美的批评”毕竟只是一种理论体系，若没有作品作为依托，则也是一句空话。事实上，早在1855年的《普希金及其作品的最新版本》一文中，德鲁日宁就已把“优美的批评”直接运用于对普希金的阐释，并把普希金与果戈理相对立：“无止无休的果戈理的仿制品把我们拉向这个讽刺流派，而普希金的诗篇却能成为与之对抗的最佳武器。”[⑥]

因此在创作上，德鲁日宁和安年科夫、波特金一起提出了“自由创作论”，用以反对别车杜等人的现实主义文学观（德鲁日宁称之为“社会教诲论”）。在1856年发表的评论托尔斯泰的文章《评〈暴风雪〉和〈两个骠骑兵〉》里，他

---

① *Дружинин А. В.* Литературная критика. Москва.：Сов. Россия. 1983. С. 139.

② *Страхов Н. Н.* Литературная критика. Издательство. РХГИ. СПб.：2000. С. 184—185.

③ *Дружинин А. В.* Литературная критика. С. 125.

④ 必须指出，德鲁日宁对别林斯基的看法是有变化的。当1859年别林斯基3卷本文集出版时，德鲁日宁又专门撰文强调了别林斯基的伟大意义。他认为：“第一阶段的别林斯基对我们来说是文学史家及杰出的文学批评家。第二阶段他的角色更为复杂深刻，既有更多的嘈杂，也有更多的错误，但无论如何具有最伟大的贡献和最重大的意义。”*Дружинин А. В.* Литературная критика. С. 315. 简而言之，他反对的并不是别林斯基本人，而是被曲解的别林斯基以及蓄意去曲解他的人。

⑤ *Дружинин А. В.* Литературная критика. С. 147.

⑥ Там же. С. 61.

不但把托尔斯泰塑造成“自由创作理论”的代言人，而且对该理论做了一定的解释。“就其天才的独立性、倾向的合理性、讨厌浮夸之辞等这些当今十分罕见的品质方面看来，我们以为，托尔斯泰伯爵是我们奉为唯一真正的艺术理论——自由创作论的一个不自觉的代表。”[1]相对于教诲论，自由创作论要求作者在创作时持公正自然的态度，既不能主题先行，也不能刻意表现本身的喜怒爱好。因为，“每一位天才的、有教养的和高尚的作家，无论他创作什么样的作品，其世界观都是自然而然流露出来的。他无须以某种公认的程式或教诲意图来束缚自己；他应该像一面明镜反映面前事物那样，反映出他周围的世界。”[2]德鲁日宁并不完全反对文学的社会性，但他希望文学必须在自然的状态下发挥其社会职能，而不能堕落为某种工具。当然，如何才算自然的状态，批评家没有给出确切的答案。考虑到当时文坛的情况，“自由创作论”的意义更多在于对那种文学功利化倾向的纠正，即“它只是反对艺术中的因循守旧，反对将艺术引向与艺术无关的领域的一时的权威，反对与诗情格格不入而又竭力挤入可以称得上诗情领域的各种因素，”[3]而并非要真正去解决这个为人生还是为艺术的问题。

3. 论争之后

1860年之后，伴随着杜勃罗留波夫、佩平等一大批平民知识分子的加入，《现代人》杂志已越发成为激进派的喉舌。与此同时，德鲁日宁最终意识到，他那些文质彬彬的词句、温文尔雅的论证实在不能说服那些年轻而富于激情的批评家。尽管在德鲁日宁的眼里，他们只是一些“继承了别林斯基那股子狂热偏激的孩子”[4]。他为俄国文学的未来感到担忧，这种忧郁继而又导致了他健康恶化，最终在19世纪60年代初退出文坛。在生命的最后3年多时间里，德鲁日宁重操旧业，翻译起英国文学来。按照他传记作者布罗伊特（Анмартин Михал Бройде）的说法：“俄国文学和批评领域的被占领，成为他气愤、仇恨和绝望的根源。这些毁灭性的感觉是重要的，甚至成为他健康悲剧性恶化的主要原因。1860年6月，或许他得出了结论：为著名作家及诗人而战，他做了力所能及之事，而教会读者大众细致入微地理解文学价值观念，

---

① *Дружинин А. В.* Литературная критика. С. 105.

② Там же. С. 117.

③ Там же. С. 119.

④ *Анмартин Михал Бройде* А. В. Дружинин: Жизнь и творчество. Rosenklide & Bagger. Copenhagen.: 1986. С. 476.

这本非其命定之事。"[①]换句话说，在争夺作家与诗人方面，德鲁日宁胜了；而在争夺普通读者方面，他又是失败的。无论怎样，论战主将的退场，在某种程度上标志着这场争论的结束。

我们都知道，十九世纪中后期的俄罗斯文学批评，其主流最终还是车尔尼雪夫斯基等人宣传的革命民主主义文学观。其中成因，既有欧洲文学大背景的折射，又有俄国现实的迫切需求，同时还牵涉到双方争论时的某些具体措施。十九世纪中期的西欧文学，本身也处在一个从浪漫主义向现实主义乃至批判现实主义的过渡期。尤其是1848年欧洲革命失败之后，"文学的幻想"（巧合的是，这也是别林斯基1834年处女作的书名）在无情的现实面前被击得粉碎，审美逐步让位于功利。这种形势同样影响到了俄国。在经历了尼古拉一世的30年（1825—1855）统治后，俄国文学界思想界对社会现实的不满已到了极点。连莎士比亚、歌德这样的经典大家在俄国都逐渐失去市场。按照比较文学研究者日尔蒙斯基（В. М. Жирмунский，1891—1971）的话说："歌德已不再是构成当代文学的迫切因素。他已成为历史的过去，名垂史册，却不与时代趣味直接联系。"[②]社会现实的变化彻底打破了德鲁日宁他们"躲进小楼成一统"的文学之梦。

从论者本人来说，车尔尼雪夫斯基等人出身贫寒，生活艰辛，更能理解俄国现实的迫切需求。表现在文章中，车尔尼雪夫斯基的文章善于结合现实，文字通俗、观点明确，热情洋溢，容易为青年学子所接受。德鲁日宁等人则与西欧文学渊源较深，文中好引经据典，动辄以英法经典为例，文风又相对冷静，更适合当学术文章看，自然激不起年轻人的兴趣。对于后者与民众之间的隔阂，自由主义思想家卡维林（К. Д. Кавелин，1818－1885）曾有抱怨："那些我们从未想过的东西却吸引着民众；那些我们觉得谈也不谈，无须争论的事情对民众来说要么是全新的，要么是有争议的；那些我们三言两语便能理解的话，他们却要我们嚼碎后再放到他们嘴里；那些对我们来说非常简单的东西对他们来说是模糊的、复杂的。"[③]此外，车尔尼雪夫斯基非常善于反复论断以加强影响的道理。比如，就普希金的问题，车尔尼雪夫斯基能接连发表4篇文章来加以论证；而德鲁日宁、安年科夫等人讲究慢工出细活，只有一两篇

① *Анмартин Михал Бройде* А. В. Дружинин：Жизнь и творчество. С. 476.

② 66 *Жирмуский В. М.* Гёте в русской литературе. Ленинград.：1981. С. 29.

③ Письма к А. В. Дружинину (1850—1863). Москва.：1948. Летописи №9. С. 137.

与之论战。谎言重复一千遍尚能成为真理,更何况车尔尼雪夫斯基这等激情洋溢的文字,与现实密切相关,怎不令热血青年为之倾倒。

然而,审美派批评的退场是否标志着激进派的胜利呢?恐怕未必。1855年之后,屠格涅夫、托尔斯泰、冈察洛夫等一大批优秀作家离开《现代人》杂志,这是不容否认的事实。俄国文学家与激进派批评家的矛盾公开化了。这样的直接后果就是十九世纪五六十年代以来,《现代人》杂志极少有机会刊发有影响的文学名著。包括《父与子》《罪与罚》《战争与和平》等大批经典都是刊登于《俄国导报》这个卡特科夫(М. Н. Катков,1818—1887)主持的"反动保守阵营"。于是,《现代人》——这份由文学之父普希金创办的一度代表进步思想、曾是进步作家摇篮的杂志,居然落到只有二三流作品可发的地步。更有甚者,"当代艺术问题总体上在1860年代的《现代人》杂志上只占了很小的部分。"[①]哪怕只是从文学的角度来说,这种情况也不能不说是一种悲剧。1866年,在经历了别林斯基时期的辉煌之后,《现代人》终因思想的日趋激进,不断地触碰书刊检查委员会的高压线,最后被彻底停刊。

自然,《现代人》的停刊只是表明激进派文学批评的衰落,却并不意味着激进革命思想的消亡。在别车杜等人的宣传下,俄国革命已走出了书面论战的阶段,年轻的革命者们在那些豪言壮语的激励下,已经决定用自己的鲜血照亮"俄罗斯的暗夜",迎来"真正的白天"。十月革命之后,别车杜更是被视为列宁之前俄国先进思想界的杰出代表,而与之发生争论的安年科夫、波特金及德鲁日宁等人,则完全被打入冷宫。两者之间的论战,更是被束之高阁,乏人问津。即使偶尔有学者提及,也是作为被批判的靶子,享受"鞭尸示众"的待遇。[②]

4. 结语

也许不是偶然,十九世纪50—60年代,德鲁日宁在接手《阅读文库》时用歌德的话"既不匆忙,也不休息"[③]作为刊物的箴言,试图在一片喧哗声中以从容不迫的姿态去进行俄罗斯文学的建设。事实证明,在那样一个时代里,年轻的读者们并没有足够的耐心和细心去品味审美派批评家的文章。从这个角

---

① *Егоров Б. Ф.* Борьба эстетических идей в России 1860-х годов. Л., 1991. С. 72.

② 比如Б. 布尔索夫那本在我国颇具影响的《俄国革命民主主义者美学中的现实主义问题》(北京:中国社会科学出版社,1980年)便是一个极典型的例子。

③ *Дружинин А. В.* Литературная критика. С. 175.

度看，德鲁日宁们似乎是失败了。然而我们要记得：历史虽然是由胜利者书写的，但这并不意味着失败者没有被书写的权利。文学史的研究需要知其然，更要知其所以然。只有透过对那一段被遗忘历史的关注，才能全面深入地把握十九世纪俄国文学批评的原貌，以及它在1850—60年代所发生的那次论战。

四、保卫莎士比亚：一个反虚无主义的案例

与虚无主义从理论到实践的发展相对应，反虚无主义也经历了这样一个类似过程。几乎与赫尔岑、屠格涅夫等人同时，以小说家陀思妥耶夫斯基、列斯科夫、文学批评家Ап. 格里戈里耶夫、斯特拉霍夫等人为首的一批作家、评论家从不同角度对虚无主义进行了认真的分析，并在此基础上提出了对虚无主义的批判，此之为“反虚无主义”思潮。由于反虚无主义阵营并不统一，彼此之间也多有分歧，不像车尔尼雪夫斯基、皮萨列夫等人旗帜鲜明，而且思想上具有明显的传承性，因此对于他们的观点收集整理起来较为困难。本书在此仅选取几位有代表性的作家、批评家的反虚无主义言论做一归纳。下文将会对其进行专门的分析。

首先是陀思妥耶夫斯基。他对虚无主义的态度其实是比较复杂的。如果说车尔尼雪夫斯基、皮萨列夫等人为虚无主义者代表，列斯科夫、皮谢姆斯基等人为反虚无主义代表的话，那么陀思妥耶夫斯基的态度则是相对模糊的，需要视情况而定。他曾在信中说过：“对车尔尼雪夫斯基和皮谢姆斯基的长篇小说的分析文章会产生强烈的效果，主要是能谈到重大的问题。两种对立的思想，都要刮它们的鼻子。这才意味着真理……”[①]这实际上体现的就是陀思妥耶夫斯基著名的“根基派”思想。该思想流派整体上既反对斯拉夫派的陈腐和守旧，也不赞成西欧派的盲目模仿西方。它主张知识分子在立足本土文化资源的基础上，有选择地接受西欧先进的思想和理念，最终服务于俄国现实。应该说，根基派走的是一条综合折中之路。不过在苏联研究者看来，凡是不赞同虚无主义的，便是反虚无主义，为了论述方便，本书暂且将陀思妥耶夫斯基列入“反虚无主义者”行列，但其中之差别，还是需要指出的。

严格地说，陀思妥耶夫斯基本人也曾是虚无主义者之一分子，他于40年代参加了彼得拉舍夫斯基小组，积极讨论改造俄国之大业，不过苦役生活使之思想发生了重大变化。在虚无主义风行一时之际，作为一个曾经的虚无主

① ［俄］陀思妥耶夫斯基：《书信选》，冯增义等译，北京：人民文学出版社，1986年，第118页。

义者,陀思妥耶夫斯基的看法是比较独特的。首先,作家和车尔尼雪夫斯基等人关注现实不同,他首先关心的是人的心灵,是道德和伦理的虚无主义。如研究者指出的:"对于陀思妥耶夫斯基来说,虚无主义首先是道德-哲学秩序,意味着人类心灵的疾病,丧失了道德的底线和标准,陷于虚假理论的矛盾困境之中,远离了民族'土壤'和'活生生的生活'。"[①]其次,虚无主义对作家来说并不纯粹是一种"心灵的疾病",而是特定背景下产生的特殊现象。1863年,作家在《冬天记的夏天印象》一文中提及了屠格涅夫及其创造的巴扎罗夫形象,他称后者"虽然宣扬虚无主义,但却被不安和忧闷包围着(这是伟大心灵的标志)"[②]的。这就说明作家对虚无主义并不是一味予以否定。在1863—1865年间,陀思妥耶夫斯基曾打算着手撰写"虚无主义小说"并为此做了些准备工作。后来由于家庭等种种原因,这个设想并未完全实现,陆陆续续地体现在《作家日记》《罪与罚》(1866)、《群魔》(1871—1872)等作品中,成为陀思妥耶夫斯基创作的一个重要主题。

几乎是与陀思妥耶夫斯基同时,另一位著名的评论家Ап.格里戈里耶夫也对虚无主义提出了自己的批评。在提到车尔尼雪夫斯基的著作《艺术与现实的审美关系》时,格里戈里耶夫这样评论道:"《现代人》上接连出现了某个叫做车尔尼雪夫斯基的一系列文章。这些文章严重侮辱了任何美感和历史感(不光是我一个人的,还有您的以及所有严肃文艺家的)——那些轻率的评论以其无节制甚至艺术嗅觉的愚笨使具有高尚和优美渴望的人们震惊。《现代人》上的文章虽然充满对真理、艺术和人民真诚、热烈的爱,但一般没有明确严肃的批评观准则。而这位车尔尼雪夫斯基先生却援引自己学位论文(《艺术与现实的审美关系》)中的'可爱'思想对这些正确的文艺理念进行谩骂,说什么艺术和鞋匠的手艺一般无二,——我和德鲁日宁先生根据天才和艺术任务的严肃程度来评判文艺活动家,而车尔尼雪夫斯基先生却根据清晰度和好斗程度来评判!难道这不是令人可笑,甚至比建立巴比伦塔还要糟糕的事情吗?"[③]

斯特拉霍夫是反虚无主义阵营里立场较为坚定的一位,他不像格里戈里耶夫那么早逝,也不像列斯科夫或皮谢姆斯基后来发生思想转向,虚无主义

---

① *Н. Ф. Буданова*. Достоевский и Тургенев: творческий диалог. Ленинград,1987. С. 47.

② [俄]陀思妥耶夫斯基:《冬天记的夏天印象》,满涛译,载《赌徒》,上海:上海译文出版社,1988年,第81页。

③ *Григорьев Аполлон.* Письма. Москва. 1999. С. 107.

是其一生关注的目标。到了80年代，在闻悉沙皇亚历山大一世遇刺之后，斯特拉霍夫甚为震惊，他一口气写下了《论虚无主义之书简》，4封书信先后发表在阿克萨科夫（И. С. Аксаков，1823—1886）的《罗斯》报纸上。文章从不同的角度对虚无主义进行了全面的梳理。他认为：虚无主义首先是一种精神疾病现象，其依据在于"抽象的思想、虚幻的愿望及幻想的目标。"其次，他从哲学的高度来审视虚无主义："虚无主义，这不是简单的罪恶，亦非一般的暴行。这既非政治犯罪，亦非革命火焰。也许，我们能将其上升到与心灵良心法则对抗的高度。虚无主义——这是先验之罪；是我们今天充斥人们大脑的非凡自尊之罪；这是可怕的心灵扭曲，它使恶行成为美德；屠杀变成善举；毁灭成为生活最好的保障。人以为是自己命运的完全主人，认为必须纠正全世界的历史，应该改造人的心灵……这是诱人的极度疯狂，因为披着勇敢的外衣赋予人类全部激情自由的空间会使之成为野兽，还自认为神圣。"①

这是事后的总结，而在60年代，斯特拉霍夫对虚无主义的评价虽然还算客观，但也谈不上正面肯定。相反，他将之视为毫无前途的一种思潮。他说："在虚无主义之中没有任何思想的种子。这不是思想上的转折，而是一种无结果的思想动摇，不能也不打算形成什么。这种动摇很快会沿着革命主义和无政府主义早已走过的道路，即走向否定的，也是随便的，常常是公开的方面，但不能给予我们任何积极的结果。"②应该说，斯特拉霍夫的这种看法在当时绝大多数对虚无主义不满的人中很有代表性。

在1863年的《北方蜜蜂》（Северная Пчела）上刊登了列斯科夫致编辑部的一封信，题为《小说〈怎么办？〉中的尼古拉·加甫里洛维奇·车尔尼雪夫斯基》。信中首先承认："车尔尼雪夫斯基先生的小说是非常勇敢，非常重要，在很大程度上也是极为有益的现象。"并且车尔尼雪夫斯基先生"懂得应当按照世界本来面目，而非它应有的面目来接受世界。他说得简单又明了，在这种模式下聪明人会变得坚定起来并为自己决定*怎么办*（斜体为原文所有——引者注）。这是车尔尼雪夫斯基先生最重要的贡献。"在他那篇关于《怎么

① *Страхов Н. Н.* Письма о нигилизме. //*Страхов Н. Н.* Борьба с Западом в нашей литературе. Кн. 2. Изд. 3. Киев.：1897. С. 61.

② *Страхов Н. Н.* Критические статьи об И. С. Тургеневе и Л. Н. Толстом（1862—1865）. 4-е изд. Киев.：1901. Т. 1. С. 13.

办?》的评论中,列斯科夫还直接将虚无主义者贬为"俄罗斯文明的畸形人"。[①] 对于列斯科夫的反虚无主义立场,托尔斯泰做了高度评价:"他是60年代第一位基督教类型的唯心主义者,也是第一位在自己《无路可走》中指出唯物主义进化之不足、不道德者对自由与理想之危险的作家。"[②]

在关于莎士比亚的问题上,俄国的反虚无主义力量找到了一个共同的话题。

从十九世纪初到60年代前后,莎翁及其作品在俄国颇受欢迎,不但所有剧本都已有了俄译本,有的剧本甚至有好几种译本,其中有诸如H.波列伏依、M.弗隆钦科等著名的翻译家及其堪称经典的俄译《哈姆雷特》,同时还涌现出莫恰洛夫、卡拉蒂金、史迁普金这样以扮演莎剧人物而知名的演员。莎士比亚剧作中流露出的平民气息,民主精神都引起了沙皇专制下俄国文学界的深深共鸣。俄国文坛权威如卡拉姆津、普希金、别林斯基等人都对莎士比亚发表了热情洋溢的评论,赋予了其艺术史上高度的评价。正因为如此,屠格涅夫才在1864年纪念莎翁诞辰300周年的大会上宣称:"对于我们来说,莎士比亚不只是一个有时远远地表示景仰的响亮而显赫的名字;他已成为我们的财富,成为我们的血和肉。"[③]这可以视为自卡拉姆津以来俄国社会对莎士比亚接受的一种总结。

然而,在俄国社会接受并将莎翁奉为权威之时,一股反对莎翁的潜流正在逐渐形成。这种反对首先是理论上的,体现在俄国思想界对现实与艺术关系的思考之中。在这其中,莎士比亚和普希金作为当时文坛的权威偶像,往往被他们拿出来作为批驳的靶子。对于这种批判,俄国当代比较文学研究者Ю.列文(Ю. Д. Левин,1920—2006)的解释是:"车尔尼雪夫斯基与杜勃罗留波夫的文学批评明显体现出'60年代人'对莎士比亚态度的突出变化,他们的活动完全服务于社会政治任务——俄国广大农奴的解放事业、以革命方式改造社会。"[④]

平心而论,车尔尼雪夫斯基等人并非不知道莎士比亚的意义与价值,只是这种意义与价值在与解放俄国人民这样的"社会政治任务"相比,就显得微

---

① *Н. С. Лесков*. Собрание сочинении в 11 т. Государственное. Издательство Художественной литературы. Москва. : 1958. Т. 10. С. 14、15、17.

② Лев Толстой об искусстве и литературе. Т. 2, Москва. : 1958. С. 136.

③ [俄]屠格涅夫:《莎士比亚三百周年诞辰》,载于[俄]屠格涅夫:《文论·回忆录》,张捷译,石家庄:河北教育出版社,1994年,第212页。

④ *Ю. Д. Левин*. Шекспир и русская литература XIX века. Ленинград. : 1988. С. 201.

不足道了。要知道，车尔尼雪夫斯基在《论亚里士多德的〈诗学〉》(1854)一文中，已为艺术确立了新的标准："艺术，或者说得更贴切一点，诗(只有诗，因为其他艺术在这方面的作为还很小)在读者群中传布了大量的知识，更重要的是，使他们认识了科学所取得的概念，——这就是诗对生活的伟大作用。"[①]艺术与审美无关，它的主要职能是传播知识，这可视为艺术功利化的第一步。在此后影响更大的《艺术对现实的审美关系》(1855)一文中，批评家发展了这一观点：即艺术作用有限，因而低于现实，"很明显，诗的形象比较起现实中与它们相呼应的形象来是无力的、不完整的、模糊的。"[②]由此得出的结论显然不利于莎士比亚，批评家指出："时兴风尚使得莎士比亚的每部戏剧有一半不适合我们今天的审美享受。……莎士比亚讲究辞藻，流于浮夸。"[③]

在当时的俄国，对莎翁表示不满的，不仅是批评家，甚至还有陀思妥耶夫斯基这样的文学家。1858 年，尚处在流放之中的他在信中向哥哥抱怨："据说，莎士比亚的手稿中没有修改的痕迹，正因为如此，他的作品有许多荒唐和枯燥无味的地方，如果花些力气，就会更好一些。"[④]陀思妥耶夫斯基所言，虽仅限于私人通信，关注的也是莎翁艺术上的不足，但也透露出俄国文学界部分人士的某些腹诽之意。

19 世纪 60 年代后，随着俄国社会的发展，素以"一切都不再神圣"而著称的虚无主义思潮兴起。虚无主义的领袖 Д·皮萨列夫将这一思潮发展到了极端。尽管皮萨列夫并不贬低莎士比亚本身的艺术价值，甚至称之为"天才般的伟大人物"[⑤]。但他还是指出：作为一位经典权威，莎翁及其戏剧已经过时了，至少已经不适合当今的俄国国情。因为在当前的俄罗斯，大众需要的不再是那些距离遥远的历史剧或爱情剧，对生活真实的渴求已成为读者对文学的迫切要求。"如果我们的时代出现了一位才华横溢的诗人，如果这位诗人像莎士比亚那样将自己才华的最好部分奉献给历史剧，那么现实主义批评完全有权严厉批评这种情况，即巨大才能脱离了活生生现实的利益。"[⑥]但现实

---

① ［俄］车尔尼雪夫斯基：《论亚里士多德的〈诗学〉》，载于［俄］车尔尼雪夫斯基：《车尔尼雪夫斯基论文学》中卷，辛未艾译，上海：上海译文出版社，1979 年，第 194 页。

② ［俄］车尔尼雪夫斯基：《艺术对现实的审美关系(学位论文)》，载于［俄］车尔尼雪夫斯基：《车尔尼雪夫斯基文学论文选》，第 104 页。

③ 同上书，第 81、84 页。

④ ［俄］陀思妥耶夫斯基：《书信选》，冯增义等译，北京：人民文学出版社，1986 年，第 96 页。

⑤ *Д. И. Писарев.* Сочинения в 4 т. Москва.：1956. Т. 3. С. 62.

⑥ Там же. С. 107.

的情况却是莎士比亚、普希金等这些诗人在当时的俄国文坛已经成为不可动摇的权威，正在成为众人学习效法的榜样，因而发挥着举足轻重的影响。这种影响，在皮萨列夫看来是有害的，也是不能容忍的。

为此，皮萨列夫在《普希金和别林斯基》（1865）一文中对以普希金（自然也包括普希金所尊崇的莎士比亚）为代表的文学权威进行了激烈的指责。皮萨列夫认为别林斯基完全高估了普希金的历史意义，在他看来，普希金之辈所谓权威，盛名之下，其实难副。因为“普希金究竟发现了哪些人类痛苦而必定要讴歌一番呢？第一是无聊和忧郁；第二是不幸的爱情；第三是……第三……没有了，在二十年代的俄国社会里居然再也没有别的痛苦了。”①然而，皮萨列夫所关注的问题还不仅仅在于普希金这样的权威本身，他更希望读者关注那些旧权威所产生的不良影响，甚至发出号召：“要以自己的观点更仔细地看看那些陈旧的文学偶像，我们的那些十分凶残而又怯弱的压迫者便躲在他们之后。”②在这里，普希金、莎士比亚是作为“陈旧的文学偶像”而遭到否定，他们被看作是纯艺术论者的保护伞。因此皮萨列夫不无所指地说：“普希金的名字已经成为不可救药的浪漫主义者和文学庸人们的旗帜。”③1837年去世的普希金既已过时，比他更早的莎翁显然更是老古董了。

如此过时权威，自然留之无益。另一位更激进的批评家扎伊采夫（В. А. Зайцев，1842—1882）便据此宣称：“最好的戏剧，莫里哀、莎士比亚和席勒及其他人的戏剧都不能带来任何益处。”④因为没有好处，所以扎伊采夫的结论是：“一切手工业者都比任何诗人来得有用，就好像所有正数，无论它多么小，都比零来得大。”⑤此等言论，陀思妥耶夫斯基后来将它归纳成“莎士比亚或皮靴”这一公式。这类言论在今日看来颇为荒谬甚至可笑，但在当时的年轻人当中却颇为流行。皮萨列夫甚至开玩笑地说：《怎么办？》里的拉赫梅托夫并不需要看莎剧这种审美活动，“他只有一个缺点：一包好烟，舍此则不能好好思考。”⑥这种对比背后折射的实质上是贵族文化和平民文化的对立：艺术、唯美让人联想起贵族式的浪漫生活情调，而皮靴、香烟则代表了底层民众生

① *Д. И. Писарев.* Сочинения в 4 т. Т. 3. С. 357.

② Там же. С. 364.

③ Там же. С. 363.

④ *Ю. Д. Левин.* Шекспир и русская литература XIX века. С. 217.

⑤ Там же. С. 215.

⑥ *Д. И. Писарев.* Сочинения в 4 т. Т. 3. С. 11.

存之基本要求。这种现实的对比,对当时的热血青年们来说,极富有暗示意味。

值得一提的是,在19世纪60年代的俄国,遭受此等命运的不独是莎翁,还有歌德这样的历史大家,也有狄更斯这样的当代巨匠。此时的俄国,“歌德已不再是构成当代文学的迫切因素。他已成为历史的过去,名垂史册,却不与时代趣味直接联系。”[①]而曾经风靡一时,此时尚在人世的狄更斯也未能幸免。对于俄国读者来说,重要的不是狄更斯小说中的离奇情节和圆满结局,而是摆在每一个俄国人面前的残酷现实。

几乎是与此同时,针对上述否定莎翁的声浪,以屠格涅夫、德鲁日宁、陀思妥耶夫斯基为代表的另一批文学家、批评家纷纷著文加以驳斥,对这股否定浪潮做了再一次的否定。

屠格涅夫属于俄国文学界中的西欧派,久居国外的他对莎翁的了解自然高于一般人。在《艺术对现实的审美关系》一书刚刚面世时,敏感的屠格涅夫就看出了此书的潜在危险,对此大加批判:“至于说到车尔尼雪夫斯基的书,他的主要罪状是:在他眼里,艺术正如他所表述的那样仅仅是现实生活的复制品,……但在我看来,这纯属无稽之谈。在现实生活中并不存在莎士比亚的哈姆雷特这个人物,或者就算是有,那也是莎士比亚发现的,并使他成为共同的财富。”[②]艺术来自于现实,但又高于现实。虽然屠格涅夫在这里不是特地为莎士比亚而论战,但这里,读者不难发现他对莎翁的高度评价。在此后的《哈姆莱特与堂吉诃德》(1860)中,尽管屠格涅夫强调了堂吉诃德的自我牺牲精神,完全否定了哈姆莱特的自私自利,但仍对哈姆莱特的创造者赋予了极大的敬意:“……我们不能不为作者的天才而惊叹,他本身与他所创造的哈姆莱特有许多相近之处,但是通过创造力的自由发挥把他与自己区分开来,并把他的形象交给后代去进行永世不绝的研究。”[③]哈姆莱特尽管未必适合这个时代,但这并不妨碍他的创造者是一位大师。在之后的短篇小说《够了》(1865)当中,在提到“人民性、权利、自由、人类、艺术”那些永恒的字眼时,屠格涅夫仍坚持了他对莎士比亚的肯定:“是的,这些字眼存在,许多人以这些字眼为生,为这些字眼活着。但我仍然觉得,若是莎士比亚再生,他无

---

① *Жирмуский В. М.* Гёте в русской литературе. Л. 1981. С. 29

② 《屠格涅夫全集》第12卷,书信集,张金长等译,石家庄:河北教育出版社,1994年,第204—205页。

③ [俄]屠格涅夫:《哈姆莱特与堂吉诃德》,载于[俄]屠格涅夫:《文论·回忆录》,第201页。

论如何不会抛掉他的哈姆雷特,他的李尔王。"[①]作为一位深受西欧思想影响的作家,屠格涅夫何尝不知道人民、权利、自由等主题的重要性,但这并不是说,莎士比亚的那些人物就必须抛弃,要知道:"米洛斯的维纳斯也许比罗马法典或者八九年的原则更为实际。"[②]在文学与政治之间,屠格涅夫还是选择了前者,尽管他曾怀着最敏锐的政治关注,描写了十九世纪中期俄国社会中从多余人到新人的这样一个转换过程。

虽然身为俄国文学批评家中的英国通,德鲁日宁对莎士比亚的认识和接受却并非一帆风顺。在他的日记里,我们可以看到他多次对莎剧的艺术性表示质疑,但和其他批评家不同,并没有将这种质疑无限放大,乃至彻底否定莎士比亚。他始终认为"我们自己不可能一下子就理解莎翁全部的惊人伟大。"[③]因此,他一直在努力地读懂莎士比亚,甚至亲自翻译了包括《理查三世》在内的4部莎剧,成为俄国莎学的经典译本。当反对莎翁的浪潮出现之后,出于对艺术纯洁性的捍卫,德鲁日宁再三撰文为莎翁辩护。在《普希金及其作品的最新版本》(1855)一文中,德鲁日宁虽然主要褒奖的是普希金,但同样也不忘为莎翁正名:"亚历山大·谢尔盖维奇是世上第一流的诗人,他是拜伦、歌德,也许还有莎士比亚的亲兄弟。"莎士比亚才是"真正的诗人",普希金仅仅是"因为死亡才没有成为俄国的莎士比亚。"[④]在该文中,莎翁的名字被数次提及,与但丁、歌德、弥尔顿等人并列于世界性文学天才的行列。在《论俄国文学的果戈理时期及我们对这一时期的态度》(1856)里,为了证明所谓的"优美艺术"传统,德鲁日宁专门列出了三位大诗人:荷马、莎士比亚和歌德。其中,莎士比亚是"远离一切教诲思想"的"伟大诗人""诗歌中的奥林匹斯山之神",在生活中,莎士比亚是一个"现实的人,现代哲学家,冷眼乐观周围变故的观察者。"[⑤]这样的人物,在德鲁日宁看来,现在没有过时,从来也不会过时。

陀思妥耶夫斯基应该称得上是捍卫莎士比亚最积极的人物,虽然他在青年时期也曾对莎翁的文字略有不满,但这并不妨碍他对莎翁由衷的热爱。西伯利亚流放的经历使之对俄国社会中盛行的虚无主义思潮有了全新的思考。

---

① 《屠格涅夫全集》第7卷,中短篇小说集,张会森等译,石家庄:河北教育出版社,1994年,第46页。

② 同上书,第47页。

③ *Ю. Д. Левин.* Шекспир и русская литература XIX века. Ленинград. 1988. С. 211.

④ *Дружинин А. В.* Литературная критика. Сов. Россия. 1983. С. 74.

⑤ Там же. С. 152.

莎士比亚以及他笔下那么多的人文形象是人类最宝贵的精神遗产之一，自然也成为陀思妥耶夫斯基反对虚无主义思潮的有力武器之一。

在关于《群魔》的记事本中，作家借主人公之口高度颂扬莎士比亚的伟大意义："斯捷潘·特罗菲莫维奇宣称，莎士比亚和拉斐尔高于农民，高于人民性，高于社会主义，高于人民，高于满足他的需要，高于几乎人间的一切——因为这是人类生命的果实——是为之而生的一切，缺少了它，我也不愿意活。"[①]人不是机器，打破"二二得四"这个理性之墙的桎梏，这是作家自《地下室手记》以来一直在呼吁的事情。为此，人必须要坚持生活中诗意的一面，坚持"莎士比亚和拉斐尔高于一切"，因为精神自由是人之为人的底线。这一点，恐怕是作家捍卫莎士比亚的最直接原因。在作家看来，理性主义的大行其道，其根源在于思想的简单化。"思想落在大街上，而采取了最具有街道特征的形态。"这种简单化的思想实际上满足了民众寻求思想依靠的心理。"简单恰恰蕴含在对达到虚无的渴望中，这也是一种安心，因为还有什么比零更简单和让人安心的？……简单是分析的敌人。"[②]如此，有思想的作家便不受欢迎，而大呼口号的街头哲学则成为主流。作家还进一步指出："现在只有莎士比亚，只有拉斐尔才遭受到这样的批评和怀疑吗？"[③]正如前文所指出，答案显然是否定的。理性主义发展到最后的结果，神人将会被人神所取代，便出现"一切都不再神圣"的虚无主义。

所以，捍卫莎士比亚从另一个程度来说就是反对虚无主义。1862 年，批评家索洛维约夫在《时代》发表文章，认为："艺术中的虚无主义意味着简单粗暴地否定艺术及其现象，将其视为某种生活绝对不需要的、没必要存在的东西。"[④]生活与艺术的直接对立导致了物质压倒了精神，皮鞋高于莎士比亚这样荒谬的结论。针对激进派对诗的贬斥，索洛维约夫更指出在艰难岁月里，诗对于人们精神生活之重要："苦难不会彻底消除，幸福也不会成为世上最好的东西……人们不会共同富裕……正因苦难不可避免，人们才需要诗，否则人就成了殉难者……从这个意义上说，诗在我们没有欢乐的生活中给人

---

① 《陀思妥耶夫斯基论艺术》，第 381 页。

② *Ф. М. Достоевский.* Полное собрание сочинений в 30 т. Ленинград.: Наука, 1981. Т. 23. С. 142—143.

③ 《陀思妥耶夫斯基论艺术》，第 217 页。

④ *Ю. Д. Левин.* Шекспир и русская литература XIX века. С. 218.

带来了慰藉。”[1]

不妨借用这场争论中一位二流作家说的一流评语：“莎士比亚不曾是进步的骑士，按我们现代人的理解，他只是一位未与同时代科学同步的可怜的保守派，他从事的是表现*人类的愚蠢*（斜体为原文所有——引者注），如爱情、嫉妒、民族典型……”[2]进步也好，保守也罢，作为读者，我们更关注莎士比亚所表现的内容本身。须知，我们的生活固然需要皮靴，但我们在任何时候都不是只靠面包活着，从这个意义上说，莎士比亚作为人类情感的最优秀表达者之一，也是我们永远需要的。

不是所有的争论都会有一个必然的结论。在很多时候，争论本身的结果并不重要，重要的是它的影响，以及它给我们带来的启示。直至二十世纪，高尔基还念念不忘此事，说皮萨列夫“曾经公开说过：‘一双皮鞋比莎士比亚更重要。’”[3]这个时候，即使是底层出身的高尔基也知道这一论点的荒谬，虽然他并不想加以驳斥。又过了数十年，法国的存在主义大师加缪再次谈及这一论争：“人们的确将会注意到，在这场莎士比亚与鞋匠的斗争中，抨击莎士比亚或美的人并不是鞋匠，相反是继续在读莎士比亚而不会去做鞋子的人，而且他们永远也不会干这一行当。”[4]

可悲的是，在十九世纪60年代的俄国，恰恰有那么一部分人自以为读懂了莎士比亚，自命为鞋匠们的代言人，把“莎士比亚或皮靴”这样的问题摆到俄国公众面前，看似为民请命，满怀正义，实则却造成了文化与社会的脱节，到二十世纪差点毁灭了文化。“莎士比亚或皮靴”这个问题在今天看来是极其简单甚至幼稚的，但它的提出以及围绕它所展开的争议，作为一段历史却是值得我们深思的。

---

① ［俄］Л. 普罗特金：《皮萨列夫》，高惠群译，上海：上海外语教育出版社，1990年，第147页。

② *Ю. Д. Левин*. Шекспир и русская литература XIX века. С. 218.

③ ［俄］高尔基：《文学写照》，巴金译，北京：人民文学出版社，1985年，第84页。

④ ［法］加缪：《反抗者》，吕永真译，载《加缪全集》（散文卷I），上海：上海译文出版社，2010年，第366页。

第 二 章

斯特拉霍夫与反虚无主义

在十九世纪的俄国文坛群星之中，尼·尼·斯特拉霍夫即使不写那么多的政论、批评、回忆录，其文坛地位也足以令后来者敬仰，因为他的身后是俄罗斯文学的两座高峰。他是陀思妥耶夫斯基的好朋友，据作家说他一半的观点都是来自斯特拉霍夫①；他也是托尔斯泰中后期创作的阐释者，其阐释深得托翁赞赏。然而，真正使批评家名留青史的还是他对虚无主义的探索及与之展开的论战。批评家在晚年自称为"疯狂者中的清醒者"②，以笔者之见，所谓"疯狂者"，恰如陀思妥耶夫斯基笔下的"群魔"，即疯狂迷恋西方思潮之人③，这一思潮在思想界的突出表现即所谓的虚无主义。可以说，无论是思考还是论战，批评家的一生都是围绕着"虚无主义"这一主题展开的，为此他曾戏称自己的专业是"追踪虚无主义。"④在1882年3月31日给托尔斯泰的信中，斯特拉霍夫这样总结自己的斗争历程："前一时期的历史中充满着的全部运动——自由主义运动、革命运动、社会主义运动和虚无主义运动——在我看来总是只有一种否定的性质。否定它，我就否定了一种否定。"⑤这段话深刻地揭露出他反虚无主义的实质："否定之否定"。

---

① *Страхов Н. Н.* Биография, письма и заметки из записной книжки Ф. М. Достоевского. Стб,: 1883. С. 238. 另米尔斯基说："在所有熟悉陀思妥耶夫斯基的人中，只有斯特拉霍夫恐怖地洞见了斯塔夫罗金(Stavrogin;Ставрогин)塑造者之阴暗的、'地狱的''地下室的'灵魂。"[俄]德·斯·米尔斯基：《俄国文学史》(下卷)，刘文飞译，北京：人民出版社，2013年，第46页。

② *Грот Н. Я.* Памяти Н. Н. Страхова. Вопросы философии и психологии, Кн. 32, С. -Петербург.: 1896. С. 8.

③ 斯特拉霍夫有作品取名为《我们文学中与西方的斗争》(基辅，1897年)，大致也包含了这个意思。

④ *Страхов Н. Н.* Из истории литературного нигилизма 1861—1865. С. -Петербург.: 1890. С. 309.

⑤ Переписка Л. Н. Толстого с Н. Н. Страховым: 1870—1894. С. – Петербург.: 1914. С. 292.

一、斯特拉霍夫生平及思想

尼古拉·尼古拉耶维奇·斯特拉霍夫1828年出生于俄罗斯别尔哥罗德市(Белгород),父母皆为宗教界人士。6岁失怙的他迁居科斯特马罗市,并就读于教会学校。和许多有教会背景的人(如杜勃罗留波夫)不同,斯特拉霍夫对这段贫困而又枯燥的学习生涯并无太多反感,反而认为教会学校培养了他的爱国主义精神,以及对宗教的热爱。

1845年8月,批评家力排众议,放弃了家人期待的教会之路,就读于彼得堡大学数学系。当时正是别林斯基、赫尔岑等人的激进思潮流行之际,彼得拉舍夫斯基小组整天传播以傅立叶为代表的法国空想社会主义思想,也有别的小组推崇费尔巴哈或黑格尔左派的理论。面对如此众多的西方思想舶来品,斯特拉霍夫却保持了难得的清醒。他在晚年跟友人尼科尔斯基(Б. В. Никольский,1870—1919)提及这段时期时说:“众所周知,否定者们的信念很简单,有时就是两个部分:上帝不存在,不要沙皇!在我所处的那个环境中,否定与怀疑本身并无多少力量,但我很快意识到这一切的背后是科学这个权威……于是,如果想跟自己时代处于同一水准,并在各种分歧中拥有独立的判断,那我就必须学习自然科学。”[①]这种想法,加上他当时经济状况欠佳,导致了这个数学系还没毕业的年轻人,在1847年又跳到了师范学院的自然系,最后居然是以研究比较动物学的题目获得了硕士学位。这已经是1857年的事情了。此前他出于生存的需要,已经同时在圣彼得堡的一所中学教了十多年的书了。

虽然做了近十年的中学老师,但斯特拉霍夫却从未放弃他的文学之梦。他对文学的热爱由来已久,早在1844年斯特拉霍夫就写过《基督复活!》的诗歌;1854年之后又开始写了一些诗歌和小品文,分别发表于《国民教育部杂志》及《俄罗斯世界》等。1861年,斯特拉霍夫正式从中学老师岗位上退休,全身心投入到文学工作中。正是在这个时候,斯特拉霍夫认识了从西伯利亚流放归来的陀思妥耶夫斯基,在其鼓励下开始积极参与文学评论工作。因为彼此思想观点在很多方面有相投之处,所以陀思妥耶夫斯基对他非常器重。不过,斯特拉霍夫的写作往往具有晦涩难懂,流于抽象等特点。陀思妥耶夫斯基就曾告诫过他这个问题:“您的语言和论述比格里戈里耶夫强得多,异

---

① *Никольский Б. В.* Николай Николаевич Страхов: Критико-биографический очерк. СПб.: 1896. С. 8.

常明确，但永远的平静使您的文章看起来很抽象。需要激动，有时需要扑打，需要涉及最个别的、日常发生的、重要的细节。”[①]后来的瓦·罗扎诺夫在《文学的流亡者》中也指出：“过分的沉思似乎构成了斯特拉霍夫思辨才能的主要特色，当然，这也体现了其著作的主要迷人之处。”[②]这一点给他乃至陀思妥耶夫斯基所在的刊物带来了很大麻烦。

1863 年，波兰爆发了旨在反抗俄国统治，争取民族独立的革命运动，沙皇政府大为震惊，调集重兵剿灭。最终波兰军队在十倍于己的兵力围困下陷于失败。对于这次起义，俄国思想界展开了激烈的论争。以车尔尼雪夫斯基等人为首的革命民主派坚决反对政府的残暴行为。远在伦敦的赫尔岑也参与了这次论争。他曾在《钟声》上发表文章，批判沙皇政府对波兰的武力镇压，甚至对向沙皇捐献金币以表支持的屠格涅夫大加讽刺。[③] 以卡特科夫等人为首的自由派，他们支持俄国对波兰起义的镇压，认为从国家利益出发，政府对波兰的行动是正当的，合法的。

斯特拉霍夫在 1863 年 4 月份的《时报》(Время)上发表了署名为“俄罗斯人”的文章：《致命的问题》。虽然这不是思想界第一篇关于波兰问题的文章，但它在当时引起了众多争议并将这种争议上升到理论高度。文章从当前波兰问题出发，指出当前俄国思想界关于“波兰问题”的讨论只是停留在问题的表面，而问题的实质在于文化。“波兰人起来反对我们就是有文化的民族反对文化低，甚至没文化的民族。……波兰一开始与欧洲其他地区是平等的。它和西方民族一样接受了天主教，与其他民族一样发展自己的文化生活。在科学、艺术、文学及所有文明的领域，波兰常常关注欧洲其他成员国家并与之竞争，却从未把那些落后的，异端的国家视为自己人。”[④]在这里，所谓“落后的、异端的国家”指的就是俄国，这也成了后来有人攻击作者不但亲波兰，而且攻击俄罗斯之依据。

斯特拉霍夫认为“波兰问题”可从两方面来看：波兰人看俄国与俄国人

---

① [俄]陀思妥耶夫斯基：《书信选》，冯增义等译，北京：人民文学出版社，1993 年，第 222 页。

② *Розанов В. В.* Литературные Изгнанники: Воспоминания. Письма. М.: Аграф, 2000. С. 10.

③ 值得一提的是，波兰事件之后，俄国民众对此等抨击政府的禁书兴趣索然，《钟声》在俄国的发行量急剧减少。赫尔岑的传记作者弗·普罗科菲耶夫将其归结为“沙文主义的喧嚣”。(参见[俄]弗·普罗科菲耶夫：《赫尔岑传》，张根成等译，商务印书馆，1997 年，第 391 页。)赫尔岑则说“我们挽救了俄国人的名誉，因此遭到占大多数的奴才们的非难。”其中冷暖，唯其自知。(参见转引自[俄]列宁：《纪念赫尔岑》，载于[俄]列宁：《论文学与艺术》，北京：人民文学出版社，1983 年，第 130 页。)

④ *Страхов Н. Н.* Борьба с Западом. Москва.: 2010. С. 38.

看波兰。波兰人之所以非要从斯拉夫大家庭中分离出来,其主要原因便在于它认为自己从文化上隶属于欧洲,它不屑与俄国这种“野蛮落后”的国家为伍。作者认为波兰人的这一看法并非没有根据:首先,波兰接受的是天主教,有别于俄国的东正教,就在欧洲影响而言,前者显然要高于后者。其次,“在科学、在艺术、在文学及在文明展现的一切中,它与欧洲大家庭中其他国家既友好又竞争,从未落后于其他国家或显得生疏。”[①]再次,由于波兰发达的文化及其天主教背景,使之成为西欧文化东扩的先锋,在历史上也发挥了重要作用,比如对于乌克兰等地区的影响。因此,在批评家看来,“波兰问题”究其根本在于两种文化的矛盾,在于文明与野蛮的对抗,在于西方与东方的冲突。“波兰人满怀真诚地自认为是文明的代表,他们与我们数世纪的斗争直接被视为欧洲文化与亚洲野蛮的斗争。”[②]值得一提的是,1869 年的《朝霞》杂志刊载了丹尼列夫斯基的《俄罗斯与欧洲》,斯特拉霍夫正是该文的编辑。6 年前的这篇《致命的问题》所阐述的“文明冲突论”在丹尼列夫斯基的书里得到了更多的回应。

第二个问题是俄国人看波兰。批评家认为此时此刻,在与波兰人的斗争中,我们俄罗斯人把什么作为依靠呢?“我们只有一样:我们建立了、捍卫了我们的国家,巩固了它的统一,我们组织了巨大而牢固的国家。”[③]自从 1812 年卫国战争以来,俄国历来被视为欧洲的强国。俄国征服波兰,击败拿破仑,甚至成为镇压 1848 年欧洲革命的“欧洲宪兵”。可在文化的冲突中,仅仅依靠国家的力量是不够的。用斯特拉霍夫的话说:国家“只是独立生活的可能性,还远非生活本身。”[④]就文化层面来说,俄国文化始终摆脱不了模仿的痕迹,从法国的古典主义、启蒙思想到德国的黑格尔哲学,思想上的俄国更多的是在模仿西方,独创性甚至比不过波兰,于是才出现了波兰的反抗。在今天看来,国家军事力量的强大和文化上的盲目崇外是十九世纪俄罗斯的一个主要悖论。批评家继而认为,俄国要最终解决波兰问题,首先要在文化上强调自己的特质,要告诉波兰人:“你们误会了自己的伟大意义,你们被自己的波兰文明蒙蔽了双眼;在这种蒙蔽中你们不愿或不能看到,与你们斗争竞争的

① *Страхов Н. Н.* Борьба с Западом. С. 38.
② Там же. С. 44.
③ Там же. С. 40.
④ Там же. С. 40.

不是亚洲的野蛮,而是另一种文明,更坚定顽强的俄罗斯文明。"[①]在批评家看来,波兰并不像有些革命民主派说的那样值得同情,因为它明明是斯拉夫国家,却偏偏去寻求西欧文化作为自己的精神根基,因此它亡国了。但它的命运却可成为俄国的前车之鉴:一个大国的兴起,至少在文化上必须独立自主,走适合自己的道路。不过斯特拉霍夫在这里进一步指出,尽管从十九世纪四十年代的斯拉夫派以来,思想界对于俄国文明及其前景一向态度乐观,但这种光明前景的依据在哪里,从何实现,却很少有人去考虑。斯特拉霍夫说:"我们的一切都处在萌芽时期,一切处于初始的模糊的形式,一切都孕育着未来,但现在却模糊不定。"[②]当然,在批评家看来,这种"模糊不定"正是今日俄国文化界思想界努力之所在。

应该说,这样考虑问题的角度比较独特,所谈的也确实有合理之处。但偏偏有人以斯特拉霍夫对俄国文化的批评为由,大做文章,以至于惊动了政府。有署名为"彼得逊"(Петерсон)的论者在《莫斯科新闻报》上直接将斯特拉霍夫贬为"戴着面具上街的强盗"[③],指控他攻击政府,贬低俄国,最终造成了陀思妥耶夫斯基兄弟所办的《时报》杂志被勒令停刊,自己也遭到处罚:15年内不得在任何杂志上担任编委。

但这一事件反而激起了批评家对俄国文化独特性的思考。由俄国到西欧,通过两者之间的互动确立俄罗斯精神的独特性,这是他后半生主要思考的问题之一。在他看来,西方文化对俄国的影响,最主要的表现就是虚无主义。在十九世纪的70、80年代,批评家一方面担任公众图书馆法律部的管理员,兼任教育部学者委员会的委员(这些兼职保证了作家在经济收入上的稳定),同时致力于与各种来自西欧的思想进行论争,如关于达尔文主义的争论,为丹尼列夫斯基《俄国与欧洲》一书的辩护。虽然这些争论最终往往没什么结果,但斯特拉霍夫认为,这样有助于传播自己的思想,因此不辞辛苦地一再展开论战。尽管他坚持本土文化的立场为他赢得了"保守斯拉夫派"的头衔,遭到当时很多进步人士的鄙夷。也正是在这个时期,斯特拉霍夫与托尔斯泰的友谊越发深厚,这首先来源于批评家对作家中后期作品的准确理解。

---

① *Страхов Н. Н.* Борьба с Западом. С. 45.

② Там же. С. 45.

③ *Страхов Н. Н.* Биография, письма и заметки из записной книжки Ф. М. Достоевского. СПб.: 1883. С. 250.

正是这种理解，使批评家进入了他文学批评的高峰时期。正如苏联研究者斯卡托夫（Н. Скатов，1931—）指出的："发现并确定这个时期托尔斯泰的荣誉很大程度上确实应该归功于斯特拉霍夫。"①在批评家看来，托尔斯泰的天才创作力量来源于"生活的信念"和"对人民的热爱。"有了"生活"和"人民"，一个作家就有了根本的创作根基。不过，此时的斯特拉霍夫已离文坛渐行渐远，逐渐为人忘却。罗扎诺夫在提到这一时期的斯特拉霍夫时说："他通晓五门外语，程度达到母语水平，通晓生理学、数学和机械学，程度达到专业水平，通晓哲学，是个体微思精的批评家，却无处发表文章，除了稿费很低的《俄国导报》。"②

和许多同时代人一样，斯特拉霍夫还是一位著名的翻译家。作为一名时刻把握西方文化发展的批评家，他一生翻译了 20 多种文史哲著述，内容包括海涅的《论德国宗教和哲学的历史》、德国哲学史家菲舍（Kuno Fischer，1824—1907）的《新哲学史》（1—4 卷）和《现实哲学及其世纪：维鲁拉姆男爵弗兰西斯·培根》、德国哲学家兰克（Friedrich Albert Lange，1828—1875）的《唯物主义史及现时代的意义批评》（1—2 卷）等等。这些作品中有不少在当时青年人当中产生了重要影响，甚至影响到其人生轨迹。比如白银时代的著名哲学家特鲁别茨科伊（Трубецкой С. Н. 1862—1905）就是在看了菲舍的那套哲学史之后才断定自己所迷恋的实证主义理论经不起哲理推敲，进而与之告别。这其中，斯特拉霍夫的翻译功不可没。另一方面，翻译著作的流行也为批评家重新走入年轻一代的视线奠定了基础。

时至 1890 年代，俄国文化进入所谓的"白银时代"，激进的革命哲学在一定程度上遭到否定，文化界开始关注起 1860 年代那些与激进思想作斗争的人物，并将其作为本土文化资源进行了重新发掘。与此同时，俄国哲学在弗拉基米尔·索洛维约夫等人的努力下成熟起来，斯特拉霍夫对俄国文化特性的坚持终于被大家所接受，他成为彼得堡科学院的通讯院士，也被心理协会及斯拉夫协会选为荣誉会员，还获得了二级斯坦尼斯拉夫勋章等奖励。此时的他作为当时少有的几位富有独创性的俄国哲学家、文学批评家之一再次进入文化界的视野，成为年轻一代崇拜的对象，В. В. 罗扎诺夫便是其中之一。

罗扎诺夫在 19 世纪 80 年代曾是外省的一名中学教师，但有志于学术，在

---

① *Страхов Н. Н.* Литературная критика. Москва.：Современник. 1984. С. 36.

② ［俄］瓦·罗扎诺夫：《落叶集》，郑体武译，昆明：云南人民出版社，1998 年，第 294 页。

结识斯特拉霍夫之前曾出版过《论理解》一书。1887年,罗扎诺夫给斯特拉霍夫写了一封热情洋溢的信,表达了想要登门拜访的愿望。后者婉言谢绝了罗扎诺夫的要求,提议书信往来,并对他的哲学热情表示赞赏。在两人近十年的交往中,斯特拉霍夫更多地表现出一位学界前辈提携后进的风范,不但在各方面寻找机会帮助罗扎诺夫,推荐他看书写作,校对译稿并推荐发表,而且还对他在个人成长方便提出建议:“您在学业上还没有掌握自己,所以给您的任务就是学会把握自己,试试看,您会发现这不难。”[1]在1889年的一封信里,斯特拉霍夫更是具体指导罗扎诺夫写些“具体的东西”,不要沉溺于“模糊性”和“抽象性”:“我建议您写点关于文学的东西,关于陀思妥耶夫斯基、屠格涅夫、托尔斯泰、谢德林、列斯科夫、乌斯宾斯基等等。您有许多妙论可讲,大家都会来拜读。”[2]也许这是因为这些,罗扎诺夫在1913年出版的《文学流放者》一书中亲切地将斯特拉霍夫称之为自己的“文学教父”。象征主义运动发起者之一的诗人、批评家彼·彼·佩尔卓夫(П. П. Перцов,1868—1947)曾提及两人的这种亲密关系:“从罗扎诺夫这方面看,他对待斯特拉霍夫的态度永远是一种深刻的爱戴和尊敬,就像对待‘老大爷’(他的一篇文章中做了这种比喻),‘想洗净他的双脚,但洗过之后,就奔向未知的远方’。斯特拉霍夫的个性本身,他那水晶般纯洁的道德面貌,自然赢得了这种态度。而如果罗扎诺夫爱文学界中的许多人胜过斯特拉霍夫,我想,没有人受到他的尊敬胜过斯特拉霍夫。”[3]

在上述的《文学流放者》中,罗扎诺夫虽然是借与斯特拉霍夫通信之机会宣扬自己的观点,但也对斯特拉霍夫的思想特征做了一些基本的概括,值得我们思考。[4] 罗扎诺夫说:“他的思想以不可抗拒之力流连于自然生活、世界历史和社会问题的黑暗模糊之处。他徘徊于这些领域的边缘,仔细估量不同时代不同民族的伟大人物关于这些领域的思考,即使由此黑暗深处得出一点

---

① *Розанов В. В.* Литературные Изгнанники: Воспоминания. Письма. С. 102.

② Там же. С. 124.

③ [俄]瓦·瓦·罗扎诺夫:《陀思妥耶夫斯基启示录——罗扎诺夫文选》,田全金泽,上海:华东师范大学出版社,2013年,第206—207页。

④ 关于两人之间的思想传承,学术界涉及得不多。笔者资料所及,仅在《与现代人对话中的尼·尼·斯特拉霍夫:理解文化的哲学》觅得马斯林的《斯特拉霍夫与罗扎诺夫著作中“文学流亡”的主题》一文。但此文重在分析罗扎诺夫的写作手法问题,于两人思想传承关系着墨甚少。详见 Н. Н. Страхов в диалогах с современниками. Философия как культура понимания //*С. М. Климова* и др. – СПб.: 2010. С. 174—184.

点清醒的认识之光也好。这便是他日常最为忧虑、关注之处。”[①]由此罗扎诺夫得出结论认为：斯特拉霍夫的思想虽然因涉猎过多而缺乏体系，但却具有绝对的原创性，因他从不拾人牙慧，人云亦云。他知难而上，越是困难的问题越是有兴趣。“这就是他没有写出一个包含宏大体系的著作的原因。‘简论’、‘概要’或者如他两次用来命名自己文章的‘正确提出问题的尝试’——这是用以表达其思想最常见也是最方便的形式。”[②]不必说在十九世纪黑格尔影响下的俄国思想界，即使到了二十一世纪的今天，这种思想上的创新精神都是难能可贵的。罗扎诺夫的《落叶集》的写作风格在多大程度上受到斯特拉霍夫的影响，这是一个值得研究的话题。

斯特拉霍夫属于那种安心书斋的知识分子，嗜书如命，终身未娶，以至托尔斯泰说他“天生是个从事纯哲学活动的人。”[③]在他去世前两年，他感觉身体状况大不如前，自感“已不是从前那个人”了，但仍笔耕不辍。1895 年的 11 月，他开始为莫斯科《哲学心理学问题》杂志写早已答应的文章《从逻辑学角度论自然科学体系》。然而到 12 月 8 日，他不得不致信给杂志主编说：“首先我得请求您原谅，我无法为您杂志的一月号准备好文章。我以极大的努力开始写作文章，但大脑与笔的沉重使我无法继续。总而言之，我无法在 12 月 15 日之前给您文章。但我坚决保证，将在杂志的 3 月号之前——即 1 月底——交给你文章。”[④]然而，生活往往就是这么出人意料，1896 年 1 月 24 日，斯特拉霍夫去世，我们永远都不知道他最后想说的话到底是什么。值得一提的是，朋友们居然发现斯特拉霍夫的遗产不足以支付办理后事的费用，究其因，他把绝大部分收入都用于买书上了。1891 年 3 月，托尔斯泰夫人曾赴彼得堡斯特拉霍夫家中，她说：“斯特拉霍夫的家里到处都是书，他的藏书甚是丰富。”[⑤]据当代俄国学者安东诺夫（Антонов Е. А.）的数据表明：斯特拉霍夫身后留下了 12453 册图书，其中不少是 15—19 世纪人文科学方面的著作全

---

① *Розанов В. В.* Литературные Изгнанники: Воспоминания. Письма. С. 12.

② Там же. С. 12—13.

③ 陈燊主编：《列夫 · 托尔斯泰文集》第 16 卷：书信，周圣等译，北京：人民文学出版社，2000 年，第 127 页。

④ *Грот Н. Я.* Памяти Н. Н. Страхова. Вопросы философии и психологии, Кн. 32. С. 4—5.

⑤ 《托尔斯泰夫人日记》上卷（1862—1900），张会森等译，北京：中国社会科学出版社，1983 年，第 160 页。

集，也包括十八世纪的许多俄国书籍珍本。[①] 著名哲学家格罗特（Грот，Н. Я.，1852—1899）后来专门提到斯特拉霍夫的藏书："这一图书馆的命运尤其使我们感兴趣，它不该被拆散。它应该以单独的部分进入某个国家或社会书库。"[②]热爱真理、安于清贫——这是十九世纪俄国知识分子的典型写照。

斯特拉霍夫去世之后，俄国当时的一些报刊曾发表过悼念文章，对其一生的学术生涯作了较高的评价。格罗特认为："斯特拉霍夫之伟大之处，便在于他是尤为热情鲜明地号召俄国人独立思考的人之一。"[③]不过，进入二十世纪之后，革命与战争很快将这位哲学家、文学批评家束之高阁，这使得斯特拉霍夫的名声即使是在今天看来，依然显得默默无闻。

苏联时期他的著作极少被出版，仅 1984 年有一本《文学批评》，对于他的专门研究则更属凤毛麟角。米尔斯基在 1924 年的《俄国文学史》提到了斯特拉霍夫："斯特拉霍夫的哲学著作不属此书谈论对象，作为一位批评家他并不伟岸，但他却是 80 年代反对激进主义的理想主义之核心，是斯拉夫派和 90 年代神秘主义复兴之间的主要纽带。"[④]著名的陀学研究专家多利宁（А. С. Долинин，1883—1968）在《陀思妥耶夫斯基的最后小说》（莫斯科—列宁格勒，1963）中写过名为《陀思妥耶夫斯基与斯特拉霍夫》的文章，以 36 页的篇幅围绕两人交往及争论展开，其中也略微介绍了斯特拉霍夫的情况。或许是受时代限制，作者表现出明显的亲陀、抑斯的倾向。此外，А. 布季洛夫斯卡娅与 Б. 叶戈罗夫上世纪 60 年代联手编撰过《Н. Н. 斯特拉霍夫刊印作品索引》（塔尔图，1966），但似乎反应也不大。1975 年，科学出版社出版了名为《俄罗斯文艺学中的学院派》一书，其中以 10 页的篇幅专门介绍了斯特拉霍夫的文学批评。这实际上是作者古拉尔尼克（У. А. Гуральник，1921—1989）发表于《文学问题》1972 年第 7 期上的一篇文章。这应该也是苏联时期屈指可数的有关斯特拉霍夫研究的成果之一。此外，1984 年出版的《文学批评》一书中有斯卡托夫撰写的长篇序言。

苏联解体后，斯特拉霍夫作为俄罗斯思想的传承者之一开始得到关注，2000 年其《文学批评》得以再版。2007 年其哲学专著《作为整体的世界》再

---

① *Антонов. Е. А.* Антропоцентрическая философия Н. Н. Страхова как мыслителя переходной эпохи. Белгород.：2007. С. 22.

② *Грот Н. Я.* Памяти Н. Н. Страхова. Вопросы философии и психологии，Кн. 32. С. 10.

③ Там же. С. 40.

④ ［俄］德·斯·米尔斯基：《俄国文学史》（下卷），第 46 页。

版。专门研究斯特拉霍夫的文章或专著并不多,但已有一些研究者开始涉猎其中,其中还出现了一些有分量的著作:1992 年莫斯科大学出版社的《俄国思想家:格里戈里耶夫、丹尼列夫斯基、斯特拉霍夫》一书,其中重点分析了三位思想家在思想上的传承之处。作者 Л. Р. 阿夫捷耶娃指出:"格里戈里耶夫、斯特拉霍夫、丹尼列夫斯基都是个性鲜明之人,他们互不重复,但相互补充。他们每个人都有自己的主要兴趣点:斯特拉霍夫的自然科学哲学、丹尼列夫斯基的政治哲学、格里高利耶夫的文化哲学。不过,对文化发展及其功能问题的关注使之走到一起。"[①]另外,哲学家 Н. П. 伊利因在论文集《十九世纪文学与社会思想中的保守主义》(莫斯科,2003)中以专章分析了斯特拉霍夫的保守主义观。2009 年 10 月斯特拉霍夫家乡的别尔哥罗德大学建立了以他名字命名的资料博物馆,逐渐成为斯特拉霍夫研究的重镇。2007 年出版了该校教师安东诺夫的《转型时代思想家尼·尼·斯特拉霍夫的人本哲学》(*Е. А. Антонов* Антропоцентрическая философия Н. Н. Страхова как мыслителя переходной эпохи. Белгород,2007.)这应该是俄罗斯第一部研究斯特拉霍夫的专著。在接下来的几年内,俄罗斯学术界还陆续出版了论文集《与现代人对话中的尼·尼·斯特拉霍夫:理解文化的哲学》(Н. Н. Страхов в диалогах с современниками. Философия как культура понимания /*С. М. Климова* и др. -СПб. ;2010.);2011 年出版了资料汇编:《尼·尼·斯特拉霍夫:哲学家、文学批评家、翻译家》(Н. Н. Страхов: философ,литературный критик,переводчик. Белгород,2011.);2012 年则有《论争与理解:尼·尼·斯特拉霍夫个性与思想的哲学札记》(Полемика и понимание: философские очерки мышления и личности Н. Н. Страхова/ *Е. Н. Мотовникова и П. А. Ольхов*. . М. ;СПб. ;2012.)该书作者是别尔哥罗德大学的两位老师:莫托夫尼科娃(Е. Н. Мотовникова)和奥里霍夫(П. А. Ольхов),书中有两章涉及了斯特拉霍夫与托尔斯泰的关系,应该说这是俄罗斯第一本真正意义上的文学研究专著。波兰学者安德烈·拉扎利则在《在费·陀思妥耶夫斯基的圈子里:土壤派》(*Анджей де Лазари* В кругу Феодра Достоевского: почвенничество. Москва. : 2004)以专章分析了斯特拉霍夫与陀思妥耶夫斯基关系的问题。

---

① *Авдеева Л. Р.* Русские мыслители: Ап. А. Григорьев, Н. Я. Данилевский, Н. Н. Страхов. Москва. : Издательство Московского университета. 1992. С. 138.

欧美则在二十世纪60年代重印了一批斯特拉霍夫作品（海牙，莫顿出版社）。雷纳·韦勒克出版于60年代中期的《近代文学批评史》第4卷（Yale University Press，1965）则对斯特拉霍夫的文学批评思想做了专节介绍。韦勒克将斯特拉霍夫置于《俄国保守派批评家》一章，与格里戈里耶夫、陀思妥耶夫斯基等人并列，各为一节。他对斯特拉霍夫的定位是："这位极其善变的哲学家、通俗科学家、思想理论家、连篇累牍，撰文驳斥虚无主义者，批判当时从欧洲传入的实证论和进化论。"[1]1966年，美国哈佛大学博士琳达·格什坦因（Linda Gerstein）曾以斯特拉霍夫为题，写过相关博士论文并于1971年出版。格什坦因认为斯特拉霍夫主要是一位极富特色的哲学家："他真正的职业是他所谓的'哲学'，正是在这里他的才华得以最出色地展现。托尔斯泰承认他的优点，1890年代他作品的流行也暗示着新一代哲学家对他的认可。斯特拉霍夫既没有'体系'，也没有综合的能力，但他有一种特殊的能力来理解其他体系的衍生物，无论它与其天性多么不同。"[2]格什坦因之后，欧美学界整体上未见对批评家的专门研究。仅有少数学者如加拿大的韦恩·多勒（Wayne Dowler）在关于陀思妥耶夫斯基根基派的研究中涉及斯特拉霍夫。[3] 除此之外，仅有一两篇文章研究斯特拉霍夫有机批评问题。

对于我国学术界而言，斯特拉霍夫还是一个相对陌生的名字，目前仅限于俄罗斯文学研究界少数人知晓。他的文字被翻译过来的可谓寥寥无几。倪蕊琴选编的《俄国作家批评家论列夫·托尔斯泰》（中国社会科学出版社，1982）中节选了他的两篇关于托尔斯泰的文章，此外还有在《残酷的天才》（上海译文出版社，1989）、《回忆陀思妥耶夫斯基》（人民文学出版社，1987）中收有他对陀思妥耶夫斯基的回忆性文字。这是目前国内其作品仅有的译介。至于研究方面，仅笔者资料所及，1986年李明滨在《俄苏文学》杂志上发表了以《俄国文坛的一件公案：陀思妥耶夫斯基身后的不白之冤终于昭雪》为名的文章，分析了作家与批评家之间的一桩公案。冯川在《忧郁的先知：陀思妥耶夫斯基》（四川人民出版社，1997年）中也有"斯特拉霍夫事件"一节，但大致论述无论就深度还是广度而言都没有超出李文。刘宁主编的《俄国文学批评史》（上海译文出版社，1999）中对斯特拉霍夫进行了专门介绍。作者将

---

① ［美］雷纳·韦勒克：《近代文学批评史》第4卷，杨自伍译，上海：上海译文出版社，2009年，第374页。

② Linda Gerstein *Nikolai Strakhov*, Harvard University Press, 1971. P. 219.

③ Wayne Dowler *Dostoevsky, Grigorev, and Native Soil conservatism.* University of Toronto Press. 1982.

斯特拉霍夫定位为“由‘根基派’过渡到象征派的桥梁”，同时也介绍了其批评的主要内容和特色，但总体来说尚嫌简略，而且受苏联学者斯卡托夫的影响较大。

这和他在世时的声望显然不相称。同时代的托尔斯泰、陀思妥耶夫斯基等文坛大家对他尤为器重：托尔斯泰说：“命运赐予我的幸福之一就是有了尼·尼·斯特拉霍夫。”[①]陀思妥耶夫斯基曾对批评家说：“只有你一个人才理解我。”[②]虽然斯特拉霍夫更多地作为一位思想家，政论家走上俄国文坛，但也应该看到，他成名的十九世纪六十年代，恰恰是俄国社会在各方面走向现代化的时期。斯特拉霍夫关注最多的正是这种转型背后的西方思潮——虚无主义，而这也正是他与上述文学大师在思想上的契合之处。

二、斯特拉霍夫反虚无主义观刍议

作为理科出身的评论家，斯特拉霍夫当然知道理性在人类进步中的作用；但同时他又认识到过分强调理性的危险性。比如，他在评论达尔文《物种起源》一书的意义时便指出进化论是“伟大的进步”，“是自然科学在发展中迈出的巨大一步”。但斯特拉霍夫也指出这种理论存在着被绝对化乃至庸俗化的危险，对社会产生了诸多不良影响。“我们这儿一直在进行规模宏大的生存竞争，自然淘汰的法则在我们这儿得到了最充分的体现。……生活的主人和富贵的享受者总是那些自然的当选者，人类的完善过程也就迅速地和不停地前进了。”[③]

因此在一片虚无主义的喧嚣声中，斯特拉霍夫却能够保持少有的冷静，对虚无主义做一个透彻的分析。他认为：“最成功的往往不是那些接近真理

---

① 陈燊主编：《列夫·托尔斯泰文集》第16卷，第140页。

② 这是就对《罪与罚》一书的评论而言，为斯特拉霍夫本人回忆，其中或有言过其实。参见［俄］尼·尼·斯特拉霍夫：《回忆费多奥尔·米哈伊洛维奇·陀思妥耶夫斯基》，见《回忆陀思妥耶夫斯基》，多人译，人民文学出版社，1987年，第265页。由于斯特拉霍夫在陀思妥耶夫斯基去世后与托尔斯泰的信中提及了他所认为的陀思妥耶夫斯基某些阴暗面，因此苏联某些学者便断言：“尽管陀思妥耶夫斯基和斯特拉霍夫在思想观点上相互接近，尽管他们同属‘根基派’，但他们彼此之间的关系却从未亲密过。”参见［俄］安思妥耶夫斯卡娅：《相濡以沫十四年》，倪亮译，上海：上海译文出版社，1993年，第529页。笔者以为上述论断无视于两人多年的友谊，也无视两者在诸多观点上的一致，走到了另一个极端，显然有欠公允。

③ 尼·斯特拉霍夫：《恶劣的征兆》，转引自［俄］弗里德连杰尔：《陀思妥耶夫斯基与世界文学》，施元译，上海：上海译文出版社，1997年，第223页。

的思想,而是那些其中最鲜明、最抽象地展现真理某种幻影的、多多少少狭隘的、片面的思想。"[①]对于批评家来说,虚无主义是俄国社会在面临现代化大潮下出现的一种选择：即将旧的彻底推翻,一切重头再来。如果这种选择不对,那什么是对的？批评家需要考虑的不但是虚无主义本身,而且还有反虚无主义之后,俄罗斯社会的救赎之路。客观地说,斯特拉霍夫并不全盘否定虚无主义。然而在他看来,一种有价值的否定最终要以某种更具积极性的价值观为寄托,否则容易陷入否定的怪圈。在他看来,"否定、怀疑、好学——这只是自由思想工作的第一步,不可避免的条件。之后将是第二步：以积极的思考走出否定,将认识提高到更高的层次。"[②]如果说,虚无主义只是60年代俄国文化思潮并不成熟的一种走向,那么反虚无主义最终需要提出更有建设性的思想方能取而代之。斯特拉霍夫的这些思考,主要从两个方面完成,其一是一系列的政论杂文,如《我们文学的贫困》(1868)、《论虚无主义书简》(1881)等,这属于面上的总结。其二是围绕着当时的文学论战逐步深入扩展,属于点上的展开。根据《父与子》(1862)、《罪与罚》(1867)、《战争与和平》所撰写的一系列评论文章不但体现了他对虚无主义的思考,同样也表现出他的反虚无主义发展之路。

《父与子》引起了激烈的争论,用屠格涅夫的话说："我发现许多接近和同情我的人很冷淡,甚至达到愤怒的程度;我从与我敌对的阵营的人、从敌人那里受到祝贺,他们几乎要来吻我。"[③]然而,评论界过多地纠缠于《父与子》的倾向问题,却使得激烈的论战取代了缜密的分析,已有的评论文章极少能令作家满意。[④] 斯特拉霍夫在这点上却另辟蹊径,透过巴扎罗夫这一形象,深入分析了俄国社会中出现的虚无主义本质及其产生根源。这种想法与同一

---

① *Страхов Н. Н.* О развитии организмов. Попытка точно поставить вопрос // Природа. Кн. 1. Москва. : 1874. С. 6.

② *Страхов Н. Н.* Критические статьи об И. С. Тургеневе и Л. Н. Толстом (1862—1885) Издание четвертое. Киев. : 1901. С. Ⅸ.

③ [俄]屠格涅夫：《关于〈父与子〉》,载于[俄]屠格涅夫：《文论・回忆录》,张捷译,石家庄：河北教育出版社,1994年,第615页。

④ 屠格涅夫在致陀思妥耶夫斯基的信中说：声称："除了您和鲍特金之外,似乎没有谁肯于理解我想做的一切。"可见,当时对《父与子》一书误解者甚多。参见《屠格涅夫全集》第12卷：书信,张金长等译,石家庄：河北教育出版社,2000年,第393页。

个编辑部的陀思妥耶夫斯基可谓不谋而合。[①]

斯特拉霍夫指出作家写作目的在于："从暂时的现象中指出永恒的东西,写出了一部既非进步又非保守,而是所谓经常性的小说。……总之一句话,屠格涅夫拥护人类生活中的永恒的基本原则。"[②]针对皮萨列夫对《父与子》的评论[③],斯特拉霍夫肯定了皮萨列夫对主人公形象的分析,认为巴扎罗夫是"真正的英雄",是"俄国文学从所谓有教养的社会阶层中所塑造的第一个强有力的人物,第一个完整的性格。"[④]然而斯特拉霍夫之高明,在于没有停留在对父与子这两代人的分析。在斯特拉霍夫看来,"两代人之间的转变——这只是小说的外在主题。"[⑤]衡量这两代人优劣的尺度不在于各自的思想,而在于生活。斯特拉霍夫所谓的"生活"(жизнь),也可以译为"生命"。这一概念是批评家用以与虚无主义之"理论"(теория)相对立的。事实上,作为虚无主义者的巴扎罗夫,其迷人之处恰在于他敢于弃绝情感、艺术等这些生活最基本的因素,其悲壮之处也正在于此。但"自然的魅力、艺术的迷人、女性之爱、家庭之爱、父母之爱,甚至宗教,所有这些——都是活生生的、圆满的,强大的——构成了描绘巴扎罗夫的背景。"用评论家的话说:"巴扎罗夫是一个起来对抗自己的母亲大地的巨人;无论他的力量如何巨大,它只是表明那诞生并抚育了他的力量之伟大,他是无法同母亲的力量相抗衡的。"[⑥]并且,"巴扎罗夫毕竟失败了;不是被个人和生活中的偶然事件所击败,而是被这种生活的思想本身所击败。"[⑦]这种将生活与否定相对立的观点,在评论家

① 陀思妥耶夫斯基认为巴扎罗夫"虽然宣扬虚无主义但却被不安和忧闷包围着",并称之为"伟大心灵的标志"。参见[俄]陀思妥耶夫斯基:《冬天记的夏天印象》,载于《赌徒》,满涛等译,上海:上海译文出版社,1988 年,第 81 页。针对这一评价,屠格涅夫不但认为是"大师的敏锐洞察"和"读者的简朴理解",而且还在给朋友的信中说道:"迄今为止完全理解巴扎罗夫,即理解我的意图的只有两个人——陀思妥耶夫斯基和波特金。"参见《屠格涅夫全集》,第 12 卷:书信,张金长等译,石家庄:河北教育出版社,2000 年,第 384、392 页,译文参照原文有改动。

② *Страхов Н. Н.* Литературная критика. С. 205、208.

③ 皮萨列夫在《巴扎罗夫》(1862)中指出:"巴扎罗夫没有犯错,于是小说的意义便在于:如今年轻人迷恋极端乃至陷入极端,但这种迷恋本身揭示了生气勃勃的力量和不可动摇的理智;这种力量和这种智慧不需要旁人的任何帮助和影响,就能把年轻人引上笔直的正路,并在生活中支持他们。"参见 *Писарев Д. И.* Сочинения в 4 т. Т. 2. Москва.: Государственное издательство художественной литературы. 1956. С. 49.

④ *Страхов Н. Н.* Литературная критика. С. 198.

⑤ Там же. С. 206.

⑥ Там же. С. 208.

⑦ Там же. С. 209.

这一时期的政论中也可找到对应。

在题为《我们文学的贫困》的评论文章中，斯特拉霍夫以专节论述了“虚无主义。它产生原因及力量”。他首先指出虚无主义与生活的对立：“虚无主义者：既否定俄国生活，同时也否定欧洲生活。”在接下来的分析中，斯特拉霍夫逐步对虚无主义追根溯源：“虚无主义首先是某种西欧主义。”“其次，虚无主义不是别的，正是极端的西欧主义，即彻底发展并达到顶点的西欧主义。”以上是就来源而言；再次，“虚无主义是对一切已形成的生活方式的否定。”当然，否定也并非全是坏事：“虚无主义首先并且主要是否定，这是它基本的、正确合理的特点。”因为“怀疑主义、不信任、缺乏天真、嘲讽、无所作为的思想惰性——所有这些俄国的性格特点都能在这里得到体现。”“还有，不能不看到，虚无主义尽管是在西方影响下发展的，但它的主要条件都存在于我们内部发展之特性中。它最好最重要的方面便是试图将俄国人从那些成为束缚的思想镣铐中解放出来。”[①]虚无主义之可贵在于其追求绝对自由之气概，但其最大弊端也是在于其脱离了生活本身，极力否定的姿态掩盖不住内在的虚弱。由此可见，斯特拉霍夫并非一味否定虚无主义的意义，而这种辩证的看法也成为他从理论上阐释巴扎罗夫形象的依据。

应该说，斯特拉霍夫对“生活”这一概念的肯定贯穿了其60—70年代的评论文章。在评论《罪与罚》(1867)的时候，这个概念的意义得到了再次阐发。文章开篇，斯特拉霍夫首先肯定了陀思妥耶夫斯基对拉斯柯尔尼科夫的描写是成功的，因为这是“第一次在我们面前展示了不幸的虚无主义者，满怀人类痛苦的虚无主义者形象。”[②]而这种形象之所以成功，其根本原因是它建立在生活的基础上。不像之前的一些小说中的虚无主义者形象，多数只是理论的形象化表现，显得干瘪、没有生气。具体到斯特拉霍夫对小说主题的理解：“作者描写的是一种极端的虚无主义，这种虚无主义已经发展到了极点，它再也无法向前发展了……表现生活和理论如何在一个人内心中进行搏斗，表现这种搏斗如何把一个人弄得筋疲力尽，表现生活如何最终获得了胜利，——这就是小说的宗旨。”[③]理论是灰色的，而生命之树常青。应该说，斯特拉霍夫是有眼光的，他深刻地揭示出作家想要表达的主题：即虚无主义理

① *Страхов Н. Н.* Литературная критика. С. 75—80.

② Там же. С. 102.

③ Там же. С. 102、104.

论与生活之间的斗争。

不过,斯特拉霍夫的研究没有仅仅停留在提出"生活"这一概念,在下文中,我们可以看到他对托尔斯泰作品中"生活"概念及其体现者有着更深刻的分析。总之,在批评家看来,生活,尤其是俄罗斯的生活是一切的根基。脱离了这一点,便容易受到西方的影响,从而走向虚无主义,这是斯特拉霍夫的最终结论。

三、斯特拉霍夫反虚无主义的来源

正如斯特拉霍夫自己承认:"谈到艺术观、艺术家的任务,我初涉文坛时不禁惊讶于当时流行的那种狭隘理论,即要求艺术完全服务于当下现实。我自己坚持的是强调艺术家普遍自由的德国理论,它形成于德国哲学之中,在普希金在世时就传播到我国,我们的文学有许多要归功于它。"[①]这里,斯特拉霍夫指出了自己思想中的德国哲学影响。俄罗斯学者阿夫捷耶娃后来在批评家的这一自我判断的基础上做了补充:"斯特拉霍夫的哲学观是在十九世纪下半期自然科学的发展、德国古典哲学尤其是黑格尔哲学,及以斯拉夫派为代表的祖国思想传统影响下形成的。"[②]"自然科学"的影响显然是指斯特拉霍夫年轻时所学习的大学课程,如数学、动物学等。这些知识因笔者能力所限,本书不拟深入展开。

黑格尔哲学对十九世纪俄国思想界、文学界的影响极为重大,如别林斯基就曾是虔诚的黑格尔信徒,经历了痛苦的与社会妥协时期。赫尔岑在1838年时还说:"如今的德国哲学(黑格尔)使人心灵上感到安慰,它把人的思辨和神的启示融为一体,把哲学与神学统一在一起。"[③]斯特拉霍夫自然也不例外,无论是他在早期的《作为整体的世界》(Мир как целое. Черты из науки о природе,1872),还是后来他对强调内心分裂的陀思妥耶夫斯基的排斥,都说明了他本质上是一位强调理性与统一的黑格尔主义者。他的同时代人潘捷列夫(Л. Ф. Пантелеев,1840—1919)曾回忆那个时期的斯特拉霍夫:"六十年代初,Н. Н.(斯特拉霍夫的名字和父称——引者注)被视为哲学尤其是德国

---

① *Страхов Н. Н.* Биография, письма и заметки из записной книжки Ф. М. Достоевского. С. 174.

② *Авдеева Л. Р.* Русские мыслители: Ап. А. Григорьев, Н. Я. Данилевский, Н. Н. Страхов. С. 111.

③ *Герцен А. И.* Сочинения в 30 томах. , Т. 21. Москва. 1956. С. 394.

哲学的大行家,以及黑格尔派的最忠实信徒之一。”[①]但难得的是,斯特拉霍夫又不固守黑格尔主义的牢笼,他以自己的方式跳出了黑格尔的思想领域。众所周知,黑格尔是西方传统哲学的集大成者,几乎被视为理性思维的顶峰人物。但问题在于,有顶峰就必然有滑坡。正如他一位学生所说:黑格尔之后,哲学家只有两种选择:或成为他的掘墓人或为之树碑立传(gravediggers or monument-builders)。[②] 原先那一套以理性为核心的哲学体系已遭到越来越多人的否定。哲学本身要求有新的形式出现。当时的俄国哲学家 Вл. 索洛维约夫已经注意到这个问题,他博士论文题目就是《西方哲学的危机》。但与索洛维约夫不同的是,斯特拉霍夫不但注意到这个问题,而且已经无意中解决了这个问题:答案就在于对话。

我们今天知道“对话”,恐怕多半来自巴赫金及其复调小说理论。对话有广义与狭义之分,体现在文学上表现为人物具有独立性,作品呈未完成性和开放性。然而,巴赫金起初关注的是陀思妥耶夫斯基作品中的对话,属于文学作品的阐释;后来逐渐上升到一种哲学高度。斯特拉霍夫的对话则是个人生活中的具体实践,是其思想的精髓。可以说,他的一生都是在不断的争论与对话中度过:早年与虚无主义者;中年与陀思妥耶夫斯基、托尔斯泰;晚年与索洛维约夫、罗扎诺夫等等。有人称他为名人的影子,但更确切地说,他是名人的“显影剂”。正如俄罗斯当代研究者克里莫娃(Климова С. М.)指出的:“斯特拉霍夫属于那种极罕见的人,他们能够帮助别人理解自身并在理解自身世界观方面成为名副其实的对话者。”[③]应该指出,这种角色定位在当时来说是独特的,独特到连斯特拉霍夫本人都未曾意识到。1890 年 5 月 21 日,斯特拉霍夫曾写信给托尔斯泰,诉说自己所遭受的误解。从中不难看出,他对自身的对话者定位还不甚清楚:“每当想到自己处在那种尴尬处境,我常常觉得很郁闷。当我说反对达尔文,马上有人认为我是支持教理问答;当我反对虚无主义,那就认为我是国家和现存秩序的捍卫者;当谈到欧洲的有害影响,那就认为我是书刊审查和一切蒙昧主义的支持者,诸如此类。我的

---

① *Пантелеев Л. Ф.* Воспоминания. Москва. ,1958. С. 193.

② Critchley Simon *A companion to Continental Philosophy*, Blackwell publishing Ltd, 1999. p. 107.

③ *Климова С. М.* На пороге рождения диалогики культуры или диалоги Н. Н. Страхова с современниками. //Н. Н. Страхов в диалогах с современниками. Философия как культура понимания. С. 22.

天哪,这多累啊!怎么办?有时候想,最好是沉默……”①

事实上,斯特拉霍夫在这里所说的各种误解,恰恰是因为他的多元对话所造成的。世界在不断变化,一种思想垄断一切的时代已经过去了。俄国思想界需要对话,需要众声喧哗的自由。但无论是托尔斯泰,还是陀思妥耶夫斯基,他们追求的都是以某种思想来解决人类的救赎问题。正是在这一点上,斯特拉霍夫与他们背道而驰。当然,斯特拉霍夫否定他朋友们的精神探索,并非意味着他与十九世纪末的非理性主义志同道合。俄罗斯学者伊利因指出:“斯特拉霍夫真正的哲学事业并非是否定理性主义,而是建立新型的理性,其核心在于理解行为,并且首先就是理解人自身的行为。”②这种“理解行为”的关键就在于众声喧哗之中不断的争论与交流,从而达到最后的理解。这与巴赫金后来提出的“对话”在理论、文化层面上有某种吻合。历史的荒谬是,帮助别人理解自身的斯特拉霍夫却反而不了解自身,正如他“与西方的斗争”恰恰促进了西方思潮在俄国的流行一样。

所谓“根基派”(Почвенничество),或者说“土壤派”,是十九世纪中期出现在俄国思想界的一个派别,主要人物是陀思妥耶夫斯基、Ап. 格里戈里耶夫、斯特拉霍夫等人。该思想流派整体上既反对斯拉夫派的陈腐和守旧,也不赞成西欧派的盲目模仿西方。它主张知识分子在立足本土文化资源的基础上,有选择地接受西欧先进的思想和理念,最终服务于俄国现实。应该说,根基派走的是一条综合折中之路,陀思妥耶夫斯基在1861年《〈时报〉的征订广告》里说:“我们终于确信,我们也是一个独立的民族,一个十分独特的民族,我们的任务是为自己建立一种新的生活方式,我们自己的,来自我国根基的,来自人民精神和人民基础的新方式。”③一方面强调俄罗斯民族的特性,一方面强调与人民(根基)的结合,这便是根基派的主要主张。斯特拉霍夫作为其中的重要一员,其思想也有与之类似的方面。

要完成上述的任务,首先就必须要肃清西欧思想的影响,其次寻找能代表本民族特性的思想。因此,这便促成了斯特拉霍夫反虚无主义观点的形成。具体来说,评论家本身对虚无主义思想就有反感。斯特拉霍夫对虚无主

---

① Переписка Л. Н. Толстого с Н. Н. Страховым , Т. 2. СПб. : Изд. Толстовского музея, 1914. С. 404.

② *Н. П. Ильин* Неакадемическое предисловие к философским беседам. //Н. Н. Страхов в диалогах с современниками. Философия как культура понимания. С. 11.

③ 《陀思妥耶夫斯基论艺术》,冯增义等译,桂林:漓江出版社,1988年,第454页。

义的反感由来已久,按他自己的说法:"我心里对虚无主义经常抱有某种本能的反感,从 1855 年它明显表露出来的时候开始,我看到它在文学中的种种表现就非常愤慨。"①1855 年俄国文坛的大事之一是车尔尼雪夫斯基发表《艺术对现实的审美关系》,书中唯物主义横扫一切的口吻固然在青年人中大受欢迎,却也令斯特拉霍夫这样的学者甚感不快。他认为车尔尼雪夫斯基等人自命为"唯物主义者",动辄强调科学,鼓吹理性,但实际上他们对此的了解只是皮毛,以其昏昏,使人昭昭,岂不可笑。退一步说,科学固然重要,但人们的活动若只是停留在实践科学中,缺乏形而上的思考,只能和终日忙碌的飞禽走兽无异。"科学并不包含一切对我们来说更重要、更本质的东西,不包含生活。在科学之外,我们能发现生存的重要一面,它构成了我们的命运,它被我们称之为上帝、良心、我们的幸福及善良。"②联系到二十世纪的唯科学主义横行,我们不能不佩服斯特拉霍夫的先见之明。

再者,理论是需要生活作为基础的,失去现实的理论只能沦为空洞无力的口号。在这方面,斯特拉霍夫受到斯拉夫派及 Ап. 格里戈里耶夫的影响较大。斯拉夫派中的阿克萨科夫早在 1865 年便发表文章,论及当时俄国社会生活中理论对生活的专制问题:"理论对生活的专制是各种专制中最坏的一种。"这种专制有别于个人独裁,后者是偶然的、暂时的,但理论的专制却影响更大更深。"群众发展过慢,人民中极少数人(总体而言是社会的闲散阶层)过于进步,后者就其状况而言无论是精神还是物质上都与一般大众生活联系较少,因而也能在各方面较为自由地脱离这种生活,陷入抽象的思想活动中。正是这个而非别的原因导致了生活与知识、实践与理论的脱节,这一现象在我们这个时代尤为严重。"③阿克萨科夫站在斯拉夫派的角度,对于西欧派思想上某些挟洋自重进而脱离实践的做法自然看不惯,不过他对于如何解决这一问题却也没有更好的答案。因为俄国的落后在当时来说是不争的事实,斯拉夫派一味强调本民族历史的光荣,并不能改变落后的现状。并且斯拉夫派理论的根本悖论在于:他们所引以为荣的俄罗斯文化,到底是特殊的,还是普世的?若是特殊的,那如何解释它的弥赛亚特性;若是普世的,那强调俄罗斯

---

① [俄]尼·尼·斯特拉霍夫:《回忆费多奥尔·米哈伊洛维奇·陀思妥耶夫斯基》,见《回忆陀思妥耶夫斯基》,第 240 页。

② *Н. Н. Страхов* О вечных истинах(мой спор о спиритизме)СПб. : 1887. С. 54.

③ *И. С. Аксаков* О деспоидзме теории над жизнью. //Просвещённый консерватизм: Российские мыслители о путях развития Российской цивилизации,Москва,ГРИФОН,2012. С. 491、493.

文化的特性有何意义？当然，这都是后人对此的反思。在十九世纪60年代，阿克萨科夫提出了西方理论对俄国生活的专制问题，这对于包括斯特拉霍夫在内的新斯拉夫派的影响是显而易见的，何况在这之间还有Ап.格里戈里耶夫这样的大师级批评家。

Ап.格里戈里耶夫是俄国有机批评的奠基人，虽然在42岁时便英年早逝，但他的理论对后来以陀思妥耶夫斯基和斯特拉霍夫等人为主的根基派影响极大。有机批评理论的出发点，便在于生活。正如他在《有机批评的悖论》一文中说："我所谓有机观点的理论，就在于将创造性的、直接的、自然生命力作为出发点。"①以生活为依据，格氏进一步指出："人民性原则与艺术原则密不可分——这正是我们的象征。在这一象征里表达的是生活的生动、新鲜和对理论的抗争。"②无独有偶，斯特拉霍夫本身也曾著有《作为整体的世界》，期间虽多涉及自然科学方面，但其对生活之有机理解由此亦可略见一斑。世界既然是整体的，那么它就不应该被各种理论分裂成千差万别的团体，领域、国家。世界的基础就是人，就是生命，没有人，没有人的生活，世界不复存在。这是斯特拉霍夫试图告诉读者的一个最简单而又最容易被忘却的道理。

从历史的角度来看，斯特拉霍夫对于今天的意义并不在于他所坚持的反虚无主义本身，而是在于这种坚持本身所具有的象征意义：十九世纪中后期，当虚无主义、唯物主义、实证主义以绝对正确之姿态横扫一切之际，斯特拉霍夫敢于以自由之精神，独立之人格，于一片喧嚣之中坚持己见，绝不人云亦云，表现出"千人诺诺，一士谔谔"的中流砥柱之气度。诚然，历史本身已经对虚无主义和反虚无主义做出了一个最客观的评价，今天我们的研究，目的亦不在于为研究者最后贴上某个孰是孰非的标签。相反，在这种揭示过程中我们能逐渐接近先人前贤之风格精神，并能对今日有所裨益，这方是本书关注之所在。

四、反虚无主义之后：论斯特拉霍夫对托尔斯泰的阐释

在2003年出版的《托尔斯泰与斯特拉霍夫通信全集》"序言"中，素以研究托尔斯泰而闻名的加拿大学者东斯科夫(A. Donskov)曾说："令人惊讶的

---

① *Григорьев Аполлон.* Эстетика и критика. Москва.：1980. С. 145.

② *Григорьев Аполлон.* Письма. Москва.：1999. С. 185.

是,迄今对于斯特拉霍夫生平与著作的学术研究是如此之少,尤其涉及他在与陀思妥耶夫斯基及托尔斯泰文学联系中所起的重要作用。"[①]然而,斯特拉霍夫又绝非无足轻重。他不但协助托尔斯泰修改其作品,联系出版事宜,而且对包括《战争与和平》在内的多部名著进行了独到的解读。这种解读不仅得到了作家本人的认可,也成为此后托学研究中不可或缺的部分。托尔斯泰对斯特拉霍夫的文章历来评价较高。1877 年 4 月,托尔斯泰在给后者的信中说:"我害怕评论,也不喜欢评论,更不喜欢赞扬,但不是指您的而言。您的评论和赞扬使我高兴并鼓舞我写作。"[②]

根据斯特拉霍夫自述,两人最初属于文字之交。托尔斯泰对于斯特拉霍夫在 1866——1869 年间所写的论《战争与和平》的文章极为满意。斯特拉霍夫此时正好主持《朝霞》(Заря,1869—1871),也希望托尔斯泰能成为撰稿人。两人在文学创作上的互相欣赏构成了其相识相知的基础。从 1871 年 6—7 月间,斯特拉霍夫登门拜访托尔斯泰开始,到 1896 年初斯特拉霍夫去世,两人的友谊持续了四分之一个世纪。

立足俄国特色,在对西欧文化的批判和借鉴中最终确立俄罗斯文化,这是斯特拉霍夫后半生主要思考的问题之一。托尔斯泰在作品中所流露出的民族精神恰恰引起了批评家的共鸣。在为自己《关于屠格涅夫与托尔斯泰的批评文选》(1885,第 1 版)写的序言中,斯特拉霍夫坦言自己批评文章的意义之所在:"问题当然不在于我第一个早早公开宣称托尔斯泰是天才并将其归之于伟大的俄国作家之列。主要的是对作家精神的理解,与其内在的共鸣为我们揭示了其作品的深度。就让读者来判断,我对托尔斯泰意义的理解是否正确完整。"[③]

虽然今天对托尔斯泰作为史诗诗人和心理诗人的评价已成定论[④],其发明权也公认属于车尔尼雪夫斯基。但值得一提的是,当时文坛有激进派与唯

---

① *Л. Н. Толстой-Н. Н. Страхов* : Полное собрание переписки в двух томах. Т. 1 . Slavic Research Group at the University of Ottawa and State L. N. Tolstoy Museum, Moscow, 2003. С. 15.

② *Л. Н. Толстой-Н. Н. Страхов* : Полное собрание переписки в двух томах. Т. 1. С. 331.

③ *Страхов Н. Н.* Критические статьи об И. С. Тургеневе и Л. Н. Толстом(1862—1885) . С. 3.

④ 俄国批评家奥夫夏尼克-库利科夫斯基曾说托尔斯泰既是荷马,又是莎士比亚。参见倪蕊琴编选:《俄国作家批评家论列夫·托尔斯泰》,北京:中国社会科学出版社,1982 年,第 198 页。当代苏联批评家赫拉普钦科也说:"史诗性叙事和心理描写,这是托尔斯泰反映生活的两个不同的、但有时又是相互紧密联系的方面。"参见[俄]赫拉普钦科:《艺术家托尔斯泰》,张捷等译,上海:上海译文出版社,1987 年,第 446 页。

美派论战，出于争取托尔斯泰的需要，车尔尼雪夫斯基在文章中避而不谈作品的思想内容，仅谈作为艺术手法的“心灵辩证法”。斯特拉霍夫则突破了这一约束，除了强调作家的创作特色在于“异常细腻和真实的心灵活动的描绘”之外，更进一步提出：“诗人追求的是什么？”“答案只有一个：艺术家追求留存在人的心灵中的美——追求每一个描绘的人物身上天赋的人的尊严，总之，努力找到并确切地断定，人的理想的企求在现实生活中如何以及在多大程度上得到实现。”①“人的尊严”“人的理想的企求”——这一切以人为本的理念构成了斯特拉霍夫论述托尔斯泰的最初切入点。由此，他进入了托尔斯泰的创作世界。

在批评家看来，托尔斯泰的天才创作力量来源于“生活的信念”和“对人民的热爱”。有了“生活”和“人民”，一个作家就有了根本的创作根基。在第一篇关于托尔斯泰的文章《列·尼·托尔斯泰伯爵的著作》(1866)里，批评家首先介绍了屠格涅夫的小说《够了》(1865)及皮谢姆斯基的《俄国的骗子》(1865)，前者体现了屠格涅夫深深的颓废乃至虚无；后者则反映了作家愤世嫉俗的心态。斯特拉霍夫认为：相较于前两者，“只有托尔斯泰伯爵直接提出了令我们关注的任务，即直接描绘那些人，他们缺乏理想却努力追寻思想与情感的美好表达，并在这种追寻中为之痛苦。”②换言之，在当时那么多文学家揭露社会阴暗面，甚至对社会产生绝望的时候，托尔斯泰作品的人物努力追寻生活的意义，这一点首先就值得肯定。“托尔斯泰伯爵的人物究竟干些什么呢？他们的确在世上游荡，怀着自己的理想，*寻找生活美好的一面*。”③正如前文所说，这里的“生活”(жизнь)，是斯特拉霍夫用以与虚无主义的“理论”(теория)相对立的一个概念。在接下来的几篇文章里，“生活”这个概念将会一再出现，并在实质上成为托学研究的一个切入点。苏联著名的托学专家米·赫拉普钦科便说：“对生活的史诗式的反映和对待生活现象的有鲜明个性的态度相结合，是托尔斯泰的一个巨大的创作成果。”④

批评家的第二、三篇文章是《论〈战争与和平〉1—4卷》(1869)，主题仍然是生活，尤其是俄国人的生活。值得注意的是，尽管小说以1812年战争为背

① *Н. Н. Страхов*. Литературная критика. С. 272.

② Там же. С. 237.

③ Там же. С. 251. 斜体字为原文所有。

④ [俄]米·赫拉普钦科：《艺术创作，现实，人》，刘逢祺等译，上海：上海译文出版社，1999年，第136页。文中将根据论述需要将其译成“生命”或“生活”。

景，但斯特拉霍夫没有像同时代人那样将该作视为历史小说或者自然派所谓的“揭露小说”。这固然与他看问题喜好抽象有关，但也确实体现了批评家的独到眼光。按照斯特拉霍夫的理解，1812 年战争之所以被选作小说背景，只因为这个阶段是俄罗斯民众生命力迸发的最明显时期。作家的描写对象就是俄罗斯人的这种生命意识。在小说中，它被表现为“纯正的俄罗斯英雄主义，在生活的一切领域内的纯正的俄罗斯式英雄行为，——这就是托尔斯泰伯爵所赐予我们的，这也就是《战争与和平》的主要对象。”[①]俄罗斯人的生命意识具体表现在“纯朴、善良和真实”这三个方面。小说的意义也正是在于：“纯朴、善良和真实在一八一二年战胜了违反纯朴，充满了恶和虚伪的力量。”[②]在斯特拉霍夫看来，“俄罗斯的精神境界比较纯朴、谦逊，它表现为一种和谐，一种力的平衡。”[③]与此相比，十九世纪下半期的西欧已找不到这种“和谐”与“平衡”。斯特拉霍夫此种观点虽有民族情感在内，但他对西欧文化的评论却非空穴来风。它上可追溯到赫尔岑对西欧市民阶级的批判及斯拉夫派对俄国村社的赞美，下可联系至尼采、斯宾格勒对欧洲文明堕落的抨击。时隔不久，就有尼采高呼“上帝死了”“回到酒神精神”与之遥相呼应。上帝因何而死，西方为何没落，不正是由于科学理性的过度发展，打破了原有的和谐与平衡吗？

不过在批评家看来，仅仅提出“生活”这个概念并指出其意义是不够的，还必须在文学作品中找到具体的形象表现，就好像《父与子》中的巴扎罗夫成为虚无主义者的代名词。于是在批评家看来，《战争与和平》中的卡拉塔耶夫，就成了俄罗斯民族生命力的真正展示者。批评家指出：“涉及士兵卡拉塔耶夫的少许章节在整个故事的内部联系上有着极为重要的意义，几乎盖过了我们描写平民百姓内心生活和日常生活的所有文学作品。”[④]小说本身对卡拉塔耶夫着墨不多，但所写之处却意义重大，他是促使主人公皮埃尔发生思想转变的原因之一。这个人物“作为最深刻、最宝贵的记忆和作为一切俄罗斯的、善良的、圆满的东西的化身，永远铭记在皮埃尔的心中。”正是在卡拉塔耶夫的影响下，皮埃尔“觉得，原先那个被破坏了的世界，现在又以新的美，在

① *Страхов Н. Н.* Литературная критика. С. 330—331.

② Там же. С. 330.

③ Там же. С. 330. 着重号为原文所有。

④ Там же. С. 322.

新的不可动摇的基础上，在他的灵魂中活动起来。”[①]作为俄国“平民百姓”的代表，卡拉塔耶夫魅力之所在，正在于他没有那么多的理论来对现实表示不满乃至否定，他对生活充满着感恩之心。[②] 所以，卡拉塔耶夫的人生是简单的，也是充实的，因为它建立在对热爱生活的基础之上。与此相对应的，有的人物即使满怀高尚的理论，在生活中甘于自我牺牲，但因脱离了真正的生活，在作家看来也算不上“真正的人”。罗斯托夫家的表妹索尼娅便是如此，她主动放弃婚约，成全罗斯托夫与玛丽亚的婚事。这样的人虽然高尚，却有些不食人间烟火，因此丧失了真正的生命力，被作家视为“一朵不结果的花”。

然而，如果仅仅将托尔斯泰看作是俄罗斯民族生活的展示者，那么作家的世界性意义仍未得到揭示，1812 年卫国战争也只是沦落为作家笔下重现俄国特性的一次历史事件。斯特拉霍夫对托尔斯泰阐释的意义便在于：他不但揭示了作家创作的核心概念——生活，而且还进一步指出：这种“俄罗斯的生活”是俄罗斯民族存在的根基。从该书的创作史也可知道，作家之意不仅在于追述历史上的贵族人物，更在反思当下的俄罗斯社会，为俄罗斯民族确立当代英雄的典范。罗曼·罗兰指出：“的确，《战争与和平》一书的光荣，便在于整个历史时代的复活，民族移殖和国家争战的追怀。”[③]可以说，《战争与和平》是俄国人寻找民族自我、发掘民族根基的最初尝试。在批评家看来，这种努力的结果——《战争与和平》就是“与西方斗争的一种新武器”[④]。在小说中，斗争焦点在于民族的对抗，即 1812 年的卫国战争，尤以波罗金诺战役为最。

斯特拉霍夫认为：“战争从俄国这方面来说是防卫性质，因此具有神圣的民族特征；从法国那方来讲是进攻性的，具有暴力和非正义的特征。……法军代表了一种世界主义思想，他们动用暴力，杀戮其他民族；俄军代表了一种民族的思想，他们热心捍卫一种独特的天然形成的生活制度和精神。正是在波罗金诺这个战场上提出了民族的问题，俄国人赞成民族性并首次解决了

---

① 陈燊主编：《列夫·托尔斯泰文集》第 8 卷：《战争与和平》，刘辽逸译，北京：人民文学出版社，2000 年，第 1276 页。

② 巴赫金说：“卡拉塔耶夫，这就是单纯。”又说单纯就是“对不必要的复杂化的揭露。”参见：《巴赫金全集》第七卷，万海松等译，石家庄：河北教育出版社，2009 年，第 54 页。

③ ［法］罗曼·罗兰：《托尔斯泰传》，傅雷译，北京：商务印书馆，1998 年，第 47 页。

④ *Страхов Н. Н.* Литературная критика. С. 296.

这个问题。”[①]法国所代表的近代西方世界，信奉的是不断扩张，努力进取的“浮士德精神”，他在发展自身的同时，却也给世界带来灾难。相应地，俄罗斯民族强调的是热爱生命，与世界的和谐共存，其根基便在于“独特的天然形成的生活制度和精神”，这种根基的外在体现便是那种“纯朴、善良和真实”的“俄罗斯英雄主义”。批评家不厌其烦地多次指出：“《战争与和平》的全部内容似乎就在于证明谦恭的英雄主义比积极的英雄主义优越，积极的英雄主义不但到处遭到失败，而且显得可笑，不仅软弱无力，而且极为有害。”[②]看似憨憨傻傻的库图佐夫打败了横扫欧洲不可一世的拿破仑，这是俄罗斯民族特性最有力的表现。事实上，这种与西方世界全然不同的民族特性，在斯特拉霍夫等“根基派”看来，恰恰成为了俄罗斯能拯救世界，成为第三罗马的原因之一。托尔斯泰晚年提倡的托尔斯泰主义，在很大程度上也是建立在俄罗斯民族这种纯朴善良，善于忍耐的基础之上。

斯特拉霍夫这个观点甚至得到了陀思妥耶夫斯基赞同。后者在信中予以高度评价：“正是您在读到波罗金诺会战时所说的一番话既表达了托尔斯泰思想的全部实质，也表达了您对托尔斯泰的看法。似乎不可能比这表达得更清楚了。民族的俄罗斯的思想几乎表述得淋漓尽致。”[③]在批评家看来，《战争与和平》不但体现了俄罗斯思想与西方思想的斗争，这部作品本身的出现，就标志着“俄罗斯文学在长期偏离正道，将各种病毒带入肌体并引发各种症状之后，最终恢复健康。”[④]而决定其健康的根源便在于生活，尤其是俄罗斯的生活。只有与俄罗斯生活建立直接的联系，才能避免西方的影响，避免虚无主义，这是斯特拉霍夫的最终结论。

《战争与和平》体现了俄罗斯民族最旺盛的生命力，具有最鲜明的民族色彩，创造了这一切的托尔斯泰自然也成为俄国文学民族性的体现者。1884年法国批评家沃盖（Эжен Мелькиор де Вогюэ，1848—1910）在《罗斯》（Русь）报上发文谈及托尔斯泰[⑤]，针对他的某些观点，斯特拉霍夫进行了详尽的剖析。在文章最后，斯特拉霍夫指出：“宗教，的确是我们民族的灵魂，而圣人则是它

---

① *Страхов Н. Н.* Литературная критика. С. 285.

② Там же. С. 332 – 333.

③ 陈燊主编：《费·陀思妥耶夫斯基全集》，第22卷，第619页。

④ *Страхов Н. Н.* Литературная критика. С. 351.

⑤ 此文两年后成为沃盖专著《俄国小说》之一部分。此书影响颇大，促进了欧洲知识界对俄国文学的认识。

的最高理想。我们的力量与我们的救赎就在于这深刻的民族生活之中。……列·尼·托尔斯泰显然是其直接的表达者和代表者之一,因此对我们来说,无论他的创作怎样模糊,片面甚至错误,都极为重要并富有教诲。"[①]

在这个问题上,批评家甚至与相知多年的老朋友陀思妥耶夫斯基发生了争执。[②] 在1868年底给斯特拉霍夫的信里,陀思妥耶夫斯基指出:"我发现,您非常崇敬列夫·托尔斯泰。我同意,他有他自己的话说,不过少了一点。话还得说回来,我认为,在所有我们这些人中他已经说出了最独特的话,因此关于他还是值得一谈。"[③]作家在这里提出两点:一、托尔斯泰是独特的;二、托尔斯泰的独特性尚不明显。这显然是对斯特拉霍夫将托尔斯泰推崇为俄国文学民族性体现者的一种有限认可。陀思妥耶夫斯基这一看法终生未变,尤其在后来斯特拉霍夫将托尔斯泰与伏尔泰、普希金等大师相提并论时,陀思妥耶夫斯基更是无法接受:"您文章中有两行谈及托尔斯泰的文字是我所不能完全同意的。您说,列夫·托尔斯泰堪与我国文学中一切伟大现象相媲美。绝对不能这么说!"[④]当然,两人对托尔斯泰评价的不同,是否也有作家文人相轻的成分,这是另一个值得探讨的问题。[⑤]

俄国学者马尔切夫斯基(Н. Мальчевский)认为斯特拉霍夫是在别车杜等人的"革命性"哲学与19—20世纪之交的"宗教性"哲学之间另辟了一条属于自己的理性主义哲学之路。对于他来说,斯特拉霍夫是"独立的俄国哲学第一批代表之一。"[⑥]笔者以为,这条独特的理性主义之路,就其文学层面而言,最充分的表现于对托尔斯泰的论述之中。从对作家作品中生命意识的发掘,到将生命意识确立为俄罗斯民族的根基之所在,最终确立托尔斯泰作为民族根基的表现者。这便是斯特拉霍夫对托尔斯泰的阐释之路,也是他寻找

---

① *Страхов Н. Н.* Критические статьи об И. С. Тургеневе и Л. Н. Толстом(1862—1885). С. 387.

② 由于国外学界至今没有整理出斯特拉霍夫与陀思妥耶夫斯基的通信集,所以我们只能根据陀思妥耶夫斯基的回信来猜测斯特拉霍夫的评论。

③ 陈燊主编:《费·陀思妥耶夫斯基全集》,第21卷,第606页。

④ 同上书,第22卷,第723页。

⑤ 俄苏学者如多利宁(А. С. Долинин)、基尔波京(В. Я. Кирпотин)等人在这个问题上,多数认为批评家背叛朋友,尤其考虑到他在给托尔斯泰的信中诋毁陀思妥耶夫斯基的品性一事。但笔者以为,两人分歧更多在于思想差异,而非个人恩怨问题。国内学者在此问题上,基本附和了俄苏学者的看法,对斯特拉霍夫颇为不公。详情参见李明滨:《俄国文坛的一件公案:陀思妥耶夫斯基身后的不白之冤终于昭雪》,载《俄苏文学》,1986年,第2期。

⑥ *Мальчевский Н.* К истории русской философии//Логос: С-Петерб. чтения по филос. Культуры. Кн. 2. Руссий духовный опыт. СПб.: 1992. С. 34.

俄罗斯民族特性的努力之路。

* *

翻开十九世纪的俄国文学史,有一个现象值得注意:即作家与批评家之间的对立。激进派的尼·谢尔古诺夫(Н. В. Шелгунов,1824—1891)在《Д. И. 皮萨列夫的著作》(1871)中指出过这一现象:“在40年代,我们只有一个(斜体为原文所有——引者注)别林斯基及整整一代的小说家;如今却相反,同时有几位著名的批评家和政论家,但几乎没有一个小说家。”[①]别林斯基论果戈理,杜勃罗留波夫论屠格涅夫,最终结局都以分道扬镳而告终。批评家与作家之间的冲突甚至分裂,原因有多方面,此处不拟展开。因此,在整个十九世纪的大背景下,斯特拉霍夫对托尔斯泰的阐释能得到托尔斯泰如此肯定,并由此产生了作家与批评家之间的长期友好互动,这一现象显得弥足珍贵。难怪托尔斯泰曾说:“命运赐予我的幸福之一就是有了尼·尼·斯特拉霍夫。”[②]

笔者以为,两者之间这种难得的和谐共处,互相促进由以下几个因素促成。首先来自于批评家“理论上宽容”(теоретическая терпимость)的批评观。斯特拉霍夫在与车尔尼雪夫斯基等人论战过程中,确立了批评的一些基本原则。他后来曾说:“我遵循正确的道路。我不与艺术家争辩,也不急于给自己分配作家审判者的角色,我不喜欢将作家个人观点对立起来,然后提出我自己观点,似乎这些比那些更为重要。总之,我努力地去把握作家的意识,去挖掘俘获我的那种强烈有力的快感,去理解这种力量从何而来,由何而成。”[③]这种充分尊重作家创作主权的做法自然赢得了作家的欢心。与此相反,杜勃罗留波夫曾以《真正的白天何时到来?》一文对《前夜》做了过于激进的阐释,这种无视作者主观意图的做法尽管有其合理之处,但终因违背了作家的出发点,导致了屠格涅夫与《现代人》的决裂。

托尔斯泰成名较早,又兼家境优越。种种条件使得作家一方面在写作时对文字精打细敲,另一方面则使他在面对编辑和批评家时对自己的文字有着近乎偏执的热爱。斯特拉霍夫说:“列夫·尼古拉耶维奇对自己的文句,哪

---

① *Шелгунов Н. В.* Литературная критика. Ленинград Художественная литература. 1974. С. 264.

② 陈燊主编:《列夫·托尔斯泰文集》,第16卷,第140页。

③ *Страхов Н. Н.* Критические статьи об И. С. Тургеневе и Л. Н. Толстом(1862—1885). С. 311.

怕是一个最微不足道的语句，他都坚决捍卫，不同意做毫无必要的改动。”[①]这种情况对生存至上的陀思妥耶夫斯基来说是不可想象的。所以，斯特拉霍夫的文章要想获得作家认可，显然不能像杜勃罗留波夫那样随意发挥，必须在掌握其个性的基础上对其作品做严谨剖析，令作家心悦诚服，事实也果真如此。正如同时代人所指出的：“他（指托尔斯泰——引者注）一向珍视尼·尼·斯特拉霍夫在创作方面给予他的忠告。”[②]

其次，两人在某些问题上的共同态度是促成彼此和谐共处的又一因素。正如托尔斯泰在给斯特拉霍夫的信里指出：“您对我的好感和我对您的好感是基于我们的精神生活有着不寻常的亲缘关系。”[③]笔者以为，“这种不寻常的亲缘关系”应该是指在西欧文化、虚无主义等几个问题上的共同看法。1857年的西欧之行使托尔斯泰对西欧文化充满怀疑乃至否定，他的《卢塞恩》等作品对西欧文明的虚伪性做了批判，揭露了科学繁荣与社会进步的背后蕴藏着人性的堕落。斯特拉霍夫虽然没有完全否定西欧资产阶级文明，但对理性主义基础上的功利主义、唯物主义始终保持着高度警惕：“共产主义者、唯物主义者和实证主义者都不是现代教育的真正代表，只是教育产生的畸形儿，他们之所以有力正因为他们充斥着类似远古宗教似的形而上学、狂热、盲目信仰。”[④]托尔斯泰不喜欢激进浮躁的虚无主义，不但在日常通信中对车尔尼雪夫斯基等人加以嘲讽，还专门写过《一个受传染的家庭》（1862—1864）来对此进行驳斥。斯特拉霍夫对虚无主义的态度，前文已有论述，此处不再赘言。因此，两者某些观点上的志同道合对彼此友谊的促进显然不无裨益。

需要指出的是，斯特拉霍夫对托尔斯泰的高度评价，并不意味着他全盘接受后者的观点。众所周知，托尔斯泰在《战争与和平》中对生活场景倾注了大量精力，这也这是小说最迷人之处，但他到最后还是在喋喋不休，希望阐述一个自己都不清楚的核心思想。[⑤] 恰恰在这一点上，斯特拉霍夫与之并无共鸣，他在给阿克萨科夫的信里直言不讳：“托尔斯泰在抽象地论述宗教时，写

---

① ［俄］尼·尼斯特拉霍夫：《一八七七年夏天》，载于《同时代人回忆托尔斯泰》上册，冯连驸等译，上海：上海译文出版社，1984年，第340页。

② ［俄］斯·安·别尔斯：《回忆列·尼·托尔斯泰伯爵》，载于《同时代人回忆托尔斯泰》上册，第262页。

③ 陈燊主编：《列夫·托尔斯泰文集》，第16卷，第147页。

④ *Страхов Н. Н.* Борьба с Западом в нашей литературе. : Исторические и Критические Очерки. Кн. 1. Киев. 1897. С. 241.

⑤ 所以有人说：“托尔斯泰天性是狐狸，却自信是刺猬。”［英］以赛亚·伯林：《俄国思想家》，彭淮栋译，南京：译林出版社，2011年，第28页。

得很差；但他完全没能表达出的*情感*（斜体为原文所有——引者注），我直接根据人物、语气及言词就能体会到，具有非凡的美。"[①]因斯特拉霍夫之文学批评最善从生活细节处把握作品之美，终其一生，他最恨各种体系与核心思想[②]，自然也不喜托尔斯泰之喋喋不休。在批评家去世后，莫斯科心理学家学会通报（斯特拉霍夫在1894年被选为该学会荣誉会员）曾有如此评价："作为一位学识渊博，知识多面的人，一位敏锐深邃的思想家，杰出的心理学家及美学家，尼·尼·斯特拉霍夫体现了杰出的个性——对自身信念之坚定，因此他从不害怕与科学、文学思潮中的主流做斗争，反对片刻的激情，起而捍卫那些伟大的哲学、文学现象，后者在当今遭受了嘲笑与迫害。"[③]试想，一位信念如此坚定的人，即使在伟大如托尔斯泰者面前，又怎会轻易称臣？他对托尔斯泰的批评，实际上也开了苏联时期托学研究的先河。

在回顾自己对《战争与和平》的阐释时，斯特拉霍夫曾说："我不仅因迅速理解《战争与和平》的无限伟大价值而被奖赏，我想我还配得上得到更重要的奖赏：在某些方面我把握了这部作品的灵魂；我找到了那些观点，那些范畴，由此可以判断，我揭示了历史与我们文学进程的联系。"[④]这份历史，在今天看来就是俄罗斯民族意识觉醒的历史；托尔斯泰的作品，便是这份历史的最生动见证。当然，这两者之间的联系，是由斯特拉霍夫来揭示的。这一点到今天也逐渐得到了研究者们的认可。美国学者考夫曼（Эндрю Д. Кауфман）曾说："时至今日，尼古拉·斯特拉霍夫发表于1866、1869、1870年关于《战争与和平》的文章仍是理解小说整体性神秘哲学方面最敏锐、最为人低估的篇章之一。"[⑤]

考虑到斯特拉霍夫的写作时间是十九世纪60年代末，彼时的俄国主流

---

① И. С. Аксаков-Н. Н. Страхов: Переписка//Сост. *М. И. Щербакова.* Оттава, Квебек, 2007. С. 120. 这一点跟福楼拜在给屠格涅夫的信里也提及，不过那已是1880年的事情了。参见陈燊主编：《欧美作家论列夫·托尔斯泰》，北京：中国社会科学出版社，1983年，第1页。

② 关于斯特拉霍夫与托尔斯泰在这方面的分歧，可参见 Irina Paperno , *Leo Tolstoy' s correspondence with Nikolai Strakhov: the dialogue on faith.* In Donna Tussing Orwin eds. , *Anniversary essays on Tolstoy.* Cambridge University Press, 2011. pp. 96—119. 或者 *Е. Н. Мотовникова и П. А. Ольхов.* Полемика и понимание: философские очерки мышления и личности Н. Н. Страхова . Москва. ; СПб. : 2012. С. 86—106.

③ *Грот Н. Я.* Памяти Н. Н. Страхова. Вопросы философии и психологии, Кн. 32. С. 304.

④ *Н. Н. Страхов.* Литературная критика. С. 312.

⑤ *Эндрю Д. Кауфман* Толстой и Страхов : лабиринты творческих сцеплений. // Толстой и о Толстом: материалы и исследования. выпуск 3. Москва. : ИМЛИ РАН. 2009. С. 240.

评论界尚未意识到托尔斯泰的伟大意义。自由派批评家П. 安年科夫用欧洲历史小说的标准来看待《战争与和平》，认为作品人物性格发展停滞，“全部作品的根本缺陷就是缺少小说的情节发展。”[①]另一位激进派批评家Д. 皮萨列夫则干脆从阶级的角度来分析其中的贵族形象。在这种背景下，斯特拉霍夫对托尔斯泰创作意义的阐释，本身就具有一种创新的意义。同时也正是在他的阐释下，托尔斯泰及其创作的世界性意义逐渐为俄国文化界所接受。联系到十九世纪中后期俄国文学在世界文坛的崛起，我们完全可以认为：斯特拉霍夫的这种阐释不是单纯的作家作品分析，这更是对俄国文化独特性的挖掘，这是俄国批评界在摆脱了西方思想影响后的创造性思考。正如格罗特在悼文中所说：“斯特拉霍夫之伟大之处，便在于他是尤为热情鲜明地号召俄国人独立思考的人之一。”[②]进入二十世纪之后，革命与战争的硝烟很快将这位哲学家、文学批评家带入云雾之中，这不能不说是一种悲哀。然而，遗忘不等于消灭，理论同样可以长青。跨入新世纪后的俄国思想界流行文化“寻根热”，今人试图从中觅得“俄罗斯思想”复兴的力量。在经历了近一个世纪的雪藏之后，斯特拉霍夫的名字又再度被提及，再度得到高度评价。借用他的传记作者琳达·格什坦因的话说：“我希望，对斯特拉霍夫思想张力的审视将展示十九世纪俄国精神生活之某种丰富与复杂。”[③]

---

① 倪蕊琴主编：《俄国作家批评家论列夫·托尔斯泰》，北京：中国社会科学出版社，1982年，第71页。

② *Грот Н. Я.* Памяти Н. Н. Страхова. Вопросы философии и психологии, Кн. 32. С. 40.

③ Linda Gerstein: *Nikolai Strakhov*. Introduction. XI.

第　三　章

卡特科夫与反虚无主义

一、神秘的卡特科夫

要谈反虚无主义,米哈伊尔·尼基福罗维奇·卡特科夫(М. Н. Катков,1818—1887)是一个无法略过的人物。如果说斯特拉霍夫为反虚无主义进行理论辩护的话,那么卡特科夫则是因掌握《莫斯科新闻》和《俄国导报》这两大阵地而成为反虚无主义小说、政论的组织者。当代俄罗斯学者叶戈罗夫指出：卡特科夫的《莫斯科新闻》和《俄国导报》是"全国一切保守力量的组织中心。"[①]仅以文学而言,在整个十九世纪的俄国文学中,发表于《俄国导报》的名著占了一大半。不妨以小说三巨头为例：屠格涅夫六部长篇中的三部(《前夜》《父与子》《烟》);托尔斯泰的《哥萨克》《战争与和平》《安娜·卡列尼娜》;陀思妥耶夫斯基晚年五大长篇中的四部(除《少年》之外)都发表于该刊。可以说,在当时的各种期刊中,《俄国导报》是唯一能与激进的《现代人》《俄罗斯言论》相抗衡的杂志。或许正因为卡特科夫这种在反虚无主义方面巨大的凝聚力,直到二十世纪的60、70年代,由苏联百科全书出版社学术委员会与苏联科学院历史学部联合编写的《世界历史百科全书》中仍然把卡特科夫称之为"亚历山大三世政府恐怖制度的幕后鼓动者。"[②]不过,对于俄国文学爱好者来说,这个"幕后黑手"的名字其实并不陌生。翻开十九世纪作家的书信集,我们总能看到他的名字被诸多的文学名家如赫尔岑、别林斯基提及,更不用说后来的小说三巨头：有人喜欢他,有人敌视他,可没有人能忽视

---

① *Егоров Б. Ф.* Избранное. Эстетические идеи в России XIX века. Москва.: Летний сад, 2009. С. 609.

② 苏联百科全书出版社学术委员会、苏联科学院历史学部编:《世界历史百科全书：人物卷》,北京：商务印书馆,1992年,第540页。

他。然而,卡特科夫对于我们来说又是很陌生的。因为在很多著作中他仅仅作为上述文学大师的对立面出现,我们知道他主编《俄国导报》《莫斯科新闻》等著名的刊物,还发表了屠格涅夫、陀思妥耶夫斯基等人的作品,也知道他利用这些舆论媒体大肆攻击车尔尼雪夫斯基等人,但对他本身的思想状况,甚至生平却都缺乏深入的了解,更谈不上研究。①

这种学术真空并非仅出现在我国,就连在卡特科夫的祖国——俄罗斯,情况同样如此。卡特科夫去世后,他的一些朋友曾为写过悼文及回忆性文章,比如涅韦登斯基(С. Неведенский)的《卡特科夫及其时代》(圣彼得堡,1888)、柳比莫夫(Н. А. Любимов)的《卡特科夫及其历史功勋》(圣彼得堡,1889)、谢缅特科夫斯基(Р. Сементковский)的《卡特科夫:生平及文学活动》(圣彼得堡,1892)。这类文字对于了解卡特科夫生平有帮助,但考虑到作者跟传主的亲密关系,其评价往往有故意美化的倾向。鉴于列宁的权威论断②,卡特科夫在苏俄史学中历来作为一个极端的保皇派,反动分子被打入冷宫,束之高阁,只有在谈到俄国的反动,以及别车杜等革命民主主义思想家时,才拿出来作为靶子批判一下。③ 米尔斯基所著那本影响颇大的《俄国文学史》,提及卡特科夫也不过如下寥寥数语:"卡特科夫更非思想缔造者,这是一位能言善辩、敢作敢为的报刊人,他意志坚定,不达目的誓不罢休,常迫使政府采取更为强硬的政策。不过他仅是一只看门狗,而非反动政治的哲学家。"④鉴于卡特科夫的政治倾向,他的作品在苏联时期长期无法出版,研究性著作也是寥寥无几。1973 年,著名文学评论家坎托尔(В. Кантор)在《文学问题》

---

① 在本书即将完稿之际,笔者有幸看到了李振文的硕士论文《M. H. 卡特科夫的社会经济思想》(吉林大学东北亚研究院,2013 年 4 月),虽然该文重在分析卡特科夫的经济学思想,但这可以视为国内学术界在卡特科夫研究方面的一种开创。

② 列宁曾在《飞黄腾达之路》(1912)一文中说:"卡特科夫——苏沃林——'路标派',这是俄国自由资产阶级从民主派转向拥护反动派,投靠沙文主义和反犹太主义的几个历史阶段。"参见[俄]列宁:《论文学与艺术》,北京:人民文学出版社,1983 年,第 191 页。

③ 相比之下,西方对卡特科夫的关注较早,但重点多在于其政治思想研究。比如在 B. H. Sumner 的《俄国与巴尔干》(*Russia and the Balkans*, Oxford, 1937)里就提到卡特科夫在 1863 年波兰起义和 1870 年代巴尔干危机中所表现出的沙文主义和大斯拉夫主义。1952 年马克·拉耶夫(Marc Raeff)也有名为《反动的自由派:M. N. 卡特科夫》(*A Reactionary Liberal : M. N. Katkov. Russian Review*, Vol. 11, № 3, Jul., 1952.)一文,重点分析了卡特科夫经济社会观点与政治观念的矛盾之处。迄今为止,仅有的一部卡特科夫传记题名或许正好概括了西方研究卡特科夫的重心所在:《米哈伊尔·卡特科夫:政治传记(1818—1887)》(Martin Katz, *Mikhail Katkov: a political biography*. 1818—1887. Mouton & Co, 1966)。

④ [俄]德·斯·米尔斯基:《俄国文学史》(下卷),刘文飞译,北京:人民出版社,2013 年,第 46 页。

杂志上发表了《M. H. 卡特科夫与自由主义美学的毁灭》(М. Н. Катков и крушение эстетики либерализма, Вопросы литературы. 1973. №5.)一文,这是苏联时期较早研究卡特科夫的文章。此外,出版于1978年的《改革后的君主专制思想:卡特科夫及其出版物》(Идеология пореформенного самодержавия: М. Н. Катков и его издания, Москва.: 1978)至今仍是卡特科夫研究中必不可少的参考书。作者特瓦尔多夫斯卡娅(Твардовская В. А.)引用了大量原始材料,论述卡特科夫及其刊物对俄国农奴制改革后社会舆论的影响。全书资料丰富,但限于时代背景,作者对卡特科夫持严厉的批判态度。时至二十一世纪,俄罗斯才陆陆续续出版了包括《帝国话语》(Имперское Слово,2002)在内的几种卡特科夫文选。2010年,俄罗斯科学院社会科学信息所又与Росток出版社合作,开始推出6卷本的《M. H. 卡特科夫文集》,由曾主编过30卷本罗扎诺夫全集的尼科留金(А. Н. Николюкин)院士担纲主编,全书到2012年年底出版完成。与此同时,在一些研究俄国保守主义的著述中也出现了关于卡特科夫的专章论述。尤其值得一提的是奥廖尔大学的桑科娃(С. М. Санькова)教授接连出版了两本关于卡特科夫的专著:《没有国务职位的国务活动家:作为国家民族主义思想家的卡特科夫》(圣彼得堡,2007)、《寻找定位的卡特科夫:1818—1856》(莫斯科,2008)。前者主要分析卡特科夫的政治思想立场、关于教会和国家政权问题的思考、卡特科夫与波兰起义等问题,其研究重点在于政治思想史。后者则可视为卡特科夫早期生平传记,内容较为翔实。总体来说,这两本专著虽然反响不大,但却是目前卡特科夫研究的最新成果,也是其研究史上的一个里程碑。在今天的俄罗斯,卡特科夫正从遥远的历史深处走来,正逐渐褪下他那神秘的光环。

回头来看,卡特科夫的“神秘化”主要在于意识形态的变迁和他个人思想历程的复杂。他对沙皇专制的支持,对革命思潮的反对,使之长期被人遗忘。但时代总是在不断地变化,今日之弄潮儿,也许就是他日之千夫所指者,倒过来,料亦如是。俄罗斯今天保守主义复兴,卡特科夫等一大批保守主义的思想家被重新发掘,或许也是一个很好的证明。马克思主义文艺理论家梅林(Franz Mehring,1846—1919)在谈到对历史人物的评价时曾说过这么一段话,或许对我们重新审视卡特科夫不无裨益:

自然,如果说我们从马克思和恩格斯的批判里认识到的柯苏特、赖得律—罗兰和马志尼不是他们的本人,那我们从马克思和恩格斯的批判

> 里确也看不出他们曾是什么样的人。我们在那里只看到他们和他们所处时代的要求不相合拍，而没有看到他们曾对他们所处时代的要求予以一种强有力的推动。这后一方面其实是构成他们形象的一部分，甚至是他们形象的主要部分。各种精神曾经在矛盾对立中相互冲突，而今这些矛盾对立业已成为历史，如果在今天仅只按照马克思和恩格斯的批判来描绘这些人物，势必是对这些人物形象的歪曲。这样一来，我们实际上是拘泥于我们大师的词句而违背了他们的精神，一种充满历史理解，因而也符合历史公道的精神。[①]

另一方面，卡特科夫本人的思想也经历了许多变化，从早期温和的西方派（他是个英国迷）到后来彻底的保守派，这中间有许多反复，这种反复恰恰构成了同时代人及后人对他的激烈批判，各种大帽子纷飞而至，从而反而模糊了其本来面目。

1818年，卡特科夫生于莫斯科的一个小官员家庭，五岁时丧父，母亲去监狱做看守，勉强挣钱抚养其兄弟成人。卡特科夫完全靠自己努力考上了莫斯科大学。在校期间为了挣钱糊口，他不停地写文章、做翻译，他翻译过《罗密欧与朱丽叶》，以及歌德、海涅等文学家的作品。其中海涅的《两个掷弹兵》译文最为人称道，被收入各种俄译诗选。尤为值得一提的是，他翻译的德国美学家罗特舍尔（Heinrich Theodor Rötscher，1803—1871）的文章《论文学作品中的哲学批评》，发表于1838年《莫斯科观察者》杂志，文章首次向俄国读者介绍了黑格尔的美学，这在俄国的黑格尔接受史上具有跨时代意义。由于他的勤奋，卡特科夫不但成了《祖国纪事》的固定作家，也吸引了当时莫斯科大学的许多青年才俊，其中最著名的就是别林斯基。

别林斯基比卡特科夫大7岁，但因不懂德文，常请卡特科夫做翻译以掌握西欧的思潮。在1837年11月的一封信里，别林斯基极为高兴地告知巴枯宁："卡特科夫读黑格尔的《美学》读得兴高采烈，想为杂志翻译整个导言。……头脑清醒，心灵纯洁——这就是卡特科夫。"[②]根据当时文坛另一位名流巴·安年科夫的回忆，别林斯基甚至对他说过："失去卡特科夫这样一个人，那可是莫大的不幸。"在安年科夫那篇《辉煌的十年》里，卡特科夫给安

---

① ［德］梅林：《论文学》，张玉书等译，北京：人民文学出版社，1982年，第309页。着重号为原文所有。

② 转引自 *М. Н. Катков* Собрание сочинений：В 6 т. Т. 1. Заслуга Пушкина：О литераторах и литературе. СПб：，ООО«Издательство"Росток"»，2010. С. 13.

年科夫留下了不错的印象："卡特科夫的评论文章确实向人们宣布了一个具有最新思想、风格多样和颇有魅力的天才的出现……"①难怪别林斯基要把他称为"科学和俄罗斯文学的伟大希望"②了。1840年,卡特科夫赴普鲁士柏林大学进修一年半,期间得到谢林的热情接待和指导。1842年他回国后,变化很大。按旧相识巴纳耶娃的话说："在他身上,从前那个落拓不羁的大学生的影子一点都没有了,相反地,他露出一副庄严的沉思的神气。"③巴纳耶娃的回忆录写于十九世纪80年代,那时卡特科夫在进步人士中的形象不佳,回忆录作者自然不会给他太多好话。事实上,卡特科夫回国之后,面临最大的变化就是原先的朋友圈不复存在。原先与之交好的别林斯基思想日益激进,斯拉夫派的那一套主张他也不太有兴趣。在这种情况下,保持沉默或许是与人相处的最好办法。1845年,他还以《论斯拉夫俄语中的原理和形式》一文通过了硕士答辩。考虑到他的写作日期,这在俄语研究史上显然又是一部先驱性的著述。此后他以助教身份执教于莫斯科大学哲学系,上课颇得学生好评。有当事者回忆说："卡特科夫极为从容地开始讲话,他平静、坚定又洪亮的声音回荡在教室中。他生动的开场白吸引了学生们极大的注意力。学生们倾听着这充满趣味的演讲,并在最后报以热烈的掌声,最好心的学监无论怎么努力也无法使之平息。"④

可是好景不长,正当卡特科夫在向学者之路迈进的时候,1848年欧洲革命最终影响到了俄国。沙皇尼古拉一世为了怕学生受哲学思潮的蛊惑,于1850年下令关闭各大学的哲学系。卡特科夫顿时又面临着生存危机。幸亏当时莫斯科大学的校报《莫斯科新闻》主编无人,莫斯科大学督学斯特罗加诺夫(С. Г. Строганов,1794—1882)推荐他出任,这一事件成了卡特科夫一生的转折点,不但解决了他的生存问题,而且还为他今后主编《俄国导报》奠定了基础。斯特罗加诺夫此后也成为卡特科夫在官方的保护人之一。在接下来的几年里,卡特科夫不但解决了终身大事(他娶了作家沙里科夫〈П. И. Шаликов,1768—1852〉的女儿),还完成并出版了他的博士论文《古希腊哲学概论》。这段时期是卡特科夫的崛起时期,他为此付出了极大的努力。正如

---

① *П. В. Анненков* Литературные Воспоминания. Москва.: 1983. С. 175.

② *В. Г. Белинский* Полное собрание сочинений: в 13 томах. Т. 11. Москва.: 1956. С. 509.

③ 《巴纳耶娃回忆录》,蒋路等译,上海:上海译文出版社,1981年,第88页。

④ *Бороздин К.* Памяти М. Н. Каткова //Новое Время. 1887. №. 27. С. 1.

后来俄国学者谢列兹尼奥夫(Ю. И. Селезнёв,1939—1984)描写的那样:"没有谁像他那样拼命工作,毫不怜惜自己,常常熬夜。导致后来换了长期失眠症,他还为睡不长感到高兴呢。吃饭也是有一顿没一顿,经常是人们直接把菜汤给他端到书桌上,这样可以节省时间。他就这样从上午到晚上,再从晚上到清晨一动不动地坐在书桌旁。"①

1855 年是俄国的多事之秋,从尼古拉一世的突然去世到克里米亚战争的失败,种种事件扰得人心不安,社会上流言满天飞。卡特科夫在这一年的 5、8 月接连给教育部呈文,要求创办名为《俄国记事者》(Русский Летописец)的杂志(后更名为《俄国导报》)。他在呈文中说:"我们当今的局势让人想起 1812 年的伟大时期,但我们却没有一个类似于《欧洲导报》和《祖国之子》的杂志,这种杂志让人联系起爱国主义的回忆。如今一切头脑都忙于伟大的战争,上帝将帮我们祖国怀着永恒时期的荣耀那样走出这场战争。最好我们现今社会中占主流的崇高激情能在文学中找到独特的刊物加以表达。这份拟在莫斯科出版的刊物将由两个基本部分组成:政治与文学。"②1856 年初,《俄国导报》正式出版,当时加盟者既有契切林、米留京、卡维林这样的自由派,也有波别多诺斯采夫、阿克萨科夫这样的保守派;既有维尔纳茨基、佩平这样的学者,也有俄国文学三巨头。该刊初为双周刊,后改为月刊,内容丰富,在当时属于"厚重杂志"(толстый журнал)。每卷两期篇幅都在七八百页,甚至超过 1000 页。在 1862 年,该刊订数已达到 5700 册,这在当时来说是个不小的印数,仅次于《现代人》杂志。③ 该刊的人气,主要来自于卡特科夫的自由主义立场以及当时相对宽松的政治局面。卡特科夫在 40 年代与别林斯基等人交好,又或写或译发表了许多文章,在知识分子中有一定知名度。1852 年 2 月,果戈理去世后,屠格涅夫写下悼念文章,但彼得堡书刊检查官不准发表。卡特科夫则毅然将其发表在《莫斯科新闻》上,虽然因此受官方惩罚,但无疑赢得了进步人士的拥护。此时的卡特科夫给多数人的印象是一位崇拜西欧民

---

① [俄]谢列兹尼奥夫:《陀思妥耶夫斯基传》,刘涛等译,郑州:海燕出版社,2005 年,第 227—228 页。

② *Катков Михаил* Идеология охранительства. Москва.: Институт русской цивилизации, 2009. С. 14—15.

③ 《现代人》当时的订数是 7000,《祖国纪事》和《俄罗斯言语》订数都是 4000。参见 *Сементковский Р. И.* М. Н. Катков: его жизнь и литературная деятельность. С-Петербург.: 1892. С. 34. 不过陀思妥耶夫斯基在 1865 年 3 月底说:"一直拥有五千名经常订户的《现代人》现在只有两千三百户左右。"参见[俄]陀思妥耶夫斯基:《书信选》,北京:人民文学出版社,1986 年,第 134 页。

主的自由派。此外,1855年尼古拉一世去世后,俄国思想界迎来了“解冻时期”。卡特科夫利用这一机会,在报刊上积极组织讨论各种时政问题,一方面吸引了大量读者,另一方面也扩大了自己及刊物的知名度。很快,《俄国导报》因其立场之进步性而被视为“政治自由主义的著名阐释者及向社会灌输立宪思想之主要渠道。”[①]卡特科夫的自由主义立场,甚至得到了当时激进派的代表车尔尼雪夫斯基的首肯:“《俄国导报》所表达的观点是在准备让人民接受我们所宣传的观点。”[②]

1861年,随着农奴制改革的即将实行,卡特科夫及其《俄国导报》越来越将关注焦点放到社会问题上。在名为《为现代记事说几句话》一文中,卡特科夫公开宣称自己杂志的倾向变化:“我们并不拒绝作为文学警察的义务,我们会尽力帮助善良的人们去揭发那些放荡不羁的流浪汉和小偷。但我们不是为了艺术而艺术,而是为了事业和荣誉。”[③]《现代记事》是《俄国导报》新增的副刊,卡特科夫试图用以专门讨论一些时事热点问题,自然其中也包括文学。在这篇文章里,他非常鲜明地表露了自己及刊物在关注重点上的转变。同时也需要指出的是,《俄国导报》在创办之初虽然得到了许多人的支持,但时隔不久,这些著名人物却纷纷与该报及卡特科夫分道扬镳。对于这个问题,他的论敌车尔尼雪夫斯基倒在《论战之美》中说了一句实话:“我们觉得,民族思想既然得到了发展,信念既然变得更明确了,因此,一些本来手挽手站在一起的人们,就必须分手,他们的见解也发生了分歧,而跟着,一些在想法和行动上本来一致的人们,他们中间也产生了斗争,因为当问题还不是这么多,当问题还不是这样明确地提出来的时候,对问题的回答也不可能像在社会生活继续发展的情况下那么分歧。”[④]分歧源自于亚历山大二世上台后整个社会气氛的宽松,原先期刊考虑最多的是如何隐晦地谈论问题,避免书刊检查官的审核。现在,各家期刊可以公开谈论政治经济、思想文化等问题,这必将导致认识的深刻化,最终引起各类知识分子的分裂。但是正如车尔尼雪夫

---

① 转引自 Richard Pipes : *Russian conservatism and its critics – a study in political culture.* Yale university press , 2005. P. 123.

② *Н. А. Любимов.* М. Н. Катков и его историческая заслуга. СПб. : 1889. С. 127.

③ *М. Н. Катков* Собрание сочинений: В 6 т. Т. 1. Заслуга Пушкина: О литераторах и литературе. С. 313.

④ [俄]车尔尼雪夫斯基:《论战之美:第一次汇集》,载于[俄]车尔尼雪夫斯基:《车尔尼雪夫斯基论文学》下卷(二),辛未艾译,上海:上海译文出版社,1983年,第256页。

斯基指出的："我们觉得，不管我们的文学状况如何可怜，但是左右着其中同情以及反感的，还是一种比较巨大，比较崇高的力量，而不是金钱上的算计。"①可见，此时的卡特科夫至少在革命民主派代表的眼里，仍然是为了崇高事业而与之出现分歧，并未被视为沙皇政府的鹰犬。

对卡特科夫而言，真正的转折发生于1863年波兰起义之后：用列宁的话说："同情英国资产阶级和英国宪法的自由派地主卡特科夫，在俄国第一次民主高潮时期（十九世纪60年代初），投靠了民族主义、沙文主义和猖狂的黑帮。"②这个描述应该说是准确的。然而，卡特科夫为什么会有这种转折呢？俄裔美籍史家拉耶夫（Marc Raeff，1923—2008）早年曾有文章论述卡特科夫的自由主义思想，将其称为"反动的自由派"，认为卡特科夫一方面羡慕英国的君主立宪体制，另一方面又执迷于俄国沙皇的特殊意义，这本身就是一种矛盾。这种矛盾使得卡特科夫外表鼓吹自由主义，而骨子里却坚持沙皇专制。"由此可见，卡特科夫代表了十九世纪俄国政治思想中悲剧性的悖论。经济与社会领域中自由与个性的鼓吹者整体上却是保守过时的政治体制的捍卫者。"③拉耶夫此言是就卡特科夫一生而言，事实上，卡特科夫对自由的追求与对专制的维护看似矛盾，其实不然。它们在爱国主义这个环节上得到了较好的统一。这种自由主义，正如契切林（Чичерин Б. Н. 1828—1904）所说的是"保守的自由主义"："其实质在于自由的因素与权力法则的因素得以调和。在政治生活中，他们的口号是：自由的尺度与强大的权力……"④1863年之前的卡特科夫之所以高调谈论自由，其出发点也是为了促进祖国的强大，在他看来，俄罗斯的强大离不开一位开明君主的统治。失去君主的强权，自由便得不到保障。1863年的波兰事件不但激发了他捍卫祖国利益，保卫君主制的热情，也对他今后的人生起到了决定性的作用。用传记作者的话说："1863年的到来把卡特科夫带到了荣誉的最高峰，他不但在国内，而且在西方都知名度大增，他政论活动的特点也由此定格。"⑤

---

① ［俄］车尔尼雪夫斯基：《论战之美：第一次汇集》，载于［俄］车尔尼雪夫斯基：《车尔尼雪夫斯基论文学》下卷（二），第255—256页。

② ［俄］列宁：《飞黄腾达之路》，载于［俄］列宁：《论文学与艺术》，第190页。

③ Marc Raeff *A Reactionary Liberal*: *M. N. Katkov*. *Russian Review*. Vol. 11, №. 3 (June. 1952) P. 167.

④ *Чичерин Б. Н.* Различные виды либерализма. См. Просвещённый консерватизм: Российские мыслители о путях развития Российской цивилизации, Москва.: ГРИФОН, 2012. С. 39.

⑤ *Сементковский Р. И.* М. Н. Катков: его жизнь и литературная деятельность. С－Петербург.: 1892. С. 33.

1863年1月初，波兰爆发了旨在反抗俄国统治，争取民族独立的运动，沙皇政府大为震惊，调集重兵剿灭，最终波兰军队在十倍于己的兵力围困下陷于失败。对于这次事件，文学界一开始并没有明显的声音。根据斯特拉霍夫的回忆："彼得堡文学界自起义之日始，几乎一致沉默，这或是因为不知说什么好，或甚至由于从自己抽象的观点出发，准备直接同情起义者的要求。这种沉默激怒了莫斯科的爱国者和政府中有爱国情绪的人。他们感到社会上存在着一种与此刻国家利益相敌对的情绪，因而对这种情绪怀着正当的愤怒。"①"准备同情起义者的"自然指车尔尼雪夫斯基等人，不过限于局势，《现代人》被迫保持着沉默。只有远在欧洲的赫尔岑在《警钟》上发文，批判沙皇政府对波兰的武力镇压，甚至对向沙皇捐献金币以表支持的屠格涅夫大加讽刺。② "爱国者"自然指像卡特科夫、大诗人费特、批评家波特金等一帮人。这种知识界的沉默令卡特科夫大为震惊，他没有想到俄国的知识阶层在国家利益受到侵犯的时候居然保持沉默，甚至站在敌人那一边说话。只有少数人如骑兵军官出身的费特在愤慨之下，甚至摩拳擦掌，想亲自去参与镇压起义，波特金则对此表示支持。两人都坚信："为国家的巩固，为俄罗斯所起的作用，它必须控制波兰。"③

斯特拉霍夫是较早对波兰事件发出评论的人，他所发表的《致命的问题》一文，虽有一定深度，但因观点模糊在俄国社会引起了轩然大波。卡特科夫紧接其后，接连写了十余篇文章，有表态，有分析，有对策，不但对斯特拉霍夫的模糊态度表示谴责，而且也从历史、现状等多角度分析波兰问题。在当时官方尚未有定论，各大媒体保持沉默之际，卡特科夫的这些论述从某种意义上说，正如研究者 B. A. 特瓦尔多夫斯卡娅指出的"具有政府行为的特点"④，

---

① *Страхов Н. Н.* Биография, письма и заметки из записной книжки Ф. М. Достоевского. СПб.: 1883. С. 246.

② 值得一提的是，波兰事件之后，《警钟》在俄国的发行量急剧减少："1863年底，《警钟》的发行量从2500份、2000份，跌到了500份，从此再也没有超过1000份。"[俄]赫尔岑：《往事与随想》(下)，项星耀译，人民文学出版社，1998年，第412页。与此形成对照的是，卡特科夫麾下的《莫斯科新闻》报纸的发行量则高涨到12000份。参见 *Сементковский Р. И.* М. Н. Катков: его жизнь и литературная деятельность. С. 33.

③ [俄]苏·阿·罗扎诺娃编：《思想通信——列·尼·托尔斯泰与俄罗斯作家》上册，马肇元等译，北京：文化艺术出版社，1997年，第387页。

④ *Твардовская В. А.* Идеология пореформенного самодержавия (М. Н. Катков и его издания). Издательство "Наука", Москва.: 1978. С. 27.

“在大国观念的一切共性方面,不但斯拉夫派的《时报》,或者自由派的《圣彼得堡消息》,甚至官方的《俄国残疾人》在起义之初都未像卡特科夫的报纸那样持有如此好战,如此不妥协的立场。”[①]应该说,卡特科夫的文章虽有言辞激烈之处,但在当时确实起到了统一认识的作用,这也是此后亚历山大二世极为器重他的原因之一。

跟斯特拉霍夫侧重文化考察的角度不同,卡特科夫的关注焦点侧重于现实政治角度,在发表于《俄国导报》的《波兰问题》一文中,卡特科夫一开始就说:“在政治世界里没有什么比普遍原则和抽象公式更具有欺骗性了。”[②]所谓“普遍原则和抽象公式”,就是指当时欧洲盛行的“民族权利”和“不干涉原则”。波兰自从被俄普奥三国瓜分后,有密茨凯维奇、肖邦等人为之大洒亡国之泪,因而在十九世纪的欧洲历来是受压迫的象征。正如有研究者指出的:“自维也纳会议以来,波兰的压迫者就成了奥地利、俄国和普鲁士的民主主义和民族主义的传统对手。法国和英国因为在欧洲没有统治隶属民族,所以他们可以自由地通过同情受人统治的波兰人来满足自由派的感情。各国的民主主义者都一致起来猛烈地谴责奥地利、俄国和普鲁士的专制统治。波兰蒙受的不公正待遇给这种谴责提供了再好不过的场所。……在十九世纪民主主义者手中,波兰的事业成了国际正义的象征。”[③]但卡特科夫却认为:俄国对波兰王国的宽容胜过对待本国民众。早在1815年的维也纳会议之后,亚历山大一世就为波兰王国制定了一部堪称当时欧洲最先进的宪法,使波兰成为一个君主立宪制的自治国家。但今天看来,恰恰是这种宽容或者说放纵,导致了暴乱。

这种暴乱的性质,正如卡特科夫另一篇文章标题所表明的:《波兰起义不是人民起义,而是小贵族与神职人员的起义》。在这篇文章里,卡特科夫不但指出了波兰起义的性质,更指出了造成今天这种局面的原因首先在于俄国社会的冷漠和退让;其次在于波兰小贵族和神职人员的贪婪、欺骗。“在此有责任的是我们整体生活的方式,它导致了对公众利益的冷漠。”[④]这种冷漠和由此而来的退让更激发了波兰阴谋家们的野心。“波兰人不想要自己纯粹的

---

① *Твардовская В. А.* Идеология пореформенного самодержавия (М. Н. Катков и его издания). С. 26.

② *Катков М. Н.* Идеология охранительства. С. 179.

③ [英]爱德华·哈利特·卡尔:《巴枯宁传》,宋献春等译,北京:中国人民大学出版社,1985年,第142—143页。

④ *М. Н. Катков* Собрание сочинений: В 6 т. Т. 3. Власть и террор. СПб.: ООО«Издательство“Росток”»,2011. С. 134.

波兰王国;他们试图重建它,但有个必要条件即立刻征服立陶宛和俄罗斯。对我们来说,波兰问题具有民族特点;对于波兰贪权者来说,这个问题涉及使俄罗斯民族臣服于尚待重建的波兰王国。"[①]卡特科夫进一步指出:在这种目的下,俄国势力在立陶宛、白俄罗斯及乌克兰受到削弱:土地被波兰人收买,俄罗斯官员受到波兰人排斥,影响渐弱。因此,俄国必须严厉镇压波兰的地主及贵族。收缴其土地,将其转手给俄罗斯地主,以加强俄罗斯人在波兰及西部省份的影响。[②] 从今天的角度来看,卡特科夫对波兰的看法自然有他大国沙文主义的一面。但具体到当时的历史环境中,卡特科夫作为一个爱国者,其言论并无出格之处,这也是他在当时能受到上至宫廷,下到普通民众支持的原因之一。值得一提的是,当时波兰总督是亚历山大二世的哥哥康斯坦丁·尼古拉耶维奇亲王(Великий князь Константин Николаевич,1827—1892),卡特科夫一味抨击帝国在波兰的种种失误,这实际上也为他后来的人生悲剧埋下了种子。

从俄国跟波兰的历史渊源来看,波兰从叶卡捷琳娜女王时期开始,通过多次瓜分,已被并入俄国多年,在多数俄罗斯人心目中已是俄国领土的一部分。早在1830年,波兰爆发反抗俄国的起义,俄军因残酷镇压而遭西欧各国之谴责,普希金却用诗歌为俄罗斯辩护,认为沙俄对波兰的镇压只是"斯拉夫人之间古老的家庭争端",并且提出:

"是让斯拉夫的条条小溪汇入俄国之海,
还是一任大海干涸?"

在获悉俄军重占华沙之后,诗人更作诗《鲍罗金诺周年纪念》(1831),将之誉为俄国历史上反抗拿破仑的鲍罗金诺战役:

"——在鲍罗金诺日,
我们的战旗又一次破阵闯入
再度陷落的华沙城的缺口;
波兰好像一团奔逃的士兵,
血染的战旗丢弃在尘埃之中,

① М. Н. Катков Собрание сочинений: В 6 т. Т. 3. Власть и террор. С. 135.

② 波兰起义实际上并不局限于波兰,在波兰红党左翼领导人谢拉科夫斯基(Zygmunt Siera Kowski,1826—1863)等人的策划下,立陶宛和白俄罗斯都爆发了起义。详情参见刘祖熙:《波兰通史》,北京:商务印书馆,2006年,第269页。十月革命后,毕苏茨基(Jozef Pilsudski,1867—1935)为首的波兰军队对这个地区的入侵实际上也是这种策略的延续。

被镇压的反叛便默不作声。”①

事实上，1863 年的波兰起义，是在 1855 年克里米亚战争之后爆发的。这样的背景使当时很多俄国人都将波兰起义看作是英法为首的西方国家对俄国策划的又一次打击②，爱国主义情绪高涨是非常正常的。恰如陀思妥耶夫斯基曾指出的：“一切俄罗斯人首先是俄罗斯人，然后才属于某个阶层。”③大敌当前，俄罗斯人自然要一致对外，像赫尔岑这种号召支持波兰的人反而成了另类甚至是叛国者。1863 年的 4 月，罗马教皇庇护九世（Pius Ⅸ，1792—1878）还特地给亚历山大二世致函，要求波兰和俄国的天主教会脱离俄国政府而独立，成为“国中之国”。这进一步加深了俄国知识界对西方势力干涉俄国内政的反感。正因为如此，卡特科夫才特别强调波兰天主教司铎在波兰起义中的恶劣作用，强调天主教文化与东正教的对立。

总体来说，波兰事件大大激发了卡特科夫的爱国热情，由此他从一个温和的自由主义者转变成一名坚定的保守派。这种保守立场在他大力推动中学教育改革这一事件中展露无遗。

自 60 年代中期起，卡特科夫同教育大臣 Д. А. 托尔斯泰（Д. А. Толстой，1823—1889）一起大力推动古典中学章程改革。1871 年 7 月 30 日，教育部颁布了新中学章程，规定所有男子中学改成古典中学，为中等普通教育的唯一形式，其余实科中学学生取消进大学深造资格；全部课程中的拉丁语和古希腊语，占全部教学课时的41.2%；俄语教学仅注重语法及十八世纪以前的俄国文学；自然科学课程大量减少，仅设简易常识课作为选修。长期以来这一章程被视为对 1864 年俄国教育改革的大倒退，不但在课程上脱离实际，而且大大减少了平民子弟受高等教育的机会。但 20 年后白银时代的文化繁荣，虽不能完全归功于古典教育，但梅列日科夫斯基、勃洛克等诸多大师的博古通今想必与幼年时所受的拉丁语希腊语教育不无关系吧？当然，卡特科夫之如此热衷于推广古典教育，倒未必是考虑到此深远影响，他更多的是针对当时年轻人缺乏人文素养和独立判断，以高昂之热情盲目追随某些理论，从而沦为可悲的牺牲品。他对知识阶层的这种反思以及随后展开的批判，在十九

---

① 卢永选编：《普希金文集》第 2 卷，乌兰汗等译，北京：人民文学出版社，1995 年，第 317 页。

② 事实上，确有现代史家持此观点。英国史学家泰勒认为：克里米亚战争，“不管战争的根源是什么，它实质上是西方对俄国的入侵。”详见［英］A. J. P. 泰勒：《争夺欧洲霸权的斗争：1848—1918》，沈苏儒译，北京：商务印书馆，1987 年，第 106 页。

③ *Ф. М. Достоевский.* Полное собрание сочинений в 30 т . Т. 18. Л. : Наука. 1978. С. 57.

世纪末二十世纪初的白银时代得到了进一步的回应，《唯心主义问题》《路标》文集等一系列知识阶层反思文集就是非常典型的代表。

卡特科夫不仅在文化教育战线与激进派论争，成为保守派的领军人物；他的一报一刊也对沙皇俄国外交政策具有很大影响，他刊物上的各种涉外评论在很大程度上预示了官方外交政策的变化，以至于卡特科夫文集第1卷里总序的题目就用了时任英国驻俄大使的一句话："俄国……有两位帝王：亚历山大二世与卡特科夫。"可以说，他对欧洲关系的看法也代表了俄国官方的态度。更有甚者，时任俄国驻法国大使布德别尔格男爵（Барон А. Ф. Будберг，1817—1881）说："在我们与大国冲突最激烈的时候，我常收到来自俄国的报纸和公文。我先看的不是我们部长们的报告，而是看《莫斯科新闻》，我总喜欢看原件甚于复印件。"[①]卡特科夫的影响力，由此可见一般。需要指出的是：卡特科夫的这种影响力离不开沙皇亚历山大二世的保护。事实上，卡特科夫的政论多有犯禁之处，比如首先公开提及赫尔岑的名字、与内务大臣 П. А. 瓦鲁耶夫（П. А. Валуев，1815—1890）的争论等等，但在沙皇的开明专制下都得以平安化解。亚历山大二世赴莫斯科期间还接见了卡特科夫，对他的犯禁之处多有包容，还赋予他特殊情况下可直接写信给沙皇的权力，这在当时的形势下实在是一个奇迹。

但1881年，解放者沙皇亚历山大二世遇刺身亡。卡特科夫再度迎来了他人生的转折点：如果说波兰事件使卡特科夫由自由主义转向保守主义；那么沙皇遇刺则使他由保守转向彻底的反动（这里的"反动"应该属于中性词）。怒不可遏的卡特科夫接连写了多篇文章在他自己的《莫斯科新闻》报上发表，公开指责知识阶层在思想上的肤浅、政治上的背叛，指责官方的软弱无能。卡特科夫首先批判的是社会中某些知识分子盲目的崇洋媚外。他在《我们洋知识阶层中的野蛮行径》（1878）指出："我们的野蛮不在于人民大众缺乏教育。大众依然是大众，但我们完全能自豪确信：没有哪个民族具有我们民族那般精神与信仰力量，而这已不是野蛮了……不，我们的野蛮在于我们的洋知识阶层。我们之中真正的野蛮不在于灰大衣，更多在于燕尾服甚至白手套。"[②]卡特科夫还用《泰晤士报》上英国人与法国人的争论为例，劝告俄国知识阶层，不要以欧洲文明人自居，迷信所谓"欧洲文化"。事实上，"作为政

① *Феоктистов Е. и др.* За кулисами политики. Москва.：2001. С. 50.

② Московские Ведомости. —№106. —28. 04. —1878.

治术语的欧洲只是和社会主义的妄想及各种形式的乌托邦一样，是种假象。"①在卡特科夫看来，确立国与国之间关系的并非所谓的正义公理，而是赤裸裸的利益。俄国知识阶层即使有更高的道德追求，但其根本出发点仍然是，也必须是俄国本身的利益。冬宫爆炸案的发生不是偶然的，恐怖主义背后有着知识阶层自由主义这个历史背景。他们不顾俄国国情，鼓吹西欧的自由民主等观念，实质上是对民众暴力行为不负责任的放纵。"我们的部分上流社会、我们的部分知识阶层居然把这种懦弱、这种精神上的堕落命名为自由主义……这就鼓励了叛乱，给予了叛乱者勇气……是时候说清这种虚伪的自由主义并取缔它对未成年人的权威了。"②针对洛利斯—梅里霍夫（М. Д. Лорис-Меликов，1825—1888）上台后发表的《致首都居民书》（К Жителям столицы），卡特科夫又议论说："听说，政权应该向社会求助并在其中为自己寻得依靠。但是向何等社会呢？我们社会知识阶层环境中，政府本可仰仗以成为担当民众福祉及俄国命运之大国的因素何在？此时何处可见这些因素：莫非在彼得堡的沙龙里；莫非在彼得堡报纸上的小品文中；莫非在我们的科学中；科学何在？其成果在哪里？如今政府只有以严格的纪律方能从上至下有序完成自身任务。……社会受教育阶层中的爱国主义，这就是所需要的，也必须要关心的。"③在卡特科夫看来，虚无主义及那些暗中同情反政府宣传的合法出版物，统统都是"这个知识阶层的产物"④。

这些激烈的话语不但为他在社会上赢得了"最嚣张、最顽固的反动派代表人物"⑤的称号，也给他招来了朝廷内某些高官们的不满，尤其是沙皇的兄弟康斯坦丁亲王。失去了高层保护的卡特科夫终于陷入了困境。对于他的这一处境，卡特科夫的思想同道梅谢尔斯基（Мещерский Н. П，1829—1901）后来回忆说："一部分人迁怒于他表面上的因循守旧；另一部分人则指责他观点的多变……他是公敌，卡拉姆津在他的时代也遭受过他的命运。宫廷要

---

① Московские Ведомости. —№106. —28. 04. —1878.

② Московские Ведомости. —№37. —07. 02. —1880. 卡特科夫在这里对知识阶层的批判，令人联想起陀思妥耶夫斯基在《卡拉马佐夫兄弟》里塑造的伊凡·卡拉马佐夫形象。须知，正是在伊凡的无意鼓吹宣传下，斯梅尔佳科夫才动了弑父的念头。卡特科夫这种思想与陀思妥耶夫斯基文学创作之间是否有关联，这是一个颇为值得探讨的话题。

③ Московские Ведомости. —№37. —07. 02. —1880.

④ Московские Ведомости. —№79. —19. 03. —1880.

⑤ ［俄］彼得·拉甫罗夫：《历史和俄国革命者》，载于［俄］Вл. 索洛维约夫等著：《俄罗斯思想》，贾泽林等译，杭州：浙江人民出版社，2000 年，第 203 页。

人们（包括康斯坦丁·巴甫洛维奇亲王，当然因为波兰的意见）认为他是雅各宾派；彼得堡和莫斯科的雅各宾派们则认为他是宫廷要人。"[①]卡特科夫似乎成了夹在中间两面受气的人。

在1887年的3月8日，《莫斯科新闻》上出现一篇社论，严厉指责新任外交大臣在制定外交政策时过于迁就德国利益，言词之激烈不但令外交部人员颜面无存，甚至激起了亚历山大三世的不满。时隔不久，法国总统和议会主席分别收到了署名为卡特科夫的秘密信件，信中不但透露了俄国外交政策的未来趋势，而且还表示愿意为法俄友好，共拒德国做出努力。消息传回俄国，沙皇勃然大怒，要知道当时俄德再保险条约（Reinsurance Treaty）即将签订，俄国对外经略重点在中亚与远东地区，断然不愿与统一不久的德国爆发任何冲突。愤怒的沙皇拒绝接见卡特科夫，更不愿听他解释。更有其他人员趁机落井下石，大肆抨击。此事对卡特科夫身体健康打击极大。唯有著名政论家，正教院总监К. П. 波别多诺斯采夫3月11日上书沙皇为卡特科夫辩护："卡特科夫是一位才华横溢的评论家，睿智，对真正的俄国利益保持敏感，具有坚定的保守主义信仰。作为评论家，他对身处艰难时代的俄罗斯及政府提供了宝贵的帮助。……卡特科夫所有的力量在于他作为俄国的，况且是唯一的政论家，成为杂志活动的核心，因为其他的要么无足轻重，要么毫无用处，要么是讨价还价的小商铺。"[②]然而新沙皇和多数同仁的冷漠，自由派的抨击，最终击垮了卡特科夫的身体，1887年7月20日，卡特科夫在莫斯科去世。真相总是姗姗来迟，在卡特科夫去世后经调查发现，秘密信件的始作俑者是外交部官员卡塔卡齐（К. Г. Катакази）。

二、反虚无主义者的遭遇：卡特科夫事件

卡特科夫晚年的际遇还可以从1880年的"卡特科夫事件"中瞥一端倪。

1880年普希金纪念碑揭幕之时俄国正是多事之秋。沙皇政府与知识阶层之间的矛盾在历经"到民间去"等运动之后，逐步激化。1878年，薇拉·查苏利奇（Вера Засулич，1851—1919）为了给一名被监禁的大学生同伴报仇，枪

---

① *М. Н. Катков* Собрание сочинений: В 6 т. Т. 6. Pro et Contra. СПб: , ООО«Издательство "Росток"» ,2012. С. 450、458.

② Там же. С. 255.

击彼得堡军事总督特列波夫将军。问题还不仅在于此。司法大臣帕哈伦曾直接要求法官监禁查苏利奇，但遭到断然拒绝。在两个多月后的公审法庭上，查苏利奇的辩护人、律师亚历山大德罗夫指出“不论怎样看待她的行为，都不能不在她的动机中看到一种正直而崇高的热忱。”[①]这种辩词在今天看来显然是有问题，因为目的不能为手段辩护。但在当时俄国来说，这却意味着正义与公理之争，法庭最后宣判查苏利奇无罪释放。这在当时引起了极大的轰动。恐怖活动由此风起云涌：1878 年，第三厅厅长 Н. И. 梅津采夫被暗杀，随之而来的还有基辅大学校长、哈尔科夫州州长等一系列社会知名人士，整个俄国社会陷入一片恐慌之中。1879 年 1 月 4 日，有“解放者沙皇”之称的亚历山大二世在冬宫广场上散步时遇刺，幸无大碍。1880 年 2 月，民意党人 С. Н. 哈尔图林在冬宫安置炸弹，沙皇没炸到，反而炸死了 11 名卫兵，炸伤 56 人。沙皇有鉴于此种形势，紧急成了最高执行委员会，委任 М. Т. 洛利斯-梅里霍夫为主席。但此人一方面与恐怖分子做斗争，另一方面又示好于民众，企图获得其支持。这种温和妥协的两面派政策反而进一步纵容了恐怖活动的势头。沙皇的兄弟 ，康斯坦丁 · 尼古拉耶维奇亲王在日记里写道：“我们正在重新经受恐怖，却有相异之处：在法国大革命中，巴黎人面对面地看见敌人，而我们看不见他们，甚至还不知道他们。”[②]1881 年 3 月 1 日，亚历山大二世被炸身亡。

正如上文所说，此后卡特科夫态度急剧转变，不遗余力地拥护沙皇政府，不留情面地批判俄国知识阶层，继而遭到当时“进步人士”的集体排斥、封杀。且不说年轻一代对他不屑一顾，连早年受过他帮助的一些文学家也纷纷避之不及，唯恐玷污了自身清名。不但如此，一批借着沙皇改革东风而起，继而掌握话语权的自由派知识分子还对卡特科夫展开了口诛笔伐。俄国文学爱好者协会（ОЛРС）主席尤里耶夫（С. А. Юрьев，1821—1888）是反卡特科夫的急先锋，针对卡特科夫对知识阶层的批评，尤里耶夫在自己主编的《俄国思想》杂志上发表文章反诘：“在俄国出版史上何时曾有人如《莫斯科新闻》报主编那般在上述杂志上羞辱俄国社会的？何人敢于当面指责所有俄国知识阶层，说它是‘敌对叛乱的武器，预谋反对俄罗斯，反对俄罗斯人民’？难道这一切

① 转引自［俄］格罗斯曼：《陀思妥耶夫斯基传》，王健夫译，北京：外国文学出版社，1987 年，第 691 页。

② 转引自［美］西德尼 · 哈凯夫：《维特伯爵：俄国现代化之父》，梅俊杰译，上海远东出版社，2013 年，第 21 页。

就白白算了，这种用狂热的宗教幻想来侮辱所有俄国上流社会的无耻疯狂叫喊难道就无人制止？”[①]

机会很快来了。1880 年 4 月 2 日，由俄国文学爱好者协会牵头，组成了以著名教育家波利万诺夫（Л. И. Поливанов，1838—1899）为首的九人委员会[②]，开会确定普希金庆典事宜：大致分为俄国文学爱好者协会主持两次以普希金为主题的公开晨会；两次普希金主题的“文学—音乐、戏剧”晚会；期间邀请钢琴家鲁宾斯坦（Н. Рубинштейн，1835—1881）负责全场音乐；邀请屠格涅夫、陀思妥耶夫斯基、奥斯特洛夫斯基等知名作家进行朗诵。庆典召开前夕，俄国文学爱好者协会给全国各知名作家及有关人士（普希金的孩子及同学）都发出了邀请，同时也委托屠格涅夫向欧洲文学家如托马斯・卡莱尔、丁尼生爵士、雨果、福楼拜等人发出邀请。虽然托尔斯泰因陷入思想危机并未出席，因而成为典礼上议论纷纭的对象[③]；冈察洛夫和萨尔蒂科夫-谢德林因健康原因未能出席，但前者仍寄来演讲稿由别人朗读。总体来说，参加庆典的人数不少，既有如阿克萨科夫这样的老斯拉夫派，也有屠格涅夫这样的西欧派人士。大会以普希金为号召，检验自普希金以来俄国文学文化的成就，在当时可谓文化盛事。照理说，卡特科夫是《俄国导报》《莫斯科新闻》的主编，对促进文学发展出力颇多，多少文学名著经他手得以发表；他本人也是俄国文学爱好者协会的资深会员，以研究普希金起家，属于与安年科夫等并列的最早一代普希金研究者。[④] 无论从公众影响力，还是从学术贡献，卡特科夫都理所当然地名列受邀者之列。

但世界上的事往往就是这么奇怪。就在 6 月 4 号，典礼举行的前两天，《莫斯科新闻》公布了尤里耶夫的一封信件，此信如同一个导火索，不但使得矛盾激化，甚至将其公之于众。信不长，内容如下：“俄国文学爱好者协会为来自《俄国导报》（由卡特科夫与柳比莫夫主编）的代表保留一个席位。我错

---

① Русская Мысль. 1880. №3.

② 9 人中屠格涅夫跟卡特科夫有宿仇；莫斯科大学法学教授 М. М. 科瓦列夫斯基则对卡特科夫要取消大学自治极为反对；尤里耶夫作为著名的自由派，不久前刚与卡特科夫论战过。

③ 托尔斯泰对普希金评价并不高。此时他陷入了思想上的精神危机，莫斯科关于他的传言说是“他完全疯了”。陀思妥耶夫斯基到莫斯科后多次听说此事并在信中告知妻子安娜。参见陈燊主编：《费・陀思妥耶夫斯基全集》第 22 卷，石家庄：河北教育出版社，2010 年，第 1182 页。

④ 2010 年俄罗斯出版的卡特科夫文集第 1 卷，专收文学评论方面文章。第一篇便是卡特科夫翻译的德国学者论普希金文章，该文 1839 年发表于《祖国纪事》。1855 年普希金第一个 6 卷本文集出版，卡特科夫又写了长篇论文予以评析，对于确立普希金在俄国文学中地位具有很大意义，本书下文将会详细论述。

将一份邀请函送到了《莫斯科新闻》编辑部，此邀请并不符合本委员会口头决议。俄国文学爱好者协会——谢尔盖·尤里耶夫，6月1日，1880年。”在该信下方，有《莫斯科新闻》编辑部简短的回复：“仅需我们补充的是：《俄国导报》编辑部已退还了它并不需要的邀请函。”[①]事实上，卡特科夫当时兼任两个编辑部的主编之职，尤里耶夫说只给《俄国导报》留席位，摆明了就是将卡特科夫拒之典礼门外，否则就根本没必要特地写信要求《莫斯科新闻》编辑部退还邀请函了。这一点在尤里耶夫致波利万诺夫的信里表露无遗：“《莫斯科新闻》代表的出现必将会扰乱我们庆典的氛围……我重申，尊敬的列夫·伊凡诺维奇，将《莫斯科新闻》的代表排斥在协会庆典之外是件好事。”[②]双方这种尖锐的对立令无数人忧心忡忡，担心庆典由此流产。受邀而来的陀思妥耶夫斯基在当天写给妻子的信里提到尤里耶夫等人的行为时说：“不言而喻，他们的做法简直卑鄙，而主要的是他们根本无权这么做。真卑鄙，假如我不是已经卷入了这次庆祝活动，我就会断绝同他们的关系。”[③]不过陀思妥耶夫斯基不知道的是，由于他与屠格涅夫政见不同，主办方甚至想将他也排除在来宾之外。

幸好莫斯科行政当局出面，主动邀请卡特科夫在庆典之后的晚宴上发表讲话，作为弥补。由于晚宴是官方主办，协会无权过问演讲者问题。这种安排在某种程度上也是对卡特科夫的安慰。只是如此一来，卡特科夫在某些“进步人士”的眼里，形象就更是大打折扣了。屠格涅夫这个自诩为“尊重信仰自由”的“老牌自由主义者”（见1880年1月29日致M. O.阿什基纳济）对此早有打算。他在6月5号给科瓦列夫斯基的便条里说：“一致决定，我们全体都得去，否则就显得我们胆怯；但如果卡特科夫敢胡说什么，我们就全体起身离开。”[④]

6月6日晚上，莫斯科杜马设晚宴欢迎来自各界的代表。卡特科夫作为市杜马的代表发表了简短的讲话：“我在普希金纪念碑之下讲话，希望我真诚的话语能为所有人，一致的善意接受。不管是谁，无论来自哪里，不管我们在过去有何等分歧，但在这一天，在这个庆典上，我希望我们所有人都是志

① 转引自 Marcus C. Levitt *Rusian Politics and the Pushkin Celebration of 1880*. p. 76.

② Ibid. p. 77.

③ 陈燊主编：《费·陀思妥耶夫斯基全集》第22卷，第1190页。

④ *М. Н. Катков* Собрание сочинений: В 6 т. Т. 1. Заслуга Пушкина: О литераторах и литературе. С. 46.

同道合者,都是盟友。谁知道,这一刻的团结也许会成为未来更持久团结的保障,会导致讲和,至少,缓解敌视各方之间的仇恨。”[①]应该说,卡特科夫这番话表达了极大的善意,是对下午陀思妥耶夫斯基《普希金讲话》精神的具体实践。但卡特科夫讲话声音不高,杜马的大厅又比较大,有些来宾没有听清楚他的具体发言内容,会场整体反应不是特别热烈。尽管如此,在卡特科夫发言之后,仍有阿克萨科夫等人上前表示祝贺并与之拥抱。那么,屠格涅夫等人又是如何表态的呢?

著名社会活动家、文学家科尼(А. Ф. Кони,1844—1927)是当晚的见证人。他在回忆录里如此描述当时情景:“卡特科夫发表了热情洋溢的讲话,最后以普希金的话结束了发言:‘理性万岁,蒙昧走开!’很多人,包括曾经的文学仇敌都为之感动,纷纷上前与其拥抱。卡特科夫左顾右盼,望见屠格涅夫便举杯遥祝以示和解之意,而后者只是冷冷地点了点头。敬酒结束后,卡特科夫再度上前与作家碰杯,屠格涅夫却只是冷漠地看着他,以手扶了下眼镜。事后,诗人迈科夫问及此事,屠格涅夫却油滑地说:‘我是只老麻雀,想用香槟可骗不了我。’”[②]屠格涅夫虽为一代文豪,但此举却实在有失风度。十九世纪60年代,当屠格涅夫与《现代人》杂志决裂之后,一再支持他的不是别人,正是他日后鄙视的卡特科夫。而其鄙视之根源,无非是当时社会的舆论认为卡特科夫在政治上反动,清高的作家急于与之划清关系。按科瓦列夫斯基在回忆录里的说法,屠格涅夫说:“我们怎么能够对我认为是变节的人伸出手呢?”[③]想必此时的屠格涅夫忘记了他1862年给沙皇写的效忠信,忘了1863年波兰起义时,他捐给沙皇的两个金币。或许,在他看来,那只是斗争的权宜之计?

所谓的“卡特科夫事件”,就其实质便是如此简单,按理说不该有后来那么大的动静,这一切都有赖于自由派报刊对此事的炒作。根据美国学者列维特(Marcus C. Levitt)的统计:此次纪念活动,仅受邀媒体就达22家,与会记者人数达数百人,尚不包括一些兼职记者的代表。[④] 其中引起文化界一场风波

---

① *М. Н. Катков* Собрание сочинений: В 6 т. Т. 1. Заслуга Пушкина: О литераторах и литературе. С. 706.

② *А. Ф. Кони*: Воспоминания о писателях. Лениздат. 1965. С. 155.

③ И. С. Гончаров в воспоминаниях современников. В 2 т. Т. 2. Москва.: Худож. лит, 1983. С. 141.

④ Marcus C. Levitt *Russian Literary Politics and the Pushkin Celebration of 1880*. Cornell University Press, 1989. P. 65.

的是自由派的报刊《呼声报》(Голос)。该报创于亚历山大二世农奴制改革后的1863年。其办刊宗旨是“为新改革的实际研究服务,反对跳跃及无益的破坏。……我们与科学的基本状况保持一致,也尊重历史因素。我们不沉溺于抽象的理论之中……我们不想奉承政府,也不愿迎合人民,不想谄媚于性急者。”[①]《呼声报》在教育问题上极力反对卡特科夫等人提倡的古典主义教育方式[②],要求中学和大学保持独立性,在当时有一定的进步意义。

然而,这一次《呼声报》的报道却并不真实。在6月7号的报道中,该报如此描写卡特科夫:“这个忍受着精神痛苦、企图用席间演讲为自己二十多年来的背叛行为赎罪的人,给人留下一种极不愉快的印象……”[③]为了塑造卡特科夫众叛亲离的形象,该报还杜撰事实,说卡特科夫演讲之后全场居然无人喝彩,场面极为冷清。这种公然造假的做法遭到了多数与会者的质疑和反驳。陀思妥耶夫斯基在给妻子的信件里提及这事:“昨天在杜马的午宴上卡特科夫大胆做了长篇发言,居然还取得了效果,至少在一部分听众中是产生了效果。”[④]时隔多日后,作家还热心地向朋友解释这一事件:“是俄罗斯语文爱好者协会伤害了卡特科夫,……是屠格涅夫先伤害了卡特科夫。卡特科夫发言后,伊万・阿克萨科夫这样一些人走近他与他碰杯(甚至敌对者也与他碰杯)。”[⑤]

令人惊讶的是,面对来自各界的口诛笔伐,《呼声报》依然坚持原先看法,认为:“问题并不在于所描写之事是否发生。重要的是出版界,尤其是《呼声报》如何看待这事。”(《呼声报》,1880年6月17日.№166.)换句话说,在该报看来,卡特科夫在这次晚宴上究竟如何表现并不重要,重要的是出版界应当如何来看待这样一个曾经是自由派,现在成了保守派的“变节分子”。这实际上又牵扯到了十九世纪末期俄国自由主义知识分子的自我反思问题。

俄国的自由主义知识阶层有着先天的不足。他们往往从西欧搬来整套的理论,却不知如何运用于实际。他们口口声声以人民利益为至上目的,但又将否定一切(包括具体的个人利益)作为绝对手段。这种目的与手段的矛

① http://ru.wikipedia.org/之“Голос (петербургская газета)”

② 有关于卡特科夫提倡古典主义教育的问题,可参见 Martin Katz *Mikhail N. Katkov: a Political Biography* 1818—1887. Mouton&Co. 1966. 中第6章:“Nihilism and Classicism”。

③ 转引自[俄]格罗斯曼:《陀思妥耶夫斯基传》第754页。

④ 陈燊主编:《费・陀思妥耶夫斯基全集》第22卷,第1195页。

⑤ 同上书,第1209页。

盾组合正体现了其信念的逻辑混乱。巴纳耶娃曾回忆：别林斯基去世后，其友人为抚恤其家属而购买其藏书。屠格涅夫动情之余承诺，一旦得到遗产便将一个有250名农奴的村子赠送给死者的女儿。众皆为之动容，唯巴纳耶娃说，即使具有如此人道的目的，用活人来作为赠礼也是一种颇值得怀疑的人道行为。屠格涅夫、尤里耶夫在当时都以自由主义观点而著称，而后人观其人言行，实不可与西欧之自由主义者相提并论。卡特科夫固然有亲官方的色彩，但也只能说是个人思想上的转型，并无人品问题。自由主义知识阶层抱着正邪不两立的姿态，以正义代言人自居，肆意编造事实，打击思想对手，将一个本来是团结的普希金纪念大会弄得剑拔弩张，其言其行又有什么民主自由可言呢？对于知识阶层的这种思想独裁，俄国知识界直到1909年才在《路标》文集里予以全面深入的清理和反思。比如同样是自由主义者出身的彼得·司徒卢威（П. Б. Струве，1870—1944）认为：知识阶层过于着迷于革命，忽视了社会改良的机会，从而造成俄国社会今日的退化。历史恰恰证明，凡革命者，虽初始轰轰烈烈，但最终很少有成功的，无论是早期的拉辛起义，还是十二月党人的广场起义，或者以后的1905年革命；而改良者，从彼得大帝改革，到1861年废除农奴制，以及1905年之后的斯托雷平改革，尽管中间不无阻碍，或有不彻底之处，但终究取得了巨大成效，在实践上推动了俄国社会的进步。这种对知识阶层的批判，与30年前卡特科夫的批判，难道没有相通之处吗？

在十九世纪俄国思想大潮中，“卡特科夫事件”只是其中一朵小小的浪花，但它或许可以折射出这个时期俄国文学界、思想界的复杂多面。英人切斯特顿（G. K. Cheserton，1874—1936）曾言：改变就是进步？今日我们也不妨一问：进步便是好的，保守便是坏的？看“卡特科夫事件”，答案似乎未必肯定。

三、文学与政治：卡特科夫的文学批评观

卡特科夫并非职业的文学批评家，但他首先是作为一位批评家、翻译家走上文坛，《俄国导报》在他执政时期也编发了包括《罪与罚》《安娜·卡列尼娜》等在内的大量名著。与此同时，他对这些作品的评判，虽不是字字珠玑，却也体现了革命民主派批评之外的观点。并且，鉴于他当时在保守主义阵营里的影响力，这种观点显然具有纲领性的意义。2010年彼得堡罗斯托克（Росток）出版社开始推出六卷本《卡特科夫文集》，第一卷就是《文学批评专论》。卡特科夫文学批评政治性很强，大致可分为两方面：一是关于经典作

家如普希金、屠格涅夫等人的论述；二是通过这种论述，强调对文学中虚无主义的批判。文学与政治在他的文章里得到了很好的结合。事实上，作为一位知名的政论家，卡特科夫在文学观念上的转变，也是其政治观变化的折射。

应该说，卡特科夫是普希金研究的开创者之一。正如其研究者克里马科夫（Ю. В. Климаков）指出："在巨大的卡特科夫遗产中，普希金主题占有特殊的位置。"[①]早在1839年，《祖国纪事》就刊发了德国学者瓦尔哈根·冯·恩泽（К. А. Варнгаген фон Энзе）的文章《外国人对普希金的评价》，译者即为卡特科夫。根据译者在前言里的介绍，该文首发于黑格尔创办的《科学评论年鉴》（Jahrbücher für wissenschaftliche Kritik）杂志上，充分体现了德国学术界对俄罗斯文学的重视，证明普希金已走出了国门。因此，卡特科夫在此揭示出了普希金的世界性意义。其中有一句话值得一记："我们坚定地相信，明确意识到：普希金——不是某一个时代的诗人，而是全人类的诗人；不是某一个国家的诗人，而是整个世界的诗人；不是像许多人想的那样是疗伤的诗人、痛苦的诗人，而是幸福与内在和谐的伟大诗人。"[②]如果我们考虑到普希金今天所享有的世界性声誉，再联系到卡特科夫说这段话的时间，我们便不难发现批评家的先见之明。

关于普希金，卡特科夫最有分量的文章[③]发表在1856年初创的《俄国导报》前三期。此时卡特科夫刚刚创办《俄国导报》，这篇关于普希金的长文可以视为其本人及杂志文学观点的体现。1855年П·安年科夫主编的6卷本《普希金文集》出版，此事再度引起了文坛对普希金的关注。车尔尼雪夫斯基、德鲁日宁等人纷纷撰文，通过对普希金的阐释，抒发自身文学观点。卡特科夫的这篇长文便是因此而起，争论意味不言而喻。

在普希金文集出版后，车尔尼雪夫斯基在文章中固然强调了普希金的艺术造诣，却认为诗人没有对生活的看法，所以只能将才能运用在诗歌的形式上。"但是的确，普希金作品的最重要意义——就是它们是美的，或者用现在的话来说，它们是富于艺术性的。普希金并不是一个像拜伦似的对生活有一

---

① *Катков Михаил* Идеология охранительства. Предисловие. Москва.：Институт русской цивилизации，2009. С. 17.

② *М. Н. Катков* Собрание сочинений：В 6 т. Т. 1. Заслуга Пушкина：О литераторах и литературе. С. 55.

③ 事实上，这也是卡特科夫在文学方面的最重要著述，随着他在政论上的成功，文学主题在他的论著中所占比例越来越小。该文分6大部分，《俄国导报》分3期才连载完。

定看法的诗人,甚至也不像一般的思想诗人,像歌德与席勒似的。"[1]此外,在车尔尼雪夫斯基等人看来,普希金的意义主要在两方面:民族诗人和人民诗人。虽然这两个界定在俄语中都可以用一个词来表示"народный",但前者注重诗人的独特性,后者则是强调诗人与人民的关系,即从阶级的角度来论述。可见,革命民主派更多的是从思想与政治的角度来阐释普希金。与此相对应的是德鲁日宁、安年科夫等人的唯美派批评,他们以《诗人与群氓》(1828)中的诗句来证明普希金是"唯美诗人":"不是为了生活中的费神劳累,/不是为了战斗,不是为了贪心,/我们生来就是为了灵感,/为了祈祷和美妙的琴音。"[2]

相对以上两派的观点,卡特科夫的论断可说是独辟蹊径。对于第一个问题,即普希金的独创性,卡特科夫没有太多地反对。问题在于第二点,针对车尔尼雪夫斯基所谓"描写人民生活"的诗人,卡特科夫颇不以为然,他指出:"他的确是人民诗人,尽管不是从最狭义的人民生活中为自己作品选取目标而言。众所周知,普希金在这个意义上不是人民的。一般称呼他为人民诗人,是因为他作品中有特殊的力量可以感受到俄罗斯词语中思想的生动与独特。"[3]换句话说,普希金的人民性不是体现在作品题材的采用,更多的表现为民族语言的运用,即所谓"俄罗斯词语中思想的生动与独特"。这实际上是从艺术的角度来看待普希金的独特性了。但是强调艺术性并不表示思想不重要。对卡特科夫来说,一个伟大的诗人,他的艺术性和思想性应该是圆满结合在一起的。"对艺术的首要要求是真实……世界上的每一种艺术都是为了捍卫某种自己的事业,因此也是某种伟大共同事业的武器。不要像普希金在《群氓》中说的那样逼着诗人去拿起'扫帚',要知道这样不会有什么好处。相反,就让他做自己的事情,留着他的'灵感'、他的'甜蜜的呼唤'、他的'祈祷'。如果只有灵感是真实的,那么他就是有益的。"[4]卡特科夫在这里提出,要赋予诗人创作的自由,有了自由才会有灵感,有了灵感才会有文学。"若是普希金竭力在自己的古俄罗斯生活随笔中放入某种思想,若是他想在其中证

---

① [俄]车尔尼雪夫斯基:《〈普希金文集〉(断片)》,载于《车尔尼雪夫斯基论文学》(中卷),辛未艾译,上海:上海译文出版社,1979年,第252页。

② 卢永选编:《普希金文集》第2卷,第183页。

③ *М. Н. Катков* Собрание сочинений: В 6 т. Т. 1. Заслуга Пушкина: О литераторах и литературе. С. 280.

④ Там же. С. 267.

明什么，那么表达的真理就消失了，我们得到的不是生活的真理，而可能完全是我们不需要的普希金的想法，我们就会得到谎言和相对的艺术、相对的真实。非艺术作品的第一个标志就是作家企图坦言某种思想。”[①]这显然是对车尔尼雪夫斯基强调诗人的思想性做了一次反驳。

在这个基础上，卡特科夫提出了他对普希金的定位：“就自己天才的特殊本质而言，普希金是瞬间的诗人。他的才能在于描绘心灵的个别状态，生活的个别场景。[②]”这里的“瞬间”重点在于诗歌的偶然性，用卡特科夫的话说：“诗歌掌握了这一瞬间，并将才能赋予普遍意识。对于我们的生活来说，没有比走出孤独发现生活更大的快乐了，这种意识目标越是个人化，越是特殊化，我们的快乐就越深刻。在这种个体感基础上确立了艺术的魅力。”[③]卡特科夫在这里强调诗歌的偶然性，在某种程度上标志着对诗歌泛意识形态化的有意疏离，以“个别”抗拒普遍，以个性化体验对抗“人民”“自由”等宏观阐释。卡特科夫的这种看法，从矫枉过正的角度来说，也不是没有道理。要知道，T. S. 艾略特到二十世纪初还在自己的博士论文里提到：“所有重要的真理都是个人性的真理。”[④]

当然，卡特科夫对普希金小说评价不高，这也引起了后来者的某些非议，认为他缺乏敏锐眼光。但实际上，至少在卡特科夫那个时代，学术界的确没有注意到普希金小说的价值问题，直到1859年才有Ап. 格里戈里耶夫撰文论及这一问题。这里面原因很复杂，既有个人眼光问题，但更主要的是俄国小说的崛起本身就比较晚，批评界对它的接受也需要时间来完成。当时如《别尔金小说集》这样的作品，由于在描写对象、语言、情节设置上打破了传统浪漫主义文学的传统，批评界一时难以接受，这实际上是整个俄国文学大背景的问题。加上卡特科夫并不是那种在学术上特别敏锐的人物，因此对普希金部分创作判断失误，在今天看来，也是在情理之中。

为了呼应1880年6月的普希金纪念大会，卡特科夫再度发表了名为《普希金的功绩》一文，作者将普希金与拯救俄国的米宁与波扎尔斯基相提并论，简要地指出了普希金对俄国文学，对整个俄国历史的伟大贡献。“他虽然没

---

① *М. Н. Катков* Собрание сочинений：В 6 т.　Т. 1. Заслуга Пушкина：О литераторах и литературе. С. 303.

② Там же. С. 286.

③ Там же. С. 281.

④ T. S. Eliot *To Criticize the Critic and Other Writings*. Faber and Faber Ltd, 1965. P. 60.

有从敌人手里拯救祖国，但却丰富了、提高了、赞美了自己的祖国。”[①]若将卡特科夫前后期关于普希金的文章略作比较，便可发现其实两者相差不大，作者没有在普希金研究的新形势下做出新的立论。正如有评论家指出的：“如此，对于普希金的世界意义这个心爱的问题，卡特科夫提出了两次并在不同场合下予以同样的解决。”[②]之所以出现这种情况，实际上跟1856年之后俄国政治的发展及卡特科夫个人兴趣点的转移有关，换句话说，他从文学批评走向政治批评，文学只是他用以评价政治的一个工具。这一点，鲜明地体现在他对屠格涅夫小说《父与子》的评价中。

说起来，卡特科夫与屠格涅夫算是老相识了。两人最早相识于1841年的柏林，彼此都是柏林大学的留学生。但正如前文所说，两人到后来居然势同水火，这其中固然有个性冲突的原因，但更重要的是十九世纪下半期俄国文学界日趋激进，文学为政治所裹挟的体现。正如卡特科夫在《为现代记事说几句话》(1861)中指出：“有人指责我们刊物缺乏文学评论，可正是发难的那些杂志因循保守又幼稚好斗，他们所宣扬的理论使文学丧失了一切内在力量，所有的文学权威都遭到诋毁，普希金也被剥夺了民族诗人的命名权，果戈理只是因其令人怀疑的揭露者特点才得以容忍。”[③]

争论首先从1862年3月发表的《父与子》开始。很少有人注意到，这部小说的发表与卡特科夫的努力密不可分。屠格涅夫本人也在信中承认：“我不曾对我的任何一篇作品，像对这一篇那样如此认真地怀疑过；我对一贯信任的人们的见解和评论都非常反感：要不是卡特科夫的坚决要求，《父与子》是绝不会问世的。”[④]事实上，屠格涅夫在这里表达的是对卡特科夫干涉其创作的不满。后者利用自己作为刊物主编的权力对作家施加了有力的影响，并要求作家在小说中体现其反虚无主义思想。

在小说发表之前，屠格涅夫曾写信给好友、批评家安年科夫，请他提意见，并将书稿转交卡特科夫审阅，因《俄国导报》将刊登此小说。但根据安年科夫的回忆，卡特科夫对这部小说的评价并不高：“他并不赞扬小说，相反，

---

① *М. Н. Катков* Собрание сочинений: В 6 т. Т. 1. Заслуга Пушкина: О литераторах и литературе. С. 700.

② *Лобов Л. К.* К характеристике М. Н. Каткова. СПб.: Типография В. Д. Смирнова, 1904. С. 7.

③ *М. Н. Катков* Собрание сочинений: В 6 т. Т. 1. Заслуга Пушкина: О литераторах и литературе. С. 310.

④ 《屠格涅夫全集》第12卷：书信，张金长等译，石家庄：河北教育出版社，2000年，第364页。

一开头就说：‘屠格涅夫怎么不知羞耻，竟然在激进分子面前降旗致敬，把他奉承为享有战功的军人，对他那样顶礼膜拜。’我反驳说：‘不过，米·尼·，这在小说中是看不到的。巴扎罗夫在那里唤起恐怖和憎恶。’——‘是的，’——他回答——‘但隐藏的好意可以伪装恐怖和憎恶，而老练的目光会认出这种形状的家伙……’我高声叫道：‘难道您，米·尼·，认为屠格涅夫会堕落到颂扬激进主义的地步，堕落到保护任何理性的和道德的败坏?……’——‘我可没这么说，’——卡特科夫先生热烈地回答，显然激动了——‘但结果仿佛如此。’”[①]卡特科夫的意思，显然是屠格涅夫在有意无意地为虚无主义者唱赞歌，这也是他后来在批评文章里特别提到的作家立场问题。这种说法，自然令屠格涅夫感到不满。然而，鉴于当时屠格涅夫与《现代人》杂志已经决裂，《俄国导报》是当时仅有的几家影响较大的刊物之一[②]，无奈之下的屠格涅夫只得接受了卡特科夫的意见，对巴扎罗夫的形象做了修改：“我希望由于我的修改，巴扎罗夫的形象定会使您理解，不会给您留下壮丽结局的印象，这是我本意没有的。”[③]

为了证明自己在塑造巴扎罗夫形象时的公正客观，屠格涅夫在多年后的《关于〈父与子〉》(1869)一文中特地引用了卡特科夫给他的书信部分，以证明他们之间的分歧早已存在。这也可以从另一个角度说明卡特科夫对《父与子》及其主人公的评价：“即使巴扎罗夫没有被奉为神明，那么不能不承认，他是不知为什么偶然地落到一个很高的台座上的。他确实压倒了周围的一切。在他面前，所有的一切都或者成为一堆破烂，或者虚弱而幼稚。难道希望得到这样的印象吗？在小说中可以感到，作者想要说明他不那么赞同的原则，但是在选择色调时似乎有些摇摆不定，不自觉地屈服于它了。可以感觉到，作者对于小说主人公的态度有些拘谨，有某种窘迫和不自然之处。在他面前作者仿佛张皇失措，不喜欢他，更加怕他！”[④]应该说，卡特科夫对屠格涅夫作为作家的态度剖析是很准确的，这种作家竭力想做到的“客观公正”其实恰恰就是屠格涅夫的困境，实际上这也是小说发表后屠格涅夫遭到“父”与

---

① *Анненков П. В.* Литературные воспоминания. Москва.: Художественная литература, 1983. С. 468—469.

② 当时有传言说屠格涅夫打算在陀思妥耶夫斯基主编的《时代》上发表《父与子》，屠格涅夫还特地致函陀思妥耶夫斯基，澄清这一事实。参见《屠格涅夫全集》第12卷：书信，第356页。

③ 同上书，第350页。

④ 同上书，第592页。

“子”两派攻击的原因之一。

除去尚未面世的书信以外，卡特科夫对屠格涅夫的主要评论只有两篇，即《屠格涅夫的小说及其批评》，《论我们的虚无主义：关于屠格涅夫的小说》。两篇文章都发表于1862年，围绕作家的《父与子》展开。考虑到此后卡特科夫及其报刊对反虚无主义小说的组织核心意义，这两篇文章可以视为俄国反虚无主义小说的理论宣言。因为这不但是在谈屠格涅夫的小说，也在整体上表明批评家对俄国虚无主义的看法。如果说在评论普希金的时候，卡特科夫重在宣扬自己的文学观念，那么在评价屠格涅夫及其作品的时候，他重在破除虚无主义在文学中的流传。前者基本上还围绕文学（如普希金的艺术语言）展开，后者基本上就是论虚无主义这一政治现象了，《父与子》只是卡特科夫展开论述的一个载体。一立一破，从文学到政治，构成了卡特科夫在文学观念上的主要框架。

在《屠格涅夫的小说及其批评》一开始，卡特科夫便指出了文学作品的意义之所在，这一点跟他在上述论普希金时的观点是一致的。批评家说：“艺术家的使命便在于直接作用于自己的时代，这一要求的真正内涵在于艺术家是时代之子、祖国公民。艺术只有以其固有的方式发挥作用：强行改变其本性，迫其成为某预定倾向之工具意味着消灭其力量和意义。艺术作品不能成为学说，也不能是说教。它的力量具有纯理论的特点，它应该是生活真实和本质的观察。”[①]这实际上是再度强调了他在《普希金》一文中的观点。事实上，这也是他对文学的根本看法，直到晚年都不曾变过。

卡特科夫的切入点比较特殊，他首先从《父与子》中的次要角色阿尔卡季谈起，认为他是一个很可爱的虚无主义者，有别于西尼特科夫和库克申娜之流。那么阿尔卡季的可爱首先在于他的幼稚和单纯：“青春想象力所具有的轻率；评判事物时的轻率；年轻的心灵从一处跳到另一处并统一不可统一之物时的轻率——所有这些都是最自然的，都是青春的自然标志。”[②]因为自然和青春，所以这种虚无主义者是值得原谅的，也是值得拯救的。接着，卡特科夫笔锋一转，直接指出阿尔卡季走上虚无主义之路的原因：“唯一遗憾并令人痛苦的只有一件事：这一代年轻人学得太差了。修完课程之后，所有这些副博士从中得到的可信知识和成熟概念太少了。但难道能将教育的肤浅和

① *М. Н. Катков* Собрание сочинений：В 6 т. Т. 1. Заслуга Пушкина：О литераторах и литературе. С. 459.

② Там же. С. 462.

空洞归咎于阿尔卡季们吗？他们接收了被赋予的。他们有罪吗？在中学学得差，在大学什么也不学，他们的一切科学多半限于一些陈词滥调，一些老生常谈，在他们的行为中没有什么准确和坚定的东西，在他们的思想中没什么严肃的东西，他们还没机会亲身体验何为发展概念或形成评判。”[①]虚无主义的问题在于教育，实际上从这里可以看出为什么卡特科夫在此后一直强调古典教育的意义，以至于到1871年终于在俄国实行了中学教育改革，激起了新一轮的反卡特科夫风潮。

其次，卡特科夫提出：“屠格涅夫的小说来自生活，又回到生活并在各方面产生了有力的实际影响，就像我们有些文学作品那样。……小说似乎仍在继续，它所产生的影响、现象似乎是小说新的章节或结语。”[②]批评家此言主要指的是当时两篇评论《父与子》的文章：即《现代人》杂志安东诺维奇撰写的《当代鬼王》及《俄罗斯言论》上皮萨列夫写的文章。两人都属于革命民主阵营，对巴扎罗夫的看法却大相径庭，这不能不说是一种怪事。安东诺维奇对巴扎罗夫持绝对批判态度，认为作家对青年一代怀有偏见和憎恨，以至于运用漫画方式来肆意丑化他们。皮萨列夫的观点则相对公允，他承认巴扎罗夫是新人的代表，并认为他们将取代退出历史舞台的贵族阶级。对于这两种看法，卡特科夫都不赞成。首先他指出安东诺维奇之所以如此气愤地谴责屠格涅夫及其笔下的巴扎罗夫，是因为“控制思想的盲目力量（即虚无主义——引者注）最害怕成为艺术表现的目标。”[③]安东诺维奇的愤怒在卡特科夫看来其实是一种巧妙的重心转移：把小说中对虚无主义的揭示和批判转移到对作家与青年人的关系问题上。

第三部分卡特科夫提出：作者自己想在小说里表现什么呢？卡特科夫另外举了一篇评论文章，即上文提及的斯特拉霍夫论《父与子》的文章。卡特科夫认为这是“关于屠格涅夫小说一篇非常聪明、写得很好的文章，批评家成功而准确地对比并提炼出了论点。”但是，对于斯特拉霍夫从理论上来驳斥虚无主义的否定，卡特科夫却无法完全赞成。“在批评家看来，这个人物体现了我们时代主流的精神，在生活和科学中发挥作用的精神。批评家把这个类型的范围推广到世界意义，在其中看到了某种普遍的思想。”[④]在卡特科夫看来，这

---

① *М. Н. Катков* Собрание сочинений: В 6 т. Т. 1. Заслуга Пушкина: О литераторах и литературе. С. 463.

② Там же. С. 466—467.

③ Там же. С. 468.

④ Там же. С. 478.

种论断不能说错，却过于抽象，没法让广大读者明白，不利于反虚无主义斗争的展开，因此不值得提倡。在斯特拉霍夫的论点基础上，卡特科夫认为，屠格涅夫在小说中试图展现得公正，但实质上还是倾向于虚无主义者的。

另一篇《论我们的虚无主义：关于屠格涅夫的小说》则基本上围绕虚无主义这个命题展开。卡特科夫从巴扎罗夫抓青蛙做实验开始说起，联想到40年代那批留学德国的学生，他们四处奔波于各大高校，对各种哲学思潮浅尝辄止，就像今天的巴扎罗夫那样，看似忙碌，实则没有结果。[①] 不过，巴扎罗夫的真正力量并不在于科学，卡特科夫假借他们的口吻说道："自然主义者的狭隘艰辛之路不合我们的心意。我们只是从他那里获取力量装装样子，走的是另一条更宽广的道路。我们不是研究者，不是体验者——就让别人去埋首词句，为知识而治学吧。我们是聪明人，传教士。我们宣扬虚无主义的宗教，我们否定：这是我们的使命，我们的骄傲和荣耀。"[②]因此，科学对于虚无主义的意义只在于提供某种形式上的支持，虚无主义者从来也不打算将科学作为最终努力的目标。对于科学研究来说，大胆的假设，小心的求证是必经之路。而对虚无主义者而言，只需要大胆的怀疑和否定即可，甚至都无需假设，更不必求证。"在这否定的教条主义中，一切思想的产生都停止了，一切对真理和知识的爱好都消失了。一无所获，一切已被决定，一切都是胡言。"[③]在批评家看来，这种"否定的教条主义"是"时代的病症"，教育的失败使得社会没有健康的力量与之相对抗。所以，卡特科夫说："我们虚无主义的力量并不在于其内容本身（它没有任何实质性的内容），而是在于环境。"[④]卡特科夫特地提到了巴扎罗夫的平民出身问题，认为"若是作家将他置于神甫家庭出身，巴扎罗夫这个形象就会更典型。"一则将宗教传统与科学思想相对立，二来也暗指生活中别车杜等虚无主义者的出身。

那么，如何来反对虚无主义呢？卡特科夫提出："只有源自对真理的热爱，才能真诚而非做作地去仇恨谎言。"[⑤]换而言之，要反对虚无主义，首先就

---

① 所以小说中的帕维尔·彼得罗维奇·基尔萨诺夫说："从前是黑格尔主义者，如今是虚无主义者。"《屠格涅夫全集》第3卷：《前夜·父与子》，智量等译，石家庄：河北教育出版社，2000年，第207页。

② *М. Н. Катков* Собрание сочинений: В 6 т. Т. 1. Заслуга Пушкина: О литераторах и литературе. С. 511.

③ Там же. С. 512.

④ Там же. С. 516.

⑤ *М. Н. Катков* Собрание сочинений: В 6 т. Т. 1. Заслуга Пушкина: О литераторах и литературе. С. 522.

要在社会中确立某些健康的东西,增强人们的识别能力。但这些健康的东西具体是什么,卡特科夫在文章里暂时也没有明说。但他此后同教育大臣 Д. А. 托尔斯泰一起大力推动古典中学教学改革,大力推崇古典教育,可知其用意在于提高年轻人人文修养,增强对西方流行思潮的辨别能力,这也是反虚无主义之希望所在。从客观上说,古典教育的推行直接影响到了白银时代俄国文化的再度繁荣,当然这已是卡特科夫身后之事了。

四、卡特科夫的意义

虽然受限于目前卡特科夫研究资料的条件(陀思妥耶夫斯基妻子的日记提到: 卡特科夫的档案曾遭受过火灾,导致大量书信被毁[①]),我们暂时无法详细勾勒出卡特科夫对俄国反虚无主义小说的直接影响。但应该指出,上述卡特科夫文中对虚无主义本质的分析很大程度上影响到了此后俄国小说创作。虽然我们不能也没必要去逐字逐句地寻找卡特科夫言论与俄国作家具体创作中的联系,但不难看出,很多文学名著如陀思妥耶夫斯基的《群魔》、冈察洛夫的《悬崖》等经典作品中,作家对虚无主义的认识大多与卡特科夫有某种契合之处,这一方面是作家对社会现象的深刻认识使然,另一方面也不能不体现出卡特科夫在当时文学界的巨大影响力。

反虚无主义的几位代表作家当中,陀思妥耶夫斯基、列斯科夫、皮谢姆斯基等人无不与卡特科夫有着密切的往来。陀思妥耶夫斯基在主编《时报》(Время)跟卡特科夫在对待虚无主义的问题上看法略有不同,但整体上还是一致的。比如,作家在论及《俄国导报》与《现代人》的"口哨"栏目争论时,主要还是倾向前者。陀思妥耶夫斯基对《俄国导报》一直持有好感:"它的读者甚多,愿上帝保佑能更多,因为这杂志是值得一读的。"[②]陀思妥耶夫斯基所反对的,只是《俄国导报》对"口哨"影响的过高估计:"我认为是太夸大了这些丑剧在俄国文学发展中的分量。"[③]至于在卡特科夫所宣称的"现代记事"倾向性上:"我们并不拒绝作为文学警察的义务,我们会尽力帮助善良的人们去揭发那些放荡不羁的流浪汉和小偷。但我们不是为了艺术而艺术,而是为

---

① [俄]安娜·陀思妥耶夫斯卡娅:《一八六七年日记》,谷兴亚译,桂林:广西师范大学出版社,2013 年,第 172 页。

② 陈燊主编:《费·陀思妥耶夫斯基全集》第 17 卷,第 308 页。

③ 同上书,第 315—316 页。

了事业和荣誉。”[①]陀思妥耶夫斯基表示完全赞成：“很好，太好了！”[②]不过事实的发展很快就证明，卡特科夫对“口哨”的忧虑是有道理的。随着俄国社会的日益激进化，“口哨”派的影响越来越大，以至于在1862和1863年间，陀思妥耶夫斯基多次撰写了与《现代人》杂志“口哨”派的争论文章，对他们所流露出的虚无主义倾向做了强烈的抨击。虽然由于对俄罗斯前途的不同思考，卡特科夫和作家之间也出现了激烈的争论。但在对待虚无主义的问题上，他们俩仍是保持一致的。这种思想上的一致也使陀思妥耶夫斯基在失去了《时报》和《时代》(Эпоха)之后，很快把《俄国导报》视为自己的合作伙伴。

陀思妥耶夫斯基侨居国外的时候，常常与《俄国导报》编辑部的柳比莫夫及卡特科夫本人进行交流，谈及自己的创作构想。作家在作品需要发表的时候，第一考虑便是《俄国导报》。对于卡特科夫的理解和支持，陀思妥耶夫斯基一直心怀感激。在1869年3月8日的信里，陀思妥耶夫斯基对《俄国导报》做了较高的评价：“……在我们俄国这绝对是一份最好的并坚定地意识到自己方向的杂志。不错，它枯燥，它上面刊载的文学作品并非总是好的。(固然它不比其他杂志逊色：所有的上乘之作都是出现在他们这份杂志上的：《战争与和平》《父与子》等等；昔日的情况就更不用说了，公众对此记忆犹新。)它很少刊登文学批评，(但如果有时刊登批评文章，那却是非常中肯的，特别是在不涉及所谓的雅文学的时候)，但主要的是，每年杂志上必定刊出三四篇文章(每一位订阅者都知道这一点)，它们是当代最求实、最切中时弊、最有特色和最需要的文章，主要的是，最有新意的文章一定只是在他们的杂志上而不是在任何别的杂志上发表，——对此读者是清楚的。”[③]自然，卡特科夫对作家也极为器重，在经济上也很是慷慨地满足作家无休止的预支稿费要求，用作家的话说是：“他们从未惊扰过我，待我一直十分礼貌和大方。”[④]为此，作家在那一时期的书信里一再对《俄国导报》表示感谢，甚至还打算发表如下声明：“我声明，除了我从《俄国导报》编辑部借的钱，我还从该杂志在莫斯科的出版人米哈伊尔·尼基福洛维奇·卡特科夫，在去年即1867年，今

---

① *М. Н. Катков* Собрание сочинений: В 6 т. Т. 1. Заслуга Пушкина: О литераторах и литературе. С. 313.

② 陈燊主编：《费·陀思妥耶夫斯基全集》第17卷，第325页。

③ 陈燊主编：《费·陀思妥耶夫斯基全集》第22卷，第630－631页。

④ 同上书，第773页。

年即1868年共借款五千卢布。”①

在具体创作上，两人之间最直接的分歧可能在于《群魔》被删除的那一章《在吉洪那里》。作为一位主编，卡特科夫对文学的社会意义有着非常明确的认识。当斯塔夫罗金的忏悔过于骇人听闻（强奸幼女）时，他更多的还是要考虑到刊物的立场和品味，考虑到作品的社会影响，而不是陀思妥耶夫斯基所认为的形象必须具有的典型性和完整性。因此，尽管作家对此做了较大的让步：“所有过于淫秽的东西都已删掉，主要的东西已删节……”②但最终仍然被卡特科夫否决掉，成为失落的一章，直到二十世纪才重见天日。③ 事实证明，这一章拿掉之后，使得主人公斯塔夫罗金的内在性格发展不再完整，缺乏多利宁所说的“整部小说最高潮的顶点”④，也与前后文的某些情节缺乏对应，成为小说结构上的一个败笔。⑤ 这当然是卡特科夫在文学鉴赏力上的一个失误，或者说，他对文学的道德性要求高过了艺术性。但是，考虑到当时俄国社会的情况，文学的道德性也是至关重要的。卡特科夫之所以坚持要删除这一章，一方面固然是考虑到杂志自身的声誉，另外多少也是为作家的名誉着想。毕竟，作家的探索无禁区，但发表起来还是要讲究社会影响。后来的事实也确实证明了卡特科夫的先见之明：作家的遗孀在陀思妥耶夫斯基去世之后迟迟不愿发表这一章；作家的好朋友斯特拉霍夫拿这件事大做文章，来怀疑作家的人格有问题。

列斯科夫跟卡特科夫的关系也非同一般。当他被彼得堡的激进批评家们骂得“无路可走”时，恰恰是身处莫斯科的卡特科夫及其《俄国导报》接受了他，给了他工作，刊发了他的作品。当卡特科夫得知列斯科夫所得稿费一印张只有50卢布，马上给他涨到100卢布一印张。不过这一点在很长一段时

---

① *Ф. М. Достоевский.* Полное собрание сочинений в 30 т. Т. 28. Кн. 2. Л.: Наука., 1985. С. 340.

② 陈燊主编：《费·陀思妥耶夫斯基全集》第22卷，第866页。

③ 《群魔》在《俄国导报》刊登时没有发表《在吉洪那里》；1873年出单行本时也没收录这一章；直到1922年才由莫斯科中央档案出版社在《关于文学史与舆论的材料》第一期中刊出（Документы по истории литературы и общественности, вып. 1, Изд. Центрархива, М., 1922, С. 3—40.），参见：*Ф. М. Достоевский.* Полное собрание сочинений в 30 т. Т. 12. Л.: Наука., 1975. С. 157.

④ 多利宁认为斯塔夫罗金的这段自白是“整部小说最高潮的顶点，斯塔夫罗金一生的所有三个方面凝集的综合：事件性的、心理的和精神的。“参见：*Ф. М. Достоевский.* Полное собрание сочинений в 30 т. Т. 12. Л.: Наука., 1975. С. 239.

⑤ 国内有学者谈及这个问题，参见陈训明：《〈群魔〉反恐怖主义意义和它不该被删的一章》，载于《贵州社会科学》，2003年第6期，第81—85页。

间内成为作家人生阅历中的一个污点，以至于1957年，列斯科夫刚刚被苏联官方重新接纳的时候，德鲁戈夫（Б. М. Другов）在他那本《Н. С. 列斯科夫：创作札记》就抓住这个问题对作家进行批判，认为列斯科夫彻底投靠到卡特科夫的反动阵营里去了，"小说《结仇》完全是根据卡特科夫的药方来创作的一部作品。"[①]这个论断有其历史局限性，但不是没有道理。因为彼时的列斯科夫的确与卡特科夫来往甚密，尤其是在对待虚无主义的问题上，两人更是找到了共鸣。列斯科夫在《俄国导报》上先后发表了《结仇》《大堂神父》等重要作品。

随着列斯科夫思想的发展，对虚无主义认识的加深，他与日益倾向官方的卡特科夫之间也出现了诸多矛盾。尤其是《俄国导报》的编辑对列斯科夫著作的随意改动，以及该刊物对政治争论的过分热衷，都使得列斯科夫这位历来倾向于中立的作家难以忍受。用他的话说："在这个杂志里，纯文学的兴趣被贬低了，消灭了，杂志越来越习惯于为与文学毫无共同之处的东西服务。"[②]两人到最后闹得不欢而散，积怨甚深。[③] 在卡特科夫去世次日，作家撰写了《论卡特科夫之死》（1887）的文章，分别从教育改革、外交等方面简短评价了卡特科夫的生平。同时作家又指出：卡特科夫的时代一去不复返了："谁要是根据我们这几行简略的文字清楚地推断出卡特科夫的这些才能使俄国付出了并仍将付出多少代价的话，那么他大概还会想，德良诺夫安静地坐在亚美尼亚教堂门前的台阶上，没为难自己跑一趟莫斯科参加卡特科夫的葬礼，他就算是有眼光了。"[④]不过，列斯科夫在晚年多次承认过卡特科夫对他的影响。1891年12月23日，他跟普罗托波波夫说"卡特科夫对我有巨大的影响"；稍晚的1892年3月19日，又说"我曾长期处于卡特科夫的影响之下。"[⑤]

---

① *Другов Б. М.* Н. С. Лесков: очерки творчества. Москва.: 1957. С. 46.

② *Н. С. Лесков.* Собрание сочинений. В. 11. т. Т. 10. М. -Л.: 1958. С. 433.

③ 有关列斯科夫对卡特科夫的不满与批评，参见 *Соколов Н.* И. Неизвестная статья Н. Лескова о М. Каткове// Русская литература. 1960. №3. С. 161—165. 作者在这里指出："在列斯科夫与卡特科夫刊物的合作中，现实主义文学家和持有公开反动观点的、粗鲁的专制者之间的冲突自一开始便不可避免。这种冲突最终不能不以决裂而告终。"

④ *М. Н. Катков.* Собрание сочинений: В 6 т. Т. 6. Pro et Contra. С. 264. 德良诺夫（И. Д. Делянов，1818—1897）是当时国民教育部长，曾亲临莫斯科参加卡特科夫葬礼。列斯科夫这句话的意思是一向持保守立场的德良诺夫缺乏远见，看不到卡特科夫不会再对俄国起作用了。

⑤ *М. Н. Катков* Собрание сочинений: В 6 т. Т. 6. Pro et Contra. С. 755.

因此,无论作家随后怎样强调他与卡特科夫的分歧[①],这种影响始终是存在的。无论这种影响以何种形式表现出来,都充分体现了卡特科夫文学批评观对作家创作的重大意义。

事实上,如果单纯从文学批评的角度去审视卡特科夫的观点,我们会发现他并无多少值得称道的地方,简单说来无非就是审美派和功利主义文学的折中。这种折中在当时的俄国文坛并不少见,比如陀思妥耶夫斯基等人宣扬的根基派批评,虽然具体倾向不同,但从艺术的角度来说,都是强调文学内容与形式的结合,不能过于偏重某一方。那么,我们今天谈卡特科夫的文学批评观,意义何在呢?上文我们已分别列举了卡特科夫谈普希金和屠格涅夫的文章进行分析,这实际上是对他批评观点的一个大致介绍。对于今天研究者来说,卡特科夫更有意义的地方在于:在虚无主义思潮开始横扫俄国文坛,《怎么办?》之类的作品大行其道之时,他如何利用《俄国导报》这个阵地来宣扬他这种文学观。选择哪个作家,创作什么样的作品,给予什么样的待遇,作品发表之后如何为之宣传,所有这些都是卡特科夫文学批评观的具体实践。并且,正是由于他这种实践的有效性,导致了十九世纪俄国文学一个非常有意思的现象,即上文所说的批评的激进化与创作的保守化。果戈理到屠格涅夫、陀思妥耶夫斯基等等,别林斯基、车尔尼雪夫斯基、杜勃罗留波夫等人挖掘、培养了许多新作家,不过这些人在成名之后绝大多数跟别车杜所在的《现代人》杂志脱离了关系,没有按照批评家们所指定的写作路线发展下去,这一方面固然是作家自己的才能摆在那里,能独立判断自己的写作风格和趋势;另一方面也证明了激进化的批评不得人心,至少在大多数文学家那里没有唤起共鸣。与此相对立的,恰恰是卡特科夫及其《俄国导报》,细数一下在这上面发表的作品,大多数十九世纪俄国文学名著都是在这里"出生"的。这足以证明卡特科夫文学批评策略的成功,他团结了大多数作家,有意识地在俄国文坛营造了一种反虚无主义的氛围,以创作来对抗批评,从而进一步弘扬他的文学理念。

卡特科夫本人并未写过一篇反虚无主义小说,但他是这一小说类型的

---

① 比如列斯科夫在说完"卡特科夫对我有巨大的影响"后,马上又说了以下话作为补充:"但他也是第一个在出版《衰落的事业》时对瓦斯卡鲍伊尼科夫(Н. Н. Воскобойников,1838—1882)说:'我们错了——这个人不是自己人。'我们分手了(在对贵族的看法上)…… 决裂很客气,但很坚定、彻底,然后他那时又说:'没什么可惜的——这个人完全不是自己人。'他是对的。"*Н. С. Лесков.* Собрание сочинений. В. 11. т. Т. 11. М. – Л.: 1958. С. 509.

"教父"。以卢那察尔斯基为主编的《文学大百科全书》(1929—1939)对卡特科夫的介绍虽过于简短,其最后一句话很值得注意:"卡特科夫在俄国政论史上留下了显著的印迹,因为他能够把一切贵族地主反动势力的黑暗力量团结到自己周围。"[①]著名马克思主义历史学家波克罗夫斯基(M. H. Покровский,1868—1932)也指出:"《莫斯科新闻》的编辑兼出版人卡特科夫特别出色。他是当时刚刚发迹的第一个俄国黑帮政论家。在1863年他甚至能把爱国主义和自由主义结合起来,因而特别吸引了当时的读者……"[②]笔者以为,这两处虽然谈的都是政论,但同样适用于反虚无主义小说方面,这是对卡特科夫反虚无主义核心地位的确认。可以说,没有卡特科夫,没有他的《俄国导报》,反虚无主义小说不可能得以连续出版,更不可能以如此统一的思想,形成如此大的规模,产生如此大的影响。恰恰在卡特科夫保守主义思想的指导下,十九世纪的俄罗斯文学才出现了一个以他为代表的反虚无主义文学圈子。这个圈子,由于苏联意识形态的原因,长期以来被文学史家埋没于历史之中,这个圈子里的许多作家的部分作品被故意淡化(如陀思妥耶夫斯基的《群魔》),或干脆不予以再版(如皮谢姆斯基的《浑浊的海》)。至于身为始作俑者的卡特科夫,更是被一笔抹杀。这对今天的文学史研究来说,实在是需要加以关注的。

---

① *Тагер Е.* Катков // Литературная энциклопедия: В 11 т. 1929—1939. Т. 5. М.: Издательство Ком. Акад., 1931. С. 162.

② [俄]波克罗夫斯基:《俄国历史概要》上,贝璋衡译,北京:商务印书馆,1994年,第180页。

第四章

皮谢姆斯基及其反虚无主义小说

俄国批评家安宁斯基(Л. А. Аннинский,1934—)在《三个异端》中将А. Ф. 皮谢姆斯基列为"被击垮者",与"受打击者"梅列尼科夫—彼切尔斯基(Мельников-Печерский,1818—1883)和"击不垮者"的列斯科夫并列。作者一开头就这样说到皮谢姆斯基:"被击垮了,威信扫地,束之高阁,他就这样掉入俄国古典文学的二流作家行列,至今靠了那些好心的文学史家才免遭彻底遗忘。"[①]批评家的这番话当然有点夸张,因为皮谢姆斯基后半生还是有许多作品面世,如《40年代人》(1869)、《共济会会员们》(1880—1881),如并未像他说的那样"被击垮了。"

不过打击显然源于那部《浑浊的海》(Взбаламученное море, 1863)。这本发表于1863年的小说,如果不算之前格里戈洛维奇(Д. В. Григорович,1822—1899)的中篇《好客学校》(Школа гостеприимства,1855)的话,应该属于俄国文学史上第一部反虚无主义小说。[②] 正应了这"第一"之名,皮鞋姆斯基的命运在俄国小说史上才有如此大的转折。虽然皮谢姆斯基的创作生涯长达30多年,但真正创作的高峰期却并不久。按照美国学者查尔斯·莫瑟的看法,这个高峰期不过5年多一点,即从1858年初到1863年。[③] 1858年,他的成名作《一千个农奴》(Тысяча душ)面世,一时好评如潮;第二年,剧本《苦命》(Горькая судьбина)又获得极大成功,作家因此剧获得了俄罗斯科学院颁发的一等乌瓦洛夫奖金,开始跻身于俄国一流作家之列。1860年,《阅读

---

① *Аннинский Л. А.* Три еретика: Повести о Писемском, Мельникове-Печерском, Лескове. Москва.: Издательство «Книга», 1988. С. 14.

② 就体裁而言,前者是 рассказ,后者则是 роман。

③ Charles A. Moser *Pisemsky: A Provincial Realist*. Havard university press. 1969. Preface. Ⅵ.

文库》的主编 A. 德鲁日宁因病辞职，皮谢姆斯基成为杂志的实际负责人，掌握了话语权。继 1853 年波戈金给他推出第一套文集之后，1861 年，斯特洛夫斯基（Ф. Т. Стелловский，1826—1875）又给他出版了 3 卷集。这是对他以往创作成就的一个回顾性总结。皮萨列夫一连写了 3 篇文章来分析皮谢姆斯基的写作特色，将其与冈察洛夫、屠格涅夫并列，言词之中大有贬低两人称颂皮谢姆斯基之意。这应该是作家整个创作生涯中最辉煌的时刻。根据作家彼·包包雷金（П. Д. Боборыкин，1836—1921）的回忆："他成了全彼得堡的财富，显得很活跃，杂志编辑巴结他，人们经常在上流社会的沙龙里看见他，知道他擅长朗诵，甚至是个业余演员。"[①]然而，好景不长，继尼基塔·别兹雷洛夫小品文事件之后，《浑浊的海》又引得进步势力口诛笔伐，作家本人被进步知识界视为论敌。进步知识界的批判，加上家庭生活的不幸（作家两个儿子一个暴死，一个身患绝症），作家本人性格比较忠厚，不像列斯科夫那样锲而不舍，还专门写文章为自己的《无处可走》辩护。在多方面因素影响下，皮谢姆斯基最终逐渐淡出文坛，虽仍有作品发表，但影响却不复从前。

然而，作家为什么要写这样一本小说？小说到底讲述了什么？它的"浑浊"或者说"反动性"到底体现在哪里？遗憾的是，对于这些问题，学术界历来议论纷纷却又如雾里看花终隔一层。议论纷纷是因为该书的重要性，不但在当时影响很大，而且直接影响到作家此后的创作生涯；雾里看花则是因为该书并不容易看到。迄今为止，皮谢姆斯基著作最完整的当属 1895—1896 年间由圣彼得堡沃尔夫出版社（Вольф）出版的 24 卷本全集，其中第 9、10 卷为《浑浊的海》。但在整个苏联时期，该书却被打入另册，即使是在规模超过沙俄时期的 9 卷本《皮谢姆斯基文集》[②]中，依然不见《浑浊的海》之身影。时至今日，俄罗斯仍然没有正式再版过这部书，这不能不说是皮谢姆斯基研究中的一大遗憾。[③] 在这种情况下，许多研究者（尤其是苏联时期）对这部小说多数道听途说，人云亦云地发表一些大而化之的观点。比如，有评论家认为："然

① 转引自蒋路：《俄国文史采微》，北京：东方出版社，2003 年，第 464－465 页。

② 该版本虽为 9 卷，未收入《浑浊的海》及小品文，但资料翔实并附有相应注释及研究材料。可参见 *Писемский А. Ф.* Полное собрание сочинений в 9 т. Москва.：Правда，1959。沙俄时期的 24 卷本虽然篇幅浩大，但考虑到版式设计，其实内容并不多。此外，苏联科学院在 1936 年推出了皮谢姆斯基的书信集，厚达 900 多页，这是苏联时期皮谢姆斯基研究的一大贡献。

③ 2011 年俄罗斯出版了《浑浊的海》一书，但该书属于按顾客需要单独印刷，不作市场发行。内容也仅仅是之前文本的复制，没有序言，也没有注释，对于学术研究而言几乎没有意义。见 *Писемский А. Ф.* Взбаламученное море. Москва.：《Книга по Требованию》，2011.

而皮鞋姆斯基对社会缺乏明确的世界观，在60年代解放运动高潮时期他竟和民主阵营进行公开论战，他那部轰动一时的'反虚无主义的'长篇小说《浑浊的海》(1863年)的矛头就是针对民主阵营的。明显地反对资本主义是皮鞋姆斯基作品的一大特色。"[1]联系到小说主要情节来说，这显然是失之偏颇了。

一、《浑浊的海》：内容与思想

根据现有的资料，皮谢姆斯基最早想到写这部小说是在1851年。他当时在给出版人克拉耶夫斯基(А. А. Краевский，1810—1889)的信里提到一部自传体小说的构思："我给你寄去一些篇章，整部作品还不敢写。我打算把一个普通人的生平作为情节：从他的出生写起，关注一个人的逐步发展。生活环境决定了他是最普通不过的人……然后仔细观察他少年的风度、沉痛的教训，逐渐的冷漠，在此过程中，他回首往事，写下札记。"[2]由于1855年新沙皇的登基，俄国进入改革前的骚动期，整体社会形势变化较大，作家忙于观察社会，这个回顾性的作品构思就暂时搁置起来。进入19世纪60年代后，文学界派别林立，各种论战层出不穷，作家又想到这个构思，打算从一个普通人的一生入手，仔细揭示俄国社会从40年代到60年代的转变。所以小说其实包含两个层面：个人的成长和社会的变迁。苏联的研究者普斯特沃伊特(П. Г. Пустовойт)指出："皮谢姆斯基创作了一幅改革前期和后期不同阶级和不同地位者的生活全景。以此为背景，小说的最后一部分，作家以公然否定的笔调描写了俄国革命运动。"[3]这种强调社会变迁与个人命运的结合，非常明显地体现在《浑浊的海》里。1862年的11月1日，作家在信里提道："我现在在写一部大部头小说，比《一千个农奴》还要大。听过它的人都赞扬它，它涵盖我们罗斯母亲的一切。总而言之，这是部严肃的作品。"[4]

小说的标题《浑浊的海》也有独特的含义。皮谢姆斯基在小说最后对此进行了解释："在我们作品的开端，从我们周围传来的谈话声、喧闹声、咔嚓声及明显的预感都告诉了我们：这不是风暴，只是涟漪和气泡，部分来自外

① [俄]苏科院历史所列宁格勒分所编：《俄国文化史纲(从远古至1917年)》，张开等译，北京：商务印书馆，1994年，第421页。

② *Писемский А. Ф.* Письма М. -Л. : Издательство АН СССР, 1936. С. 42.

③ *Пустовойт П. Г.* А. Ф. Писемский в истории русского романа. Москва. : 1969. С. 151—152.

④ *Писемский А. Ф.* Письма. С. 151.

界,部分来自水面下的各种沉渣。事件已再好不过地证实了我们的期待。”①如果说俄国社会是大海的话,那么在作家看来,随着改革的到来社会各种思潮涌动,出现一些浑浊也在所难免。

小说的主人公是一对情侣:亚历山大·巴克拉诺夫和索菲亚·巴萨金娜。前者是一个典型的四十年代人,也是文学史上的多余人;后者则是一位个性独立的新女性,有《一千个农奴》中女主人公纳斯塔西娅的影子。他们两人是小说的核心,虽然整个小说结构并非丝丝入扣,但其中的各类人物基本上与他们两人有关联。小说覆盖的时间段是1843年新年至1862年春彼得堡大火的那一天,重点通过亚历山大自懵懂少年到心如死灰的中年人这样一段人生经历,确切地说,六十年代的虚无主义者如何取代亚历山大他们这批四十年代人的过程。这中间,除了主人公自身的成长成熟之外,作家还加入了大量的社会现象描写及议论,尤其是对农奴制改革前后的农村状况对比,更是浓墨重彩地进行了描述。这可能也为上述评论家提出的皮谢姆斯基“明显的反对资本主义”这一论断提供了基础,尽管作者的根本用意并不在此。

小说共6部分,每部分20多节,1895年全集版中分两卷出版。大致内容如下:亚历山大和索菲亚在年少时期有过一段短暂的恋情,但因为索菲亚母亲的干涉及索菲亚自己的放弃而告终。索菲亚嫁给了一个富商,尽管她内心仍然爱着亚历山大。亚历山大回彼得堡大学继续学业,他不是那种特别刻苦,坚定勇敢的人,所以虽然在读书期间也曾勇敢地反抗过权威,但最终一事无成地回到老家,在亲戚的帮助下谋了一个法院的小差事。与此同时,索菲亚成了寡妇,又被当地的一个酒类专卖商加尔金包养,过着花天酒地的生活。亚历山大一开始与之重温旧梦,但知道她被包养的实情后断然离她而去。亚历山大在法院里试图秉公办事,不惜与省长发生冲突,最终被停职,不过由此也赢得了他在小城里的好名声。到这里基本上就是小说的前三部分,不难看出,故事讲到这里,无非是对多余人故事的重写,并无多少新意,更谈不上对虚无主义的反驳,因为所谓的“虚无主义”都还没出现。这三部的意义,正如作者自己承认的:“开头三部分描写最近我国的假革命是在什么基础上红火起来的。这一切是多么渺小,不合民情,甚至可笑,我都写得很详实。”②

---

① *Писемский А. Ф.* Полное собрание сочинений в 24 т. Издание товарищества М. О. Вольфъ. 1895. Т. 10. С. 288.

② 转引自蒋路:《俄国文史采微》,第469页。

真正引起文坛轩然大波的是小说的下半部分，其中又以第5、6两部分为最。这部分内容的论战倾向明显加强，作家不但详细描写了农奴制改革的情况，抨击当时社会上年轻人的不学无术，甚至还以主人公朋友的身份亲自出现在小说中，发表诸多见解。故事接着讲亚历山大邂逅了贵族少女叶甫普拉科西娅（Евпраксия Сабакеева）并与之结婚。然而婚后生活令人乏味，此时已是农奴制改革之际，亚历山大辞去了法院差事，想去做股票投资，却不幸损失惨重。虽有妻子百般劝解，但苦闷之下的他已厌倦这种外省的家庭生活，最后又与索菲亚走到一起，并私奔至彼得堡。在彼得堡，亚历山大由大学同学那里结识了一帮年轻人，即所谓虚无主义者。但小说在这里没有直接描写其聚会场面，只是通过亚历山大的批评之词，从侧面做了一点揭示。

因为农奴制改革带来的经济上损失，亚历山大与索菲亚必须回各自庄园处理相关问题。期间他们还遭遇了一次农民的聚众抗议。两人情感出现危机，索菲亚赴国外旅游散心，亚历山大相伴相随。接着就是一路上的游记了：从德累斯顿看名画到巴登巴登玩轮盘赌，再荡舟日内瓦湖，接着到巴黎购物，但两人矛盾逐渐激化，最终因为索菲亚的移情别恋而告终。亚历山大彷徨之际，写信给妻子请求宽恕。夫妻二人去伦敦之后回国，路上因夹带革命传单而差点被捕，到彼得堡正遇上5月16日的大火灾。[①] 半年之后，亚历山大无所事事；叶甫普拉科西娅到莫斯科成为虔诚的宗教徒；索菲亚在法国某小城虚度时光；另一位女虚无主义者叶连娜则在监狱里。作者在小说最后借书中人物之口哀叹："要知道这些都是我们俄国的力量，非常好的力量！"[②]作者还进一步追问："所有这些我们的力量，如此之多，我们到处都能感觉到，经由我们人物的手互相传递，但做了什么？所有这一切还没安定下来，还在四处游荡！"[③]

据笔者所收集到的研究材料，学界对《浑浊的海》多半从思想性角度入手，采取一分为二甚至为三的方法：即强调某些部分的好，继而批判其他部分的不足。如米尔斯基就指出："这部小说的前三部尚能维持作者的最佳水准，其叙述快捷有力……小说的后三部大为逊色。这是对年轻一代不公正的

---

① 彼得堡的这场大火足足烧毁了两千家商店和货仓，时有流言说是波兰人和虚无主义者纵火，甚至有年轻人到伦敦直接质问赫尔岑是否是幕后黑手。这场大火对文学界的影响也很大，它使得屠格涅夫笔下的"虚无主义者"一词广为流传；列斯科夫也因对这场火灾不合时宜的表态影响了创作生涯。

② *Писемский А. Ф.* Полное собрание сочинений в 24 т. Т. 10. С. 287.

③ Там же.

粗鲁嘲讽，作者本人的怨恨严重扭曲了这类嘲讽。”[①]米尔斯基这话主要着眼于小说的思想性，因为小说前三部分基本上围绕多余人的爱情展开，描写固然好，但也谈不上“最佳水准”。只不过跟后三部激烈地批判革命民主运动相比，前三部算比较温和，也更能为读者所接受些。

从文学性的角度而言，《浑浊的海》算不上一流的俄国文学古典。小说的前三部和后三部不仅在基调上明显不同，而且在一些关键情节及重要人物的命运上也有交代不清的地方。比如，小说中谈得很多的是一个发生在外省小城K的谋财害命案件，作者围绕这个案件写了大量篇章：又是亚历山大急于揭开黑幕；又是维克多等人以此想讹诈钱财，等等，但到最后此事居然不了了之。第五部分里作者本人的亲自出现，使得小说的叙事变得亦真亦幻，并且之后作者又马上消失，再也没出现。再比如虚无主义者维克多在K城已被官方逮捕并要流放西伯利亚，到第6部的时候突然出现摇身一变为俄罗斯侨民的革命核心人物。这中间的来龙去脉，作家并没有说明白。女虚无主义者叶连娜，直到第6部分的第13节（总共21节）才出现，在两节中高谈阔论一番后再次失踪，直到最后一节才又被再度提起。

二、观察者—虚无主义者—反虚无主义者

“父与子”在十九世纪的俄国文学中不单是一部作品的名字，更是一个文学主题，一种社会现象。1861年俄国农奴制改革之后，在政治、经济方面开始了马列史观认为的“俄国现代化进程”，而在文化和思想上则开始了由平民知识分子独领风骚的时代，即所谓的“六十年代人”取代了“四十年代人”。对于这两者在思想史上的意义，方家如以赛亚·伯林等已多有论述。与此同时，文学作为那个时代“社会诸阶级和集团的意识形态——感情、意见、企图和希望——之形象化的表现”[②]，对社会思想中的这一重大转型也作了独到的艺术反映。应该说，《浑浊的海》也是其中代表作之一，正如作者在小说结尾写的：“让未来的历史学家仔细放心阅读我们这篇故事：我们向他展示了一幅虽不完整却忠实可信的当代风习图，即使没有反映出整个俄罗斯，至少也仔细地搜集了它所有的谎言。”[③]“谎言”是什么？谎言就是子辈的虚无主义

① ［俄］德·斯·米尔斯基：《俄国文学史》（上卷），刘文飞译，北京：人民出版社，2013年，第275页。

② ［俄］高尔基：《俄国文学史》，缪灵珠译，上海：上海译文出版社，1979年，第1页。

③ *Писемский А. Ф.* Полное собрание сочинений в 24 т. Т. 10. С. 288.

思想,作者在这里做了淋漓尽致的描绘。"子辈"是指索菲亚的弟弟维克多、贵族少女叶连娜等等。反对这些人的"父辈"则是指亚历山大及其大学同学瓦列金等人。

跟同时代的多余人不同,亚历山大既无罗亭的口才,亦无坚定意志和善良禀性,他甚至比不上皮谢姆斯基之前《一千个农奴》中的卡利诺维奇。卡利诺维奇至少还有自己的理想,并为之投身官场,努力地与恶势力做了一次斗争,虽败犹荣。亚历山大是个观察者,而非行动者。这个人物在小说里最大的作用,就是通过他的眼睛观察俄国社会二十年间的变化。亚历山大是一个非常普通的人,他年轻时有过美好的初恋,但也不排除跟房东太太女儿的暧昧;他也羡慕同学的事业有成,但自己却不知所措;他也有过年轻人的正义感,但事到临头也就不了了之了。他只是随着时代的潮流而不断改变自己。他似乎不知道自己需要做什么,也不知道自己将来怎样,他所寻找的只是"舒适"的生活。在小说中,他最有亮色的一处地方就是为了案件的审理与省长当面吵架,并说:"我为社会,而非个人服务。"[①]这句话虽然给他带来了官场生涯的挫折,但在社会上却赢得了一片掌声,最终为他赢得了爱情。"一周后,几乎全城都知道我所描绘的场面,年轻人很快被褒奖为英雄:在俄国,只要骂长官,就会有人爱。"[②]但在此之后,亚历山大的人生也就泯然众人矣。此外,在他身上也折射出四十年代人的某些不足:比如自私,过于自我中心,懦弱等等。比如他明明已有妻子,却借醉酒侮辱了深爱他的房东女儿卡琪拉,导致后者郁郁而终;他即使在恳请妻子原谅的时候都不忘为自己的错误找借口,埋怨妻子对他不闻不问才导致他的出轨。这些恶劣的品性都和四十年代的贵族知识分子所处的地位,优越的个人中心主义密切相关。

对于主人公的这些性格缺陷,作家在创作之初就做过解释:即自己写的是"普通人的生平";作家在小说第四部分中又再次对此进行了强调。在巴克拉诺夫抛家弃子与情人索菲亚私奔至彼得堡之后,作者暂停了叙事,特地为主人公做了辩护:"读者可能会认为我的主人公是个空虚卑鄙的人,但我很荣幸地回答:我的主人公首先他不是英雄,只是我们所谓有教养阶层中最普通的人之一。他成长顺利,学习也不笨,托了人情找到工作,工作时正直又闲散,娶了个富家女,完全不懂得处理事务,梦想最多的是如何嬉戏度日,更开

① *Писемский А. Ф.* Полное собрание сочинений в 24 т. Т. 9. С. 283.

② Там же. 286.

心地打发时间。他是一批人的代表,他们在1855年之前沉溺于意大利歌剧的喜悦中并将之视为人生在世的最高追求,此后又怀着中学生般的热情和信仰悄悄地阅读‘钟声’。我觉得这些先生们的心灵内部没什么自己的东西,但外表上通过合乎您的心意使自己老练起来——这是他们最重要的能力。”[①]尽管有上述性格上的问题,但亚历山大及其同伴在思想上却是作者的代言人。亚历山大不止一次地批判过六十年代人的轻浮、冒进,再三声称要与他们做斗争。他说到彼得堡的大学生时就说“这里的学生什么也不做,什么也不学,我们在我们那个时代也一事无成,但起码我们意识到并为此羞愧,而他们却以此为荣。……我必须竭尽所能地反对这个团体。”[②]小说中作者自称是亚历山大的好朋友,虽有虚拟成分在内,但也可略知其思想倾向的一致。因此,亚历山大的话其实也就是作者本人面对现实的心声。

虽然从整部小说来说,真正赋予虚无主义者的篇幅实在不算多,但既然被称作“反虚无主义小说”,那里面总免不了几个有代表性的反面人物,或者说虚无主义者的代表。索菲亚的弟弟维克多·巴萨金应该是其中之一。他和一名波兰女子伊罗季亚达(Иродиада)在外省兴风作浪,到处写匿名信,敲诈勒索,引起了许多波折。到后来又千方百计利用年轻人的热情偷运传单回国,导致他们纷纷被捕,自己却躲在国外逍遥自在。

总体来说,作者对他的描写是相当负面的:维克多从小做事不讲原则,做什么事都谈不上为了正义事业,他首先考虑的是钱,为此不惜去敲诈、欺骗,乃至偷窃。他的臭名昭著使得他的姑妈和姐姐都讨厌他。甚至在他被警察逮捕抄家的时候,搜出来的违禁物品中不但有赫尔岑的《钟声》杂志,也有十二月党人的禁诗,更有许多女性的裸体画,作者对所谓“革命者”的揶揄之意,由此可见。但就是这样一个声名狼藉的人,居然能在国外俄罗斯侨民中间呼风唤雨,俨然以领袖自居,“他明显地傲慢起来,并不知为何有点神秘。”[③]但是,这样的一个重要人物,他对于革命或所谓的共同事业到底有什么高见呢?在某次聚会上,亚历山大谈及法庭改革的问题,维克多和另外一个年轻人加尔金(商人加尔金之子)不时反驳,说:“你只谈一个单独形式问题,其他成千上万的旧事物不解决,有什么用呢?”他们认为“必须改变一切,消灭阶级,让

---

① *Писемский А. Ф.* Полное собрание сочинений в 24 т. Т. 10. С. 93.

② Там же. С. 107.

③ Там же. С. 244.

土地完全自由化，让大家各取所需；消灭婚姻和家庭。”维克多甚至说：“土地、阶级都是小事，主要是不能把钱留在那些骗子－富人的手里。”[①]当被问及凭什么可以剥夺别人的私有财产时，维克多说“拿起斧子，就可以了。”[②]这种观点当然是比较肤浅的，至多停留在巴枯宁无政府主义的层面。从整篇小说来看，维克多的所作所为顶多算是刑事犯罪，还达不到政治犯罪的层面。这应该是属于屠格涅夫《父与子》中西尼特科夫一类的庸俗的虚无主义者，是被包括皮谢姆斯基在内的许多作家大肆描绘又大加批判的典型。

小说中同样塑造了两个真正的虚无主义者：亚历山大的内弟瓦列良及其未婚妻叶连娜。他们两者虽然出场晚，所占篇幅也不多，但小说一再借人物之口说他们两人是好人，是聪明人。这其中特别值得一说的是叶连娜这个富有个性的女孩。

叶连娜一出场的形象就很另类：“穿着裹紧的黑色上衣，留着短发带着男式帽子”[③]，说话粗鲁，典型的女虚无主义者模样。亚历山大惊讶于她的不修边幅，袖子和领口都非常脏，按妻子叶甫普拉科西娅的解释是“本身衣服不好，但也想表示对这些不屑一顾，忙于研究科学和政治。”[④]在接下来的交谈中，叶连娜的言论更集中体现了1860年代俄国激进青年们的想法：对于她母亲爱上省长的问题，叶连娜就认为这种婚姻不值得拥有，必须毁灭。对于自己与瓦列良的定亲，她认为那只是一种个人需要，因为最后她总得结婚。如果她不爱丈夫了，那就再去爱别人；如果丈夫不爱她了，那就友好分手。当然，如果为了伟大的事业，那所有这一切都可以抛弃。这种放肆的言论令亚历山大惊叹不已，无言以对。小说在最后部分还特地提到了叶连娜的日记内容。其一是不信上帝，所以小时候父母送她去教堂，她就极为鄙视自己；其二，她有一次在路上遇到某一大学生，问对方家里是否有沙发和枕头，然后就跟对方回家上床了。虽然作者随后马上指出，说这不是道德上的沉沦，“所有这些都是为了证明自己服务于某种时髦的思想。”[⑤]这一细节应该是作品备受争议的地方之一，作者对虚无主义者的攻击和丑化由此可略见一斑。

不过皮谢姆斯基并非纯粹为了攻击而攻击，他在小说里也对一些虚无主

---

① *Писемский А. Ф.* Полное собрание сочинений в 24 т. Т. 10. С. 246.

② Там же. С. 247.

③ Там же. С. 251.

④ Там же. С. 253.

⑤ Там же. С. 283.

义者流露出一丝好感。虽然叶连娜性格粗鲁，但叶甫普拉科西娅还是把她称为“非常聪明非常善良的姑娘”[①]。此外，还有她的未婚夫瓦列良，刚从彼得堡大学毕业不久，对社会和生活充满热情。他之成为虚无主义者，一则是因为爱情的力量；二来也是出于对唤醒民众，推动俄国进步的责任感。惟其如此，他在回国的轮船上，尽管知道身带传单回国可能会有牢狱之灾，但面对姐姐的恳求却毫不让步，说：“我不信上帝，但我相信我所作的都是一个诚实的人该做的。”[②]作家在结尾处也再三感慨，像叶连娜、瓦列良这样的青年被关在狱中，既是个人人生的不幸，也是俄国力量的损失。

《浑浊的海》中唯一作为正面人物出现的，应该是亚历山大的妻子叶甫普拉科西娅（Евпраксия Сабакеева）。她是作家以自己妻子为原型塑造的人物。作家妻子叶·巴·斯维妮娜（Екатерина Павловна Свиньина，1829—1891）生于文学世家，其父虽非文坛一流人物，却创办了极为著名的《祖国纪事》，在十九世纪40年代颇有知名度；其母亲出身于俄国文坛著名的迈科夫家族，与大诗人迈科夫（А. Н. Майков，1821—1897）都是亲戚。可以说，皮谢姆斯基在文坛的成功，离不开妻子及其家族的帮助。对于斯维妮娜，他们的友人曾有如下回忆：“聪明、文雅、温和的她来自书香门第，滋润着丈夫的才华，为他的文学兴趣而活，她最怕成为丈夫文学道路上的阻碍。在悲伤时刻，她藏匿她的悲伤，不把自己的心灵展示给亲友，只是在祈祷找那个获得解脱——她是一位非常虔诚的女子。”[③]正是作家妻子这种虔诚和含蓄的性格，在叶甫普拉科西娅身上得到了充分的体现。

两人初见时，叶甫普拉科西娅的冷静为她赢得了“小石头”（Ледешок）的称号，她母亲也说过：“女儿都想去修道院，解救你们这些西化的人。”[④]巴克拉诺夫与她认识不久去划船，遇到风暴，男主人公心慌意乱，倒是叶甫普拉科西娅以其镇定指挥他划船，顺利脱险，从而也奠定了巴克拉诺夫对她的爱慕之情。但两人婚后的生活并不愉快。亚历山大的活跃与叶甫普拉科西娅的沉稳格格不入。但叶甫普拉科西娅以俄罗斯女性特有的宽厚对丈夫的各种行为百般容忍，任劳任怨地操持家庭，照顾家人。在接到丈夫来自巴黎的求

---

① *Писемский А. Ф.* Полное собрание сочинений в 24 т. Т. 10. С. 253.

② Там же. С. 272.

③ *Е. И. Ардов（Апрелева）*，У Алексея Феофилактовича Писемского. Русские Ведомости，№. 97（Апреля 10，1905）

④ *Писемский А. Ф.* Полное собрание сочинений в 24 т. Т. 9. С. 303.

助信后,她依然为了孩子不顾流言来找他。只不过按照她的说法:“我是来找孩子的父亲,而不是找丈夫。”[①]家庭的圆满在她来说是第一位的,即使没有了爱情,也必须要维持家庭的存在,这是对俄国的下一代负责。她这种行为跟叶连娜的“爱情至上论”完全相反,由此也可见作者是以家庭的完整和教育的完善来反对虚无主义的那一套理论。在小说结尾,叶甫普拉科西娅严格培养自己孩子的宗教观念,以至于瓦列金说:“有您这样的好母亲,好妻子的国家暂时是不会毁灭的。”[②]叶甫普拉科西娅最后选择了迁居莫斯科——俄国的古老都城[③],终日与修道士为伴。这在作家看来,虽然不是最好的选择,却是在虚无主义浪潮席卷全社会时一种相对可靠的选择。

三、“海面惊涛”:接受及影响

令皮谢姆斯基深感意外的是,《浑浊的海》一面世,批判乃至辱骂的声音占了绝大多数。即使有极少数几篇语气相对客气,但基本观点也是不赞成他对虚无主义者的攻击,认为他过于片面了。作家自己可能没有意识到,之所以出现这种对他的大规模批判,跟他近年来积极参与的文学论战密不可分。[④]

1860 年,皮谢姆斯基成为《阅读文库》的负责人,开始从事小品文、政论方面的写作。或许是之前的人生过于顺利,作家似乎没有意识到给他带来荣耀的文坛同样会给他带来麻烦。在历经了跟进步文学界差不多一年的磕磕碰碰之后,1861 年 12 月《阅读文库》上出现的文章《讽刺小品文的老马尼基塔·别兹雷洛夫》(Старая фельетонная кляча Никита Безрылов)最终成为皮谢姆斯基命运转折的导火索。该文集中批评了三个公众问题:儿童问题、妇女解放和主日学校。他在文章里说:“我要欢呼,亲爱的孩子们,你们生活在一个对你们这个年纪的人来说快乐的年代。你们听说了吗,主日学校对各

---

① *Писемский А. Ф.* Полное собрание сочинений в 24 т. Т. 10. С. 253.

② Там же. С. 286.

③ 莫斯科在俄国文化中代表着传统,这一象征观点已得到学界的公认。美国学者马歇尔·伯曼曾对此有过归纳:“彼得堡代表着所有贯穿在俄罗斯人生活中的国外的世界性力量;莫斯科则昭示着所有本土积淀下来的,各种独有的俄罗斯民粹的传统。彼得堡象征着启蒙,莫斯科则意味着反启蒙;彼得堡遭到污染,种族混居交杂,莫斯科则是纯粹的血种和纯净的土壤;彼得堡表征着世俗的世界(或者也许是无神论),莫斯科则意味着天国的神圣;彼得堡是俄罗斯的头脑,莫斯科为它的心脏。”[美]马歇尔·伯曼:《一切坚固的东西都烟消云散了——现代性体验》,徐大建等译,北京:商务印书馆,2003 年,第 225—226 页。

④ 对于作家参与文学论战一事,美国学者莫瑟在他那本《皮谢姆斯基:一位外省作家》(哈佛大学出版社,1969)的传记中有过相关介绍,本书从中获益颇多。

种懵懂儿童……. 都称呼'您'……这些愚蠢的生物不懂得礼貌甚至最怕礼貌,这有什么关系呢?他们跟着穿皮衣的地主或团里的下级军官学习要比跟着我们最现代的年轻人学习要好得多;所有这些小矛盾说明不了什么;只是发掘了伟大的人道主义法则。"[1]作家在这里公开抨击了当时社会上流行的公益性学校,讽刺了那些无辜的孩童,这大大刺激了社会进步人士,引起了众怒。作家还玩笑式地说到妇女解放的问题,说考虑到人性问题,女性应该在丈夫之外再拥有两个男子,一个爱她的,一个她爱的,前者应该是她丈夫的下属,后者则该是她丈夫的上司。接着,作家又口无遮拦地提及巴纳耶夫、巴纳耶娃和涅克拉索夫的三角恋问题,这让平时就已愤愤不平的读者怒火难耐,认为皮谢姆斯基完全是站在保守派的立场上蓄意攻击进步思想界的精神领袖。很快,反击的文章出现了,作者是《星火》(Искра)杂志的叶利塞耶夫。文章写得极刻薄:"这个尼基塔·别兹雷洛夫属于妇女生下的一分子还是偶然出现在人类社会?他是否有人的内心?他还有人类的思想吗?他有过任何人类情感的困扰吗?"这相当于公开唾骂皮谢姆斯基属于非人类一族了。不过接下来的话更有分量:"现在每个人都知道一个不真正服务于社会事业的天才不值得尊敬;而一个以自己能力去破坏这个事业的天才则值得绝对的鄙视。"[2]

1862 年 1 月,皮谢姆斯基马上刊出了他的回复文章,不但承认他就是尼基塔·别兹雷洛夫,而且满怀自信地宣称几个心怀嫉妒者的诽谤文字毁不了他的好名声,还轻松地说"要为那些被我们杂志赶出去的小品文作家举办一个文学晚会以便提高文学中的思想水平。"[3]不仅如此,作家还希望征集文学界同行的签名,表示抗议《星火》杂志的人身攻击,结果弄巧成拙。他认为会支持他的《现代人》杂志编辑部,居然公开声明反对皮谢姆斯基,这令他声名大受影响。《星火》杂志的编辑库罗奇金还要找他决斗,把他吓得只得借出国旅游来暂避风头。在出国期间,皮谢姆斯基还特地到伦敦拜见赫尔岑,送上自己的文集以示尊敬,同时想倾诉一下自己被年轻一代所批判的委屈。因为在他看来,他们同为四十年代人,对于六十年代人的那种狂妄无知应该有同

---

① Charles A. Moser *Pisemsky*: *A Provincial Realist*. P. 115.

② Ibid. P. 116.

③ Ibid. P. 117.

样的感受。[①] 殊不知赫尔岑对这个声名不佳的文人根本看不上，言辞之中颇为冷淡，甚至把皮谢姆斯基参与论战的文章称为“思想和倾向上最讨厌的东西”，并说跟他进行了“极不愉快的解释。”[②]这等遭遇，自然令皮谢姆斯基大失所望，仓促归国。《浑浊的海》一书即是在这种心境下写成，自然充满了对虚无主义者的嬉笑怒骂。论战所产生的愤怒，面见赫尔岑之后的失望，通通被写入了小说中，使得小说最终成为一部激烈攻击虚无主义的代表作。比如说到当代大学生和某些学术导师时，小说里说：“年轻的大学生来找老师既不思考，在大学里无所事事，而后就成批地作为副博士毕业了。这算什么？完全是娃娃家的游戏！”现状如此，谁之过呢？“不谈教学，我们教研室有人爱作惊人之语，这对扩大其知名度或许有好处，但于听者何益？”[③]学生不好好学，老师不好好教。皮谢姆斯基在这里几乎是两路出击，批判矛头直指父辈与子辈。由此，此书的出版显然勾起了激进阵营对作家的新仇旧恨，大肆的批判也自然在所难免了。

跟屠格涅夫的《父与子》一样，《浑浊的海》所受的批判同样来自“父辈”和“子辈”两个方面：前者是以赫尔岑、Ап. 格里戈里耶夫等四十年代人，后者则是扎伊采夫、安东诺维奇等六十年代人。小说的主人公亚历山大作为一个四十年代人，暴露出很多缺点：如自私好色懦弱等等，基本上跟罗亭这样的多余人相差甚远，甚至都比不过冈察洛夫笔下的奥勃洛摩夫。这样当然就引起了四十年代人的不满。Ап. 格里戈里耶夫一向对文坛论战兴趣不大，此次居然也在《锚》(Якорь)上批评皮谢姆斯基说：“反动一般而言都是盲目的，但几乎没有哪一种反动像这位天才作者表现出的那么盲目。”[④]再者，因为小说里的维克多自己躲在国外，利用年轻人的热情让他们夹带传单回国，结果导致其被捕入狱。皮谢姆斯基在这里明显讽刺赫尔岑动口不动手，让无知青年回去冒险，自己在外安做精神领袖。这当然引起了赫尔岑的不满。1863 年 12 月号的《钟声》杂志上出现了一篇篇幅不大的剧作，其中用“领导”和“下属”各指代赫尔岑、奥加廖夫与皮谢姆斯基。在这个场景中，“领导”在不断地看

---

① 赫尔岑对六十年代人确实有相当不好的印象，详请参见［俄］赫尔岑：《往事与随想》(下)，项星耀译，北京：人民文学出版社，1993 年，第 373 – 386 页。另外，《钟声》因热衷暴露国内贪污腐败问题，忽视了对社会制度的批判而遭到《现代人》批评，此事令赫尔岑大为不满。

② *Герцен А. И.* Собрание сочинении в 30 т. Том 27. Москва. : 1954. С. 235、241.

③ *Писемский А. Ф.* Полное собрание сочинений в 24 т. Т. 10. С. 254.

④ Charles A. Moser *Pisemsky*: *A Provincial Realist*. P. 128.

海，暗指新出版的《浑浊的海》。此外，赫尔岑大段引用了皮谢姆斯基给他的书信，讲到他西欧之行的目标之一就是拜见赫尔岑。文中说："我请您收下我的最新版的著作，以表示我对您真诚……真诚的敬意。"结果呢，"我们的主人公打开包装，看到订着羊皮包着金丝的书，没有读它。"[①]这等于是在俄国公众面前狠狠地羞辱了皮谢姆斯基，也算是赫尔岑的一次反击。[②] 谢德林在《彼得堡剧院》(1863)剧评中批判了《浑浊的海》中对《星火》杂志的恶意攻击，并指出了皮谢姆斯基创作的缺陷："在他身上令人吃惊的首先是观点的非凡狭隘性，思想的极端不善于概括和引人注目的智力发育不足。"[③]文章本来是高度评价皮谢姆斯基的《苦命》一剧，因为《浑浊的海》这部作品的面世，身为进步人士的谢德林也只能对皮谢姆斯基略加批判。

皮萨列夫由于前两年刚刚写过三篇关于皮谢姆斯基的文章，对其大加赞扬。如今作家思想转变，皮萨列夫倒也不好多说什么。因此《俄罗斯言论》杂志除了叶利塞耶夫写了一篇《浑浊的小说家》之外，倒也没有什么过于激烈的言词。安东诺维奇在《现代人》杂志上说："哪怕是瞎子都看得出，《父与子》和《浑浊的海》是源自同根，方法各异的孪生兄弟，它们的倾向是一样的。""再明显不过的是皮谢姆斯基先生的小说坏就坏在他准确地照抄了屠格涅夫先生的小说。"[④]因为安东诺维奇在《父与子》面世时曾予以极力批判，所以他的这篇评论并非以皮谢姆斯基为主要攻击对象，而是如此一带，笔锋又转向了屠格涅夫。

不过也有极少数人对小说持肯定态度。诗人谢尔宾纳(Н. Ф. Щербина，1821—1869)在给卡特科夫的信里谈到了自己对这部书的印象："我昨晚在一文学晚会上听到了皮谢姆斯基的新作，发现就我听到的那些篇章从我们的政治自觉来看，在艺术上和社会上都是有益的，尤其是在我们的幼稚时期，到处是糊涂的学生、军官、夸夸其谈者，虚无主义等及诸如此类。"[⑤]谢尔宾纳原是赫尔岑的好友，后来因波兰事件翻脸成仇。皮谢姆斯基反对赫尔岑及虚无

---

① Колокол：газета А. И. Герцена и Н. П. Огарёва. Выпуск Ⅵ. Москва.：1963. С. 1443.

② 皮谢姆斯基随后又写了一组杂文，名为《俄国的骗子》，批评了各种吹牛撒谎的人，其中自然包括赫尔岑。

③ *Салтыков-Щедрин М. Е.* Собрание сочинении в 20 т. Т. 5. Москва.：1966. С. 184.

④ *Антонович М. А.* Современные романы (《Взбаламученное море》. Роман в 6 частях А. Ф. Писемского. 《Призраки《. Фантазия Ив. Тургенева. 《Эпоха》. 1864. №. 1-2)//Современник. 1864. №. 4. С. 202. 209.

⑤ Литературное наследство. Ф. М. Достоевскии. Новые материалы и исследования. Т. 86. Москва.：Наука，1973. С. 462.

主义,正对他的胃口,所以他要跟发表这部作品的卡特科夫交流心得,希望邀请作家参与《俄国导报》的工作,加强文学界反虚无主义力量。但可惜的是这种评价是私人间的,对作家本人来说没有多大的安慰。因此对于激进派的这种攻击乃至谩骂,皮谢姆斯基无力也不愿多作回应。相反,从国外回来之后,1863年3、4月份,他接受卡特科夫的邀请,参加《俄国导报》的编撰工作(这自然又证实了激进批评家对他"反动性"的攻击),并定居莫斯科直至去世。

随着时间的流逝,作家对虚无主义的态度也有所变化。在1871年的《在漩涡中》这部小说里,最具代表性的叶连娜·日格林斯卡娅虽然在很多地方继承了《浑浊的海》中那个叶连娜的特点,被称为"彻头彻尾的虚无主义者"[①]。比如她谈到父母之爱的时候,就强调"我不承担任何义务让这个老太太特别省心些!"[②],父母亲情被弃之一旁。这种观点并不新鲜,早在《浑浊的海》中就表达过了。但从根本上说,叶连娜不再是一个盲目崇拜新思想的否定性形象。作者赋予了她对婚姻和人生的一些思考,强调了她的理想以及这种理想在当时环境下呈现出的悲剧性。小说没有像《浑浊的海》那样敌我界限分明,而是极力展现出人物的多重性格,揭示虚无主义者心灵美好的一面,这在一定程度上也能说明作家对虚无主义者看法的日益客观及全面。

车尔尼雪夫斯基曾评价皮谢姆斯基的作品:"…….但是我们却觉得,在皮谢姆斯基君的才能中,最突出的特征就是缺乏抒情性。他很少热情地谈到什么事情,在他的笔下对那种激越的感情总是经常采取平静的,也就是平铺直叙的语调。"[③]批评家在这里要求的,其实是作家对现实的激烈批判,而不仅仅是某种真实的写照。但作家却偏偏讨厌这种文学中的功利主义和派性要求。1871年4月,在给列斯科夫的信里,他倾吐了对当前小说创作的不满和焦虑:"我自己已是垂暮之年,可能很快会彻底告别文坛,但我不由自主地为那些年轻作家们感到心痛:对他们来说哪里有鼓励和教育的流派使之得到发展和成长呢?如果你不是自己人,那就到处读到整版的辱骂;或者你是自己人的话,就读到偏心的赞扬。然而小说似乎越发成为时代的艺术统计学和历史最亲密的助手。那些狂妄的批评家们抢着对小说家们喊道:'你无权说出

---

① [俄]皮谢姆斯基:《在漩涡中》,陈淑贤等译,北京:外国文学出版社,1987年,第165页。

② 同上书,第258页。

③ [俄]车尔尼雪夫斯基:《庇雪姆斯基的〈农民生活风习速写〉》,载于[俄]车尔尼雪夫斯基:《车尔尼雪夫斯基论文学》,下卷(二),辛未艾译,上海:上海译文出版社,1983年,第78-79页。"庇雪姆斯基"今译为"皮谢姆斯基"。

真相，为了不妨碍我们伟大的倾向，只需说谎再说谎。'幸运的是，他们所挑选的那些希望说谎的人极为贫乏又不善言辞：有了谎言是既不会有幽默，也不会有诗歌的！"[①]事实正如作家所说的，俄国文学中作家与批评家的对立到了十九世纪后半期越发严重。即使是身为激进批评家的尼·谢尔古诺夫也不得不承认："在40年代，我们只有一个（斜体为原文所有——引者注）别林斯基及整整一代的小说家；如今却相反，同时有几位著名的批评家和政论家，但几乎没有一个小说家。"[②]别林斯基论果戈理，杜勃罗留波夫论屠格涅夫，最终结局都以分道扬镳而告终。原因无非在于批评家较多地从现实和功利角度审视文学，急于以文学之力改变现实；文学家则往往坚守文学本位，并不局限于如实描绘进而批判、改变现实。两者之间的这一认识差异构成了一种矛盾，最终成为激进派文学创作衰微的原因之一。

1878年，作家在致友人的书信中总结了自己一生的创作："时间是很有意义的：它改变世间的一切，当然也会在作家的创作上打上变化的印记。我初始时揭露过愚昧、偏见、无知；嘲讽过幼稚的浪漫主义和无聊的空话；为反对农奴制度斗争过；痛斥过官场的种种舞弊行为；描述过我们虚无主义的花朵，它现在播下的花种正在结果；最后我终于开始了同可能是人类最强大的敌人搏斗——这个敌人便是追名逐利和拜金主义……"[③]从中不难看出，作者创作历程之复杂多变，反虚无主义则是这个历程中不可或缺的一环，不研究这个环节，我们就无法理解作家生平的大起大落，思想倾向的转变。再者，在1980—1983年的四卷本俄国文学史中，Л. М. 洛特曼曾简略地提到："皮谢姆斯基的小说《浑浊的海》快速写于他与赫尔岑会见之后，成为了反虚无主义小说的起源。《浑浊的海》有别于后来反虚无主义小说的地方在于它缺乏严格的艺术结构和固定的主题。皮谢姆斯基只是探索了攻击性小说的形式。"[④]虽然《浑浊的海》在艺术上存在诸多不足，但它毕竟是一个开端，体现了对虚无主义的批判，展示了作家敏锐的观察力。何况作家在小说里描写的虚无主义，后来不仅在俄国开花结果，也在世界其他国家和地区传播开来。从这点上看，再读皮谢姆斯基及其《浑浊的海》，或许也能加深我们今天对虚无主义的认识。

---

① *Писемский А. Ф.* Письма. С. 244 – 245.

② *Шелгунов Н. В.* Литературная критика. Ленинград. : Художественная литература. 1974. С. 264

③ ［俄］皮谢姆斯基：《在漩涡中》，第630 – 631页。

④ История русской литературы в 4 т. Ленинград. : Наука, 1982. Т. 3. С. 229.

第五章

列斯科夫及其反虚无主义小说

一、列斯科夫的前世今生

在十九世纪的俄罗斯文学中，列斯科夫（Н. С. Лесков，1831—1895）无疑是个颇有争议的对象。他曾被千夫所指，以俄罗斯之大，居然找不到其立足之地。十九世纪的激进派批评家Д·皮萨列夫曾公开责问说："其一，除了《俄国导报》，你还能在俄罗斯找到一家杂志敢于出自斯捷布尼茨基（这是列斯科夫的笔名——引者注）之手并署名的大作吗？其二，还能在俄罗斯找到一个无视自己声誉，敢于同意在用斯捷布尼茨基作品装点自己的刊物上工作的诚实作家吗？"[①]皮萨列夫这话虽有一定道理，但并不合实际，因为除了《俄国导报》之外，这段时期作家仍在《祖国纪事》《俄罗斯世界》《交易所消息》等报刊上上发表了《好斗的人》（1866）、《神秘的人》（1870）、《着魔的流浪汉》（1873）等一系列作品。这恰恰说明了，尽管遭到部分报刊的抵制，列斯科夫仍然是俄罗斯人所喜爱的作家。1890—1910年间是列斯科夫的回归时期[②]，俄国思想家利哈乔夫（Д. С. Лихачев，1906—1999）说："列斯科夫是十九世纪末和二十世纪初头25年里中级知识分子最爱阅读的作家。在中级知识分子和外省的圈子里，人们读他的书多于托尔斯泰、屠格涅夫和陀思妥耶夫斯基。"[③]这种极端的对立当然可以找到合理的解释。比如，从时间的角度来看，

---

① *Д. И. Писарев.* Сочинения в 4 т. Москва.: Государственное издательство художественной литературы. 1956. Т. 3. С. 262—263.

② 有关这个问题，可参见 *Котельников В.* Между ареной и пантеоном: Н. С. Лесков в критике 1890—1910-х годов. //Н. С. Лесков: классик в неклассическом освещении. // под ред. *Фетисенко О. Л.* С-Петербург.: 2011.

③ ［俄］德·谢·利哈乔夫：《解读俄罗斯》，吴晓都等译，北京：北京大学出版社，2003年，第310页。

皮萨列夫和列斯科夫基本上算是同时代人，而利哈乔夫重点谈的是作家身后的声望，所谓“迟到的荣誉”。事实上这在文学史上并不少见，比如司汤达。

那么，如果我们在此基础上再追问一句：何以列斯科夫被同时代人抛弃，又何以为后代人所接受呢？对此，国内外研究者已做出了部分解释：有的关注作家文体①，有的着眼于作家的民族性②，进而聚焦于他与民间文学的关系，认为：“就研究列斯科夫的创作而言，‘民间文学’是一个关键词语。民间文学就是一种民族性的体现，列斯科夫的伟大之处就在于他捕捉到了为当时的作家所忽略的俄罗斯民族的民族性，他对民族性的刻画让他跻身一流作家的行列。”③这种理解当然有其合理成分在内，不过民族性因素固然迎合了十九世纪末二十世纪初俄罗斯人的心理，使得如《左撇子》一类作品大受欢迎。那么如何解释他在世时的被冷落呢？难道十九世纪六十年代俄罗斯人就不需要民族性了吗？1855年的克里米亚战争刚刚过去不久，俄国人对战败的耻辱记忆犹新。列斯科夫在此后所写的一系列小说都包含了民族性的因素在内，甚至有着强烈的民族主义情绪，但到十九世纪末期之前，他在文坛的声誉依然并不见好。所以在这里用民族性来解释列斯科夫十九世纪六十年代后的没落，似乎还不能完全令人满意。问题正如陀思妥耶夫斯基指出的：“在我国文学中这个斯捷布尼茨基有着令人惊奇的遭遇。可不是吗，斯捷布尼茨基这种现象值得批判地分析、更认真地分析。”④作为和列斯科夫有着相同遭遇的作家，陀思妥耶夫斯基此言可谓一针见血，值得我们在此基础上进一步探讨。

笔者以为：列斯科夫现象与作家生平中两部最重要的反虚无主义小说有关。翻阅大量材料可以得知：很多研究者对列斯科夫与反虚无主义的问题予以了回避，原因无外乎或认为反虚无主义是作家创作生涯中不光彩的一页，不便多提；或认为反虚无主义小说在作家创作中所占比重不大，且属年少之

---

① [德]本雅明：《讲故事的人》，见阿伦特编：《启迪：本雅明文选》，北京：生活·读书·新知三联书店，2008年，第95—118页。

② 前者如苏联学者戈列洛夫的著作《尼·谢·列斯科夫与民族文化》(*Горелов А. А.* Н. С. Лесков и народная культура. Ленинград.：1988.)；后者如上海师范大学2005届杨玉波博士论文《列斯科夫小说文体研究》(未刊稿)，上海外国语大学2007届汪隽博士论文《列斯科夫的创作与民间文学》(未刊稿)。

③ 汪隽：《列斯科夫的创作与民间文学》(上海外国语大学，2007届博士论文，未刊稿)，第5页。

④ 陈燊主编：《费·陀思妥耶夫斯基全集》，第22卷，石家庄：河北教育出版社，2010年，第803页。

作，不值一提。仅以1964年苏联科学院出版的两卷本《俄国小说史》为例。在涉及列斯科夫这一章时，素以研究列斯科夫而著称的斯托里亚罗娃（И. В. Столярова）强调了作家对纪实小说（роман-хроника）的重大贡献后进一步指出："然而，列斯科夫在走向对俄国小说而言如此成绩斐然的纪实体裁道路上远非一帆风顺。在作家创作中诞生新体裁之前，作家有过这样一个时期：逐渐掌握小说本身形式，避免冒险小说，尤其是反虚无主义小说的传统陈词滥调的影响。列斯科夫曾以小说形式在创作初期曾发表过类似作品。"[①]在这里，作家的"反虚无主义时期"不但没有得到详尽的研究，反而作为作家生涯中需要被克服的阶段一笔带过。

其实，对于列斯科夫与反虚无主义的问题，倒是十月革命前的评论家们看得比较清楚一点。事实上，十九、二十世纪之交正是列斯科夫名誉恢复的时刻，他的作品得以一再出版，关于他的回忆录、研究专著也出了不少。虽然随着战争和革命的爆发，这种正名过程很快被终止，相关研究著述也一直到苏联解体后才得以解封，但毕竟留下了一批珍贵的列斯科夫研究材料。1902年，俄国著名的马克斯出版社（Издание А. Ф. Маркса）推出36卷本的《列斯科夫全集》（仅以篇幅而论，这应该是迄今为止最全的作品集了），作家、批评家谢缅特科夫斯基（Р. И. Сементковский，1846—1918）在序言中提出："不禁要问，为何优秀作家如列斯科夫者，会遭受如此命运？"作者认为关键问题在于："俄国文学批评迄今未把*理解*（斜体为原文所有——引者注）我们的作者作为目标。衡量他的标准只是某些批评家个人观点及喜好，因为根据我们接着要说的原因，列斯科夫并不适合这一标准，所以对他的评价既不可能公正，也不能令人信服。迄今为止，对列斯科夫作出评价的并非是俄国文学批评，而是这样那样的党派。我们试图构建其思想面貌，不应以各种党派代表的声音，而是要以对其作品的分析为指导。"[②]谢缅特科夫斯基此人今天已属默默无闻，但他对列斯科夫命运提出的思考却直到今天仍值得我们思考。

20多年后，他的这种观点在高尔基那里得到了回应。1923年，高尔基为戈尔热宾出版社（Издание З. Гржебина）3卷本列斯科夫选集作序，其中便指出："列斯科夫在每个阶层、每个团体都塑造了义人形象，但没人喜欢，大家满怀疑虑冷眼旁观。保守派、自由派、激进派——大家一致认为他在政治上

① История русского рамана. В 2 т. М-Л.：Наука，1964. Т. 2. С. 416.

② Полное собрание сочинений Н. С. Лескова. С. -Петербург.：1902. Т. 1. С. 7.

是不可靠的。这一事实也证明：真正的自由存在于党派之外。”[①]到了 30 年代，批评家柯岗（П. С. Коган，1872—1932）对作家这种非党派倾向提出了自己的解释：“他的时代把人分为激进派与反动派；他则将其分为有道德的人与无道德的人，他的时代没有宗教，是个崇拜自然科学的时代。他则是宗教思想的表达者。”[②]几乎是同时，身居海外的著名侨民哲学家、文化学者伊利因（В. Н. Ильин，1891—1974）曾谈及列斯科夫创作之命运，指出“列斯科夫的创作有两个根源：其一是我们的东正教教会文化及其伪经影响；其二是新文学的所谓现实主义传统。将这两大传统融合，克服了其自彼得大帝时代以来的分歧——这便是列斯科夫的巨大功勋。”[③]如果结合《无路可走》和《结仇》来看，列斯科夫的宗教思想恰恰是他用以反对小说中虚无主义的强有力武器。列斯科夫作为一个有着东正教信仰的作家，他“怀着坚定不移的希望将目光投向了宗教之路。”[④]

当然，列斯科夫的宗教思想，又是一个需要另外专门论述的问题。但在苏联时期，宗教是麻醉人民的鸦片，作为“宗教思想的表达者”的列斯科夫，其地位自然也不会好到哪里去。所以在斯大林时期，除了高尔基、Б. М. 艾亨鲍姆、Л. П. 格罗斯曼等少数人写有文章外，列斯科夫几乎默默无闻，甚至连 1931 年作家诞辰 100 周年都没出现什么像样的文章。1954 年，作家之子 А. Н. 列斯科夫在几经周折之后，终于出版了两卷本的传记《尼古拉・列斯科夫生平：根据其个人、家庭及非家庭的记录与回忆》。该书为读者展示一个深刻、复杂生动的作家形象，使列斯科夫不再单独以“反虚无主义小说家”的面貌示人。这在当时那种“解冻”的大背景下，无疑预示着作家身后命运的某种转折。1957 年，德鲁戈夫有《Н. С. 列斯科夫：创作札记》面世，为列斯科夫研究开了一个好头。尽管如此，主流文学界对于列斯科夫的承认仍然是有保留的，著名列斯科夫专家维杜艾茨卡娅（И. П. Видуэцкая）在 2000 年的一份科普资料里说：“他的作品长期被置于中学和大学的文学教学大纲之外，被有

---

① *М. Горький* Собрание сочинений в 30 т. Москва. : Государственное издательство художественной литературы. 1956. Т. 24. С. 234.

② *Коган П. С.* Н. С. Лесков. Хрктеристика // Лесков Н. С. Избранные произведения. Москва. : Л. 1934. С. 9.

③ *Ильин В. Н.* Эссе о русской культуре. С. -Петербург. : «АКРОПОЛЬ». 1997. С. 74.

④ *Горелов А. А.* Н. С. Лесков и народная литература. Ленинград. : 1988. С. 221.

意地挤出俄国文学进程。"①

在苏联解体后,列斯科夫的研究进入一个新的高峰。有论者统计,"自1996年以后到2006年,俄罗斯杂志发表的有关列斯科夫的评论文章共500篇左右,除了前人涉及的问题以外,曾经不被关注的作品,如《无路可走》(Некуда),结仇(На Ножах)等也成为研究的新对象。"②事实上,《无路可走》和《结仇》等反虚无主义作品的存在,恰恰是造成列斯科夫研究在整个苏联时期始终处于不冷不热状态的原因。当前学术界开始着手研究这些作品,恰恰表明了学术界的去政治化,可谓当前列斯科夫研究的新方向。

作家的反虚无主义造成了其人生重大转折,既使之长期处于二三流作家之列,又在文学摆脱政治约束后被公众接受。这个问题事实上是列斯科夫研究中不能回避也不该回避的关键。不谈反虚无主义,就无法明白作家后来为何走向民间,寻找义人这样的举动。因此可以断定,列斯科夫与俄国反虚无主义小说有着千丝万缕的关系。正像美国学者查尔斯·莫瑟所说:"在1860至1870年代初,在列斯科夫的通信及作品里常能看到他对虚无主义的反响及提及,这本身说明了他对那时反激进文学的密切关注,并在很大程度上的赞同。激进主义的问题一直是列斯科夫思想中的重要方面。"③事实上,也正因为列斯科夫对虚无主义的嘲讽和攻击,才使得他从一个颇有前途的作家堕落成一个千夫所指的文坛公敌。列斯科夫公认的两部代表性反虚无主义小说是《无路可走》(1864),《结仇》(1870—1871),这期间自然还有如《麝牛》(Овцебык)、《不幸者》(Обойденные)(1865)其他的一些作品,但总体来说其影响和水准都不超过以上两部。米尔斯基在论及列斯科夫的两部反虚无主义小说时认为:"这两部'政治'小说并非列斯科夫之杰作,列斯科夫当今的巨大声誉并非来自其'政治'小说,而是源自其短篇小说。但正是这两部长篇使列斯科夫成为一切激进派文学之噩梦,亦使那些最有影响的批评家难以对他作出公正评价。"④

与那些自幼爱好文学,甚至受过高等教育的作家不同,列斯科夫属于半路出家的作家。他26岁的时候还在给亲戚打工,四处做生意。他曾说:"我

---

① *Видуэцкая И. П.* Николай. Семенович. Лесков . М. : Издательство Московского Университета, 2000. С. 3.

② 汪隽:《列斯科夫的创作与民间文学》(上海外国语大学2007届博士论文,未刊稿),第3页。

③ Charles A. Moser. *Antinihilism in the Russian novel of the* 1860's. Mouton & Co. the Hague, 1964. P. 66.

④ [俄]德·斯·米尔斯基:《俄国文学史》(下卷),刘文飞译,北京:人民出版社,2013年,第29页。

大胆地，或许可以说胆大包天地想，我了解俄国人的最隐秘之处，而我一点也不把这当做什么功绩。我不是靠和彼得堡的马车夫谈话来了解人民的，我是在人民当中长大的……夜里，我与他们同睡在有露水的草地上，同盖一件厚厚的羊皮袄……因此，不管是把人民放在高跷上，还是踩在脚底下，我认为都是可耻的。”[①]换而言之，列斯科夫跟屠格涅夫、谢德林等那些作家不同，他是非科班出身的作家，属于俄罗斯文学的“编外人士”。他的知识积累来自生活本身，而非各种书本。这个因素决定了作家在看待俄国社会问题的时候，能摆脱某些理论的预设，从俄国实际出发得出自己的结论。这是作家“无派别性”的一个主要成因，也是他被称之为“俄国作家中最俄国化的一位”[②]的原因。

1861 年，正是作家的而立之年。他终于有勇气抛开生意，跑到彼得堡去从事自己喜爱的文学活动。在那里的沙龙里，他因积极参与《北方蜜蜂》的改革活动，发表了大量时政文章讨论社会问题，如《论工人阶级》(1860)、《俄国妇女与解放》(1861)等等，还与政论家叶利塞耶夫(Г. З. Елисеев，1821—1891)、平民作家斯列普佐夫(В. А. Слепцов，1836—1878)、批评家谢尔古诺夫等人来往密切。难怪当时彼得堡警察局一份名为《论文学家和平民知识分子》的报告里将他的名字与其他著名进步人士并列：“叶利塞耶夫、斯列普佐夫、列斯科夫。极端社会主义者。同情一切反政府行为。各种形式的虚无主义。”[③]然而好景不长，第二年夏天彼得堡发生火灾，风传纵火犯就是那些具有革命倾向的大学生。卡特科夫主持的《俄国导报》副刊《现代记事》(Современная Летопись)发表文章说：“民众应该把自己悲剧的主要原因归咎于谁呢？痛苦而又沉重，但又不能掩盖——是归咎于各类学校的年轻人。已发生的悲剧与之前的宣言通告有着割不断的联系——所有这些可恶的谬种都是社会安宁之敌随意播洒在民众之中的。为了科学的荣誉，为了年轻一代所担负的此种希望，我们实在不愿相信民众的怀疑。但万一其中是真的呢？万一实际上这批年轻人被无政府主义鼓动家和毁灭一切那种致命的呐

---

① ［俄］彼得罗夫：《尼·谢·列斯科夫》，莫斯科：工人出版社，1954 年，第 461 页。转引自曹靖华主编：《俄苏文学史》第 1 卷，郑州：河南教育出版社，1992 年，第 425—426 页。

② ［俄］德·斯·米尔斯基：《俄国文学史》(下卷)，第 37 页。

③ Щукинский сборник. Москва. : 1906. Т. V. 1906. С. 509. См. под ред. *Аношкиной В. Н.* - История русской литературы XIX века (70—90-е годы). Москва. : Издательство Московского Университета. 2001. С. 173.

喊所吸引,直接或间接地参与了这次事件呢?哦,他们为自己准备了多么可怕的命运啊!”①

此文写得似是而非,看似为了学生好,但言语之中又不乏影射,显然有挑拨生事之意,一经发表便引起大多数人的不满。初涉文坛的列斯科夫不知深浅,马上在《北方蜜蜂》上发表文章以作回应,言词凿凿地要求警方找到证据证明大学生纵火一事,如果找不到证明,就该迅速还其清白。“民众中已有一种人似乎被指为纵火犯,社会对这种人的仇恨与日俱增。对这类事关纵火与纵火犯的传言无动于衷是危险的,他们人数不多并据民众传言进行了纵火。我们不敢断言民众的这种怀疑有多少依据,担心纵火与最近号召推翻我们一切社会公民基础的可恶言论有联系有多么恰当。……宣读这样的判断——是件多么可怕的事情,口不能言,恐惧占据心灵。”②列斯科夫本意或许是想说明大学生纵火是无稽之谈,希望借用官方的力量来还大学生清白。但他在这里的说法跟上述《现代记事》如出一辙,怎不令读者大为恼火?不久之后,政府出台了一系列措施对进步势力进行了打击:《现代人》和《俄国言论》被勒令停刊8个月;旨在提高民众文化水平的星期日学校被下令查封;车尔尼雪夫斯基、皮萨列夫等一批激进思想代表人物被逮捕。在这种背景下,群情激昂的俄国读者都未必有耐心看完整篇文章,便将列斯科夫的文章与随后的官方举措联系到了一起,认为列斯科夫的文章即使不是公开出卖进步势力,也是在为官方镇压进步人士推波助澜。在这种情况下,列斯科夫的名字便与叛徒、官方爪牙等联系在一起。年轻一代怒气冲天,甚至有人跑到《北方蜜蜂》编辑部要把列斯科夫痛揍一顿。

此情此景对一个初涉文坛的年轻人来说自然非同小可,列斯科夫对此倍感冤屈,直到晚年还向法列索夫(Фаресов А. И,1852—1928)叫屈:“读了我的文章,您就会发现我是在为学生抱不平,而不是指控他们。我说过要让清白的人毫发无损,并抨击官方冷漠对待有关年轻一代的可怕流言……我可能在对《青年俄罗斯》的观点上有错,但我不是被雇佣的诽谤者和监视者。”③不

---

① Современная Летопись. 1862. №23. С. 17. См. *Видуэцкая И. П.* Николай. Семенович. Лесков . С. 6—7.

② Северная Пчела. 1862. №143. 30 мая. См. *Фаресов А. И.* Против течений: Н. С. Лесков . его жизнь, сочинения, полемика и воспоминания о нём. С – Петербург. : 1904. С. 31、32.

③ *Фаресов А. И.* Против течений: Н. С. Лесков . его жизнь, сочинения, полемика и воспоминания о нём. С. 34、36.

过在当时那种激烈的政治环境中，伴随着《青年俄罗斯》的传单满天飞，偌大俄罗斯，有谁能冷静地阅读并体会列斯科夫的这番用心呢？有评论家认为由此列斯科夫开始了他对革命事业的反对，即反虚无主义的历程。

列斯科夫愤而远走布拉格，继而前往巴黎。作家后来回忆当时的心情说："这种仇恨的疯狂——不是它的力量，恰恰是疯狂——令人无法忍受。至少对我来说如此。它从道德上和生理上毁了我，我决定丢下政论，离开俄罗斯稍作休息，再也不要听到这种不可遏制的疯狂叫嚷。"[①]两年之后，他携《无路可走》一书而归，发表于1864年1月份的《阅读文库》，招来了更大的骂名。他被看作是最恶毒的反动分子，因为他的小说不只是对新人、新思想的攻击，更是通过赤裸裸的影射向沙皇政府赤裸裸的告密。甚至有人怀疑《无路可走》是沙皇特务机关第三厅在背后策划的小说，列斯科夫只是一个雇佣写手。对于这种诽谤，作家曾多次加以辩驳："我的反对者们写了很多，至今还准备重复说这部小说是第三厅授命所为……实际上书报检察官们从未以如此之忘我精神去压制如《无路可走》一样的小说……我六神无主，甚至诅咒起萌生写这部不幸小说的时刻。"[②]然而，误解并未随着作家的辩白而停止，整个七八十年代，伴随着列斯科夫的都是骂名。很多年轻读者即使未读过他的作品，但也因为《无路可走》而拒绝接受他。作家后来跟儿子说："我一连几年都被剥夺了工作的可能性。"[③]作家的种种委屈，在友人、革命者法列索夫《反潮流：列斯科夫生平、作品、争论及回忆》(1904)一书里，得到了淋漓尽致的展现。[④]

二、《无路可走》：虚无主义者的困境

《无路可走》虽然被千夫所指，但颇为有趣的是：它在十九世纪俄国社会中却极为流行。根据作者后来的回忆：小说首版三个月之内售罄，二版售价高达8—10卢布。[⑤] 仅作家在世时，小说就重印了5版：1866、1867、1879、

① Н. С. Лесков: классик в неклассическом освещении. С. 222—223.

② Шестидесятые годы. Материалы по истории литературы и общественному движению, изд. АН СССР, М.-Л.: 1940. С. 354.

③ *Андрей Лесков* Жизнь Николая Лескова. Т. 1, Москва.: Художественная Литература. 1984. С. 252.

④ *Фаресов А. И.* Против течений: Н. С. Лесков. его жизнь, сочинения, полемика и воспоминания о нем. 1904.

⑤ *Лесков Н. С.* О романе «Некуда». См. *Лесков Н. С.* Полное собрание сочинений в 30 т. Москва.: ТЕРРА-TERRA. 1996 - 2007. Т. 4. С. 687.

1887、1889，可见该书的畅销程度。从另一面说，正是小说的广泛流传，才使作家生前为进步批评界所排斥，弄得差点“无路可走”，去世后也长期不能进入经典作家的行列。

那么，《无路可走》到底说的是什么，才让作家真的到了无路可走的地步呢？小说根据故事发生的地点分为三部：即外省、莫斯科和彼得堡。外省的故事大致延续着屠格涅夫小说的模式：两位十七八岁的姑娘丽扎维塔（Лизавета Григорьевна Бахарева，小名丽莎）和叶甫盖尼娅（Евгения Петровна Гловацкая，小名任尼）从学院毕业一起回家，路上经过修道院拜访了修道院院长、丽莎的姑姑阿格尼娅嬷嬷。丽莎与姑姑为了妇女在家庭的地位和作用问题还争辩了一场。回到梅列沃村，又见到了丽莎的父母、姐妹等，还有县里的医生罗扎诺夫（Розанов），法学副博士波马丹（Юстин Помада）。任尼在家里办晚会，经常有许多志同道合者来参加，他们一起讨论公民的崇高志向等社会问题，逐渐形成一个小团体。与此同时，丽莎却对无聊乏味的梅列沃村倍感失望，希望逃离家庭。任尼给她找了许多书，让她看。丽莎看书太多太乱，周围的人都觉得她不是生活在世界上，而是生活在自己的小天地里，与世隔绝。罗扎诺夫家庭不幸，倍感颓废，丽莎鼓励他去莫斯科发展。至于罗扎诺夫所担心的家庭，丽莎则说：“婚姻是可怕的事情！”[①]小说的第一部分最后以罗扎诺夫相约赴莫斯科而告终。

接下来两部分情节大体有两方面：一是主人公罗扎诺夫医生被人冤枉为叛徒，出卖革命小团体；其次是有人建立了乌托邦式的公社，小说里叫做“和谐屋”（Дом Согласии）。这两个情节都来自于现实生活，跟作家本人有密切关系。莫斯科的激进小团体在聚会时被警察搜查，并逮捕了一些人。真正的告密者是一个犹太人。罗扎诺夫因为牵连此事受到某将军的暗中提醒，说警方已关注他们的集会小团体。因此他趁大家睡着的时候将所有印刷品全部烧毁，将制版的模本也悉数带走。这些举动，联系到他平时在团体里对那些革命言论的质疑，使得他马上成为众人怀疑的对象，大家认为他不是去告密，至少也是胆怯逃跑了。事实证明，罗扎诺夫的果断行为最终保护了大家，使得他们安全度过了警察突然的搜捕。两年半之后，小团体成员之一的贝洛雅尔采夫（Белоярцев）在彼得堡附近建立了一个公社式的机构，第三部分重点讲述几位主人公的家庭生活，即在公社里的生活。来自彼得堡的社会主义者

---

① *Лесков Н. С.* Полное собрание сочинений в 30 т. Т. 4. С. 189.

克拉辛在公社里宣扬理性标准,大肆吹嘘“生理义务高于道德义务”[1]。罗扎诺夫因为自己与妻子悬而未决的婚姻而被人戏称为“渐进分子”和“理想主义者”,丽莎为此还与罗扎诺夫发生了争执。贝洛雅尔采夫在公社里发号施令,但却无所事事,坐吃山空。拉伊内对和谐屋大失所望,离开彼得堡,前去波兰参加反抗俄国的斗争;罗扎诺夫与一离异女子同居,生了一个女儿。拉伊内在波兰被捕,后被处决,丽莎得知后想方设法去救他,终因自身被剥夺继承权而无能为力,她一路奔波去目睹了拉伊内的死刑后,回来不久亦因伤寒转肺炎,很快去世。丽莎虽然临终前应家人之要求由神甫来为她做祈祷,但她仍希望见到公社那些人,并留下遗言说:“我跟他们有共同点,哪怕是对社会共同的仇恨,与社会的一致不妥协。你们所有人都跟社会妥协了,我和你们没共同点。”[2]小说最后一章以任尼家的小型聚会及和谐屋的解散而告终,曾经的热血青年如今又回到平凡,过着平静乏味的日子;虚无主义者们则四分五裂。正如其中一个虚无主义者说的:“我生气是因为我没时间喘息,人们的脑子里尽是些琐碎的事。我也没法忍受有谁能不谈谈事业。人们在折腾,时而这里,时而那里,我自己虽然跟你说了豪言壮语,却不知路在何方,没有我们兄弟的参与将永远也找不到道路。一切都将是忙乱,一切忙乱都无路可走。”[3]小说从丽莎和任尼踏上人生之路开始,到她们的同伴总结说“无路可走”,可谓是1860年代年轻人心路历程的真实写照。

小说对现实有很多的描写,有的甚至是直接的影射。小说发表后,彼得堡文学界的名流几乎都能从中找到自己的影子。比如拉伊内其实是作者的朋友亚瑟·本尼(Arthur Benni,1839—1867);丽萨是以贝尼女友柯普捷娃(М. Н. Коптева)为原型;贝洛雅尔采夫对应的是平民作家斯列普佐夫;罗扎诺夫则带有作家本人的痕迹。具体到小说一些情节设置,也跟现实密切相关。如罗扎诺夫被同伴污蔑为叛徒就跟作家在1863年的遭遇很像;贝洛雅尔采夫组织和谐屋明显就取材于斯列普佐夫的公社乌托邦试验。后者组织了一批年轻人参加类似于公社一样的组织,最后因人心各异,再加不善管理而惨淡收场。[4]《无路可走》与现实的太多对应,引起了作家往日同仁的不满。

---

① *Лесков Н. С.* Полное собрание сочинений в 30 т. Т. 4. С. 437.

② Там же. С. 658.

③ Там же. С. 674.

④ 有关这个事情,巴纳耶娃在她的回忆录里有比较详细的介绍。详请参见:[俄]巴纳耶娃:《巴纳耶娃回忆录》,蒋路、凌芝译,上海:上海译文出版社,1981年,第387—393页。

很多人都觉得列斯科夫是趁他们不注意的时候悄悄记下了自己的一言一行，再写到小说里，后来就有人称列斯科夫是“被雇佣的监视者”[1]，排斥他进入社交界。

但作家本人不承认对现实的直接模仿。在小说刊登完毕之后，列斯科夫专门又写了文章澄清：“这部小说的一切人物及其一切行动纯属幻想，他们与现实的相似（有人这么认为）既不会激怒任何人，也不会损害任何人的名誉。”[2]当时很多人都把这篇文章看作是作者试图为自己脱罪却欲盖弥彰，但如果我们联系小说发表前列斯科夫的言论，便可知作家所言不虚，其反虚无主义思想早已存在。

早在小说发表之前的1863年，列斯科夫曾对车尔尼雪夫斯基的《怎么办?》一书做过正面评论，这在当时尚属少见。列斯科夫首先肯定了车尔尼雪夫斯基作品的意义：“车尔尼雪夫斯基先生的小说是非常勇敢的，也是非常重大的，在很大意义上说，还是非常有益的现象。”[3]虽然小说在艺术性上乏善可陈，但它毕竟提出了一个重要观点：“《怎么办?》的作者证实了（这是最主要的）生活在这片天空下，这块土地上的人们本来的样子。他懂得，要按照世界的本来面目而不是应有的面目去接受世界，并且说得既简单又明确，在这种时尚中聪明人会坚定地找到自己该*怎么办*（斜体为原文所有——引者注）。这是车尔尼雪夫斯基先生最重要的贡献。”[4]接着列斯科夫分析了俄国社会中时代人物的变化：即从罗亭到巴扎罗夫。作者先谈到了巴扎罗夫的模仿者们，称他们是“俄国文明的畸形人”（уродцы российской цивилизации）。这种人物其实就是《无路可走》里的伪虚无主义者，革命的投机派。那么，真正的虚无主义者又是怎样，又能做些什么呢？结合《怎么办?》当中人物的行为，列斯科夫认为：“车尔尼雪夫斯基先生的‘新人’在我看来最好叫‘好人’：他们既不带着火种，也不手持宝剑，他们以自身作为内在独立和彼此关系和谐的典范。”[5]这种渐进论的观点正是列斯科夫所欣赏的。他在《无路可走》中塑造的罗扎诺夫这一人物，其言行就有许多方面接近渐进论，所以他被

---

① *Фаресов А. И.* Против течений: Н. С. Лесков. его жизнь, сочинения, полемика и воспоминания о нём. С. 36.

② *Лесков Н. С.* Полное собрание сочинений в 30 т. Т. 4. С. 678.

③ *Лесков Н. С.* Полное собрание сочинений в 30 т. Т. 3. С. 176.

④ Там же. С. 177.

⑤ Там же. С. 183.

公社的同伴骂作“渐进分子”“理想主义者”，这类人“比反动派有害一百倍。”[1]

当然，对车尔尼雪夫斯基小说人物的一些肯定，并不表示列斯科夫对车尔尼雪夫斯基革命思想的赞成。不难看到，列斯科夫评论的只是小说中洛普霍夫等一些人，而被视为“盐中之盐”的拉赫美托夫却只字不提，原因便在于后者是车尔尼雪夫斯基为革命而准备的，而革命恰恰是列斯科夫所不愿见到的。从《无路可走》整体来看，列斯科夫描绘了三种虚无主义者：第一种是年轻又善良的虚无主义者，到最后识破虚无主义的本质，但往往英年早逝，比如丽莎和拉伊内；其次是狡猾的、虚伪的假虚无主义者，往往以革命的名义为自己牟私利，比如贝拉雅尔采夫。列斯科夫认为，随着时代的发展，在新人中又出现了“新新人”（новейшие），他们的原则是为个人利益而攒钱，“在别人还没吃掉你之前吃掉别人”[2]，完全有别于新人的“共同事业”。在这种情况下，第一种虚无主义者反而成了带有悲壮色彩的“新人中的旧信仰派”。第三种则是愚蠢的虚无主义者，往往被前者利用，当做工具达到个人目的。他们相对不太重要，顶多作为配角存在，重点在于前两种。下面试分述之。

小说是以两位女主角大学毕业回乡开始的。小说第一章命名为“杨树和桦树”，其实也暗中点出了两位女主角的不同性格，不同命运。任尼是白杨树，非常普通但立足于俄罗斯大地，生命力顽强。丽莎则是桦树，性格坚定但为人好动，易走极端，恰如桦树质地坚硬却抗腐能力不足。在小说一开始，俩人在修道院里跟丽莎的姑妈，修道院院长阿格尼娅嬷嬷聊天的时候，丽莎就表现出好辩论的一面。院长认为一个家庭必须要有一个权威存在，丽莎则认为院长这话是“为家庭专制辩护”，甚至说“您已经落后于现代思维方式了。”[3]与丽莎相比，任尼只是在一边默默倾听，不表态。回到各自家庭后，丽莎在家里怨天尤人，跟父母关系闹僵，完全无法接受俄罗斯的乡村生活，甚至偷偷跑到任尼家来。任尼热爱家乡，照顾父亲，管理家务，为外省的“新人”们举办沙龙，生活过得有滋有味。

到最后，丽莎在几经挫折，多次打击之后，终于一病不起，英年早逝，成为

① *Лесков Н. С.* Полное собрание сочинений в 30 т. Т. 4. С. 435、436.

② *Лесков Н. С.* Полное собрание сочинений в 30 т. Т. 9. С. 87.

③ *Лесков Н. С.* Полное собрание сочинений в 30 т. Т. 4. С. 24、26.

斯卡彼切夫斯基所说的"俄国运动的不幸牺牲品"①。丽莎是一个悲剧性人物，作家并未对她有太多的批判。她对新生活的向往，对西方理论的痴迷使得她成为最坚定的虚无主义者。她变得日益冷漠，完全忽视了身边那些关心她爱她的人，不但听不进他们的忠告，甚至把他们视为懦弱的反动派。但现实与理想的冲突使她陷入痛苦而不能自拔。她所信任的"革命者"无非是在利用她的单纯和热情为自己谋取私利，所谓的革命不知在何方。她最后的死，虽然从表面上看是死于伤寒引起的肺炎，但更重要的是革命理想的破灭导致她已没有继续生存下去的欲望。与此形成鲜明对比的是任尼，性情稳重的她选择了一位思想进步青年与之结婚，丈夫后来调动到彼得堡工作，两人过上了安稳的生活。

从艺术角度来说，丽莎显然更富于感染力，尤其是她去世那一幕，令人难忘。列斯科夫在1891年12月23日给朋友的信里回忆说："拉伊内不是'狂热分子'，他是我的理想。丽莎也是。"②但理想终究"无路可走"，恰如列斯科夫自己也因为年轻时的激情在现实中碰得头破血流。因此从道路的选择来看，任尼的方式显然更得到作家认可。因为任尼是扎根于外省生活的，没有轻易为西方的理论所迷惑。这种外省乡土生活的美好，在小说第一部分的第八章《故乡的椴树》的描绘里也能体现出来。作者感慨"若我是个诗人，还得是一个好诗人，我就一定给您描绘，在如此的空气里，此时此刻坐在巴哈列夫家花园栏杆边的长凳上，看着镜面般的湖水，和晚归的羊群咩咩叫着跨过空荡荡的小桥，是多么美好！"③作为一个用脚丈量过俄罗斯，试图从外省生活中去寻找理想人物的作家，列斯科夫在这里对外省生活的赞美是可以理解的。

虽然《无路可走》中有许多对虚无主义者及其观点的批评，但无可否认，作家并未一味否定，而是通过小说中的两个正面人物：医生罗扎诺夫和瑞士人拉伊内(Райнер)，倾诉了自己对革命的理解，对进步事业的思考。前者身上有作家自己的影子，特别是他含冤那一段，跟作家在彼得堡大火之后被人痛骂叛徒一事如出一辙。罗扎诺夫是外省小城的医生，妻子奥尔加·亚历山大罗夫娜是个女虚无主义者，整天谈论时髦理论，追求妇女平等，因而家庭不

① *Фаресов А. И.* Против течений: Н. С. Лесков . его жизнь, сочинения, полемика и воспоминания о нём. С. 56.

② Н. С. Лесков Собрание сочинений. В. 11 т. М-Л. : 1958. Т. 11. С. 509.

③ *Лесков Н. С.* Полное собрание сочинений в 30 т. Т. 4. С. 42—43.

幸。罗扎诺夫本人,按照任尼父亲的说法:是个"奇怪的人,甚至不无尖刻,但也很难说是尖刻,其实就像你说的正是尖刻,就是说话直率,天性急躁,完全不是想方设法地压垮人,消灭人,毁灭人。"[1]可见,罗扎诺夫对人对事有苛刻的一面,但他的批评只是出于一片善意,不像有些人是恶意的否定。再者,正如有学者指出的,列斯科夫做过商人,有着丰富的底层生活经验,所以"思想健康,求实和实干——作家本人个性中的建设性特点。"[2]罗扎诺夫在小说中体现出的也是这种特点。他对于和谐屋里的虚无主义者提出的种种言论、疯狂的构想,或大胆提出质疑,或干脆予以驳斥。比如在小说中,罗扎诺夫对虚无主义者们鼓吹的"自然欲望"不屑一顾,认为人的情感不能等同于动物之爱。当有人妄言:"用鲜血淹没俄罗斯,铲除一切有产者"的时候,罗扎诺夫只是冷静地说:"我只知道一点,这种革命不会来的。强调一遍,在俄罗斯不可能有革命。"[3]因为当前的俄国不适合从事革命活动,或者说俄国人还没准备好接受革命。罗扎诺夫的这种观点,恰恰就是作家本人思想的流露。他在晚年一再跟法尔索夫表示:"我对社会革命党派及俄国未来的看法相当悲观,我已在《无路可走》中说明了这一点。现在我更加相信我是对的。"[4]但也因为他的这种直言不讳,他在公社里屡遭嘲讽和怀疑。小说里他是较早离开和谐屋的人之一,这一方面是虚无主义者们排斥的结果,另一方面也是他自己在长久思考后得出的结论。

拉伊内是以作家的朋友,来自英国的革命者亚瑟·本尼为原型的。在列斯科夫看来,本尼体现的不是某个具体革命者的个人生涯,而是一种革命思想从西欧到俄国的旅行。拉伊内自称是"世界公民",原因便在于此。本尼的生平极具传奇色彩,他出生于沙俄统治下的波兰,父亲是犹太人,母亲是英国人。1857 年中学毕业后,本尼赴英国读书,因与巴枯宁、赫尔岑等俄国侨民们交往较多,深受革命思想的影响。1861 年本尼持英国护照赴俄罗斯调查俄国革命形势,同时散发《钟声》杂志,由此开始与列斯科夫认识。期间,本尼因为创办公社认识了出身高贵的俄国姑娘柯普捷娃并与之结婚,后者是斯列普佐夫公社中的工作人员。由于本尼积极参与俄国革命运动,并于 1863 年波兰

① *Лесков Н. С.* Полное собрание сочинений в 30 т. Т. 4. С. 69.

② *Евдокимова О. В.* Мнемонические элементы поэтики Н. С. Лескова. СПб.: Алетейя, 2001. С. 37.

③ *Лесков Н. С.* Полное собрание сочинений в 30 т. Т. 4. С. 287、288.

④ *Фаресов А. И.* Против течений: Н. С. Лесков. его жизнь, сочинения, полемика и воспоминания о нём. С. 43.

起义期间有意参加起义，1865 年 10 月，他在入狱 3 个月之后被沙皇政府永久驱逐出境。之后本尼又去参加了意大利加里波第的红衫军远征，不幸负伤去世，年仅 28 岁。列斯科夫非常尊敬这位年轻朋友，不但在《无路可走》中予以正面歌颂，还在 1870 年专门写了小说《神秘的人》来表示纪念。

小说中的拉伊内也有跟本尼类似的经历。他的父亲乌里希·拉伊内从小就是瑞士反抗法国侵略者的革命斗士，后来流亡到俄国，娶了俄国女子为妻，生下了拉伊内。数年后又迁居回瑞士。长大后赴德国读大学，之后在父亲的帮助下去英国考察，结识了各国的侨民革命家，其中就有俄国的流亡者。拉伊内从小在父亲母亲两种文化传统影响下成长。父亲强调革命和斗争，母亲则是强调宗教与信仰。从这点来说，拉伊内属于西欧和俄国文化的产物，他一方面孜孜不倦地在寻找革命，企图推进社会的进步；另一方面对各种打着革命旗号的行径又有着某种警惕。他和罗扎诺夫两人在公社里属于异类，因为他们没完全支持贝拉雅尔采夫的专制管理，反而对此保持着清醒和反思，并到后来率先退出了公社。当丽莎来找拉伊内请他重回公社时，拉伊内断然拒绝了，反而劝丽莎跟那种人在一起“完全无路可走！”[①]当丽莎谴责拉伊内作为一个社会主义者不该说这种绝望的话，拉伊内非常严肃地跟她表明了自己的态度：“我，社会主义者拉伊内，丽莎维塔·叶戈罗夫娜，我衷心希望无论如何尽快消灭这种可悲又可笑的尝试，这是对我所信仰学说的亵渎。我，社会主义者拉伊内，会为彼得堡不再有和谐屋感到高兴。当那些丑陋的、自私的、毫无道德的冒名者走开并不再出现在人们的眼里时，我会感谢这个时刻。”[②]但作为一个出身革命世家的人，拉伊内的内心永远燃烧着革命的激情，他不能像罗扎诺夫那样，满足于中年人的安稳生活。在俄国看不到革命的希望后，他选择去了波兰参加武装斗争，不幸被俘，为别国的革命事业付出了生命。正是拉伊内这种光辉形象使得多年以后列斯科夫有底气证明自己并非反对革命青年：“我在《无路可走》中赋予了俄国革命者一种可爱典型——拉伊内、丽莎·巴哈列娃、波马丹。谁能告诉我，俄国文学中还有哪一部作品中真正的而非自吹的虚无主义者能得到如此公正善意的评价？要知

---

① *Лесков Н. С.* Полное собрание сочинений в 30 т. Т. 4. С. 599.

② Там же. С. 600.

道在任何派别里都有可爱的、高尚的人。”①

贝拉雅尔采夫是作者大力批判的对象。他和他的和谐屋也不是独立存在的，其理论来源是德·巴拉尔侯爵夫人（Маркиза Ксения Григорьевна де-Бараль）家具有自由主义倾向的沙龙，这自然又是以现实生活中的图尔夫人（Евгения Тур，1815—1892）沙龙为原型塑造的。小说第一次介绍贝拉雅尔采夫时，对他做了很细致的描绘：“一个高高的，匀称的黑发男子，年龄25岁。……黑发男子长得很好看，但他的外表和风度中透露出优雅，似乎在说‘不要碰我’。他的脸瘦而匀称，却有些冷淡，散发出自私冷漠的气息。”②不妨对比一下巴纳耶娃回忆录中的描绘：“斯列普佐夫外貌动人，风度优美；他有一头绝好的黑发，一部不大的胡须，眉目清秀而端正；每逢他微笑的时候，总是露出一口异常白皙的牙齿。他的脸色苍白，没有光泽，身材修长，挺秀，服装朴素，可是整洁。”③巴纳耶娃与斯列普佐夫私交不错，回忆录里自然也多有褒扬之词。与此相反的是，列斯科夫却因不喜斯列普佐夫而在文中做了主观的发挥，一开始就赋予了贝拉雅尔采夫一种不良印象。

在接下来的谈话中，贝拉雅尔采夫及其同伴巴尔霍缅科、贝奇科夫等人的言论就更令人吃惊了。他们自诩了解人民所需所想，信誓旦旦地说在俄国会有革命爆发，说要“用鲜血淹没俄罗斯，铲除一切有产者”，④人民想的是什么，贝拉雅尔采夫用一句俏皮话对付过去了：“他现在在想，怎么以更好的方法欺负邻居。”⑤至于革命的具体步骤，他们则是以狂饮伏特加来回答，并且到最后大谈家庭的无意义，大言不惭地说：“父母之爱是一种偏见，仅仅是种偏见。联系是一种需求，自然的法则，剩下的都应该是社会的义务。从人尽皆知的词语意义来看，要知道自然生活中没有父亲和母亲。动物长大，也不会理解自己的谱系。”⑥喝足了酒之后，一帮人又去街上寻欢作乐，即使个个都有家有口，即使刚才他们还在大谈女性解放的问题。难怪拉伊内对这帮人极为鄙视，当面骂他们说：“卑鄙，这是卑鄙！”⑦罗扎诺夫在跟这帮人决裂的时候，

---

① *Фаресов А. И.* Против течений：Н. С. Лесков. его жизнь，сочинения，полемика и воспоминания о нём. С. 59.

② *Лесков Н. С.* Полное собрание сочинений в 30 т. Т. 4. С. 284.

③ ［俄］巴纳耶娃：《巴纳耶娃回忆录》，第385页。

④ *Лесков Н. С.* Полное собрание сочинений в 30 т. Т. 4. С. 287.

⑤ Там же. С. 289.

⑥ Там же. С. 292.

⑦ Там же. С. 295.

也向仍然执迷不悟的丽莎指出："这是什么？夸夸其谈者，不过如此。"[①]除此之外，这批所谓的革命派其实在无意中被波兰的密谋分子利用，成为后者企图搞波兰暴动的工具。[②] 虚无主义者的幼稚和荒诞，由此可见一般。

《无路可走》作为列斯科夫的第一本小说，又是在满怀着愤怒和报复的心态下写出来，加上书刊检查官们的大量删减[③]，小说必然存在着主题上的某些偏颇和形式上的某些不足。对于十九世纪的俄罗斯作家来说，前者显然更为重要。由此，作家引来了皮萨列夫、扎伊采夫、萨尔蒂科夫－谢德林等诸多批评家的批判。针对有些批评家说小说人物与现实人物的雷同只是"外在的相似"这一说法，皮萨列夫在《俄国文学花园散步》一文里给予了严厉驳斥："我们看一看，斯捷布尼茨基先生的辩护论据有多大的可信度呢？注意，首先，他常常讲到外在，纯粹的外在雷同，却一次也不说偶然雷同，这个仅有的词，他只要说一次就能为自己辩护了。"[④]皮萨列夫认为，列斯科夫将现实人物搬入小说却还说只是外在相似，绝口不提偶然相似，这充分说明了列斯科夫是蓄意攻击生活中的革命派。而列斯科夫此前跟这些人物的相交相识，为他惟妙惟肖地描写人物提供了素材，这对于现实中的人物来说，难道不是一种暗探式的告密行为么？因此皮萨列夫指出："其实我认为，作家的自恋使斯捷布尼茨基先生盲目了。没有为了倾向而直接攻击他，完全不是因为不好意思，而是因为这么做毫无意义。一切正常人都把皮谢姆斯基、克柳什尼科夫、斯捷布尼茨基这些绅士们看作是不可救药的人。不必去跟他们谈倾向，明智的路人经过他们，就像经过危险重重的沼泽地。"[⑤]

皮萨列夫的话很形象地表达了列斯科夫同时代人对他的看法。这种看法的主要成因在于前文所提作家的"非党派倾向"。正如后来包括高尔基等在内的研究者们所指出的："列斯科夫是俄国文坛上一个十分独特的现象：

---

① *Лесков Н. С.* Полное собрание сочинений в 30 т. Т. 4. С. 442.

② "波兰的阴谋"这一主题为很多反虚无主义小说家所用，也的确是1860年代的真实历史。尤其是1863年波兰起义后，这一主题在俄国社会中流传更广。应该说，列斯科夫在小说里对这一主题的描写体现了他对生活的仔细观察。

③ 列斯科夫曾多次提及小说手稿被书刊检察官们涂抹的事情：小说受到"书刊检查官前所未有的刁难。小说不是被一个（德·罗伯特），而是接连三个检查官涂抹和删除，最后是彼得堡书刊检查机构的头子米哈伊尔·尼基福洛维奇·特鲁诺夫做了最后删节。"这种涂抹和删减大大影响了当时读者对这部作品的准确理解。*Андрей Лесков* Жизнь Николая Лескова. Т. 1, С. 255—256.

④ *Писарев Д. И.*. Сочинения в 4 т. Т3. С. 261.

⑤ Там же. С. 260.

他不是民粹派，不是斯拉夫派，但也不是西欧派，不是自由主义者，不是保守派。"[①]这种独立的立场直接决定了列斯科夫所描写的对象，即"他描写的不是农民，不是虚无主义者，不是地主，而始终是俄罗斯人，俄罗斯国家的人。"[②]作者在《无路可走》中所推崇的，既非为虚无主义理论而死的丽莎，更不是夸夸其谈，为波兰人操纵而不自知的贝拉雅尔采夫等人，而是作为旁观者的罗扎诺夫以及热爱生活的任尼。他们没有什么明确的政治观点(因为这个阶段的作家本人也处于寻找义人的过程中)，却反对一切有害于祖国的思想和行为。正像有研究者指出的："列斯科夫认为，民主派在试图更新社会的问题上缺乏对历史经验的考虑，反动派意图保留一成不变的社会秩序，与人民、民族的传统背道而驰，因而他们都是反人民的。"[③]但在那个非此即彼的时代里，作家的这种中立显然没法被接受。于是，各种辱骂和排斥蜂拥而至，列斯科夫被看作是一个嘲笑年轻一代，为保守派反动派张目的人。这种看法一直到作家去世也没有多大改变。不过历史总是在不断变化，昔日的沼泽地完全有机会变成大金矿。列斯科夫及其作品的命运大概也是如此。

正如当代俄罗斯研究者指出的："小说《无路可走》结束了作家创作的第一个阶段：小说中交织着社会的'思想阶层'激烈的政治矛盾，他们为新的政治思潮所触动，受新潮流、新趣味的影响而远离了过去时代的传统。这里显示出年轻作者在政论活动中积累的所有观察，反映出广大民主主义知识分子的探索和矛盾。"[④]作品本身所包含的争论已经成为历史，历史也证明了列斯科夫当初对虚无主义的反驳不无道理。站在今天的角度，《无路可走》最吸引我们的可能不是它内在的反虚无主义倾向，而是它对十九世纪六十年代那批年轻人美好青春的回忆。曾经的风华男女，在现实的冲击面前，或牺牲夭亡，或甘于平淡，但无论如何，他们追求过，努力过，尽管最终"无路可走"。

三、《结仇》：与虚无主义告别

在《无路可走》的结尾，列斯科夫提到了和谐屋的垮台，里面说到"贝拉雅尔采夫闷闷不乐，想和贝尔托列季搬到莫斯科，想弄明白，和谐屋搬到那里的

---

① ［俄］高尔基：《俄国文学史》，缪灵珠译，上海：上海译文出版社，1979 年，第 468—469 页。

② 同上书，469—470 页。

③ Лесков и русская литература. // под ред. *Ломунов К. Н. и Троицкий В.* Москва. : 1988. С. 121.

④ История русской литературы XIX века (70—90е годы). // под ред. *Аношкиной В. Н.* Москва. : Издательство Московского Университета. 2001. С. 185.

条件是否更有利可图。”[①]这在某种程度上意味着虚无主义的主题对彼时的列斯科夫来说尚未终结。的确,结合作家创作生平而言,对虚无主义的最终清算应该体现在1870—1871年间的《结仇》一书中。

很多研究者都认为《结仇》算不上是列斯科夫的主要代表作,甚至专门研究反虚无主义小说的美国学者查尔斯·莫瑟也没有把《结仇》作为他的分析对象,原因可能在于作品本身的线索不清,主题不明,以至于列斯科夫晚年都说:“我觉得,这是我劣作中最不像话的一部。”[②]但与此同时,在1888年5月作家跟苏沃林谈论出版文集时,却又将这部“最不像话的”作品作为第4卷列入其中,可见该作在作家心目中并非一无是处。之所以出现这种情况,有多方面的原因,比如《俄国导报》在刊登小说时对作家多番催促,并做任意改动。1870年11月18日,列斯科夫在写给责任编辑柳比莫夫的信里抱怨:“我怎么也没想到,也不可能想到我的作品会以如此尴尬的样子面世。”[③]作家谈到了编辑对作品的胡乱删减:比如删除了有助于人物性格发展的文字;用陈词滥调来取代富有个性的人物语言;甚至加入了一些风马牛不相及的文字。这在一定程度上降低了小说的质量,也使得读者对作者本意产生误解。此种结果使得作家后来不得不承认,跟《俄国导报》的合作“除了懊恼、精力的淡漠、愤怒、创作力的衰退及最后,事实上的荒诞及矛盾外”[④]一无所获。

与《无路可走》相比,《结仇》最大的意义在于表达了列斯科夫对虚无主义新阶段的看法,在小说形式方面也有所创新。列斯科夫认为,在经历了巴扎罗夫、拉斯柯尔尼科夫、马克·沃洛霍夫这些传统的虚无主义者之后,俄国文学理应去表现生活中新出现的虚无主义者,列斯科夫将其命名为“非无主义者”(негилист),有别于传统的虚无主义者(нигилист)。就形式层面来说,如果说《无路可走》是传统的反虚无主义小说模式,按照屠格涅夫和冈察洛夫故事的框架来展开的话,那么《结仇》则吸收了法国冒险侦探小说的套路,将其写得惊险动人。遗憾的是,列斯科夫似乎没有将小说主题跟这种通俗小说的形式很好结合起来,导致整篇小说给人的印象杂乱无章,不像《无路可走》那样条理分明,人物突出。再加上在当时的俄国,思想主题决定了小说的受

---

① *Лесков Н. С.* Полное собрание сочинений в 30 т. Т. 4. С. 668.

② *Лесков Н. С.* Полное собрание сочинений в 30 т. Т. 9. С. 800.

③ Там же. С. 801.

④ Н. С. Лесков Собрание сочинений. В. 11 т. Т. 10. С. 307.

欢迎程度。列斯科夫在小说里把虚无主义者描绘成不是野心家、骗子就是傻瓜,这自然再度引起读者们的不满。所以《结仇》一发表,迎接它的依旧是骂声一片。

《结仇》情节比较散漫,全书故事性不是很强。小说的几个主要人物是巴维尔·戈尔丹诺夫(П. Горданов)及他的同伴维斯列涅夫(И. Висленев)、县城地主波多泽罗夫(А. Подозеров)以及维斯列涅夫的妹妹拉丽萨(А. Лариса)等。其中戈尔丹诺夫和波多泽罗夫是作家重点需要描绘、加以对比的人物。小说以维斯列涅夫和戈尔丹诺夫回到外省小城为开端。戈尔丹诺夫希望自己的情人格拉菲拉·阿卡托娃(Глафира Акатова)支援他一笔钱以便帮助"共同事业"。但后者要求他先把自己的丈夫杀掉。维斯列涅夫为人急躁,本有个善良的未婚妻格里涅维奇(А. И. Гриневич),但为了救维斯列涅夫而被迫嫁给了有权有势的将军辛佳宁(Синтянин)。维斯列涅夫与当地神甫等人谈论宗教本质,他不学无术,信口开河,使得别人私底下议论纷纷,认为他是个"不伦不类的人"(межеумок)[1]三年后,故事地点转移到彼得堡。戈尔丹诺夫又通过告密等方式胁迫维斯列涅夫与一有钱人的情妇阿丽莎结婚,最终目的在于获得金钱。在几经波折之后,戈尔丹诺夫最终锒铛入狱,并在狱中因贪恋别人的一万卢布而被人毒死。维斯列涅夫则进入了精神病院,在那里他似乎能找到安宁。只有善良的波多泽罗夫最后接受了将军的临终委托,与格里涅维奇结婚,过上了安宁的日子。

戈尔丹诺夫及其新虚无主义理论是列斯科夫着重要描述的对象。他是一贵族老爷与莫斯科一茨冈女子的私生子,天生聪明能干,但唯独缺乏亲情的抚慰。"但他从少年时期便常常投身于最严肃的思想,在此情况下,温情毫无地位。"[2]他在达尔文主义的影响下,相信物竞天择的生存法则,意识到可以利用革命的旗号和眼前这批年轻人为自己多捞钱财。于是他批评"虚无主义是可笑的,粗鲁和破坏一无所得;对力量的吹捧最终只是吹捧,而在事业中可怜的革新家们除了需求和痛苦之外没有别的,同时力量却掌握在别人的手里。"[3]他继而鼓吹要争取主动,"要剥夺别人,以使自己免遭被剥夺。"[4]在列

① *Лесков Н. С.* Полное собрание сочинений в 30 т. Т. 9. С. 118.

② Там же. С. 129.

③ Там же. С. 130.

④ Там же. С. 132.

斯科夫看来，戈尔丹诺夫是虚无主义者发展的新阶段，作家用“негилист”来指代。对于这类人来说，巴扎罗夫式的那种粗俗的虚无主义已经成为过去，所谓的“共同事业”对他们来说只是谋取私利的幌子。他们最关心的是自己能在其中捞到多少好处。事实上，他们已不再是革命者，而是彻底的骗子、告密者、杀人犯。小说里的人际关系纷繁错杂，但彼此之间多数是建立在敌视、告密、叛变、谋杀等基础之上，用小说人物弗洛夫（Форов）的话说：“不，现在没有什么盟友了，一切都是仇敌！”[①]这种对现实过于阴暗的描写实质上是小说最引起争议的地方。可能考虑到把虚无主义者直接等同于骗子有些过于绝对，列斯科夫在小说连载期间就对朋友苏沃林做了解释：“我不认为，欺骗‘直接来自于虚无主义’，我的小说中没有也不会有这个。我认为并深信：欺骗曾与虚无主义有关，正是在这个程度上，它也与‘理想主义、神学’，及爱国主义有过并现在仍有着内在联系。”[②]

总体来说，《结仇》在结构上过于分散，人物众多却又没有一条主线将其串联起来，因而艺术水平不高。难怪陀思妥耶夫斯基在给迈科夫的信里对此大发牢骚：“您是否读了列斯科夫在《俄国导报》上发表的长篇小说？很多废话，有许多鬼知道是什么东西，活像是发生在月球上的事。”[③]这一论断即使到了白银时代，列斯科夫的名誉得以恢复之后，仍为当时的批评家所公认。著名的批评家沃隆斯基（Аким Волынский，1863—1926）就认为：“真不明白，列斯科夫这个可能是俄国文学中唯一的圣像画家，最精确的人，怎么能写出这种作品。小说里不但没有统一的基调，甚至没什么合理的外在结构，以便使人整体上把握它。”[④]不过，《结仇》作为列斯科夫对虚无主义的最后反思，在作家整个创作生涯中还是具有不可小觑的地位。可以说，列斯科夫的《结仇》是对热血激进的青年时代一种告别。激进派批评家曾以辱骂和攻击来对待他，他也同样怀着年轻人的热情，以丑化和批判来回应他们。但在《结仇》之后，列斯科夫的作品里这种“否定之否定”似乎变少了，出现更多的是作家对俄罗斯生活中积极美好因素的发掘。进一步说，《无路可走》《结仇》标志着作家创作中的批判和否定阶段的话，那么在《结仇》之后的《大堂神父》

---

① *Лесков Н. С.* Полное собрание сочинений в 30 т. Т. 9. С. 463.

② Там же. С. 805.

③ 陈燊主编：《费·陀思妥耶夫斯基全集》，第22卷，石家庄：河北教育出版社，2010年，第803页。

④ Н. С. Лесков: классик в неклассическом освещении. // под ред. *Фетисенко О. Л.* С. 150.

(Соборяне,1872)则意味着作家开始在俄罗斯生活中寻找正面人物(即所谓的"义人",праведник)的开始。正如高尔基所指出的:列斯科夫在《结仇》之后,"开始为俄罗斯建立一面由圣人和义人画像组成的圣像画壁。"[1]虽然在《大堂神父》里仍出现捷尔莫谢索夫、博尔诺沃洛科夫这样的虚无主义者的形象,体现了作家对这一主题的回顾,但他们毕竟不是作家要大力描绘的对象了。从这个意义上来说,《结仇》似乎可以看作是作家对虚无主义主题最后的思考,尽管不是那么成功。

作为俄罗斯文学史上一位风格独特,题材独特的作家(利哈乔夫称之为"俄国的狄更斯"),列斯科夫的独特命运同样值得我们思索。反虚无主义既是他早期创作的重要主题,也是他一生命运的转折点。没有他与反虚无主义的纠葛,未必就会有后来他在民间寻找义人的创作冲动。尽管他对虚无主义的描述并非百分百的准确,但应该承认,他在其中注入了自己严肃的思考。这种思考,在当时众声喧哗的所谓进步文学中,是孤独的,也是难能可贵的。

① *М. Горький* Собрание сочинений в 30 т. Т. 24. С. 231.

第六章

冈察洛夫及其反虚无主义小说

在俄国文学史上，冈察洛夫是一个很有意思的作家。

他是一位长寿却并不多产的作家：从1832年发表第一篇译稿算起，到1891年为止，共计59年的创作时期。他既是普希金黄金时代的同时代人，又目睹了陀思妥耶夫斯基和屠格涅夫的去世，甚至看到了白银时代的曙光，可谓文坛元老级人物。这么长的创作生涯，这么崇高的文坛地位，却并未伴随着等身的著作。1884年，他的第一个全集出版，也不过是8卷本。1889年，略有增加为12卷本，到1912年又改为8卷本。苏联时期的1952—1955年的全集，规模同样保持在8卷。只有到了1997年，俄罗斯科学院俄国文学研究所才推出了篇幅达20卷的科学院版本，估计收入了作家所有的写作文字及迄今为止的学术研究材料。难怪上个世纪80年代，文学史家Л. М. 洛特曼总结说："45年的创作时间，他发表了三部小说，游记《战舰巴拉达号》、几篇说教故事和批评文章、回忆录。"[①]其中之原因，一方面是作家公务缠身，无法全心投入写作；另一方面也是出于作家自身的奥勃洛摩夫习气，算不得勤奋。有关这一点，作家自己也亲口跟催促他出书的书商承认过。[②]

当然，对于一位伟大的作家来说，写作数量跟质量并不成比例。事实上，

---

① История русской литературы：в 4 т. / АН СССР. Институт русской литературы（Пушкин. Дом）- Ленинград.：Наука. Ленингр. отделение，1982. С. 160. 洛特曼在这里说"45年"的创作时间，其实是把1842年冈察洛夫发表成名作《伊凡·萨维奇·波德扎布林》（Иван Савич Поджабрин）作为作家踏上文坛的开始，但实际上早在1832年，冈察洛夫就翻译过法国作家欧仁·苏的小说片段并得以发表。

② 著名的冈察洛夫专家利亚茨基（Е. А. Ляцкий）曾提及这一典故：书商沃尔夫（Вольф）曾对作家说："您就是真正的奥勃洛摩夫，跟您自己描写的一样。"作家则回答："您完全正确，我就是奥勃洛摩夫，奥勃洛摩夫就是我。您说得对，我就是从自己角度来描写奥勃洛摩夫的……"Мастер русского романа：И. А. Гончаров в литературной критике русского зарубежья：Сборник документов и материалов .，Москва.：Центр Книги Рудомино.，2012. С. 31.

冈察洛夫的三部小说都在俄国文坛引起了极大的争论，根本原因就在于他的作品与现实密切相关，其中如《奥勃洛摩夫》对现实的针砭意义十分明确，影响巨大。屠格涅夫甚至说："即使只剩下最后一个俄国人，他都会记得《奥勃洛摩夫》。"[①]因此，别林斯基、杜勃罗留波夫等革命民主主义批评家才极为重视这位作家，认为在他作品中体现了对俄国农奴制大环境的批判，因为"奥勃洛摩夫并不是一个在天性上已经完全失去自由活动能力的人。他的懒惰，他的冷淡，正是教育和周围环境的产物。"[②]但这显然是一种有趣的误读。因为按照另一位俄国作家柯罗连科（В. Г. Короленко，1853—1921）的说法，作家本人是一位"最奉公守法，谨小慎微的官吏"[③]。诚然，他也曾批判过农奴制的黑暗，那段描写奥勃洛摩夫卡午睡的场面，想必很多读者都印象深刻。问题就在于，他对沙皇制度的批判，很大程度上是无意识的。所以柯罗连科说："他在思想上否定'奥勃洛摩夫性格'，然而在心底里却无意识地深深地爱着它。"[④]这种思想决定了他不可能接受激进的革命民主主义，即使他没有大张旗鼓地提出反对。

从他的人生履历中可以看出，冈察洛夫与官方有着各种错综复杂的联系。他曾做过海军舰长的秘书，也做过书刊检察官，他并不是农奴制的忠实拥护者，可也不是什么思想激进的革命分子。将他这样一个谨慎的人与反对沙皇制度联系在一起，显然是拔高他了。在今天看来，他是一个立场很中庸的作家，不求激进，也不要保守，他的立场是人道主义。早在 1938 年，苏联的冈察洛夫研究专家雷巴索夫（А. П. Рыбасов）就指出："冈察洛夫从来不是社会或艺术冷淡主义的歌手，尽管无论在四十年代，还是六十年代，他的思想都不是先进的。他始终没有离开过人道主义思想的立场，并以自己的方式为启蒙民众的文学事业服务。"[⑤]于是，他就被动地成为强调激进变革的虚无主义的反对者。

事实上，早在作家因发表《平凡的故事》一举成名时，别林斯基便指出冈

---

① *Гончаров И. А.* Собрание сочинений : В 8. т. Т. 7. Москва. : Художественная литература, 1980. С. 358.

② ［俄］杜勃罗留波夫：《什么是奥勃洛摩夫性格？》，载于［俄］杜勃罗留波夫：《文学论文选》，辛未艾译，上海：上海译文出版社，1984 年，第 22 页。

③ ［俄］柯罗连科：《冈察洛夫和"青年一代"》，载于［俄］柯罗连科：《文学回忆录》，丰一吟译，北京：人民文学出版社，1985 年，第 311 页。

④ 同上书，第 300 页。

⑤ *Рыбасов А. П.* Литературно – эстетические взгляды Гончарова // Гончаров И. А. Литературно- критические статьи и письма. Ленинград. : Гослитиздат, 1938. С. 8.

察洛夫的特征："他是诗人，是艺术家——此外就什么都不是了。……现在他比任何一个人更是一个诗人，艺术家。"[①]别林斯基之后，整个四、五十年代俄国批评界，无论是以安年科夫等人为首的审美派，还是杜勃罗留波夫这样的激进派，对冈察洛夫的看法基本上秉持了这一传统论点。如杜勃罗留波夫在《什么是奥勃洛摩夫性格》一文中开篇便指出冈察洛夫创作的"中庸性"（作家本人也用这个词来概括自己）："他是不给你、而且他是显然不愿意给你任何结论的。他所描绘的生活，在他并非作为一种抽象的哲学手段，而是生活本身的直接目的。他是不关心读者的，也不关心你们会从他的小说中得到什么结论：这已经是你们的事情了。"[②]冈察洛夫的这种中庸，似乎也可以视为创作者的客观冷静。这在具体创作中当然是需要的，但在十九世纪的俄国文学批评家和读者的眼中，客观冷静似乎与冷漠无情有着某种暧昧的联系而容易招致非议。按照六十年代人的逻辑：你不赞成我们，那你就是反对我们。因此，冈察洛夫的反虚无主义小说《悬崖》在很大程度上属于被动地形成，即他本想尽量公正地描写他眼中的虚无主义，表达他个人对此的理解，但这种做法在激进批评家眼里却成了一种明显的"反动"。

一、《悬崖》：创作及倾向

《悬崖》是冈察洛夫最后一部长篇小说，也是最引起争议的作品。对于它的创作史，学术界已多有介绍：构思于 1849 年，动笔于 1855 年，发表于 1869 年。前后长达 20 年的创作时间，固然说明了作家的精雕细琢，反复思考，但也造成了小说结构的脱节。小说的原名做过多次更改，从最初的《艺术家》《赖斯基》《艺术家赖斯基》到后来的《薇拉》《悬崖》都说明了小说侧重点的不断变化。比如，第一部分赖斯基追求表妹苏菲娅的内容，仅仅是刻画了一下赖斯基的个性，与后面在外省发生的故事没有太多的联系。第一部分内容显然为塑造赖斯基形象做准备，停留在十九世纪 40 年代以多余人为主题的构想；接下来部分则是围绕着赖斯基、薇拉、马克、祖母等几个人物之间展开各种复杂的心理斗争，主题是围绕着薇拉的堕落与被拯救展开，情节上相对

① ［俄］别林斯基：《一八四七年俄国文学一瞥》，载于［俄］别林斯基：《文学论文选》，满涛等译，上海：上海译文出版社，2000 年，第 725 页。

② ［俄］杜勃罗留波夫：《什么是奥勃洛摩夫性格?》，载于［俄］杜勃罗留波夫：《文学论文选》，第 4 页。

紧凑。[1] 俄罗斯学者涅兹维茨基认为写作计划确定太晚，不仅导致结构的脱节，而且使得原本设定的人物形象也发生了改变："在此基础上，新的《悬崖》写作计划只有到了1861—1863年才成熟，实质上改变了赖斯基的形象（在他身上曾体现出艺术家式奥勃洛摩夫的喜剧讽刺特点），薇拉的命运，尤其是马克·沃洛霍夫的道德精神立场，他变成一个无神论和庸俗唯物主义思想家，一个粗暴的人。"[2]无独有偶，著名文学史家米尔斯基也曾总结过小说的不足之处："冈察洛夫的第三部小说《悬崖》亦难称杰作。它将其作者的短处暴露无遗：想象力的缺乏；心理分析时的极端主观，以及由此导致的所有人物的苍白，因为他们均缺乏自省；诗意和真正灵感的缺乏；以及难以克服的心灵之渺小。"[3]

这种内容的脱节、人物形象的变化以及苍白一方面跟社会大环境的变化有关，另一方面也和作家生活状况、创作个性等因素有关。1855年，车尔尼雪夫斯基发表了著名的论文《艺术与现实的审美关系》，作者在文中旗帜鲜明地指出："美是生活"；"科学与艺术（诗）是开始研究生活的人的Handbuch（德文：手册，教科书——引者注）"；艺术的使命就是："当现实不在眼前的时候，在某种程度上代替现实，并且给人作为生活的教科书"[4]。车尔尼雪夫斯基的唯物主义美学观在社会上反响极大，年轻一代对此十分热衷。屠格涅夫对此深为忧虑，他从艺术的角度出发，认为艺术除了为生活服务外，还应该考虑到美的问题。在作家眼里，类似于车尔尼雪夫斯基这种粗俗的、功利性极强的唯物主义只能毁灭美。尽管有屠格涅夫等人对其驳斥，但虚幻的、艺术的美还是难敌现实的、政治的实用性，车尔尼雪夫斯基论文以及后来发表的《怎么办？》以其鲜明的现实意义在六十年代大学生中影响日益增长。从文学史的

---

① 冈察洛夫好友弗拉基米尔·迈科夫的妻子迈科娃受妇女解放、虚无主义思想的影响，于1866年初抛夫弃子，与人私奔，赴北高加索地区创办公社。此事对冈察洛夫冲击很大，使之后来修改了马克的形象及薇拉的最终选择。这是属于《悬崖》在主题上的又一次变动，导致其第4、5部与2、3部的某些不一致。难怪В.Б.什克洛夫斯基指出："从情节的角度看，冈察洛夫作品的结构是相当单薄的。"虽然他谈的是《奥勃洛摩夫》，但《悬崖》也不例外。[法]茨维坦·托多罗夫编选：《俄苏形式主义文论选》，蔡鸿滨译，北京：中国社会科学出版社，1989年，第152页。

② *В. А. Недзвецкий* Русская литература ⅩⅨ века. 1840—1860-е годы. Москва.: Издательство Московского Университета. 2010. С. 183.

③ [俄]德·斯·米尔斯基：《俄国文学史》（上卷），刘文飞译，北京：人民出版社，2013年，第248页。

④ [俄]车尔尼雪夫斯基：《艺术对现实的审美关系（学位论文）》，载于[俄]车尔尼雪夫斯基：《车尔尼雪夫斯基文学论文选》，辛未艾译，上海：上海译文出版社，1998年，第142、146页。

角度来看，新人已取代多余人，日益成为年轻人追捧的时代英雄。革命颠覆取代了艺术，否定一切的虚无主义代替了温情脉脉的改良主义，巴枯宁取代赫尔岑成为俄国青年的精神导师。《怎么办?》中所宣扬的“合理的利己主义”成为年轻一代的信条。在六十年代人看来，在爱情面前，家庭和婚姻都不重要；但若是为了伟大的事业，爱情同样不值一提。所以《怎么办?》里才出现了小姐私奔，三人同居等情节。[①]

对于社会上的这种情绪，担任多年书刊检察官之职的冈察洛夫了解得很清楚。他后来回忆起这个时期时说：“后来，随着改革的来临，另外一些问题，比艺术更重要的问题，提到了议事日程上，艺术问题摆到了第二位。年轻的新生的一代全都热烈响应时代的号召，把自己的才华和力量献给了大众所关心的问题和工作。他们无暇顾及美学评论，况且当时社会上还出现了一个新的现象，即所谓的虚无主义，这是一个很复杂的现象，它压制了——当然是暂时的——艺术上的纯洁趣味和健康概念，把天知道什么东西与艺术混在一起。评论也像艺术本身一样，从高屋建瓴、富有思想的总结变成了对细枝末节的分析。”[②]艺术有沦落为某种思想工具的危险，这是作家所不愿意看到的。

另一方面，作家为了谋生曾担任包括书刊检查官、官方报刊主编等在内的各种公职，前前后后花了 12 年的时间，这期间他的阅历不断增加，想法也不断变化。虽然作家与虚无主义者并没有太多面对面的接触，但他阅读过的那么多有待审查的书刊使他在概念上形成了对虚无主义的总体看法。他在 1866 年 9 月 2 日写给尼基坚科（Никитенко А. В. 1804—1877）的信中论及彼时文学中的虚无主义倾向：“否定的倾向到现在仍然占据着整个社会和文坛（从别林斯基和果戈理开始），我只能服从这一倾向，只得开始设计一些孤立的典型来替代以前那些极具人道主义精神的人物，但捕捉到的只是一些丑陋和可笑的方面。”[③]传统的人道主义精神已不受欢迎，新的时代人物又显得“丑陋和可笑”，这是当时许多作家所面临的创作困境。这一问题也使得冈察洛

---

① 冈察洛夫对新人小说在爱情问题上的描写非常不能理解，他后来在给朋友的信里提及：“说实话，我不理解《现代人》的做法，他们剥夺了长篇小说甚至一切艺术作品中的爱情，代之以其他感情与激情。其实爱情在生活本身的很多领域内占有一席之地，它既是动机，也是本质，还几乎可以说是一切追求和行动的宗旨。” *Гончаров И. А.* Собрание сочинений : В 8. т. Т. 8. С. 428.

② ［俄］冈察洛夫：《迟做总比不做好》，载于［俄］冈察洛夫、屠格涅夫、陀思妥耶夫斯基、柯罗连科：《文学论文选》，冯春选编，上海：上海译文出版社，1997 年，第 48 页。

③ *Гончаров И. А.* Собрание сочинений : В 8. т. Т. 7. С. 319.

夫在《悬崖》人物的塑造上非常犹豫，因而最终呈现出某些不一致。

另外，作家本人对文学创作极为慎重。有研究者指出："冈察洛夫总是要经过很长一段时间和一个复杂的过程才能使作品的构思定型。他自己曾坦率地说过，任何一部作品在他的脑海里都要经过缓慢而艰苦的锤炼，所以他的创作进展得总是异常缓慢，两部作品之间总要间隔几十年。"[①]慢工容易出细活，但未必一定出细活。《悬崖》漫长的创作过程不仅使小说内容之间缺乏令人信服的逻辑发展，也使得读者对他的期待一变再变。而且，小说发表的1869年，恰恰是俄国思想史上的"六十年代人"风头最健之时，作家最后安排的薇拉心灵上的回归显然没法得到他们的认可。但这恰好从反方向表明了作家对虚无主义的抵制，也证明了《悬崖》的思想倾向。同时，考虑到冈察洛夫此时的年纪，我们不妨可以说《悬崖》作为作家最后一部小说，体现了他这大半生来对俄国社会转型中所暴露出的各种问题的思考，应该具有思想总结的意义。

作为一位老练的文坛名家，冈察洛夫自然不会直截了当地谈到《悬崖》的思想倾向。但在小说发表前的1868年，尼·涅克拉索夫曾代表《祖国纪事》向作家约稿，但冈察洛夫几番思考之后，在5月20日回信说："我不认为小说会对您有用，尽管我在小说里既没有凌辱老一辈，也没有玷污青年一代，但是它的总的倾向乃至思想本身与贵刊奉行的那些原则(甚至非极端的原则)纵然不是针锋相对，也不是完全相一致的。总之，将非常勉强。"[②]作家在这里实际上已非常清楚地表明了自己与激进派杂志的区别，尽管是非常客气的。

小说面世之后，遭到了激进文学界的一致批评。比如激进派批评家谢尔古诺夫便对作品的思想倾向大加批判。在名为《天才般的庸才》(Талантливая бесталанность，1869)一文中，谢尔古诺夫认为："自《平凡的故事》发表以来，冈察洛夫先生的思维能力没有发生任何实质性的变化。……20多年来，他在风景描绘上得到了加强，但在思想觉悟方面却变弱了。"[③]谢尔古诺夫认为，正是这种思想性的缺失，小说徒有看似客观的环境描写，使得冈察洛夫成为"天才般的庸才"。"别林斯基那个时代的人们已经认识到，一个作家除了天才之外，还需要某些比天才本身更重要的东西来组成作家的力

---

① [俄]尼·鲍戈斯洛夫斯基：《屠格涅夫传》，高文风等译，哈尔滨：黑龙江人民出版社，1984年，第285页。

② 转引自亚·雷巴索夫：《冈察洛夫传》，吴开霞等译，哈尔滨：黑龙江人民出版社，1987年，第279页。

③ *Шелгунов Н. В.* Литературная критика. Ленинград. : Художественная литература. 1974. С. 211.

量。在别林斯基的那个时代,所有的作家都有了这个'某些',只有冈察洛夫还在追求纯艺术的理想……所谓的'某些'就是对生活的理解、对社会需要和追求的理解。这个'某些'就是思想的引导者,这个'某些'就是智慧。如果一个作家没有鲜明、与日俱进的智慧,那么任何才能都无法挽救他。"[①]批评家甚至认为:"《悬崖》简直是木偶剧,剧中充斥着弹簧和各种五颜六色的漂亮洋娃娃:没有俄国人的典型,没有充满生气的人,也没有当代人的特性。"[②]总之,批评家认为小说脱离了时代,没有时代精神在内。这实际上是大大地误读了这部小说,因为小说显然包含了1860年代的时代主题,谢尔古诺夫所谓"某些"思想的缺失,只能说是他理解的那种激进主义思想在小说中没有得到正面阐述而已。

这个年代盛行的"父与子"之间的冲突,非常鲜明地体现在《悬崖》中。正如多年后冈察洛夫自己所说的:"任何一项要求革新的事业都会引出恰茨基的影子,不管这事业家是谁,不管人们围绕在哪一种人类事业的周围——是否会出现新的思想,科学、政治和战争是否有新的进展,——人们的斗争永远离不开两个基调:一个是'看着老一辈,学着点'的忠告,另一个是摆脱陈规陋俗,力争向'自由生活'前进再前进的渴望。"[③]实际上,这是作家对十九世纪文学中"父与子"主题的一种阐释。站在今天的角度,我们不难发现,"父与子""新与旧"的冲突一直是冈察洛夫几部小说的主题之一。比如《平凡的故事》里,俄罗斯农村旧生活与彼得堡的都市新生活的冲突;阿杜耶夫和他叔叔彼得之间的冲突;无不昭示着这一点。如果以1861年农奴制改革为界限的话,农奴制度下的庄园生活代表着旧;而虚无主义及正在兴起的资本主义生产意味着"新"。在冈察洛夫的前两部小说《平凡的故事》与《奥勃洛摩夫》中,旧往往意味着被否定,即使作者的态度不是那么坚决;但到了《悬崖》里,冈察洛夫惊讶于虚无主义的兴起,反而在"旧"中寻找起思想的依靠了。

这也是为什么《悬崖》中,父辈与子辈的矛盾对立并非如此泾渭分明的原因。因为冈察洛夫想要表达的,不仅是两代人之间的冲突,而且还要通过这些复杂的冲突来反思新旧的问题。小说中,祖母和瓦图金、窦其科夫等人属

---

① *Шелгунов Н. В.* Литературная критика. С. 211 – 212.

② Там же. С. 231.

③ [俄]冈察洛夫:《万般苦恼》,载于[俄]冈察洛夫、屠格涅夫、陀思妥耶夫斯基、柯罗连科:《文学论文选》,第35页。

于老一代,赖斯基、薇拉、玛芬卡、马克等人则是新一代。两代人之间、年轻一代之间存在隔阂甚至冲突(如第三部一开始与窦其科夫的决裂)。更重要的是新与旧的冲突之后,社会该向何处去,年轻一代的道路在哪里。这是作家试图在这部小说中进行回答的问题。苏联文学史家库列绍夫(Кулешов В. И.)在论及《悬崖》的艺术特点时,也提到了这一点:"在《悬崖》中没有单一的主角,小说建立在探索真理和众多人物(赖斯基、祖母、薇拉、沃洛霍夫等等)争论的声音基础之上。"[①]首先来看最明显的,也是最引起争议的一种声音,那便是马克的虚无主义思想。

二、马克的虚无主义之路

马克·伏洛霍夫是小说中虚无主义者的最典型代表,虽然他的形象并不算成功。评论家斯卡彼切夫斯基(А. М. Скабичевский,1838—1911)指出:"冈察洛夫笔下的伏洛霍夫极为粗糙、简单,既无概括性,他没有观察生活,就创作了这个人物。这纯粹是从一些陈词滥调般的格言中演化出来的。"[②]在批评家的眼里,冈察洛夫似乎是生搬硬造了这个虚无主义者,其用意在于丑化年轻一代。如果仅从一些外面描写来看,马克确实显得有些被丑化了。

小说里第一次提到马克这个人物,是在主人公赖斯基的好友写给他的书信里:"这个伏洛霍夫是我们城里的一个怪物。这里没有一个人喜欢他,大家都怕他。"[③]更让人瞠目的是,马克还有个"可恶的习惯:他看一本书就撕书页来卷烟丝,或者做烟嘴,用它擦手指甲,揩耳朵。"[④]这种对知识的藐视,无疑令人想起《父与子》里那位号称要否定一切的巴扎洛夫。小说中第一次描写到他的某些细节:"他的脸朝前伸出,神色坦率,似乎很果断。脸的轮廓不太端正,相当粗犷,比起胖的人来,这张脸是相当瘦削的。脸上不时掠过笑容,不知是反映了烦恼呢,还是讥嘲,但总归不是愉快。他的手臂长长的,手粗大,端正,有力。灰色的眼睛,或者是一股大胆的、挑衅的神气,或者,大部分

---

① *Кулешов В. И.* Этюды о русских писателях. Москва.: Издательство Московского Университета. 1982. С. 235.

② *Гончаров И. А.* в русской критике: Сборник статей // Вступ. ст. *М. Я. Полякова*; Примеч. *С. А. Трубникова*. -Москва.: Художественная. литература. 1958. С. 317.

③ [俄]冈察洛夫:《悬崖》上,翁文达译,上海:上海译文出版社,1983年,第160页。

④ 同上书,第160页。

时间是一种冷淡的、对一切都满不在乎的神情。"[1]不愉快,而且还"冷淡""挑衅",这些词语实际上都暗示了马克此人性格上的桀骜不驯、精神上的唯我独尊。似乎是怕上述描述还不够明白,作者干脆用睡意朦胧却时刻保持警惕的狗来形容马克,说"在这凝然不动之下隐藏着敏锐、机警和警惕"。[2] 马克跟赖斯基作自我介绍的时候又特地强调自己的政治身份:"受警察监视的一个官员,是本城的一个失去自由的公民。"[3]言下之意似乎在强调自己与官方的对立,从而把自己打造成一个为自由而受迫害的英雄。

这些描写都是外貌上的,即使体现了作家的某些否定性却也算不上多大的抨击。真正令人瞠目的是马克所信奉的那一套理论。在跟赖斯基的首次谈话中,马克便毫不掩饰地展示出他作为虚无主义者的一面。说到他偷摘苹果,马克大言不惭地说:"我的习惯是在生活中做什么事情都不需要人家的允许,因此我摘苹果也不去取得人家的许可,这样更甜些!"[4]他毫不客气地指出赖斯基的问题所在,批评他:"您什么也不会搞的,而且,除去已经搞出来的微乎其微的那一些,您也搞不出什么名堂来。"[5]但却没意识到自己同样是无所事事、四处游荡的一分子。在作家看来,这就是那个时代"六十年代人"的特征之一:生吞活剥西方的一些理论之后,他们便自以为真理在握,抡起批判的大棒四处出击,却不知自己实质上虚弱得不堪一击。小说中对马克这个虚无主义者的最客观、最全面的评价来自薇拉这个当事人的想法。薇拉回顾了一年来她对马克印象的变化:"一开始我是可怜您。……怜悯之心使我倾向于您。……您对什么都满不在乎——甚至连礼貌也不重视,思想散漫,讲话随便,玩世不恭,糟蹋聪明才智,不尊重任何人、任何事物,什么都不相信,还教唆人家也这样,惹得人家讨厌,还吹嘘自己勇敢。……我看到了智慧,某种力量……不过都与生活无关……"[6]没有了生活,任何力量都是无源之水,虚无主义理论的虚妄在此得到了揭示,就像马克自己承认的"显得又苍白,又空洞,又虚伪,又乏味的了。"[7]这种虚无主义者的弊病,在当时早有斯特拉霍

---

① [俄]冈察洛夫:《悬崖》上,第347页。
② 同上书,第347页。
③ 同上书,第348页。
④ 同上书,第349页。
⑤ 同上书,第364页。
⑥ [俄]冈察洛夫:《悬崖》下,第820页。
⑦ 同上书,第828页。

夫、卡特科夫等有识之士指出，二十世纪初的"路标"派则是对此进行了系统的反思（比如弗兰克的《虚无主义的伦理学（评俄国知识分子的道德世界观）》一文）。

马克还有一个理论是关于爱情的。他在给薇拉的最后一封信里赤裸裸地说出了他对爱情的看法："我们需要的不是信仰，目前最迫切的是情欲。情欲有它自己的规律；它嘲笑你的观点，将来还会嘲笑永久的爱情。它现在就制服了我，我的打算……我向它屈服了，你也屈服吧。"[①]情欲至上——这是马克粗鲁但诚实的直白，事实上倒为马克平添了几分可爱。小说在一开始这样描写马克对薇拉的垂涎三尺："他的眼睛贪婪地盯住她。'要是这只苹果也能偷到手就好了！'"[②]这里的马克，完全是一个地痞无赖的嘴脸，哪里有半点社会叛逆者的模样。在之后马克跟薇拉的多次交谈中，他也往往将情欲临驾感情之上，彻底否定家庭的意义。爱情是什么，爱情的责任是什么，在马克看来："这是臆想，虚构，薇拉，您把您的乱糟糟的'规矩'和'观念'搞搞清楚吧！忘掉这些'责任'，同意这样的看法吧；爱情首先是人之大欲……有时候是不可抗拒的大欲……"[③]至于大家公认的爱情的结晶——孩子，马克则有如下高论："要抚养和教育孩子吗？这已经不是爱情，而是一种特殊的麻烦事情，是保姆、老婆子的事情了！您想要的是遮布；这些感情呀，好感呀以及其他等等——仅仅是遮布，是树叶，据说人在天堂时就用树叶来遮蔽身子的……"[④]原来，家庭和情感只是遮羞布，唯一现实的是情欲。这类观点与其说是马克内心的真情实感，还不如说是作家对当时虚无主义言论的一种讽刺性戏仿，难怪米尔斯基说马克这一人物是"一个扁平可笑的角色"[⑤]。这里面自然有某些曲解，但如果我们了解了普鲁东思想及巴枯宁无政府主义在当时的流行，便能理解冈察洛夫对虚无主义的这般想象了。只不过这些想象在当时的革命民主批评家们看来，完全是对进步青年的污蔑和攻击，比如萨尔蒂科夫－谢德林就是这么认为的。

谢德林曾在名为《街头哲学》（1869）的文章里替冈察洛夫总结了马克的几大"罪状"并一一予以驳斥。谢德林说在冈察洛夫看来，马克·沃洛霍夫作

① ［俄］冈察洛夫：《悬崖》下，第939页。
② 同上书，第700页。
③ 同上书，第815页。
④ 同上书，第814页。
⑤ ［俄］德·斯·米尔斯基：《俄国文学史》（上卷），第249页。

为虚无主义者的特征有以下几个："冈察洛夫先生使沃洛霍夫爬窗子和盖草席的时候，是想隐喻下面这些典型特征：第一，对于有正路不走而宁愿绕弯路（照可敬的作者看来，大概弯路不是多余的）这种形式主义表示蔑视；第二，缺乏最起码的舒适生活的要求，并且故意大肆吹嘘这种品质。"①

但在批评家看来，不喜舒适生活，是因为沃洛霍夫没有条件体验舒适，所以只能以犬儒主义的方式来对舒适表示嘲讽了。总体来说，沃洛霍夫的这两个特征无非是为了表示对上流社会的嘲笑，并非什么太严重的问题，重要的是接下来的两个特征："第三个典型特征是沃洛霍夫借钱不还。"②谢德林认为：借钱不还是"最最简单的众所周知的生活行为"③，上升不到理论的高度。若作家要揭露虚无主义者的特征，完全可以举出更典型更深刻的例子。"但是现在却给我们描写一些偷窃手绢的小贼；请我们把他们看成诱人的恶魔和危险的革新者，——这样的误解岂不太奇怪了吗?"④第四点则是马克"反对永恒的爱情"，谢德林认为马克的行为与爱情理论无关。再者退一步说，"承认有限期的爱情优于无限期的爱情的人，完全不一定是贪淫好色的人……"在谢德林看来，冈察洛夫想通过爱情问题把沃洛霍夫描写成一个贪淫好色之徒，"这不过是他的个人意见，或者不如说，是他的误解的结果，他当然仍旧抱着这种误解。"⑤必须说明，谢德林的批评有一定的道理。作家过多地描写了马克的生活琐事，虽然也能体现出其虚无主义者的一面，但总显得生硬、不真实，这也是为其他批评家所指出的。

不过，谢德林坚信："文学和宣传是同一回事。"⑥这就使得他把马克这个本已单薄的形象更加狭隘化了。在他看来，作家这么去描写马克，似乎就是为了表达自己对虚无主义者的丑化和敌视，这实在是误会了冈察洛夫的初衷。冈察洛夫不是那种倾向特别鲜明的人，在俄国文学家当中，他算是一个温吞水式的老好人。此外，同样是描写虚无主义者，屠格涅夫久居国外因而能有机会结交一些革命者，所以他笔下的巴扎洛夫或者涅日丹诺夫等人，虽

---

① ［俄］萨尔蒂科夫－谢德林：《街头哲学——关于冈察洛夫的长篇小说＜悬崖＞的第五章第六节》，载于《古典文艺理论译丛》，第4册，北京：人民文学出版社，1962年，第141页。

② 同上书，第142页。

③ 同上书，第143页。

④ 同上书，第144页。

⑤ 同上书，第146页。

⑥ 同上书，第133页。

然也有某些不足，但毕竟比较真实，最终能得到拉夫罗夫等人的肯定。冈察洛夫久居官场，似乎并无太多机会接触到真实的虚无主义者。由于缺乏生活的积累，因此人物形象的苍白便在所难免了。事实上，冈察洛夫自己也承认这一点："我不能，我不会！**凡不是在我的脑子里产生和成熟的东西**（黑体为原文所有——引者注），我没有看见过，观察到、亲身体验过的东西，我的笔就写不出来！我有（或者曾经有过）自己的田地，自己的土壤，就像有自己的故乡，有故乡的空气，有朋友和仇人，有自己观察、感受和回忆的世界，我只会写我**经历过，思考过，感受过，眷恋过，贴近地看见过和了解过的东西**，总之，**我只能写我自己的生活以及我与之密不可分的事物。**"[①]但正如上文所说，冈察洛夫并非对虚无主义一无所知。身为书刊检查官的他，平时阅读的虚无主义倾向的文章恐不在少数，当然目的是为了禁止其发表。就思想层面而言，冈察洛夫对虚无主义的了解并不算肤浅。马克形象的失败只是在于作家没能把这种他所了解的极端性思想很好地融入人物当中去，因此只能拿一些生活琐事来塑造人物。

谢德林还有一句话，倒是无意中说出了反虚无主义在当时的盛行："由于某种奇怪的误解，所有大名鼎鼎的俄国小说家都决定向公众介绍自己的世界观，于是大家全都说出了完全相同的观点，都拥护街头的道德，拥护严禁触犯的、众所公认的和已成定局的东西，而反对表示怀疑的、心怀不满的和力求探索的东西。"[②]"所有大名鼎鼎的俄国小说家"居然都去拥护现存的道德规范、思想模式，反对宣扬激进的、革命的新思想，这实际上说明了虚无主义在当时俄国文学界的没落。如果说巴扎洛夫还能体现虚无主义旺盛战斗力的话，那么在冈察洛夫笔下，马克完全就成了一个毫无希望的人，虚无主义成了绝路。

三、薇拉的沉沦与拯救之路

当时的激进派批评家谢尔古诺夫曾说："冈察洛夫先生长篇小说的一切精华在于他的主人公马克。没有马克，也就没有小说，没有生活，没有了热

---

① ［俄］冈察洛夫：《迟做总比不做好》，载于［俄］冈察洛夫、屠格涅夫、陀思妥耶夫斯基、柯罗连科：《文学论文选》，第100页。

② ［俄］萨尔蒂科夫－谢德林：《街头哲学——关于冈察洛夫的长篇小说〈悬崖〉的第五章第六节》，载于《古典文艺理论译丛》，第4册，第136页。

情，没有兴趣，《悬崖》也就不可能了。”[①]不过笔者以为，谢尔古诺夫这句是就小说的反虚无主义倾向而言，颇有论争的意味在内。如果从整个小说来说，批评家的这个判断明显过于偏颇了。因为小说真正的主人公既不是马克·沃洛霍夫，也不是作为观察者的赖斯基，而是三位个性鲜明的女性：祖母达吉雅娜·玛尔科芙娜；两个孙女玛芬卡和薇拉。早在《平凡的故事》发表时，别林斯基就指出冈察洛夫在描写妇女形象上的长处：“描写妇女的性格的非凡精湛的才艺是他的才能的一个特点。他从来不自行重复，他塑造的女人从来不会与另一个女人类同，作为肖像来看，都是卓越不凡的。”[②]这个长处在描写《悬崖》中的女性形象时得到了充分的展现。

祖孙三人是一家人，但在冈察洛夫的笔下，透过赖斯基的眼睛，却体现了三种截然不同的女性形象，尤其是女主人公薇拉的沉沦与被拯救，其过程更是跌宕起伏，令人感慨。正如杜勃罗留波夫所说的：“冈察洛夫才能的最坚强有力的一面，就在于它善于把握对象的完整形象，善于把这形象加以锻炼，加以雕塑。这就是他所以特别不同于同时代俄罗斯作家的地方。”[③]虽然薇拉这个人物的最后结局有些不自然，但从整个小说来看，她是最出彩的女一号。如果说，小说中的赖斯基是个观察者，是作者的一双眼睛和半个代言人的话[④]，那么小说真正的焦点人物是薇拉，作者想要描述的是薇拉的沉沦和被拯救。这个情节并没有多大的新意，并且由于作者一贯的“宁静和丰满”[⑤]，读起来反而还有点累赘。小说里第一次出现薇拉是在赖斯基到达马林诺夫卡之后很长一段时间。薇拉像压轴戏一样迟迟不露面，既让赖斯基望眼欲穿，也吊足了读者的胃口。所以，她的出场有种神秘而惊艳的感觉，这种设置跟她在小说中的命运安排是有关系的。

薇拉第一次出场，作家就专门描写了她那种“神秘的美”和“一下子难以描述的魅力”：“天鹅绒般的深色眼睛，目光深邃。脸孔洁白而缺乏光泽，眼

---

① *Шелгунов Н. В.* Литературная критика. С. 221.

② ［俄］别林斯基：《一八四七年俄国文学一瞥》，载于［俄］别林斯基：《文学论文选》，第726页。

③ ［俄］杜勃罗留波夫：《什么是奥勃洛摩夫性格?》，载于［俄］杜勃罗留波夫：《文学论文选》，第5页。

④ 对于赖斯基的作用，苏联研究者普鲁茨科夫认为：他是“冈察洛夫和现实之间的中介，他的作用要大于普通的故事讲述者。冈察洛夫让赖斯基成为生活的观察者和评判者，从而传达出作家本人对事件和人物的了解。”Пруцков Н. И. Мастерство Гончарова-романиста. М. -Л.: Издательство АНСССР, 1962. С. 156.

⑤ 杜勃罗留波夫说因为这个特质，“艺术家对待他所描写的对象当然就能比较平静，比较不偏不倚，甚至对于琐碎的详细情节，都能弄得轮廓分明，而且对于小说中所有个别事件，也能给予同等程序的注意了。”［俄］杜勃罗留波夫：《什么是奥勃洛摩夫性格?》，载于［俄］杜勃罗留波夫：《文学论文选》，第6页。

睛旁边和脖子上有淡淡的黑影。"所有这一切,给旁观者赖斯基留下的印象就是:"多么可爱却又难以捉摸的人物!"[①]不过,联系上下文可以得知,这个时候的薇拉,尚处于热恋中。马克·沃洛霍夫所展示的那种藐视一切权威的思想令她感到激动不安,她似乎在马林诺夫卡这个小天地之外找到了新生活的希望。正是因为有了马克带来的这种希望,薇拉在对待赖斯基的时候始终显得不卑不亢,底气十足。

但薇拉又是痛苦的。一方面出于对新思想的向往,她冒着巨大压力和马克交往,另一方面在接受的过程中,她始终对马克贩卖的那一套理论充满怀疑,用她的话说是:"那是因为我要自己看一看,了解一下我正在往哪里走。"[②]在一年多的过程中,获得新思想的欢喜和对新思想的怀疑始终在她心里不断产生着斗争,赖斯基看出了这一点:"你在斗争……薇拉,而且拼死命在斗争;这你不必隐瞒……"[③]这斗争让她痛苦,也让她充满着神秘色彩。我们不妨对比一下《怎么办?》里的女主角薇拉(也许不是偶然,两个女主角的名字都是薇拉,在俄语中意为"信仰")。《怎么办?》里家庭教师洛普霍夫的出现,给薇拉的生活带来了新的希望和光明,以至于她兴奋地把两人初识的那天称之为"她的生日"(意即在精神上的新生)。而对于冈察洛夫的薇拉来说,和马克的交往在最初的兴奋之后并没有给她带来浴火重生般的轻松,用她自己的话说:"我每天都等待着;有时候我提心吊胆,愁闷得不知往哪里躲才好。"[④]为什么会有这样的担心,原因就在于虚无主义理论的否定性和虚幻性。薇拉对马克说:"除了您自己以外,对所有的人都抱一种冷漠、甚至憎恶的态度。"[⑤]虚无主义者对社会的批判态度在某种意义上体现了他们的思想敏锐性和先进性,但同时也造成了他们的狭隘和尖刻。马克之所以对社会抱着"冷漠、甚至憎恶的态度",很大程度上是他意识到了社会的平庸甚至保守,同时为这种意识感到沾沾自喜,高人一等。通篇来看,马克似乎很少有对自己行为的反思,他所表现出的绝大多数是虚无主义者的浮躁和浅薄,这一点让薇拉觉得很不放心。不过更重要的问题在于出路。正如前文所分析的,意识到社会的弊端只是一个方面,真正的问题在于如何消灭这种弊端。就拿两人

---

① [俄]冈察洛夫:《悬崖》上,第381页。

② [俄]冈察洛夫:《悬崖》下,第707页。

③ 同上书,第717页。

④ 同上书,第705—706页。

⑤ 同上书,第703页。

之间最关键的爱情问题来说，薇拉不愿像妹妹玛芬卡那样做奶奶羽翼呵护下的小鸽子，她希望有新的选择。马克的出现给她提供了一个新希望，她希望做马克的“一辈子的同志”①，而不是女学生。但怎么做，这是薇拉孜孜以求的答案，也是虚无主义者马克无法给予的答案。马克要的是情欲的满足，短暂的快乐；薇拉要的是“一辈子的幸福”，因为“短暂的幸福不是真的幸福……”②虚无主义者关注当下，他们只重视破坏，至于建设，那是以后的事情。薇拉所考虑的除了反对当下传统的婚姻模式外，她还希望能找到新的模式，能保证一辈子的幸福。仅仅在爱情问题上，双方的期盼值就相差这么大，推广到其他问题上，更是如此。

薇拉之所以对马克持怀疑态度，一方面是因为虚无主义本身的不足，另一方面也是因为她自身的阅历及批判意识。薇拉跟马克相通的地方在于，他们都是社会的批判者，都意识到了目前生活的不正常。薇拉的妹妹玛芬卡说：“薇罗琪卡总是感到无聊，她常常闷闷不乐，像个石头人儿似的坐着，她跟这里所有的人仿佛都格格不入！”③“我靠信仰生活，不可能过另一种生活……”薇拉的信仰是什么呢？是生活。如果具体来说，那就是传统的宗教思想，“还有赖斯基连同他的诗歌、还有祖母和她的道德，更何况，她还有自己的眼睛，自己的听觉，敏锐的感觉和女性的本能，然后还有她的意志——支持着她的力量，给她以反对他的真理的武器……”④所有这一切，构成了薇拉在面对虚无主义诱惑的时候保持独立清醒的武器。正因如此，“她并没有迷失生活的正确道路，从琐碎的现象中，从聚集在她周围的平庸人物身上，她作出并不肤浅的结论，对围绕着她的陈规陋习、专制主义、粗野风俗，她实际运用了她的意志力量。”⑤她到最后选择了做“奶奶的玛芬卡”，这固然有无奈的因素，但也未尝不是在饱受生活磨难之后对传统的回归。

不过，正如有研究者指出的：“韦拉在小说中的作用只是为了揭露伏洛霍夫的虚无主义思想而设置的‘牺牲品’而已，她仍然和《平凡的故事》中的丽莎韦塔以及《奥勃洛摩夫》中的奥丽加一样，仅仅是‘正题‘和‘反题’之间

---

① ［俄］冈察洛夫：《悬崖》下，第712页。
② 同上书，第710页。
③ ［俄］冈察洛夫：《悬崖》上，第331页。
④ ［俄］冈察洛夫：《悬崖》下，第827页。
⑤ 同上书，第881页。

的中介，无法承担起‘合题’的重任。”[①]另一方面，冈察洛夫借着薇拉迷失之后的反思，说出了自己对传统的肯定：“她在马克的布道和心向神往中，终于看到旧生活中有某些东西是正确的，富有生命力的，是那么坚实而非虚幻的，这些东西可以依靠，值得喜爱。”[②]这些“旧生活”的代表自然就是祖母，她和新生活的代表杜新一起真正承担起反对虚无主义的重任。

四、旧与新：反虚无主义之途

小说里的老祖母达吉雅娜·玛尔科芙娜，显然是作者要大力歌颂的正面人物。她和杜新两人分别代表了一破一立的两种典型。“破”是指反虚无主义；即当薇拉遇到虚无主义诱惑的时候，是祖母的谆谆教诲使之最后避免了悲剧的进一步恶化；“立”是指薇拉的出路在哪里？虽然悲剧没有恶化，但毕竟已构成丑闻，薇拉只有借助杜新才能重新过上正常的生活。所以，小说里两者结合起来，一致形成了对马克·沃洛霍夫的反抗。不过，具体到形象塑造上，正如当时的批评家索洛维约夫（E. A. Соловьёв，1863—1905）指出的：“在冈察洛夫的宠儿即小说《悬崖》中，代表传统的旧人物（如祖母、玛芬卡、赖斯基）都刻画得很精彩；而写到代表未来的人物（如伏洛霍夫、杜新）时则很不完美。”[③]

祖母年轻时也有过传言，这也构成了《悬崖》出版后被评论界批评的一个罪状，即对老一辈的不敬。作家本人多次承认，祖母的形象来自于自己母亲阿芙多季娅·马特维耶夫娜·冈察洛娃。她与作家的教父特列古波夫的关系在某种程度上也影射了小说中祖母与瓦图金的友好关系。在小说里，祖母是个忙碌又有点专横的老太太，她的生活法则很简单，就是“一代代传下来的语言。”[④]并且，她认为“我一个人的智慧和意志足以应付一辈子，我比你们大家都聪明……”[⑤]但这些古老而自负的思想又不是完全僵化，在祖母那里，它们似乎得到了创造性的转变：“透过任何地方、任何时候都是毫无用处的陈旧智慧，她会像一股活泼的清泉那样，汩汩地冒出健全而切合实际的理智，她

① 高荣国：《冈察洛夫长篇小说艺术研究》（上海师范大学，2008 届博士论文，未刊稿）第 57 页。“韦拉”即薇拉。

② ［俄］冈察洛夫：《悬崖》下，第 883 页。

③ 转引自高荣国：《冈察洛夫长篇小说艺术研究》，第 61 页。

④ ［俄］冈察洛夫：《悬崖》上，第 293 页。

⑤ ［俄］冈察洛夫：《悬崖》下，第 907 页。

自己的思想、观点和观念。只是当她使用自己的力量时,她似乎有点胆怯,惶惑不安地寻找从前的旧例来支持自己的力量。"[1]如果不是赖斯基的到来和薇拉的意外,祖母的生活仍将这么按部就班地进行下去,并且在作家看来,她这种怡然自得的田园生活状态早已有了接班人,那就是玛芬卡。这是一种感性的生活状态,不问因果,只求顺其自然。作为观察者的赖斯基也比较过自己与祖母在待人接物上的不同:"……如果说我待人往往还是宽厚的话,那么,这是由于我冷静地意识到做人的基本原则,而奶奶的做人原则全在于感情,在于对人的同情,在于她的天性!"[2]

祖母的这种生活状态好不好呢?在作家看来不见得好,因为它毕竟代表着落后和蒙昧,随着时代的变化,这种状态迟早会成为历史。作家后来说:"这里反映的是一种保守的旧俄罗斯生活!"[3]当这种生活遇到外来冲击的时候,特别是薇拉出事之后,马林诺夫卡表面上的幸福安详马上被彻底打破:"幸福的小天地失去了安宁、自豪、美好生活的气息!"[4]不过,值得重视的是此时的祖母却爆发出强大的忍耐力,赖斯基不禁把忍受着巨大痛苦的祖母跟历史上一系列伟大的妇女相对比。连失足的薇拉都意识到:"老人的力量是久经生活斗争的磨炼,然而还很强大,显然是不可摧毁的……"[5]作者似乎没有进一步探究祖母的力量来自何处,但在小说末尾,他把祖母跟"另一个伟大的'祖母'——俄罗斯"联系到一起,这之间似乎表明了祖母跟俄罗斯民族之间的某种联系。我们是否可以认为,正是因为祖母扎根于民间,所以才有了如此强大的生命力?这种生命力,这份对待生活的从容,应该也是反抗虚无主义诱惑时的强大武器。但是,祖母毕竟是属于过去的人,时代变了,她的传统思想也只能使其对抗新思想的侵袭,却不足以取而代之,为薇拉找得真正的出路。解决这一问题的希望,落在了杜新身上。

作为拯救者的杜新,正如评论家指出的:是"了不起的、但却不切实际的尝试!"[6]但无论如何,冈察洛夫赋予了他解救者的意义。小说中杜新的第一

---

① [俄]冈察洛夫:《悬崖》上,第293页。

② 同上书,第302页。

③ [俄]冈察洛夫:《迟做总比不做好》,载于[俄]冈察洛夫、屠格涅夫、陀思妥耶夫斯基、柯罗连科:《文学论文选》,第73页。

④ [俄]冈察洛夫:《悬崖》下,第898页。

⑤ 同上书,第923页。

⑥ [俄]亚·雷巴索夫:《冈察洛夫传》,第299页。

次亮相是在第三部的第14章："这位大力士，以身材和力气而论，显然是不知道任何恐惧和危险的壮汉，在美丽、柔弱的女孩子面前却很胆怯，避开她的目光，蜷缩在角落里，在她面前说话时，字斟句酌，行动拘束，悄悄留意她的眼色，看是否流露出什么要求，他提心吊胆，生怕说话不得体，举止失措，显出笨手笨脚的样子来。"赖斯基对他的第一印象是："这个人大概也是个奴隶！"[①]不过，作家在这里之所以如此描绘杜新，用意在于跟马克在薇拉面前的粗野无礼相对照：一方面是温文尔雅，一方面是肆无忌惮，两相对照，褒贬立现。

接下来，作者还要进一步介绍杜新的情况，比如他住在森林里经营数千俄亩的森林，并且还独资创办了蒸汽机锯木厂；他在家里阅读农艺学著作，同时也看法国小说；身价和品味都有了。至于性格，作者在这里又说了很多好话："这位纯朴的人，他的体型，连同他那粗犷的脸容，仿佛一旦形成便浑然一体地存在了，他的性格，连同那有着原汁一般浓郁气质的才智和感情，也是这样。"[②]具体到杜新在薇拉失足这一问题上所表现出的宽容大度，更是让人印象深刻。即使以挑剔出名的赖斯基，在拜访过他的森林庄园后，也不得不承认："杜新是我们的真正的'行动的一伙人'，我们的可靠的'未来'，这种未来现在逐渐显现出来了，尤其是当这一切，"赖斯基环顾着四周的田野，远方的村落，这样做判断，"当一切幻影，懒惰，嬉戏将要消失，真正的'事业'，大众的许多'事业'即将出现的时候，当自愿的'殉难者'将随同幻影一起消失，在社会的整个阶梯上将出现'干工作的人们'，'杜新们'，来接替'殉难者'的时候……"[③]赖斯基或者说作家本人在这里的意思很清楚：杜新是实干家，未来的希望属于他和像他这样的人。这一点不免让我们想起《处女地》当中的索洛明。

索洛明是一个现代化工厂的管理人，也是一个以实际行动来改变社会的人。屠格涅夫在小说中将其视为未来的"曙光"，不过也仅仅是屠格涅夫的"曙光"罢了。十九世纪中后期恰好是俄国资本主义以原始资本积累逐渐兴起的时期，且不论杜新或索洛明的工厂能否不以剥削而存在，即使是生存下来后，很大程度上是要被骂作"庸俗资产者"的。而对于这一点，高尔基在后来的《阿尔达莫诺夫家的事业》一书中有着更为详尽的描写。杜新其实也一

① ［俄］冈察洛夫：《悬崖》下，第606页。
② 同上书，第609页。
③ 同上书，第984页。

样是一个以剥削为生的资本家，只是冈察洛夫对此避而不谈，因为这毕竟是另一个故事了。在《悬崖》中，最主要的问题是反对虚无主义，以杜新来对抗马克。因此小说中的杜新在现实中属于提前出场的人物，其真实的经历尚有待发展。冈察洛夫本人也承认杜新的形象尚不完整："生活的方式尚未形成，人物还没有成为典型。谁也不知道，年轻一代的新生力量将会以怎样的活动和生活方式体现出来，因为新生活本身尚未最终形成新的稳定的方向和形式。"①杜新"是一种暗示，但这是暗示真正的新的一代，暗示它大多数优秀成员，这就是杜新或者说是杜新们，他们存在于俄国的各个阶层。"②

或许是要进一步表明自己对虚无主义的看法，冈察洛夫在《悬崖》发表十年后的《迟做总比不做好》一文中再次分析了马克的形象："沃洛霍夫不是社会主义者，也不是教条主义者和民主主义者。他是激进分子和准蛊惑家；他准备从绝对否定的空泛理论的基础上转入行动……"③作家对这个人物的界定虽然是为了表明自己对青年一代并无恶意，但也证实了小说的反虚无主义倾向。从小说结构来看，虽然小说在叙事方面有些拖沓，常常限于大段大段的心理陈述或景物描写，但总体而言还是比较接近屠格涅夫创立的反虚无主义小说模式：地点是外省，主角是受诱惑的少女、象征传统的祖母，以及邪恶的虚无主义者等等。虽然《悬崖》里对马克的描写不是最主要的篇章，但就小说本身引起的争论而言，它与当时其他反虚无主义小说一起构成了俄国小说家们描写并反思虚无主义的篇章。

跟陀思妥耶夫斯基、列斯科夫、皮谢姆斯基等人所不同的是，《悬崖》的反虚无主义意识不是最强烈的，它对马克的攻击多数集中在一些生活小事上，没有上升到理论的高度，谈不上太多的政治倾向。④ 这很大程度上跟作家对政治的有意回避有关系。可以说，冈察洛夫的全部作品都没有特别强烈的政

---

① *Гончаров И. А.* Собрание сочинений. в 8-томах. Т. 8. С. 136.

② Там же. С. 128.

③ ［俄］冈察洛夫：《迟做总比不做好》，载于［俄］冈察洛夫、屠格涅夫、陀思妥耶夫斯基、柯罗连科：《文学论文选》，第 77 页。

④ 虽然小说后面有薇拉对马克思想的一些反思，但基本上停留在反思个人情感的出路之上，谈不上更深远的意图。这也是当时 1869 年 7 月的《俄国导报》上那篇文章中所抱怨的：冈察洛夫没有让沃洛霍夫"去推翻革命民主主义者的社会政治理想，更不用说去反对宗教般的唯物主义了。"*Л. Нелюбов* Новый роман г. Гончарова . «Русский Вестник», 1869. N 7. С. 335.

治斗争色彩，即使在《悬崖》中，父与子，新与旧的斗争也表现得比较缓和。这一点，正如评论家索洛维约夫解释的："西欧生活方式和东亚生活方式在冈察洛夫思想上是和平共处的，没有明显的斗争。毫无疑问，他不偏向哪一方，而是采取万无一失的中间立场，而且毕生保持这一立场。"[①]这是冈察洛夫作为一位小说家的立场，但也使他的作品与其同时代人相比，缺乏强烈的时代意识，这在反虚无主义小说阵营当中是不多见的。

① ［俄］M. A. 普罗托波波夫等著：《别林斯基、杜勃罗留波夫、皮萨列夫、冈察洛夫》，翁本泽译，郑州：海燕出版社，2005 年，第 377 页。

第七章

陀思妥耶夫斯基及其反虚无主义小说

俄国虚无主义作为十九世纪中后期影响较大的一种激进思潮，一度以革命和进步的面貌而著称于世，在俄国文学史上留下了很深的印迹。作为曾经的彼得拉舍夫斯基小组成员，陀思妥耶夫斯基对这种发端于西方的否定性思潮并不陌生，他本人甚至一度是这种思潮的拥护者和鼓吹者。[①] 进入60年代以后，多年的牢狱生活及社会上虚无主义的盛行使作家重新审视甚至反对这一思潮。他对革命的反对使之到了1870年代末被进步批评视为保守的、反动的小说家。别尔嘉耶夫倒是为他做了辩护："从革命平民的观点、从革命宣传的观点来看，也许他们及陀思妥耶夫斯基都应当是'反革命'的，但这只是因为一切精神都与表面被称为'革命'的东西相对立，是因为精神的革命通常否定革命精神。陀思妥耶夫斯基正是那样一位末日的启示者。旧世界'革命'或'反革命'的庸俗陈腐的标准不可能适合他。对他来说，革命是彻底反动的。"[②]

在那篇著名的《——波夫先生与艺术问题》(1861)中，陀思妥耶夫斯基就对彼时流行的两种艺术观——功利主义和纯艺术论——分别进行了批评。功利主义的艺术观强调文学需为社会服务，其代表是杜勃罗留波夫。纯艺术论脱离现实固然不可取，但功利主义忽略艺术的本性，也并不值得称道。作

---

① B. 维特洛夫斯卡娅指出："作家一度亲近西方空想社会主义的宗教情绪，后者在《穷人》中曾从属于社会主题，并作为改造世界的根据。但这一时期(指1840年代——引者注)陀思妥耶夫斯基在情绪上却更为激进。《穷人》的作者不能同意圣西门、傅立叶及其他空想主义者所坚持的和平改造社会的可能性，及未来等级社会结构中的和谐，因为在陀思妥耶夫斯基看来，罪恶恰恰隐藏于此。"参见 *В. Ветловская.* Роман Ф. М. Достоевского《Бедные люди》. Ленинград. : Художественная литература. 1983. С. 203.

② [俄]尼·别尔嘉耶夫：《陀思妥耶夫斯基的世界观》，耿海英译，桂林：广西师范大学出版社，2008年，第85页。

家在这里毫不客气地批评了杜勃罗留波夫在批评实践中的问题，指出："——波夫先生是位理论家，有时甚至是幻想家，经常是不很了解实际情况。有时他对现实是过分地不客气，随心所欲地弯过来弯过去，直到能证明他的思想为止。"[①]在作家看来，杜勃罗留波夫这样的热血青年，仿如十多年前的自己，在彼得堡的沙龙或读书小组里高谈阔论，但对俄国人民的真实情况却知之甚少。当然，仅仅是批评中的功利主义倾向还不足以与虚无主义联系起来，毕竟作家本人也赞成文学不能脱离社会现实这一观点。作家真正要批评的是年轻批评家们为了论证自己的某种思想，常常不顾作品本身的艺术性，甚至不惜曲解现实。用陀思妥耶夫斯基的话说，这是"我们评论界的专制态度"[②]，它们所起到的作用只能是损害文学和进步事业本身[③]。作家认为："个人无力完全地把握永恒的普遍理想，哪怕他是莎士比亚，因此个人也不能给艺术*规定*（楷体为原文所有——引者注）出道路和目的。"[④]但偏偏那些激进的年轻批评家们认为自己有科学、有西方先进的理念作为支撑，所以不免对文学家的创作指手画脚，想要给俄国文学"规定出道路和目的"。这一点是陀思妥耶夫斯基尤为反对的。在之后跟《现代人》杂志的论战中，作家再度申明了这一点。作家不但批评虚无主义这种现象，还对这种现象在俄国的传播问题做了思考。在1871年致斯特拉霍夫的信里，作家甚至谩骂起了自己的文学伯乐——别林斯基："一身恶臭的屎壳郎别林斯基（您至今仍然器重他）正是一个天分不高和软弱无力的人，因此他才诅咒俄罗斯并自觉地给它带来了大量危害（关于别林斯基以后人们还要讲很多，您会看到的）。"[⑤]

可以说，虚无主义这一主题贯穿了作家60年代之后的整个创作。别尔嘉耶夫指出："陀思妥耶夫斯基透彻地理解俄罗斯虚无主义的性质。如果说他否定了什么的话，那么，他否定的是虚无主义。他是一位反虚无主义者。"[⑥]另外，捷克政治家、思想家马萨里克（T. G. Masaryk，1850—1937）则认为："陀思妥耶夫斯基是第一个在形而上学及宗教哲学领域思考虚无主义的人；他也

---

① 陈燊主编：《费·陀思妥耶夫斯基全集》第17卷，石家庄：河北教育出版社，2010年，第121页。

② 同上书，第149页。

③ 杜勃罗留波夫在《真正的白天何时到来？》中对屠格涅夫《前夜》所作的评论，引起了屠格涅夫的勃然大怒，最终导致屠格涅夫、皮谢姆斯基等人与《现代人》杂志彻底决裂。极为关注文坛现状的陀思妥耶夫斯基对此应该有所了解。

④ 陈燊主编：《费·陀思妥耶夫斯基全集》第17卷，第152页。

⑤ 陈燊主编：《费·陀思妥耶夫斯基全集》第22卷，第837页。

⑥ ［俄］尼·别尔嘉耶夫：《陀思妥耶夫斯基的世界观》，第20页。

是第一个试图认真把握其普遍意义的作家，尽管这一尝试在巴枯宁与赫尔岑的一些著作中已初露端倪。"[①]不过，由于虚无主义本身是个较为复杂的话题，何况在传统看来，它往往与革命挂钩，因而无论是俄苏还是我们国内学术界，长期以来对"陀思妥耶夫斯基与虚无主义"这一问题多数或者避而不谈，或者避重就轻，在某些专著内略有提及，尚缺乏专门的研究。正如陀学专家Н. 布丹诺娃（Н. Ф. Буданова）所指出："成熟时期陀思妥耶夫斯基作品中的虚无主义问题——就其自身特点而言是复杂的、矛盾的——尚未得到专门的学术论述。"[②]

在笔者看来，其复杂性主要体现在以下方面：一方面，虚无主义本身是个变动的概念，随着时代的变迁，虚无主义的侧重点也在变化；另一方面，作家本身对虚无主义的认识有一个逐次深化的过程，这一点也很明显地体现在他不同时期的作品中，这就构成了作家创作与虚无主义之间的一种有机互动。也许不是巧合，作为陀思妥耶夫斯基同时代人，哲学家尼采在名为《宇宙学价值的衰落》的文章中详尽地分析了虚无主义发展的三个阶段。在笔者看来，尼采的这三种阶段正巧妙地体现在陀思妥耶夫斯基的三部代表作中[③]，尽管和多数作品对现实的反映一样，这种对应没有也不可能完全吻合，但却从不同的角度体现了十九世纪下半期虚无主义思想的走向。

一、失落的虚无主义者："地下室人"

1860年初的俄国社会，经历一个从希望到失望乃至绝望的过程。自1855年以来积蓄的对新沙皇亚历山大二世的种种期待，对和平改革的诸多设想，完全被农奴制改革后的景象击得粉碎。正如政治家巴枯宁在一封信中指出的，当时的俄国，"建立在宗教、宗法制和文学的社会权威基础上的旧道德永远地崩溃了。新的道德尚未建立起来……"[④]礼崩乐坏的结果便是"一切都不再神圣"（陀思妥耶夫斯基语）的虚无主义思想。

虚无主义往往令人联想到彻底的否定，因此后来的宗教哲学家尼·洛斯

---

① T. G. Masaryk , *The Spirit of Russia*: *studies in history*, *literature and philosophy*. Vol. 2 George Allen & Unwin Ltd. 1955. P. 73.

② *Н. Ф. Буданова* Достоевский и Тургенев: творческий диалог. Ленинград. : Наука. 1987. С. 8.

③ 需要说明的是，关于虚无主义的主题在《白痴》《少年》等作品中也有体现，但与《罪与罚》《群魔》《卡拉马佐夫兄弟》相比，这类思考显得并不突出。这充分说明了作家对虚无主义的思考是一以贯之的。

④ *Феликс Кузнецов* состав. Шестидесятники. Москва. : Советская Россия, 1984. С. 163.

基便将之定义为“车尔尼雪夫斯基及其同道者杜勃罗留波夫在著作中表现出来的对社会生活传统支柱的否定。”[①]这显然过于简单化了。巴扎罗夫自然是俄国文学中第一位虚无主义者，他旗帜鲜明地提出了否定一切的口号，却英年早逝。然而，他的出现却如一石惊起千层浪。巴扎罗夫之后，虚无主义者与新人的争论成了俄国文学讨论的焦点。似乎为了改变巴扎罗夫那种悲观的结局，车尔尼雪夫斯基在《怎么办?》(1862—1863，副标题是《新人的故事》)中与之针锋相对地塑造了一批新人。他们无视传统的观念，打破家庭和道德的束缚，争取自由的人生。

应该说，陀思妥耶夫斯基对这类小说在艺术性上是比较鄙视的。在他1864—1865年的笔记本里有他对虚无主义小说的看法：“虚无主义小说。它的主题常常差不多。丈夫戴了绿帽子，妻子淫荡成性，而后又重归于好。他们想不出别的东西了。”[②]在小说的基调上，陀思妥耶夫斯基也不能同意车尔尼雪夫斯基那种对人性过于乐观的心态，所以又作《地下室手记》与之辩论。陀思妥耶夫斯基还特地在小说开头强调地下室人的时代典型性：“这是尚且活着的一代人的一个代表。”[③]作家后来在致皇储(A. A. Романов，1845—1894，即亚历山大三世)的信里说：“这些现象(指虚无主义——引者注)既非偶然，也非个别，因而在我的长篇小说中并没有抄袭来的事件，也没有抄袭来的人物。这些现象是整个俄国教育历来脱离俄国祖国的和独特的本原的直接后果。”[④]这就把虚无主义产生的原因归结到对本民族根基的抛弃及西方思想的影响上了。所谓西方思想，就是彼时的理性主义。在《地下室手记》里，它用一个最简单的公式体现出来：二二得四。为什么要“二二得四”？从个人的角度来说，二二当然可以是五、六或随便哪个数字。但从社会角度来说，“二二得四”是一种约定俗成的法则，通过它社会可以建立起相应的秩序，人们可以寻求到人生的最终意义。作家在《地下室手记》里所要表述的，就是个人的自由与社会理性之间的对立。这种理解与德国哲学家尼采的见解恰有着某种契合之处。

在尼采看来，虚无主义总体来说是一个过程，“意味着最高价值自行贬值

---

① *Лосский Н. О.* История русскои философии. Москва. :Советский писатель, 1991. С. 70.

② *Ф. М. Достоевский.* Полное собрание сочинений в 30 т . Т. 20. Л: . Наука. 1980. С. 202.

③ 陈燊主编：《费·陀思妥耶夫斯基全集》第6卷，第169页。

④ 陈燊主编：《费·陀思妥耶夫斯基全集》第22卷，第869页。

（着重号为原文所有，以下同——引者注）”[①]这个过程的第一阶段便表现为对意义的寻求及寻求未果之后的失落（尼采将这种寻求称之为“生成”）：“现在人们明白了，通过生成达不到任何目的，实现不了任何目标……这样一来，对于生成的所谓目的的失望，就成了虚无主义的原因。”[②]因此，第一阶段的虚无主义大致表现为探索失败之后的失望乃至绝望，地下室人的心态正是如此。从虚无主义角度看来，《地下室手记》的主要意义正是在于作家通过“地下室人”将巴扎罗夫的虚无主义发挥到了理论上的极限，首次揭示了虚无主义思想发展的潜在可能性。这种发挥是从三个层次来进行的，即自我的寻找——自我的否定——对他人的否定。

地下室状态不是一日内形成的。小说第二部分“由于湿雪”主要追溯了这种状态的形成过程。作品一开始，地下室人便说自己 24 岁那年，“当时，我的生活已经很忧郁，很混乱，孤独到了极点。”[③]产生这种状态的原因是他与同事之间关系的紧张，而这又来自于他那渴望自由的心灵，虽然这种自由必须以放弃整个社会共同遵循的一些规范为代价。但他没有放弃追寻生活的意义，更不愿意被世界遗忘。一个不遵循社会理性的人是否有可能融入这个理性社会呢？这是地下室人所要寻找的答案。他也曾试图与同事交往，特别是在与一位军官在台球房里的邂逅，使他对自我肯定的渴望达到了前所未有的高度。“即使把我揍一顿我也能够原谅，可是他把我挪了个位置，完全不把我放在眼里，对此我怎么也不能宽恕。”[④]在此后的几年里，他想方设法希望那个军官注意到他，认识到自己尽管渺小，尽管是社会的另类，但在这个造物主的世界里也有自己的一席之地。

然而，这种愿望迟迟未能实现。对自我肯定的失败，成了地下室人担负的巨大痛苦。“这是一种折磨人的痛苦，一种无休止的、难以承受的屈辱，引起这痛苦和屈辱的是一个想法，这想法转变成一种无休止的、直接的感觉，即我是一只苍蝇，在这整个世界面前，我是一只肮脏的、淫秽的苍蝇——比所有人都更聪明，比所有人都更有修养，比所有人都更高贵，这是自然而然的，但是，却是一只要不停给所有人让路的苍蝇，一只遭受所有人侮辱、遭受所有人

---

① ［德］尼采：《权力意志：重估一切价值的尝试》，张念东等译，北京：商务印书馆，1998 年，第 280 页。

② 同上书，第 425 页。

③ 陈燊主编：《费·陀思妥耶夫斯基全集》第 6 卷，第 210 页。

④ 同上书，第 179 页。

欺凌的苍蝇!”[1]理性社会将他拒之门外。于是他开始了自我否定,即抛弃自己的尊严。这种否定,其实说到底还是为了让人注意到自己的存在,只是不再是用平等的方式。这一点,很明显地体现在那次同学欢送会上。本来别人不想邀请地下室人去,但他却死皮赖脸地要跟去。“越是不相宜,越是不体面,我却越是要去。”[2]去了之后,地下室人遭人戏弄之后仍不肯走,仍希望通过祝酒致词等行动刺激同伴,从而引起他人的重视,结果自然引起同伴更大的侮辱。他自称这个时候是“整个一生中这些最卑鄙、最可笑、最可怕的时刻。”[3]最后,为了能获得同伴的认可,他不惜低声下气,向他所蔑视的那些人赔礼道歉。作为个人的尊严已经荡然无存,自我的否定在这里达到了高潮。从中不难看出,地下室人和后来陀思妥耶夫斯基作品人物的一些相似之处:比如《群魔》中的斯塔夫罗金,他也是如此不顾一切地寻求他人的侮辱以考验自己的承受力。

在自我否定遭到失败之后,地下室人将否定的矛头对准了一位企图弃恶从善的妓女莉扎。他先用一些时髦的启蒙话语打动了这个苦难女子的心。在他的鼓励下,莉扎终于勇敢地离开了妓院,来找地下室人。(这显然是对《怎么办?》妇女解放模式的戏仿)可是令她吃惊的是,地下室人此刻却吐露了实情:“有人侮辱了我,所以我也要去侮辱人;有人将我当做抹布,所以我才想显示一下自己的权利……”[4]特别是地下室人与莉扎发生关系之后,居然还给了她5卢布作为酬劳,这就等于再度践踏了莉扎的个人尊严,彻底毁灭了她内心一度展现的新生活梦想。地下室人对他人的否定在这里成为一种没有理由的荒诞行为,无法用理性来解释。所以别尔嘉耶夫说:“《地下室手记》开始展现陀思妥耶夫斯基天才思想的辩证法。……他同别林斯基的人道主义彻底决裂。”[5]别林斯基的人道主义是建立在理性基础之上,建立在人性本善这样的前提之下。但到了陀思妥耶夫斯基这里,理性恰恰成了最大的笑话,人性因自由而可善可恶,没有理由。

无论是肯定,还是否定,都显得那么毫无意义。这便是地下室人的努力与结果。这一过程究其实便是虚无主义思想的发展过程。在作家看来,这种

---

① 陈燊主编:《费·陀思妥耶夫斯基全集》第6卷,第220页。

② 同上书,第234页。

③ 同上书,第247页。

④ 同上书,第290页。

⑤ *Бердяев Н.* О русских классиках. Москва.: Высшая школа,1993. С. 68—69.

思想发展的根本原因是"丧失了一般准则的信仰。不存在任何神圣的东西。(着重号为原文所有——引者注)"[①]而"丧失"一词本身就意味着此前某种"最高价值"的存在。在作家看来,此前的虚无主义者,无论是巴扎罗夫,还是拉赫梅托夫这样的革命者,他们的虚无主义都属现实层面:或者否定某些文化传统,或者否定现行政治制度,否定的尽头还有美好事物的存在。所有这一切都建立在人是理性的动物,人类的发展是有规律的历史进程这样的前提之上。地下室人的所作所为却昭示了人之行为的毫无意义,其结果就是对几千年来的理性思维定势的反驳,从而引起人道德伦理上的堕落。正如研究者指出的:"对于陀思妥耶夫斯基来说,虚无主义首先是道德—哲学秩序,意味着人类心灵的疾病,丧失了道德的底线和标准,陷于虚假理论的矛盾困境之中,远离了民族'土壤'和'活生生的生活'。"[②]

按米尔斯基的话说:"就创作年代而言,《地下室手记》是我们所见陀思妥耶夫斯基之最早的'成熟'之作,它已含有陀思妥耶夫斯基的本质自我。"[③]在笔者看来,这种"本质自我"其中也包含作家对虚无主义的这种思考。不过,《地下室手记》作为一个生活的片断,作家在揭示出虚无主义思想发展的某些可能性之后,并没有进一步描述主人公日后的遭遇。并且,可以看出,地下室里的虚无主义还只是思想上的一种绝望和否定,地下室人对他人的否定更多的是一种无意识的非理性行为,它在现实生活中的有意识地得到实现,是由《罪与罚》中的拉斯柯尔尼科夫来完成的。

二、绝望的虚无主义者:拉斯柯尔尼科夫

按照尼采的观点,第二阶段的虚无主义应该是一种总体性的破灭。"一旦人们确立了一切现象和现象总体性,体系化乃至组织化,就会出现作为心理学状态的虚无主义,以至那渴望荣宠的灵魂就沉湎于最高统治和管理形式的整个观念之中了。"然而,即使是这种自我价值的确立,最后也不免流于破灭:"但是,请看!这种普遍的东西根本没有!"[④]从确立到破灭,这是一个行动的过程。在这方面,拉斯柯尔尼科夫可是一个相当典型的例子。他一开始

---

① 《陀思妥耶夫斯基论艺术》,冯增义等译,桂林:漓江出版社,1988 年,第 375 页。

② *Н. Ф. Буданова*. Достоевский н Тургенев : творческий диалог. С. 47.

③ [俄]德·斯·米尔斯基:《俄国文学史》(上卷),刘文飞译,北京:人民出版社,2013 年,第 370 页。

④ [德]尼采:《权力意志:重估一切价值的尝试》,第 425 页。

就确立了这样一个总体的观念：即人有高低贵贱之分，这个世界永远是超人统治庸众，而他本人为了成为俄国的拿破仑，就有资格除去那个妨碍他的放高利贷老太婆。

作家的好朋友斯特拉霍夫曾在回忆录中提及《罪与罚》"以惊人的力量描绘了虚无主义的某些富有特征的、极端的表现。"[①]笔者以为，斯特拉霍夫所谓之"表现"不但是在平时的思想上，同时也是存在于理论的实践中。而"极端"之表现必产生于极端之形势。小说在一开始就为我们揭示了主人公走投无路的绝境。

拉斯柯尔尼科夫是"一个不幸的虚无主义者，一个饱尝了人间苦难的虚无主义者。"[②]不同于地下室人的自给自足，拉斯柯尔尼科夫曾整日为生存奔波，却依然食不果腹。小说开始的时候，他对生活已彻底绝望了："他穷困潦倒；可最近连这种窘迫的境遇也不再困扰他了。一些紧要的事情，他不再去做，也不想去做了。"[③]不在沉默中爆发，便在沉默中死亡。行动成为了濒临绝境的主人公唯一的选择。因此作品一开始就通过主人公之口说："……不过，我空话说得太多了。就是因为我尽说空话，所以什么事也不做。"[④]很快，在收到母亲的来信后，行动的迫切性再次得到了确认："很明显，现在需要的不是徒然苦闷烦恼，也不光是焦虑问题还没有解决，而是一定要有所作为，而且是马上，不可迟疑。"[⑤]这就很明显地指出了主人公与地下室人的最大差异；从思想者到行动者。

以往学术界对《罪与罚》的研究往往着眼于资本主义制度下人的绝望、反抗及救赎，但这是对犯罪结果的研究，对犯罪的原因却似乎未作进一步探索。[⑥] 皮萨列夫倒是在论述《罪与罚》的时候把自己的文章命名为《为生活而战》(1867)，试图从物质条件上去阐释主人公犯罪的缘由，从而反驳某些评论

---

① [俄]尼·尼·斯特拉霍夫：《回忆费·米·陀思妥耶夫斯基》，载于[俄]阿·谢·多利宁编：《同时代人回忆陀思妥耶夫斯基》，翁文达译，桂林：广西师范大学出版社，2014 年，第 238 页。

② *Н. Н. Страхов*. Литературная критика. СПб.: Издательство. РХГИ. 2000. С. 102.

③ 陈燊主编：《费·陀思妥耶夫斯基全集》第 7 卷，第 3－4 页。

④ 同上书，第 4 页。

⑤ 同上书，第 57 页。

⑥ 比如，叶尔米洛夫在谈及这本书时说："无路可走(着重号为原文所有)——这是小说的主旋律。"[俄]叶尔米洛夫著：《陀思妥耶夫斯基论》，满涛译，上海：上海译文出版社，1985 年，第 156 页。苏联时期的陀学权威弗里德连杰尔也指出："《罪与罚》的核心是犯罪的心理过程及犯罪的道德后果。"[俄]弗里德连杰尔：《陀思妥耶夫斯基的现实主义》，陆人豪译，合肥：安徽文艺出版社，1994 年，第 136 页。

家所认为的"新思想"是犯罪的根源这类说法。这当然不无道理,不过他却忘了:《罪与罚》的重心不在于"罪"而在于"罚"。换言之,作家并不打算从纯物质的角度来论述犯罪,不想将小说写成一本犯罪调查报告。陀思妥耶夫斯基所要追究的,是"罪"背后的思想以及对这种思想的"罚",或驳斥。

其实,拉斯柯尔尼科夫背后的思想在小说中有多处阐释。首先是在酒馆里,拉斯柯尔尼科夫听到大学生和军官的聊天:"你以为怎样,成千上万件好事还不足以弥补一件微不足道的罪行吗?用一条人命,可以换取成百上千人的生命,使之免于沉沦和堕落。一个人的死可以换来一百个人的生——这笔账是最简单不过的!"[1]当理性控制一切,人的生命等同于商品,用价值的大小来衡量的时候,人道主义就没有了藏身之地。这次谈话虽属无心,却对主人公思想有着不小的触动。它如同一根导火索,点燃了拉斯柯尔尼科夫心中的犯罪之火。其次,在和侦察员波尔费利谈及他所写过的《论犯罪》一文时,拉斯柯尔尼科夫实质上为上述那种漠视生命的酒馆哲学做了辩护。因为人可以分为两类:"低级的人(普通的人)"和"真正的人,也就是说他们有才能或天赋,能在自己的环境里*讲出新的见解*。(楷体为原文所有——引者注)"[2]优胜劣汰,后一种人在必要的时候当然有权对前一种人犯罪,这从长远来看,也是为了促进社会的进化。然而,在这样的观点里,人完全等同于自然的生物,道德、情感早已被丢弃脑后。再次,是拉斯柯尔尼科夫在和索尼娅忏悔时也提及自己犯罪的原因:"我现在明白,索尼娅,谁强大,谁智谋和精神超人,谁就是人们的主宰!谁胆大敢干,谁就真理在握!谁能藐视一切,谁就是人们的立法者!谁最敢干,谁就最正确!自古以来一直如此,将来也总是这样,只有瞎子才看不清这一点!"[3]在这段话里,拉斯柯尔尼科夫作为一个超人的形象呼之欲出。他似乎克服了婆婆妈妈的人道主义,丢掉了空洞无用的道德标准,已经成为自己乃至他人的主人。

虚无主义思想在此几乎达到了全书的最高潮并开始转向破灭。事实上,整部小说的重点是关于这种虚无主义的"总体性破灭"。这种破灭不是一刹那完成的,而是首先出现了某些裂缝,然后逐渐扩大,到最后终于颠覆了整个虚无主义体系。在误杀了无辜的丽莎维塔之后,主人公"对自己的所作所为

---

① 陈燊主编:《费·陀思妥耶夫斯基全集》第7卷,第83页。

② 同上书,第327页。

③ 陈燊主编:《费·陀思妥耶夫斯基全集》第8卷,第526—527页。

感到可怕和憎恶。尤其是内心的厌恶感,一分钟比一分钟越发强烈了。无论如何他现在也不能去箱子那儿,甚至也不能去那两个房间了。"[1]这种厌恶的情绪便来自于深藏心底的人道主义情绪,毕竟他杀害了一个无辜的人。无辜的生命因虚无主义的理论而死,给拉斯柯尔尼科夫留下了极大的震撼,使看似坚固的理论体系有了最初的裂痕。

在此后的情节中,尤为值得注意的是,在主人公与索尼娅的争论中,他一再地追问对方如何确认她弟弟妹妹们未来的命运得到保证,即使在看到对方痛苦而绝望地喊叫时候,拉斯柯尔尼科夫也"毫不留情地坚持说道"[2]。这种追问的最终目的便是希望得出"或许连上帝都根本不存在!"[3]这样的结论。而如果这个结论成立的话,那么主人公就可以为自己的行为找到合理的解释。但是,对这一问题的一再强调和追问,并不是表明虚无主义理论的强大,恰恰体现了其色厉内荏的实质。所以,在这次谈话的最后,拉斯柯尔尼科夫还是被索尼娅的人道主义思想所打动,在世间的苦难面前跪了下来,并且和她一起阅读起圣经中拉撒路复活的故事。这里不难发现,人道主义在同虚无主义斗争的过程中已悄然占据了上风。

在向索尼娅承认自己罪行的时候,拉斯柯尔尼科夫彻底暴露了原先那种理论的虚弱无力,并坦陈自己不是拿破仑,"我是杀了自己,而不是小老太婆!……而那个小老太婆是魔鬼杀的,不是我杀的……"[4]理论作为一种现实的犯罪力量已经遭到了谴责,生命的尊严重新得到尊重。而在小说尾声里,主人公在爱的帮助下更是脱胎换骨,精神上得到了再生。"爱情使他们获得了新生,两颗心相互成了取之不尽的生命源泉。"[5]

因此,正如斯特拉霍夫指出:"作者描写的是一种极端的虚无主义,这种虚无主义已经发展到了极点,它再也无法向前发展了……表现生命和理论如何在一个人内心中进行搏斗,表现这种搏斗如何把一个人弄得精疲力竭,表现生命如何最终获得了胜利,——这就是小说的宗旨。"[6]理论是灰色的,而生命之树常青。应该说,斯特拉霍夫是有眼光的,他深刻地揭示出作家想要表

---

① 陈燊主编:《费·陀思妥耶夫斯基全集》第7卷,第100页。

② 陈燊主编:《费·陀思妥耶夫斯基全集》第8卷,第405页。

③ 同上书,第406页。

④ 同上书,第529页。

⑤ 同上书,第692页。

⑥ *Н. Н. Страхов*. Литературная критика. С. 102、104.

达的主题：即否定一切的虚无主义理论与活生生的生命之间的斗争。而这种斗争，最终是以虚无主义理论的覆灭为结局的（“最后也不免流于破灭”），无论这一理论是多么完备，充满斗争性（“总体性，体系化乃至组织化”）。难怪后来格罗斯曼这样评价他对陀思妥耶夫斯基的解读：“在同时代人中，最能充分理解这一形象（指拉斯柯尔尼科夫——引者注）实质的是陀思妥耶夫斯基最亲密的战友尼·尼·斯特拉霍夫。”[①]

也许为了要证明作家的预见，正当《罪与罚》在《俄国导报》连载时，大学生 A. M. 丹尼洛夫杀害并抢劫了退役上尉、高利贷者波波夫及其女仆，虚构变成了现实。有材料证明，丹尼洛夫犯罪是在小说连载之前，作家的预见得到了准确的证实。整整一年，报刊都充斥着关于丹尼洛夫案件的报道。而大学生这一群体也一时之间被视为虚无主义者的后备队，招致诸多非议。[②] 当然，这都是后话了。

三、虚无主义者的彼岸世界：《群魔》

在大学生拉斯柯尔尼科夫与 70 年代的“群魔”之间，有着某种思想上的共鸣。正如俄国宗教哲学家斯捷蓬（Ф. А. Степун，1884—1965）在《陀思妥耶夫斯基世界观》一文里所说：“从瑞士来的那些魔鬼宣传的思想和拉斯柯尔尼科夫所宣传的思想几乎是一样的；无论在拉斯柯尔尼科夫的心灵里，还是在这些魔鬼的心灵里，对人们的抽象的社会主义的爱都变成了对他们的鄙视和对他们的暴力。”[③]陀思妥耶夫斯基要与之争论的，不但是激进的 60 年代人，还有播下虚无主义思想种子的 40 年代人；不但是某个具体的主人公，还有整个接受西方思想的激进知识阶层群体；不但是这种思想，还有因这种思想建立起来的乌托邦世界。

虚无主义的第三阶段便是对彼岸价值，对乌托邦的摧毁。虚无主义者由于对现实不满，因而假想出取代现实的未来方案，从而为那些否定一切的人提供一个精神上的避难所。“然而，一旦人们明白了，臆造这个世界仅仅是为了心理上的需要，明白了人根本不应这样做的时候，就形成了虚无主义的最

---

① ［俄］格罗斯曼：《陀思妥耶夫斯基传》，王健夫译，北京：外国文学出版社，1987 年，第 449 页。

② *Ф. М. Достоевский*. Полное собрание сочинений в 30 т. Т. 7. Ленинград.: Наука, 1973. С. 351.

③ О Достоевском: Творчество Достоевского в русской мысли // Сост. *В. М. Борисов. А. Б. Рогинский*. М.: Книга, 1990. С. 343.

后形式。”[①]换而言之,彼岸乌托邦的最终毁灭,将作为虚无主义的最后形式而出现。尼采把虚无主义分为两种类型:积极的与消极的。前者是毁灭,而后者是建构。建构在毁灭的基础之上才能实现,超人也只有在抛弃希望之后才能奋起。陀思妥耶夫斯基在小说中所质疑的不但是何种乌托邦的问题,而且是乌托邦是否可能的问题。在他看来,俄国虚无主义者的乌托邦,显然只能带来破坏,没有任何积极的建构意义。但他企图作为彼岸寄托的宗教乌托邦,却又显得那么不可靠。奥夫夏尼克–库利科夫斯基就说过:“陀思妥耶夫斯基一面鞭责否定的人,一面也鞭责自己,或者更确切点说,鞭责他怀疑、不愿相信、否定的那一部分分裂的自觉。”[②]无论如何,对当时那个时代流行的各种乌托邦的否定,得到了作家(陀思妥耶夫斯基)与思想家(尼采)的共同认同,尽管其具体阐述并不完全相同。

对彼岸世界的渴望,或者说乌托邦的构想应该说是十九世纪俄罗斯文学的一个母题。车尔尼雪夫斯基在《怎么办?》里便塑造了这样一个类似水晶宫般的天堂,为当时在苦苦探索的俄国青年提供了一个精神上的避难所。然而,在陀思妥耶夫斯基看来,类似的避难所是不存在的,如果它真的出现了,那么带来的将是苦难而不是幸福。小说中取而代之的是臭名昭著的“希加廖夫主义”(Шигалёвшина),它揭示了这种虚无主义思潮的未来构想,即:“要割去西塞罗的舌头,挖掉哥白尼的眼睛,向莎士比亚掷石头——这就是希加廖夫思想!奴隶应当平等:世上还没有过不在专制主义之下的自由和平等,但是在畜群应当有平等,这就是希加廖夫思想!”[③]以彼得·韦尔霍文斯基为首的阴谋小组,在聚会时更多地关注到达彼岸世界的方式,而非对彼岸世界的构想。他们所争论的是到底是“砍掉一亿颗脑袋”还是“靠宣传来改造世界”,这实际上也是对车尔尼雪夫斯基等革命民主派所宣传的彼岸世界的贬低。正如白银时代的宗教哲学家谢·布尔加科夫指出的:“在否定革命的虚无主义时,陀思妥耶夫斯基否定了,或者准确地说,不知道、也没有预见到革命的政治和历史的真理,所以他革命对他来说只具有黑暗的色彩。”[④]

革命的虚无主义乌托邦固然不值得欣赏,但其他形式的乌托邦也未必值

① [德]尼采:《权力意志:重估一切价值的尝试》,第425页。

② [俄]奥夫夏尼克—库利科夫斯基:《十九世纪俄国艺术文学的总结》,载《教育公报》杂志,莫斯科1907年第18卷第3期第5–6页。转引自[俄]叶尔米洛夫:《陀思妥耶夫斯基论》,第266页。

③ 陈燊主编:《费·陀思妥耶夫斯基全集》第11卷,第515页。

④ *С. Н. Булгаков*: Тихие Думы, Москва.: Республика, 1996. С. 215.

得信赖。谢·布尔加科夫在谈到《群魔》时所指出："俄罗斯的悲剧主要是宗教的悲剧，——是信仰和不信仰的悲剧。'我信，主，帮助我的不信'（《马可福音》9：24），这就是在陀思妥耶夫斯基的生活里和创作里，特别是在《群魔》里，用祷告的和忏悔的哭号从他的灵魂里表达出来的东西。"[①]在小说中，作家所设置的信仰是双重的，即神人与人神两方面。

神人，即传统的宗教乌托邦。小说结尾斯捷潘·特罗菲莫维奇的出走被赋予了强烈的宗教意义，它很容易让人联系起俄罗斯大地上漫无目的的流浪者和朝圣者，尤其是当他和传播福音书的人相遇之后，这种色彩就更为明显。然而，斯捷潘毕竟是位年近花甲的老人，并且最终他死了。对于这种乌托邦在多大程度上能代表俄国未来之前途，读者不能不打上一个问号。从作家自己来说，他对宗教也是持怀疑态度的。作家在给友人的信中这样说自己："我要对您讲一讲自己，我是时代的产儿，是缺乏信仰和彷徨怀疑的产儿，一直到现在甚至会一直到我寿终正寝时都是这样（我知道这一点）。我为渴求信仰而付出的和正在付出的代价是多么可怕的磨难！我心中的反面结论越多，对信仰的渴求就越是强烈。"[②]

其次是人神。人神是全新的人，他以生命为代价追求绝对的自由。人神的出现标志着一种新可能性的存在，即人能完全自主地掌握自己的命运。小说第二部第一章里，基里洛夫同斯塔夫罗金谈到这一点：

"那个曾经教导的人，已经被钉在十字架上了。

他还会来的，他的名字是人神。

是神人吧？

是人神，这里有差别。"[③]

耶稣基督是神子，与圣父、圣灵三位一体，人只是他在世间的显现方式，所以他是神人。人神本质上还是人，只是他不相信上帝，他将享有绝对的自由。斯塔夫罗金是人神的典型代表。在他身上，对思想的追求、对现存一切的否定已经发挥到了极致。他做了一切能做的事情，以证明自己在精神上的无限自由，包括强奸幼女并任由其自杀；与一个疯女子结婚以羞辱自己的贵族出身；对沙托夫的耳光泰然自若，他简直做到了古人说的"有容为大，无欲

① *С. Н. Булгаков*: Тихие Думы. С. 188.

② 陈燊主编：《费·陀思妥耶夫斯基全集》第 21 卷，第 144—145 页。

③ 陈燊主编：《费·陀思妥耶夫斯基全集》第 11 卷，第 295 页。

则刚”。然而,要证明绝对自由,还必须自由地选择死亡(“最充分地表现一意孤行”)。所以,到小说最后,斯塔夫罗金莫名其妙地自杀了。受他影响的基里洛夫也是如此。不过后者这么做,是为了让后来者不再重复这样的试验。他说:“在世界史上只有我第一次不希望臆造神。我要让人们彻底认识这一点。”①并且说:“这事将由我开端并且结束,门就打开了。于是我拯救了世人。”②问题在于,尽管基里洛夫一再声称他的自杀是人类历史第一次没有目的的自杀,但他为了证明人的绝对自由而选择无缘无故的自杀,这本身已经构成了自杀的目的性。人神毕竟不能做到跨越生死,生命与自由在此构成了明显的悖论。不过,基里洛夫的着眼点是全人类的精神自由问题,他用自己的死证明人类可以做到绝对自由,这一点又体现出了俄国知识分子的济世情怀。可是,无论是斯塔夫罗金还是基里洛夫,虽然是绝对自由的人神,但这是以各自的死亡作为代价的。这种了无生趣的信仰究竟有什么现实意义,仍然值得怀疑。③

正是看到了《群魔》在思想上的深度,宗教哲学家弗兰克才赋予了以下高度评价:“他的油画布所涵盖的范围,他的才智的异常光辉,他的讽刺的预言般的力量和洞察力,他将最深奥和最复杂的伦理—哲学问题和社会思想引进生活并体现为活生生的性格的无与伦比的能力——所有这些结合在一起,使这篇‘抨击性小册子——史诗’成为或许是他最光彩夺目的创作。”④

正如别尔嘉耶夫在谈及陀思妥耶夫斯基与尼采时指出的:“但他(指陀思妥耶夫斯基——引者注)克服了旧式人道主义幼稚而肤浅的原则,开辟了全新的悲剧人道主义。在这方面能与陀思妥耶夫斯基相提并论者唯有尼采,后者终结了欧洲旧的人道主义,以新的方式提出人的悲剧问题。我们已多次指出:陀思妥耶夫斯基预见了尼采的思想。两者都是人类新启示的代言人,

---

① 陈燊主编:《费·陀思妥耶夫斯基全集》第12卷,第762页。

② 同上书,第763页。

③ 需要指出的是,陀思妥耶夫斯基对基里洛夫的这种探索还是非常尊敬的。艾亨瓦尔德(Ю. И. Айхенвальд,1872—1928)指出:“他不反对饱经忧患而形成的无宗教信仰,甚至表示崇敬并通过英雄人物基里洛夫来加以表现;然而那种抱着轻松的心情、轻易地从事破坏和毁灭的虚无主义,使生活变得既无障碍也无深度、使生活平淡无奇的虚无主义却只能引起他的恼怒和嘲笑。”[俄]艾亨瓦尔德:《陀思妥耶夫斯基》,娄自良译,载于载于《精神领袖:白银时代俄国批评界论陀思妥耶夫斯基》,徐振亚等译,上海:上海译文出版社,2009年,第289页。

④ [俄]弗兰克:《陀思妥耶夫斯基》,第4卷,第497页。转引自彭克巽:《陀思妥耶夫斯基小说艺术研究》,北京:北京大学出版社,2006年,第282页。

首先都是伟大的人类学家，两者的人类学都是启示录式的，直到边缘、极限和终点。”[①]在作家看来，俄国的虚无主义（用别尔嘉耶夫的话说是“旧式人道主义”）在历经了追求和行动、幻想之后，曾有的希望如肥皂泡般一个个地破灭，已陷入绝境。可是，虚无主义之后的俄国人应该怎么办？对于这样的问题，陀思妥耶夫斯基表现出某种无所适从。尽管别尔嘉耶夫说他“开辟了全新的悲剧人道主义”，但从他描绘的《群魔》来看：有的虽然自由，却自由得没有任何东西可以依靠；有的似乎找到了出路，但最终仍免不了一死。而《卡拉马佐夫兄弟》中的阿廖沙，虽然是一个全新的人物，但因小说本身未完成，充其量也只能说是作家的曲笔，聊寄希望罢了。

四、虚无主义的终极根源：《宗教大法官》

虽然《卡拉马佐夫兄弟》是一部未完成的作品，但这并不妨碍小说中的某些章节成为作家表达核心思想的天鹅之作，比如其中的《宗教大法官》这一章节。在陀思妥耶夫斯基研究史上，这一章节历来得到研究者们的高度重视。罗扎诺夫就指出：“尽管没有外部联系，但是在长篇小说和《传说》之间有内在联系：只有《传说》仿佛才是整个作品的核心，作品只是围绕着这个核心，如同在自己主题周围的变化一样；作家隐藏在心中的思想留在了这个《传说》里，没有这个思想不但这部长篇小说不能被写出来，而且他的许多其他作品都不能被写出来：至少在这些作品里所有最出色的和最高尚的段落都不会出现。”[②]时至二十世纪六十年代，苏联的陀学权威、科学院版作家全集的主编弗里德连杰尔（Г. М. Фридлендер，1915—1995）又在那本著名的《陀思妥耶夫斯基的现实主义》中指出：“《宗教大法官的故事》正就是这样把天主教与社会主义、宗教裁判所的暴虐与革命混为一谈，这里特别明显地（着重号为引者所加）反映出作家的反动观点。”[③]无论是赞成还是反对，均可见《宗教大法官》的重大意义。

作家本人对于这一点也有所提及。在1879年5月10日致《俄国导报》编辑柳比莫夫（Н. А. Любимов，1830—1897）的信里，陀思妥耶夫斯基专门谈到了已经写成的《赞成与反对》这一卷（即包含《宗教大法官》的一卷）：“我

---

① *Бердяев Н.* О русских классиках. С. 68－69.

② ［俄］罗扎诺夫：《陀思妥耶夫斯基的“大法官”》，张百春译，北京：华夏出版社，2002年，第4页。

③ ［俄］弗里德连杰尔：《陀思妥耶夫斯基的现实主义》，第362页。

认为这第5卷是小说的高潮，因此应该特别仔细地完成它。您可以从寄上的文稿中看出，它的思想是刻画我们时代在俄国和脱离现实的青年人中的极端渎神现象及毁灭观念的种子，而与渎神现象和无政府主义相并列的则是对它们的反驳。"[①]另外，作家还谈到这一卷里塑造的伊凡这一形象的概括意义："在这次寄出的文稿中我只刻画了一个主要人物的性格，他表达他的基本信念。这些信念正是我认定为当今俄国无政府主义之综合体的那种东西。否定的不是上帝，而是上帝创造物的意义。"[②]换而言之，《宗教大法官》是小说的核心，伊凡的基本信念是"当今俄国无政府主义之综合体"。可以说，作家对虚无主义的认识及反驳在这一卷里得到了最深刻的阐释。正因如此我们才可以说：从作家创作整体来看，《宗教大法官》和前文提及的《地下室手记》一样，都是陀思妥耶夫斯基创作的思想核心。《地下室手记》作为开端，《宗教大法官》属于结束，它们一起构成了通向作家创作宝库的前后两扇大门。

如果说《地下室手记》体现的是虚无主义思想发展的潜在可能性，那么《宗教大法官》实质上是从根本上分析了虚无主义思想诞生的原因。在上文提到的陀思妥耶夫斯基作品中，作家的描述重点还是放在作为现象的虚无主义上面：比如说拉斯柯尔尼科夫及其背后的超人思想；《群魔》之中的"魔鬼"很大程度上也是指来自西方的各种思想。那么，问题在于：西方的这些思想又是怎么产生的呢？对于这一问题的阐述主要包含在《卡拉马佐夫兄弟》第二部的第五卷《Pro 和 Contra》（赞成和反对）里，《宗教大法官》即是此中一章。在第六卷《俄罗斯修士》，陀思妥耶夫斯基通过佐西马长老这一活生生的例子对宗教大法官的理论进行了反驳。

《离经叛道》这一章是伊凡和阿廖沙两兄弟的谈话，这是《Pro 和 Contra》中的精彩篇章：赞成什么，反对什么，在这里得到了直接的展示。伊凡陈述了一大堆人世间悲惨的事实，尤其涉及孩子所遭受的各种虐待，更是令人发指。在这样的基础上，伊凡提出："阿廖沙，我不是不接受上帝，我只是恭恭敬敬地把门票退给他罢了。"[③]伊凡赞成上帝的各种理论：未来的天国，末日审判时的宽容和解，一切都是那么美好。然而他却不能接受这张迈入天堂的门票，因为他目睹了人类尤其是孩子的泪水。"我不愿意人间出现太和，由于我

① 陈燊主编：《费·陀思妥耶夫斯基全集》第22卷，第1096页。
② 同上书，第1096页。
③ 陈燊主编：《费·陀思妥耶夫斯基全集》第15卷，第385页。

爱人类,我不愿意。我宁可带着我未得到补偿的痛苦坚持到底。尽管我不对,但是我宁可固守在我未得到补偿的痛苦中,固守在我那未曾消弭的愤怒中。要获得太和的代价太高了。"[①]伊凡是站在人的角度看待这个世界,就像约伯在旷野中为上帝降于他的各种不幸而呼告。[②] 这一问题实际上就是所谓的神正论(Теодицея)问题。伏尔泰曾在他的《老实人》当中对莱布尼茨为上帝辩护的神正论思想做了辛辣的讽刺。陀思妥耶夫斯基也曾多次谈到这一问题。[③] 自然,伊凡这一看待上帝的态度被虔诚的阿廖沙视为"离经叛道",但却未必是作家本人的看法,因为他很快在接下来的《宗教大法官》这一章里进一步发挥了这种所谓的"离经叛道"。

宗教大法官逮捕了重现人间的基督,然后又夜探监狱,说了一大堆话。这些话可以说是虚无主义思想的大展示。宗教大法官坦言他们并不信仰基督,也不会去真正实施基督所宣扬的自由。反基督的根本原因在于人与生俱来的复杂性:"自由和饱餐人间的食物,对于任何人都是二者不可得兼的,因为他们永远,永远也学不会彼此公平分配!他们也将深信,他们永远也不可能成为自由人,因为他们生性软弱、行为放荡、为人渺小,而且叛逆成性。"[④]但是就是"因为他们生性软弱、行为放荡、为人渺小,而且叛逆成性",所以他们就不值得基督拯救了吗?宗教大法官在此向基督抛出了一个有力的问题:"难道余下的那千千万万人,多得像海滩上的沙子一样无数的芸芸众生,那些人虽然是弱者,但却爱你的人就应当充当那些伟人和强者的材料吗?不,我们觉得这些弱者也是宝贵的。"[⑤]这个问题的尖锐在于它是以千百年来的人类现实为基础的。人是现实的人,活着首先要生存,千百年来的追求无非为了面包和秩序。但人活着不单单是靠面包,他需要独立的、自由的精神。问题在于,这两者似乎不可兼得。人有了自由,既能为善,亦能作恶。那么,允许他自由,自然也允许作恶的自由,如此则人世间何来和谐幸福?或许,基督所

---

① 陈燊主编:《费·陀思妥耶夫斯基全集》第15卷,第384页。

② 正如有学者指出的:"自《浮士德》起,尤其在二十世纪以后的现代文学和战后文学中,《旧约·约伯记》中的约伯逐渐演变为现代人的代言人。约伯笃守信仰却遭到神的不公待遇。他一方面坚持信仰,另一方面又不断向神发出质疑和挑战,成为一个在质疑和挑战中坚守真理和信仰的现代信仰者的典型。"参见谷裕:《隐匿的神学——启蒙前后的德语文学》,上海:华东师范大学出版社,2008年,第183页。

③ 王志耕教授曾在他的《宗教文学语境下的陀思妥耶夫斯基诗学》(北京师范大学出版社,2003年)一书中对这一问题做过较为详尽的阐述。

④ 陈燊主编:《费·陀思妥耶夫斯基全集》第15卷,第400—401页。

⑤ 同上书,第401页。

提供的是一种理想,他相信:“不断努力进取者,吾人均能拯救之。”[1]因此他爱的也是那种经受住考验后的完美人类。可是对于普通人来说,这种理想高不可攀,近似于无,倒反而是宗教大法官的那种性恶论来得更为贴近实际一些。

于是,为了让这些弱者获得安宁与幸福,同时又不必面对过多的考验,宗教大法官们运用了欺骗的手段,以基督之名行魔鬼之实,利用魔鬼的三种力量:奇迹、神秘和权威,来使那些懦弱的信徒们获得心灵的安宁,即使为此失去了自己的自由。唯一感到矛盾和痛苦的是宗教大法官和他的那些教会同事,他们在上帝和魔鬼之间,在真理和谎言之间徘徊乃至挣扎。他们为人造福的目的能够为拒绝自由转向独裁这一行为辩护吗?事实上,有许多研究者认为宗教大法官是独裁者的象征。比如,别尔嘉耶夫就认为:“宗教大法官曾经、今后也会以不同的面貌出现在历史上。宗教大法官的精神存在于天主教、一般也存在于古老的早期教会、俄国的专制制度、任何暴力的集权国家之中,而现在这种精神又渗入到实证主义、妄想取代宗教、建造巴别塔的社会主义。”[2]别尔嘉耶夫是宗教哲学家,自然对反基督者没有好感。他认为宗教大法官精神的实质是对人的不信任:“宗教大法官是如此藐视人们,不相信人的崇高本性,认为只有少数人有能力走上具有崇高意义的生命之路,取得永生,不被地上的面包所诱惑,爱天上的面包高于一切。”[3]但实质上笔者以为,仅仅从手段上无法判断宗教大法官是真正的独裁者还是某种理想的信徒。即使是作家本人也没有对宗教大法官持完全否定的态度。毕竟宗教大法官的虚无主义思想发人深省,也令人恐惧,尤其是对于二十世纪的现代人而言。[4] 说到底,宗教大法官的这种以人为本的思想既是十九世纪人主体意识高扬的体现,也是人在工业化革命之后理性主义高涨的结果。因为人前所未有的强大,所以宗教大法官能替其他人做主,丢掉上帝这个神人,自己成为人神,就像查拉图斯特拉才会说“上帝死了”,人要成为“超人”一样。因此,劳伦斯(D. H. Lawrence,1885—1930)的看法不无道理:“无论我们是否同意陀

---

① [德]歌德:《浮士德》,董问樵译,上海:复旦大学出版社,1983 年,第 685 - 686 页。

② [俄]别尔嘉耶夫:《宗教大法官》,冯增义译,载于《精神领袖:白银时代俄国批评界论陀思妥耶夫斯基》,第 289 页。

③ 同上书,第 297 页。

④ 我们不妨可以联想一下二十世纪反乌托邦小说里极权与个人的对话,详请参见[英]奥威尔:《1984》,董乐山等译,上海:上海译文出版社,2003 年,第 257—265 页。或者[俄]扎米亚京:《我们》,顾亚玲等译,北京:作家出版社,1998 年,第 204 - 205 页。

思妥耶夫斯基的观点，我们都不得不承认他对耶稣的批评是不刊之论，是建立在两千年（他说是一千五百年）的人类经验和对人性的深刻洞察之上的。人只能忠于他自己的本性。任何神灵鼓舞都不会使他永久地超越自我的局限。"[①]问题在于：《宗教大法官》真的只是如某些研究者所认为的是一曲"伊万否定意识的凯歌"[②]吗？

别尔嘉耶夫对这个问题的回答显然是肯定的："宗教大法官的传奇——这是人写的作品中最无政府主义的和最革命的。从未对国家观念的诱惑、对帝国主义进行过如此严厉和毁灭性的审判，从未有过如此有力地揭露地上王国的反基督本质，也未有过对自由这样的赞美，这样揭示自由、基督精神的自由特性。"[③]哲学家的这种理解只能说明他并没有把握作家的创作思路。[④] 陀思妥耶夫斯基对这个问题的态度并不像很多学者认为的那么明了，虽然他随后马上写了《俄罗斯修士》来反驳宗教大法官的言论。但也不能忘记，这种反驳在现实的恶面前，在人性本身的懦弱面前是十分无力的。甚至连作家本人都对这种反驳表示出某种担心。他在给波别多诺斯采夫的信里提到："要知道，我已打算让第6卷《俄国修士》来回答整个这反面的一方。……我正在为它担心：它能否做出充分的答复？我在担心，乃是因为这答复并不是直接的，不是逐条地对以前（在"宗教大法官"中和在它之前的一些部分里）所表述的论点做直接答复。……使我不安的正是这一点：我是否会被理解？我能否达到目的，哪怕是一丁点儿？"[⑤]

在《俄罗斯修士》里，作家通过佐西马长老讲述的几件事情，分别对《宗教大法官》里的几个要点进行了驳斥。其一是佐西马长老哥哥马克尔夭折前的一些表现。小说里说马克尔接受自由思想的影响，不愿持斋，还嘲笑宗教，认为没有上帝。但在他生病之后，心态却发生了大转变："他在精神上整个儿

---

① ［英］劳伦斯：《劳伦斯读书随笔》，陈庆勋译，上海：三联书店，1999年，第109页。

② ［俄］Г. Б. 波诺马廖娃：《陀思妥耶夫斯基：我探索人生奥秘》，张变革等译，北京：商务印书馆，2011年，第288页。

③ ［俄］别尔嘉耶夫：《宗教大法官》，冯增义译，载于《精神领袖：白银时代俄国批评界论陀思妥耶夫斯基》，第303页。

④ 否则别尔嘉耶夫也不会接下来就说："使人无法理解的是：《宗教大法官》的作者怎么能去维护沙皇专制，迷恋拜占庭的国家制度。"［俄］别尔嘉耶夫：《宗教大法官》，冯增义译，载于《精神领袖：白银时代俄国批评界论陀思妥耶夫斯基》，第303页。

⑤ 陈燊主编：《费·陀思妥耶夫斯基全集》第15卷，第401页。

变了——他身上忽然发生了这么奇怪的变化!”[①]他变得谦卑,宽容,由嘲笑斥骂到全身心地爱这个世界。他临终前因信仰而具有的爱的力量,成为激励佐西马长老一辈子的美好回忆。作家在这里塑造一个忏悔的人物,其意图是否想说明对于普通人来说,一念之间便是天堂与地狱的区分呢?但事实上马克尔的转变很突然,没有前后对应,似乎有点说服力不足。第二个故事是圣经中约伯的故事。在饱经苦难之后,上帝重新赐予了约伯财产和子女。作家在这里也说道:“当从前那些子女已经死于非命,他已经失去他们之后,他又怎能似乎爱上了这些新的子女呢?每当他想起从前的子女,尽管他觉得这些新子女有多么可亲可爱,他又怎能像从前一样,跟新子女在一起也同样感到十分美满和幸福呢?”[②]这个问题就是伊凡在《离经叛道》这一章里说到的:即使到了世界太和那一天,他也“根本拒绝接受那种所谓太和。这样的太和还抵不上仅仅一个孩子的眼泪……它之所以抵不上,是因为她的眼泪是补偿不了的。而这些眼泪应该得到补偿,否则就不可能有什么太和。”[③]作家对此的回答同样有些模棱两可:“但是,这是能够的,能够的;旧的悲伤就像人生的一大奥秘,会逐渐转化成平静的、令人悠然神往的欢乐;代替少年气盛、血气方刚的将会是心平气和、乐天而又达观的老年……”[④]陀思妥耶夫斯基是不是试图以时间的流逝来抹平伤痕,从少年的愤慨到老年的淡然,在此之上则是“上帝的真理,上帝那使人感动,使人心平气和和宽恕一切的真理!”[⑤]不过,寄希望于时间来达到和谐,那么人在世上何为?或许作为一名虔诚的基督徒,本身就不该有自作主张的地方,而是需要全身心地服从上帝的召唤。第三个故事是佐西马长老出家前的。他因为揍了勤务兵阿法纳西而心生愧疚,因而思想大转变,开始意识到众生平等,人与人之间应当互爱互助。这种态度跟宗教大法官凌驾于他人之上,自命为救世主的做法截然相反。同时也说明了人不但在上帝面前都是平等的,而且就其自身而言都有丰富的内心世界,值得尊重和理解。但同样的,佐西马的这一认识和他哥哥一样,也是突如其来,宛如天启。最后一个故事是一个杀人犯在经过了多年的内心煎熬之后,终于公开承认了自己的罪行。在这里,作家要讲的是人作为一个有灵魂的生物,靠

---

① 陈燊主编:《费·陀思妥耶夫斯基全集》第15卷,第455页。
② 同上书,第462页。
③ 同上书,第384页。
④ 同上书,第462页。
⑤ 同上书,第463页。

的不仅仅是面包。那个杀人犯“身居要津，为众人所尊敬，他很富有，以乐善好施著名，他曾为养老院和孤儿院捐过一大笔钱，此外还不事张扬地、秘密地做过许多好事……他结婚还不到十年，夫人还很年轻，但已有三个还很年幼的孩子。”[①]虽然他年轻时杀过人，但已有人为他顶罪后不幸病死，没有人再记得这件案子。这样一个人，按照宗教大法官的标准，已经是属于幸福的人了。但问题在于，他的良知在不断提醒他这件事。良知使他无法坦然面对别人的尊敬、家人的温情甚至孩子的亲热。最终他选择了公开罪行以求得精神上的彻底解脱。作家在这里再一次表明了物质上的宽裕并不能换来精神上的自由。只有在上帝那里人才能彻底解放自己，成为真的自己。作家通过这些比较生动的事例试图向读者证明：“纯洁的、理想的基督徒不是抽象的，而是生动的现实的、可能做到的、呈现在眼前的，而基督教则是俄罗斯大地摆脱其一切罪恶的唯一避难所。”[②]

诚然，马克尔、佐西马长老以及那个忏悔的杀人犯是作家笔下“纯洁的、理想的基督徒”形象。但唯独有一点：他们为什么会转变，转变的基础何在，这是作家所没有也没法交代清楚的。实际上，作家在这里谈的都是理想的人，极端的人，他们以宗教为皈依，懂得爱，懂得忏悔和宽恕。但实际上果真如此么？作家对此是持怀疑态度的。且不说上文提到的那句自我评价：“我是时代的产儿，是缺乏信仰和彷徨怀疑的产儿，一直到现在甚至会一直到我寿终正寝时都是这样（我知道这一点）。”[③]在《宗教大法官》结尾处，耶稣基督对于这些话，对于说这些话的叛逆者——宗教大法官的反应同样值得思考：“但是他（指基督——引者注）却猛地默默走近老人，轻轻地吻了吻他那没有血色的九十高龄的嘴唇。这就是全部回答。”[④]神人对人神的这个吻意味着什么？历来是陀学界的一个问题。赞成还是反对，或者是搁置？正如世纪之交的批评家沃尔什基（А. С. Глинка，1878—1940，псевдоним Волжкий）在对比尼采和陀思妥耶夫斯基时指出的：“尼采的个性崇拜并没有停留在人身上，他在未来的人神身上找到了安慰。而陀思妥耶夫斯基在神人身上与其说找

① 陈燊主编：《费・陀思妥耶夫斯基全集》第15卷，第477—478页。
② 陈燊主编：《费・陀思妥耶夫斯基全集》第22卷，第1107页。
③ 陈燊主编：《费・陀思妥耶夫斯基全集》第21卷，第144—145页。
④ 陈燊主编：《费・陀思妥耶夫斯基全集》第15卷，第418页。

到了安慰,不如说他正在寻找并且希望能找到。”[①]持类似看法的还有著名文学批评家巴赫金:“伊万想以基督吻宗教大法官后就离开来结束长诗。但是值得一提的是,长诗并未完成。他想这样完成它,可没有完成,因为他没有做出最终的决定。”[②]

没有一个鲜明的立场对热情的读者甚至对作家本人来说可能都是一种莫大的遗憾,但对于文学本身来说,结尾的开放性和立场的模糊性却大大拓展了文本的解读空间,也使得陀思妥耶夫斯基的创作在主题的尖锐和思想的深刻之外更令人回味。我们不妨再回到虚无主义的话题上来。尼采说“对理性范畴的信仰乃是虚无主义的原因。”[③]这对于俄国虚无主义者来说也不例外,因此在陀思妥耶夫斯基的作品中,作为拯救之路出现的往往是与理性相对立的信仰。可是,在这个动荡的社会中,即便是信仰也显得那么不确定。并且,从另一个角度来看,陀思妥耶夫斯基对虚无主义的思考,对西方文明的反对似乎又陷入了另一个虚无主义的怪圈。德·梅列日科夫斯基说:“在陀思妥耶夫斯基对‘无神论的、腐朽的西方’的傲慢的蔑视中,在他对俄罗斯是唯一的上帝选民的认定中,蕴含着更恶毒的(尽管是隐藏的)虚无主义的危险。”[④]这是作家的矛盾徘徊之处,也是十九世纪俄罗斯文学留给今天的思考之一。

---

① [俄]沃尔什基:《陀思妥耶夫斯基的宗教道德问题》,载于《精神领袖:白银时代俄国批评界论陀思妥耶夫斯基》,第163页。

② [俄]巴赫金:《巴赫金全集》,第7卷,万海松等译,石家庄:河北教育出版社,2009年,第119页。

③ [德]尼采:《权力意志:重估一切价值的尝试》,第426页。

④ [俄]德·梅列日科夫斯基:《先知》,赵桂莲译,北京:东方出版社,2000年,第295页。

第 八 章

反虚无主义与白银时代

前文已经大致叙述过反虚无主义小说在艺术上的一些特征。不难看出，除了陀思妥耶夫斯基等少数作家外，反虚无主义小说整体来说注重倾向性，忽略了艺术性。这样的做法使得绝大多数小说都局限于十九世纪六、七十年代的现实描写以及政治性攻击，缺乏哲理上的进一步挖掘。笔者认为，这也是反虚无主义小说到了白银时代较少被人提起的原因之一。但也需要看到，白银时代建立在政治运动高涨的七十年代和消沉的八十年代基础之上，虽然反虚无主义小说在艺术上乏善可陈，不足为白银时代的小说家们效法，但在主题上却仍然给予了后者极大的启示。这种启示可以分理论和实践两个方面来展现：一是1909年《路标》文集的面世，标志着知识分子反思十九世纪虚无主义激进传统的开始。这是一个思想性的转向，在“路标”之后，俄罗斯才迎来了白银时代短暂而热烈的文化创造高峰期。另外一件事跟反虚无主义小说《群魔》有关。它涉及《群魔》这部一度被人痛骂的“反动作品”能否在俄国舞台上上演的问题。这不是对《群魔》进行简单的承认与否的问题，更是反思了虚无主义传统之后的文学界、思想界对虚无主义的批评范式集体否决的体现。

如果说反虚无主义在十九世纪中后期尚顶着“反动”“保守”的头衔而为进步人士所不齿的话，那么到了白银时代，反虚无主义及反虚无主义小说就堂而皇之地进入俄国主流思想界，成为人皆追捧的对象。除了陀思妥耶夫斯基被重新接受外，得到类似回归待遇的还有列斯科夫、皮谢姆斯基等一批人。他们的文集、传记、研究专著纷纷出版。事实上，这不是反虚无主义本身的变化，而是俄国知识界在虚无主义的恶果面前觉醒了，开始意识到反虚无主义价值后的必然结果。

一、《路标》对虚无主义的反思

列夫·托尔斯泰在《论末世》一文曾说："《福音书》所说的'世界'和世界的'末期',并不是指百年一个世纪的末尾和另一个世纪的开头,而是指一种世界观、一种信仰、一种人与人的交往方式的结束和另一种世界观、另一种信仰、另一种交往方式的开始。"[①]白银时代正是这种新"世界观"、新"信仰"、新"交往方式"得到彻底展现的年代。当然,没有一个时代是凭空而生的,从历史的发展来看,它总是前一个时代的延续或反驳。白银时代的开端恰恰是以对此前时代主要思潮的反驳为标志的。俄罗斯科学院高尔基世界文学研究所首席研究员凯尔德士(В. А. Келдыш)说:"从这个意义上来说,世纪之交文学最重要的特点之一就是消除实证主义在世界范围内的巨大影响。"[②]而实证主义,又正好是虚无主义在哲学上的得力支柱,反对实证主义,就是反对在俄国乃至世界范围内流传已久的虚无主义思想。要反对一样东西,自然先得弄清楚它的实质。在这个意义上,1909年出版的《路标》文集不仅是知识阶层对时隔不久的1905年革命之反思,更是追根溯源,对十九世纪文学中的虚无主义思想的挖掘和剖析。

在二十世纪俄国思想史上,《路标》无疑是值得大书特书的一页。出版于1909年的这本薄薄的小册子,仅一年内就重版5次,其所引起的争论直至20年代中期尚余音不绝,更勿论它对俄国知识界内在的深远影响。西方研究者曾断言,若《路标》早出世几年,它本可以改变二十世纪俄罗斯的历史命运。[③]此言虽有夸张之处,但足见《路标》之历史意义。苏联解体前后,出于对民族传统价值理念的寻找,《路标》又作为现代俄罗斯人精神上的指导受到推崇,得以多次重版。对于我国学术界来说,《路标》这个词主要来自于列宁的《论路标》《路标派和民族主义》等文章,而在很长时间里对原著却知之甚少,真正对于原文的译介还是近几年的事情。[④] 自列宁以降,对《路标》研究大多集中于其外部政治意义,期间有学者偶有提及内在精神意义,但谈不上系统的

---

① 《托尔斯泰文集》,第15卷,北京:人民文学出版社,1989年,第468－469页。

② 俄罗斯科学院高尔基世界文学研究所集体编写:《俄罗斯白银时代文学史》第1卷,谷羽等译,兰州:敦煌文艺出版社,2006年,第14页。

③ Christopher Read *Religion, Revolution and the Russian Intelligentsia* 1900—1912: *the Vekhi Debate and its Intellectual Background* the Macmillan Press Ltd. 1979. PP. 179—180.

④ [俄]基斯嘉可夫斯基等:《路标集》,彭甄等译,昆明:云南人民出版社,1999年。

研究。

《路标》的出现跟1905年革命及其失败有着直接联系。1905年爆发的革命拉开了二十世纪俄国的历史帷幕,其失败则彻底粉碎了自由主义知识阶层立宪之梦。革命之后的局面正如谢·布尔加科夫在《英雄主义与自我牺牲》所描述的:"因以往重负和失败而致衰微的俄国社会,如今已陷于某种茫然、冷漠和精神涣散、沮丧之中。俄国国家机构暂时未见必要的更新和巩固的迹象,恰如在梦中,国家机构的一切又因无法克服的睡意而停滞、僵化。俄国的文明在大量的死刑、激增的犯罪和风气普遍粗俗化的笼罩下,已彻底倒退了。"[①]对于这种全民族的悲剧,当局自然把责任都推到与之对立的社会方面,其镇压矛头也针对向来为民众代言人的知识阶层(斯托雷平(П. А. Столыпин,1862—1911)将之定性为"一场知识阶层革命")。对于后者来说,它不但需要回答最急迫的问题:革命失败之后怎么办?还要反思:革命为什么会失败?知识阶层何过之有?在这一背景下出现的《路标》,显然是一本非常及时的书,因为它所要解决的就是上述两个问题:即谁之罪和怎么办?由此所引发的争论,直接导致了知识阶层在思想上的转型。《路标》共有七篇文章,其写作契机虽源于1905年革命,但诸文重点却是由今及古、由泛入微,由哲学到政治、经济、法律、伦理学等不同角度详尽分析了十九世纪知识阶层革命的成败得失。实际上,这是对整个十九世纪俄国思想界、文学界中盛行的虚无主义思潮的剖析和批判,具体涉及知识阶层的英雄主义、法律意识及道德虚无主义等方面。

文集副标题为《关于俄国知识分子的论文集》,列宁在《论路标》中指出:"他们所说的'知识分子',实际上是指整个俄国民主派和整个俄国解放运动的思想上的领袖、鼓舞者和代表。"[②]列宁说得不错,但他把《路标》这一举动仅仅看作是对革命运动的背离和攻击,未免失之偏颇。《路标》的确反对以别林斯基等为首的革命民主主义者,但它之所以把巴枯宁等人划为第一个知识分子,又把几乎所有的文学家、哲学家等人从知识阶层这一概念中剥离出来,其原因却是要和传统意义上的革命民主派(即虚无主义者)划清界限,这一举

---

① В поисках пути: Русская интеллигенция и судьбы России //под. ред. *И. А. Исаева*. Москва.: Русская книга. 1992. С. 43.

② [俄]列宁:《论路标》,载于《列宁论文学与艺术》,中国社科院文学所文艺理论室编,北京:人民文学出版社,1983年,第172页。

动本身就暗示着路标派对十九世纪俄国虚无主义思潮的摒弃。但摒弃并不是简单的否定和攻击,还需要理论上的深刻反思。要知道别尔嘉耶夫、司徒卢威等本身就是在虚无主义思潮影响下成长起来的一分子。要直面正视虚无主义及其不足,需要很大的勇气。因此就整体而言,《路标》是一本自我批判的书,所面向的是十九世纪俄国社会中的激进知识分子;也是一本寻求答案的书,旨在通过对虚无主义的深刻反思,寻得整个俄国社会思想界的弊端与出路。

对谁之罪的问题,即1905年革命失败的原因或俄国民族性悲剧的原因,《路标》诸人都一致认为,失败的原因在于俄国革命知识阶层自身,而不在于社会外界的环境等因素。格尔申宗(М. О. Гершензон,1869—1925)指出,“失败的原因并非在于纲领和策略,而在于其他。”①知识阶层之具体弊端则由哲学到宗教、再到现实政治、革命历史等各有侧重不同。别尔嘉耶夫和布尔加科夫主要从知识阶层的世界观基础出发,剖析了其“真理观”和“英雄观”的实质。在西方传统中,真理是永恒的、非功利性的,它一般不直接为社会现实斗争服务。但对俄国知识阶层来说,所谓“真理”便是能帮助他们解决思想困惑并能付诸斗争实践的各种学说。这一出发点不但“否定了哲学的独立意义,使之从属于某种社会功利性目的”②,而且使得“在俄罗斯知识阶层的感觉和意识中,分配和均等的利益总是凌驾于生产和创造的利益之上。”③知识阶层言必称西欧,外来思想乃至二、三流哲学家的见解皆被奉为圭臬,本国如恰达耶夫、索洛维约夫等哲学天才则因不符合斗争需要而束之高阁。真理被分为有益或有害,长此以往,“这条道路将引起社会普遍意识的瓦解,而后者又与人类尊严及其文化发展相关。”④知识阶层自身尚是盲人瞎马,又怎能指导民众,在俄罗斯现代化进程中领时代之先呢?知识阶层的英雄观与基督教的英雄观两者貌似相近,都以自我牺牲为代价,换取民众之幸福,但本质上却截然不同。前者富于激情,满怀道德使命感要求全盘改造现实,“热爱破坏就是热爱建设”(巴枯宁语),在一片废墟之上造出一个新天地。“英雄事业最大的可能性、疯狂的‘情绪高昂’、极度狂热、对斗争的陶醉、某种英雄冒险主义整体氛围的营造——这一切都是英雄主义固有的习性”⑤。而基督教的英雄

① В поисках пути: Русская интеллигенция и судьбы России. С. 102.

② Там же. С. 24.

③ Там же. С. 25.

④ Там же. С. 31.

⑤ Там же. С. 60.

则"注意力中心转向自身和自身的责任;从未被承认的世界救赎者虚假的自我感觉中解脱出来。"[①]他们看似平凡,实则伟大;看似顺从,实则坚定;看似轻易,实则艰难。在作者眼里,他们所从事的才是真正伟大的事业,他们才能以持之以恒的努力真正有利于俄罗斯民族。知识阶层所谓的大事,"尽管完成起来非常困难,因为这需要克服对生命的眷恋以及恐惧这两种最强烈的本能;但又特别简单,因为这只要相对短时间内的顽强努力,而这一事业暗示或期待的成果又是如此重大。"[②]如此看来,知识阶层的这种行为究竟是勇于献身、舍生取义的英雄主义还是不愿务实、但愿作秀的逃避行为尚值得商榷。由此不妨联想 1905 年革命时各民主党派与政府谈判时的那种激进强硬态度。维特(С. Ю. Витте,1849—1915)事后不无遗憾地说:"应当说,不论皇帝,特别是整个宫廷集团和贵族对这条出路(指改良立宪之路——引者注)多么不感兴趣,但如果文化阶级表现出明智的态度,当即割掉自己身上的革命尾巴的话,那么尼古拉二世是会实现 10 月 17 日许下的诺言的。但实际情况并非如此,文化阶级未能顺应由丰富的政治经验和国务经验造成的形势。"[③]这自然是事后的一家之言,未必能说明当时的真实情况,但至少也指出了一种事态发展的可能性,或者说一种机会。

格尔申宗认为,知识阶层对现实政治的过于简单化理解,是导致革命失败的一大原因:"知识阶层中的社会观点如此强烈,以至于使人断然相信:生活中所有的负担都源于政治原因,一旦摧毁了警察政体,健康、生机与自由便会立刻降临。"[④]这种言论实质上来自巴枯宁的思想。在十九世纪的反虚无主义小说中屡见不鲜,比如《浑浊的海》中的虚无主义者加尔金就说要"必须改变一切,消灭阶级,让土地完全自由化,让大家各取所需;消灭婚姻和家庭。"[⑤]冈察洛夫《悬崖》里的马克·沃洛霍夫也坚持要消灭私有制,以及婚姻家庭等等。至于消灭了之后怎么办,那不是他们考虑的问题。而事实是:革命不仅需要摧毁和破坏,还需要长久的建设,需要足够的耐心进行民众的启蒙,需要

① В поисках пути: Руссая интеллигенция и судьбы России. С. 65.

② Там же. С. 59—60.

③ [俄]谢·维特:《俄国末代沙皇尼古拉二世(维特伯爵的回忆)》续,张开等译,北京:新华出版社,1985 年,第 297 页。

④ В поисках пути: Руссая интеллигенция и судьбы России. С. 101.

⑤ *Писемский А. Ф.* Полное собрание сочинений в 24 т. Т. 10. Издание товарищества М. О. Вольфъ. 1895. С. 246.

"创造性的自我意识"来完善自身,教育民众。在这一点上,屠格涅夫早在《处女地》中说过:"要翻处女地,不应当用仅仅在地面擦过的木犁,必须使用挖得很深的铁犁。"[①]作家还特意在致友人书信中指出:"铁犁"指的是和风细雨般的"教育",而非暴风骤雨般的革命。司徒卢威认为,知识阶层过于着迷于革命,而忽视了社会改良的机会,从而造成俄国社会今日的退化。而历史恰恰证明,凡革命者,虽初则轰轰烈烈,但最终很少有成功的,无论是早期的拉辛起义,还是十二月党人的广场起义,或者以后的1905年革命;而改良者,从彼得大帝改革,到1861年废除农奴制,以及1905年之后的斯托雷平改革,尽管中间不无阻碍,或有不彻底之处,但终究取得了巨大成效,在实践上推动了俄国社会的进步。

《路标》整体上是就虚无主义传统展开反思,但角度各异。也有专门谈虚无主义问题的文章,如谢·弗兰克(С. Франк,1877—1950)在《虚无主义伦理学:评俄国知识阶层的道德世界观》一文中提出:"**虚无主义的道德主义**(黑体字为原文所有——引者注)是俄国知识分子精神面貌的最基本最深刻的特点。"[②]知识阶层口口声声以人民利益为至上目的,但又将否定一切(包括具体的个人利益)作为绝对手段。这种目的与手段的矛盾组合正体现了其信念的逻辑混乱。女作家巴纳耶娃曾回忆:别林斯基去世后,其友人为抚恤其家属而购买其藏书。屠格涅夫动情之余承诺,一旦得到遗产便将一个有250名农奴的村子赠送给死者的女儿。众皆为之动容,唯巴纳耶娃说,即使具有如此人道的目的,用活人来作为赠礼也是一种颇值得怀疑的人道行为。基斯嘉可夫斯基(Б. А. Кистяковский,1868—1920)与伊兹科耶夫(А. С. Изгоев,1872—1935)亦见仁见智,指出知识阶层法律意识之缺乏以及对青年后辈教育的失败。尽管诸人所提观点可圈可点,但确实道出了知识阶层值得深思的某些弊病,也为打破知识阶层的自我崇拜首开先河。

其次,知识阶层往何处去,《路标》给出的答案不尽相同,但概其要者有三:改造旧我,成就新我;重"拿来"亦重"创造";"少谈些主义,多谈些问题",真正走向民众。"在历史的当下时刻,知识分子所需的并非是自我张扬,而是自我批判。"(别尔嘉耶夫)"知识阶层需要改正自身,不是从外部,而是从内部,只有当他取得自由的、无形但真实的思想成就时才能做到。"(布尔加科

① [俄]屠格涅夫:《处女地》,巴金译,北京:人民文学出版社,1982年,第1页。

② В поисках пути: Руссая интеллигенция и судьбы России. С. 160.

夫)各人对于如何改变的问题各抒己见：对于别尔嘉耶夫而言，俄国知识阶层的救赎在于宗教哲学；对于弗兰克则在于宗教人道主义；对于布尔加科夫——在于基督徒似的禁欲；对于司徒卢威——在于国家神秘论；对于伊兹戈耶夫——在于对生活的热爱；对于基斯嘉可夫斯基——在于真正的法律观念；对于格尔申宗——在于“从类似人的怪物中努力成为一个人”。其主张看似零散(斯托雷平称之为“七个大夫开了七种药方”)，归纳起来大致可分为以下三点。首先，知识分子必须改造自我，如格尔申宗说的：知识阶层自身首先要成为“一个人”，应摆脱政治的束缚，转入内在的自我完善。这涉及知识阶层自身建设问题。知识阶层一味地从西方输入各种学说，包括马恩的阶级学说来武装自己，发动工人阶级，但却没有为本阶层找到一种合法存在的学说，它似乎只能依附于某个阶级。[1] 因此，所谓改造自我，不仅是针对个人，不仅要抛弃原先暴力革命的思潮，而且也是确立本阶层社会地位的一种尝试。俄国文学史家、思想家伊凡诺夫－拉祖姆尼克于1911年出版的两卷本《俄国社会思想史》就是这种尝试的体现。该书开篇便提出：“何为俄国知识阶层?”随即提出：“知识阶层首先是固定的社会集团。”“其特征是创造新形式和新思想并积极把它们贯穿到生活中去，从而达到每一个性在物质和精神上、社会和个人上的解放。”[2]

其次，别尔嘉耶夫等人多次提到了哲学文化上的“生产和创造”问题，知识阶层不能再一味地从西方或传统中为今天的俄国发掘思想武器，俄国需要创造，需要全新的俄罗斯思想。这对于百年来一味借鉴西方理论(西欧派)或依赖传统(斯拉夫派)的俄国思想界来说，无疑有振聋发聩之效。仅以哲学为例，俄国本土哲学自十九世纪80年代的弗·索洛维约夫以来，在此才得到真正的发扬光大，涌现出别尔嘉耶夫、巴·弗洛连斯基、德·梅列日科夫斯基、谢·布尔加科夫等大批富有民族特色的哲学大家。

其三，在和民众关系上，布尔加科夫认为知识阶层必须“少谈些主义，多谈些问题”，放下高高在上的精神贵族派头，切实为民众做些事情。在这一点上面，《路标》其实继承了前辈如陀思妥耶夫斯基等人的呼吁，后者在1880年

---

① 齐格蒙·鲍曼(Bauman. Z)在他的《立法者与阐释者：论理代性，后理代性与知识分子》一书中就详细论述了这一问题。详见鲍曼：《立法者与阐释者：论现代性，后现代性与知识分子》，洪涛译，上海：上海人民出版社，2000年，第227—250页。

② *Иванов-Разумник* История русской общественной мысли: индивидуализм и мещанство в русской литературе и жизни XIX века. С－Петербург.: 1911. С. 4、12.

纪念普希金大会上就号召俄国知识分子："屈服吧，骄傲的人，首先打掉自己的傲气。屈服吧，无所事事的人，首先在故土上耕耘。"[①]然而，思想文化上的转型并非易事，更非几篇文章即能奏效，"《路标》"用心良苦却收效甚微，反而数十年被禁，其遭遇亦堪为二十世纪俄国知识阶层之缩影。

作为这一时代对知识阶层批判最为激烈的一本著作，《路标》本身也成了当时一本极具争议性的书，对《路标》的不同阐释甚至成为衡量该时期思想界不同立场的一块试金石。它面世之初便遭到从列宁为首的革命派到托尔斯泰、伊凡诺夫—拉祖姆尼克等人的迎头痛斥。格尔申宗曾做了一个初步的统计：《路标》从1909年3月中旬出版之后，3月份就出现了8篇评论文章；4月份则是35篇（仅4月23日一天就有6篇关于《路标》的文章发表）；5月份49篇，6月之后，热情开始回落，文章数目降到23篇，但议论之声仍不绝于耳。[②]

革命派指责"它从各个方面攻击的乃是民主派和民主派的世界观。"[③]《路标》在分析俄国革命传统中的缺陷后，指出这种发育不成熟的暴力革命将会导致俄罗斯文化的毁灭，因此要重新反思革命传统，代之以"创造性的自我意识"，作为知识分子改造社会的手段。此说虽不无道理，但在沙皇专制尚存在并继续阻碍俄国资本主义发展的情况下，《路标》彻底否定知识阶层的激进革命传统，以换取暴政下社会的稳定和文化的繁荣，这不但是矫枉过正，更是与虎谋皮。难怪列宁一针见血地指出其实质："自由主义者叛变行为的百科全书"，"是一整套对民主派的反动污蔑"。[④]

此外，《路标》对于整个十九世纪知识阶层的运动也有以偏概全的一面。它声称：俄国知识阶层对西方思想无条件地吸收并运用于实践，造成俄国人民的巨大损失。这显然是当时绝大多数俄国知识分子所无法接受的。尽管革命民主派知识分子在借鉴西方思潮时确实存在囫囵吞枣、不求甚解的现象，但至少由于有了他们的努力才有了俄国社会今日的相对进步，要完全否定知识分子的这一传统，否定俄国社会近百年来的进步成果，这连普通知识分子都无法接受，更不用说是作为别、车、杜继承者的列宁等人了。就整个十九世纪来说，俄国知识阶层的构成除了如以别林斯基等为首的革命民主派知

---

① 《陀思妥耶夫斯基论艺术》冯增义、徐振亚译，桂林：漓江出版社，1988年，第273页。

② Вехи：Pro et Contra. Антология. //Вступ. ст. ，и примеч. *В. В. Сапова*. Издательство. РХГИ，Санкт－Петербург. ：1998. С. 8.

③ ［俄］列宁：《论文学与艺术》，北京：人民文学出版社，1983年，第173页。

④ 同上书，第172、177页。

识分子外，还有赫尔岑等反思西方社会思潮的自由主义知识分子。众所周知，如赫尔岑、屠格涅夫等人到了晚年都对西欧文明表示深深的怀疑，甚至提出村社思想来与西方革命思潮抗衡。《路标》指出的知识阶层种种弊端，用之于革命民主派尚可，对自由主义知识分子则未必适合。1910 年以米留可夫、奥夫夏尼克—库利科夫斯基等人撰写的《俄国的知识阶层》一书便代表了相当一部分自由主义知识分子对《路标》的不满。而对于政府来说，某一个阶层的失败，未必是民族整体的失败。《路标》以 1905 年革命失败为反思前提，无形中就把自身视为整个俄国民族利益的代表，这显然触动了沙皇政府的敏感神经。在政府看来，革命虽代价惨重，但毕竟排除了两种力量对峙的政治僵局，从根本上推动了俄国发展。1911—1914 年间任部长会议主席的科科夫佐夫伯爵（В. Н. Коковцов，1853—1943）回忆，当时的工业增长极为迅速，有望经过几个十年赶上美国。当时第三、第四届国家杜马已与政府开始在政治、经济、国防等各方面的合作。可见，观点的偏激和片面固有矫枉过正之因，但确实为《文集》招来四面八方的一片讨伐之声。著名的布尔什维克革命家列夫·托洛茨基（Лев. Троцкий，1879—1940）在写于 1912 年的文章中就指出："不是孟什维克主义，而是'路标'派的主张成了近年来的阴森可怕的东西。报纸、期刊、文集、演讲、闲谈——无不散发着'路标'派的味道。"[①]

从肯定的方面来看，官方（斯托雷平称之为"每个关心俄国命运的人都需要读的书。"[②]）和象征主义文学家别雷（А. Белый，1880—1934）、民粹主义文学批评家谢·阿·文盖罗夫（С. А. Венгеров，1855—1920）（他认为《路标》体现了"俄罗斯对真理的巨大忧虑"[③]）等人尽管对此表示欢迎，但对文集本身的理解也是见仁见智。事实上，官方似乎只看到了那句"我们应该为这个政权祝福，只有它才用刺刀和牢狱为我们挡住民众的狂暴"[④]，便认为《路标》代表知识分子对当局的屈服及合作，这显然是种误读。且不说文集中存在的大量对政府的抨击不满之词，在《路标》再版的注释中，格尔申宗就已明确表示："这句话被报刊评论高兴地理解成公开承认对刺刀和监狱的热爱——我不赞成刺刀，也不号召任何人去拥护他们。相反，我在其中看到了涅墨西斯（即复

---

① ［俄］托洛茨基：《文学与革命》，刘文飞等译，北京：外国文学出版社，1992 年，第 336—337 页。

② Невостребованные возможности русского духа//отв. ред. В. Б. *Власова*. Москва.：1995. С. 57.

③ 转引自刘宁主编：《俄国文学批评史》，上海：上海译文出版社，1999 年，第 544 页。

④ В поисках пути：Руссая интеллигенция и судьбы России. С. 100.

仇女神——引者注)，我这句话的意思是，知识阶层将自己所有的过去都置于一种无人听闻的可怕境地。他所为之奋斗的人民仇恨他，而他所反对的政权，却是他的保护者。不管他是否愿意，我句子中的'应该'意味着'注定'。我们用自己的双手毫无知觉地构建自己与政权间的这一联系。可怕之处在于此，我之所指也在于此。"①不难看出，知识分子本身的解读相对来得较有深度。

长期以来，《路标》被前苏联和我国主流思潮视为自由主义知识分子思想保守甚至反动的见证，认为是自由主义知识分子的"个性的毁灭"(高尔基语)。不过以今天的视角来看，《路标》的这些论点充满了精神上的革命性。首先，《路标》对于流行近百年的虚无主义思潮说不，这在当时政治上沙皇统治黑暗，马克思主义盛行的背景下，固然有为当局辩护之嫌，但从中亦充分体现了知识阶层独立思考之特性，是知识阶层自身成熟的标志(俄罗斯有学者将"《路标》"定义为"知识阶层自身定位的一种尝试"②)。其次，《路标》敢冒天下之大不韪，对当时作为革命动力的知识阶层说"不"，提出重新反思知识阶层的主张，这显然是要打破知识阶层作为民众导师的偶像崇拜，这何尝不是知识阶层自身精神上一次意义深远的革命呢？难怪斯托雷平说："诸如《路标》之类文集的出现，在那个名为俄国知识阶层的独特精神王国里是一种暴动和大胆的革命行为。它的革命力量直指那导致无数人牺牲的、名为政治的偶像统治。"③再次，《路标》提出知识阶层应该努力的方向：回归知识阶层自身岗位，致力于文化建设。虽说《路标》之后以列宁为首的俄国革命派仍然流亡海外斗争，但大部分知识分子的确开始注重起平凡但有效的日常工作，由此形成了俄国文化的"白银时代"。在1905年之前，象征主义作品和宗教哲学往往被人贬之为"颓废""虚无"之作，而在《路标》之后，文学家不但可以公开宣扬对形式的追求，极端者如阿尔志跋绥夫(М. П. Арцебашев，1878—1927)还以萨宁这种以自我为中心的人物作为知识分子理想人物加以褒扬。因此，诞生于世纪之交的《路标》，既可看作是对前期宗教哲学、现代主义文学创作的总结，又是对后来知识阶层发展方向的一种指导。

对大部分俄国知识分子来说，《路标》是他们告别革命的宣言书，虽然还有列宁等人在海外坚持斗争，且不说他们在国内的影响，就是内部也派别林

① Вехи：Pro et Contra. Антология. С. 16.

② Невостребованные возможности русского духа. С. 16.

③ Там же. С. 12.

立，内斗不止。列宁曾不无伤感地说："我们这些老年人，也许看不到未来这次革命的决战。"[①]可见当时革命形势之无望。《路标》问世以来遭到俄国各派知识分子群起而攻之，仅有别雷等少数人看到了它积极的一面，即它对精神传统的反思和对艺术创造的呼吁。当8年之后，布尔什维克夺取政权，全国陷于一片破坏大潮中的时候，《路标》的这一潜在意义才愈发明显。作为对《路标》传统的一种延续和回应，几乎是同一批知识分子再次发表了论文集《来自深处：对俄国革命的思考》。高尔基也在《新生活报》上连篇累牍地发表他那"不合时宜的思想"，恳请新政权对文化多加重视。可惜在那炮火连天的岁月中，偌大俄罗斯已无几人考虑至此，抑或有之，亦属有心无力者。

二、《群魔》的回响

在宗教哲学兴起的背景下，陀思妥耶夫斯基及其对虚无主义的反驳、对人类救赎之路的思考越来越成为白银时代思想家、文学家们考虑的重点。从1880年在普希金纪念大会上发表演讲开始，陀思妥耶夫斯基在俄国的影响日益高涨：无论是索洛维约夫从宗教角度的完全接受；还是米哈伊洛夫斯基（Н. К. Михайловский，1842—1904）从社会学角度的批判性接受，都证明了作家声望之隆。白银时代俄国文化界对陀思妥耶夫斯基的热情达到了一个新高峰。梅列日科夫斯基、别尔嘉耶夫、罗扎诺夫等人从俄罗斯的命运、人之善恶等多方面去理解陀思妥耶夫斯基。一时之间，一个充满矛盾、复杂的陀思妥耶夫斯基逐渐为人所知。然而，白银时代的文化界之所以重视陀思妥耶夫斯基，不仅着眼于其创作的哲学宗教意义，同样也考虑到其作品中的现实性。陀思妥耶夫斯基作品所描绘的那种大厦将倾的危机意识，那种对即将到来的革命的恐惧感，与刚经历了1905年革命的俄国知识阶层有着很大的共鸣。

因此凯尔德士才说："在白银时代初现曙光的日子，人们已经意识到俄罗斯经典文学遗产对于世纪之交文学的意义（我们在此简略地引用了梅列日科夫斯基的说法）。归根结底正是通过陀思妥耶夫斯基才串连起来了最为牢固的线索。陀思妥耶夫斯基贯穿于世纪之交俄罗斯的精神生活，对他的浓厚兴趣倒退几十年完全不可想象。"[②]不但是索洛维约夫、梅列日科夫斯基、别尔嘉耶夫、谢·布尔加科夫等思想家关注他，许多著名作家如列米佐夫、布宁、

---

① 《列宁全集》中文第2版第28卷，北京：人民出版社，1990年，第333页。

② 俄罗斯科学院高尔基世界文学研究所集体编写：《俄罗斯白银时代文学史》第1卷，第17页。

高尔基等人,创作中都不可避免地受到了陀思妥耶夫斯基的影响。[1] 正是在这种背景下,莫斯科艺术剧院是否该上演《群魔》一事成为了一个众所关注的公共事件,成为思想界和文学界表达对作家的敬意,反对新形势下的虚无主义的一个突破口。

1913 年,正是俄国社会在 1905 年革命后逐步走出困境,走向和平建设的时候,也是沙俄在一战爆发前所经历的最后盛世。在历经了《路标》的转向之后,很多俄国经典作家作品作为精神遗产再次得到文化界的重视,陀思妥耶夫斯基便是其中的一位。在成功改编了他的《卡拉马佐夫兄弟》之后,莫斯科艺术剧院试图把他的另一部作品——《群魔》搬上舞台,由此却引发了一场意想不到的争论,那便是著名作家高尔基的强烈反对及由此引起的以艺术剧院为首的文化界人士对高尔基的集体反驳,最终论争以艺术剧院坚持上演《群魔》(上演时改名为《尼古拉·斯塔夫罗金》)而告终。

联系当时的背景看,这并非一次简单的文学争论,其焦点也并非仅仅在于陀思妥耶夫斯基的作品是否可以搬上舞台的问题。这涉及俄国文学知识分子对文学功能和特性的认识,对作家在社会中作用的认识,对如何继承十九世纪文学经典问题的讨论。从这次争论的结果可以看出,当时俄国文学界的大多数人已经放弃了自别林斯基以降的文学的社会性功能。如果说 1909 年发表的《路标》文集是在思想上宣布告别革命的话,那么此次争论所体现的却是在文学批评的实践中宣布告别文学的社会性。

哲学家谢·布尔加科夫在 1906 年纪念陀思妥耶夫斯基去世 25 周年之际说:"俄国社会进入这样一种遗产之中,它长时期曾拒绝这份遗产,因为它没有理解这份遗产的全部价值,现在我们已经不再与这份遗产分离,尤其是发展着的生活为陀思妥耶夫斯基的非凡的,几乎是神秘的远见提供越来越新的肯定。"[2]如果说此时的俄国知识界舆论对于此类评价尚心存疑虑[3],那么到

---

① 上述思想家们都写过关于陀思妥耶夫斯基的专著或文章,影响深远。详情可参见《精神领袖:白银时代俄国批评界论陀思妥耶夫斯基》,徐振亚等译,上海:上海译文出版社,2009 年。另外,白银时代文学家受陀思妥耶夫斯基影响的情况,可参见 Русская литература конца XIX – начала XX века в зеркале современной науки: в честь В. А. Келдыша. Москва.: ИМЛИ РАН. 2008. 其中收录了多篇文章,涉及列米佐夫、布宁、高尔基对陀思妥耶夫斯基的传承。

② *С. Н. Булгаков*: Тихие Думы. Москва.: Республика, 1996. С. 188.

③ Д. В. 费拉索弗夫便对梅列日科夫斯基的文章《俄国革命的先知》一文提出疑问:"陀思妥耶夫斯基——革命的先知还是反动的先知"? 参见 Максим Горький: Pro et Contra // Вступ. ст., и примеч. *Ю. В. Зобнина*. СПб.: РХГИ, 1997. С. 705.

了1913年,陀思妥耶夫斯基对于俄国革命的预言已经完全为文化界所接受了,其中的《群魔》更是因其特有的现实性受到了多方面的关注,斯塔夫罗金、彼得·维尔霍文斯基等人物在当时的现实中都能找到对应人物。著名的加邦事件、阿泽夫事件等等便揭示出革命与反革命之间并非截然对立的特点。俄国知识分子从中看到了俄罗斯命运中已经和即将发生的悲剧。正是有鉴于此,俄国戏剧界的杰出代表斯坦尼斯拉夫斯基(К. С. Станиславский,1863—1938)在1907年同样认为:"不能没有陀思妥耶夫斯基。不知怎么办,但我们应该,也必将上演陀思妥耶夫斯基。"[①]同年由著名报人苏沃林(А. С. Суворин,1834—1912)领导下的文艺协会剧院也上演了《群魔》。艺术与现实的结合令观众感到:"群魔"活了,他们就生活在观众之中。4年之后,艺术剧院作为当时文化界之思想先锋着手排演《群魔》,其意义自然尚在苏沃林剧院之上。

然而,这一企图却遭到了远在意大利卡普里岛上的高尔基之激烈反对。他在1913年9月、10月的《俄罗斯言语报》上接连发表文章:《论卡拉马佐夫气质》和《再论卡拉马佐夫气质》,反对陀思妥耶夫斯基作品的上演。

高尔基的理由是什么呢?在《论"卡拉马佐夫气质"》里他说得很明白:首先,"这(指陀思妥耶夫斯基笔下的人物——引者注)是遭到极度歪曲的灵魂,丝毫没有值得欣赏之处。"[②]这是就艺术角度而言的;其次,这种"畸形丑恶是会传染的,会向人灌输对于生活、对于人的憎恶,并且——谁知道呢?——《卡拉马佐夫兄弟》的改编演出是不是影响了莫斯科自杀案件的增长?"[③]而俄国社会当时面临的任务是"我们必须仔细地重新审定我们从一片混乱的过去继承下来的全部东西,吸取其中有价值的、有益的部分,舍弃无价值的、有害的部分,把它送进历史的档案室。我们比任何人都需要健康的精神、勇敢、对于理性和意志的创造力量的信念。"[④]最后,因此高尔基认为:"这次'演出'是一种在美学上有问题、在社会作用上绝对有害的计划。"[⑤],因此作家呼吁:"我建议所有精神健康的人,所有懂得俄国生活必须健全化的人,——抗议在

---

① *Ю. К. Герасимов* Союзники по《преодолению Достоевского》: М. Горький и Д. Мережковский. См. Достоевский : материалы и исследования 15. Санкт-Петербург. : Наука. 2000. С. 31.

② [俄]高尔基:《论文学》续集,冰夷等译,北京:人民文学出版社,1983年,第179页。

③ 同上书,第180页。

④ 同上书,第181页。

⑤ 同上书,第181页。

舞台上演出陀思妥耶夫斯基的作品。"[①]显然，文章矛头针对的是陀思妥耶夫斯基作品的不良影响，同时也暗暗指责了艺术剧院值此社会思想动荡之际上演此类作品的不合时宜。然而，艺术剧院仍然于10月23日上演了根据《群魔》改编的《尼古拉·斯塔夫罗金》。演出阵容颇为庞大，由以饰演恺撒而著名的青年演员卡察洛夫（В. Качалов）出演主人公斯塔夫罗金，别尔森涅夫（П. Берсенев）饰彼得·维尔霍文斯基。面对这一结果，以及随之而来的大多数知识分子的谴责，高尔基又于10月27日写了《再论"卡拉马佐夫气质"》一文，文中除了重申陀思妥耶夫斯基作品之思想危害性外，还从戏剧的直观感染力角度分析了不宜上演《群魔》之原因。这当然有其合理之处，但这一解释并未改变其原有的根本立场，也无助于扭转高尔基在论战中的不利局面。

作为高尔基矛头所指的另一方，艺术剧院的答复是较为谨慎的。斯坦尼斯拉夫斯基专门请来了彼得堡的艺术家贝努阿（А. Н. Бенуа，1870—1960），与其合作撰写了一封公开信作为答复。信中首先指出高尔基说法之不确，认为他们是坚持兼容包并，多种流派共存的主张。正因为这样，他们才上演了高尔基的《小市民》《在底层》等现实意义较强的作品。从剧院的演出历史看，艺术剧院曾上演过高尔基的《在底层》《小市民》等著作，其两大巨头斯坦尼斯拉夫斯基和聂米罗维奇—丹钦科（В. И. Немирович Данченко，1858—1943）也多次指出高尔基对于艺术剧院成长的巨大意义（"高尔基是我们剧院的社会政治路线的主要开拓者和创始人。"[②]"从1903年到1905年，这中间，我们的剧院，得到许多极有意义的经验，而在这些经验当中，高尔基的影响，占着很大的地位。"[③]）。但艺术作为一个需要不断探索的领域，不能总是停留在"高尔基"路线上，而是应该要有更高更广的追求。因此，对于高尔基的指责：艺术剧院"帮助昏昏欲睡的社会良心酣睡得更熟"[④]，丹钦科特别感到意外和委屈。他后来辩解说："艺术剧院以'向灵魂作更高的探求'为理由，做自我的申辩。"[⑤]可见，当时艺术剧院是把艺术本身看得高于现实，高于政治的。事实上，当时的形势也不允许艺术剧院上演任何有现实色彩的剧作。高尔基本人一身轻松，远居意大利，未必能理解斯坦尼斯拉夫斯基等人所受的

① [俄]高尔基：《论文学》续集，第182页。

② [俄]斯坦尼斯拉夫斯基：《我的艺术生活》，史敏徒译，北京：中国电影出版社，1987年，第296页。

③ [俄]丹钦科：《文艺·戏剧·生活》，焦菊隐译，北京：中国戏剧出版社，1982年，第215页。

④ [俄]高尔基：《论文学》续集，第178页。

⑤ [俄]丹钦科：《文艺·戏剧·生活》，第239页。

政治重压,以及为艺术剧院前途命运所作的种种考虑。1905 年 10 月 24 日高尔基《太阳之子》演出的失败标志着艺术剧院与高尔基合作的终结,剧院进入了艺术探索的新阶段,即历史世态剧和幻想剧的阶段。多年之后,当事人之一的丹钦科一语道破了这次争论的焦点之所在。他在回忆录中总结道:"在旧型剧场的意识和革命的政治之间,发生着一个不停的冲突,这冲突继续了许多年。"[①]这冲突说到底,就是革命与文化之争。

也许,最出乎意料和最感委屈的应该是高尔基。这位"革命的海燕"未曾想到,他自认为充满正义感的呼吁竟然遭到了斯坦尼斯拉夫斯基、丹钦科、亚·贝努阿、库普林、列·安德烈耶夫等绝大多数文化界名流的反对,这其中好多人都曾是他的新交故友。那么如此"突变"的原因何在呢?作家百思不得其解。正如他在文中所提到的,1907 年苏沃林剧院上演《群魔》时,知识阶层同样群起而攻之,那为何 5 年之后却对同样性质的事件采取了完全相反的态度?对此,作家只能无奈地声称:"你们对这个问题的态度是我所不明白的。"[②]

显然,这次争论的局面出现了一边倒的状态。反对高尔基者占了绝大多数,除艺术剧院外,还有德·梅列日科夫斯基、伊凡诺夫—拉祖姆尼克、库普林、列·安德烈耶夫等当时的文化界知名人物。他们的关注焦点有两方面:其一,捍卫陀思妥耶夫斯基及其作品本身,由此引申到捍卫艺术的独立性。反对者认为高尔基观点过于狭隘,并不能证明陀思妥耶夫斯基是"恶毒"的天才。高尔基声称:"陀思妥耶夫斯基——本人是一个伟大的折磨者和具有病态良心的人——正是喜爱描写这种黑暗的、混乱的、讨厌的灵魂。"[③]谢·布尔加科夫针对高尔基的这种指责回应道:"一般地说,天才性并不必然要求个人的神圣性,但由于他天才地创造着,他超越自己个人的局限性,所以,把陀思妥耶夫斯基与其作品中的主人公之一等量齐观,这只是低级趣味的评论。"[④]哲学家弗·斯捷蓬也认为,高尔基"遗漏了陀思妥耶夫斯基伟大的心

---

① [俄]丹钦科:《文艺·戏剧·生活》,第 240 页。

② [俄]高尔基:《论文学》续集,第 184 页。

③ 同上书,第 179 页。

④ О Достоевском: Творчества Достоевского в русской мысли 1881—1931, Москва.: Книга,1990. С.213.

灵,他对世界狂热而激烈的爱”。[①] 另外,且不说高尔基对陀思妥耶夫斯基的这种认识是否正确,根据接受美学的观点,作家有选择创作主题、表现主题的自由,读者也有诠释的自由,两者对作品的阅读共同组成完整的作品。因此,即使说陀思妥耶夫斯基的作品有何不妥之处,那也未必都是作家之过。高尔基初涉文坛之初曾一再高歌“大写的人”,但如今又担心“人”会被一部小说所迷惑,对人的自我改造能力表示出极大的怀疑,高尔基的这种悖论遭到了多数人的否定。其二,艺术自由的问题。革命之后的文化界对十九世纪知识分子公民意识之类的高调比较厌倦,不愿意再看见政治以任何形式干涉文学。部分知识分子尽管和高尔基一样,未必欣赏陀思妥耶夫斯基的作品,但他们仍然坚持捍卫艺术剧院上演这一剧目的权力。因此,他们把高尔基的这种呼吁视之为新形势下的书刊检查,加以反驳。在1913年的《季度新闻》报上就有文章指出:“高尔基的抗议并未在俄国思想界,哪怕是某个阶层中获得同情……这种阶层就其政治观而言反对‘群魔’的某些倾向,但他们没有支持高尔基,使后者陷于孤立之境。”[②]文学批评家费拉索弗夫(Д. В. Философов,1872—1940)甚至提出:哪一个更有害,《群魔》还是以高尔基为代表的新的书刊检查?在这两个方面的反驳下,高尔基的被孤立就不难理解了。

事过境迁,晚年的斯坦尼斯拉夫斯基依然对聂米罗维奇—丹钦科改编陀思妥耶夫斯基作品的成就赞不绝口。在他的回忆录《我的艺术生活》中,他称赞后者:“《卡拉马佐夫兄弟》的演出特别精彩……这使人预感到了某种新的、未来的俄罗斯悲剧的诞生。”[③]丹钦科本人也在其1943年的回忆录中认为:“陀思妥耶夫斯基,给艺术剧院的生命上,创造了一个新时代。”[④]他在回忆录里把“高尔基精神”看作是艺术剧院成长过程中的“一种征服或确立艺术剧院的新时代的力量”予以肯定,但也只是“一种”而非全部力量。在回顾艺术剧院与高尔基的这次冲突时,丹钦科仍然坚持了一个艺术家而非政治家的立场。在谈到艺术剧院观点时他说:“作为答复高尔基的那些材料,在火热的冲突、辩论、正式报告和讲演里,依然在重复地引用着。全国最重要的剧

---

① *Ю. К. Герасимов* Союзники по «преодолению Достоевского»: М. Горький и Д. Мережковский. См. Достоевский : материалы и исследования 15. С. 40.

② Там же. С. 41.

③ [俄]斯坦尼斯拉夫斯基:《我的艺术生活》,第360页。

④ [俄]丹钦科:《文艺·戏剧·生活》,第238页。

场,都拿我们那一句‘灵魂的更高的探求’,作为一个信仰的象征,来防范政治之侵入艺术。”[①]“政治之侵入艺术”,恰恰是十九世纪俄国文学的一大特色。可见,此时的俄国思想界和文学界基本上都接受了《路标》所宣扬的反对虚无主义、告别革命的观点。

当然,也有极少数人站在高尔基这一面。比如,布尔什维克的文学批评家米·斯·奥里明斯基(M. C. Ольминский,1863—1933)就以《关于文学问题》为名,为高尔基辩护。他指出高尔基之所以遭到知识阶层之痛批,是因为“知识分子情愿满足于小恩小惠,并且同反动势力联合起来反对无产阶级:这就是他原谅陀思妥耶夫斯基的反动而仇恨高尔基的根本原因。”[②]显然,这位批评家的眼光只是着眼于彼此的阶级出身罢了,对于这一争论的文化背景缺乏更深入的了解。另外,曾有研究者认为,列宁在这场争论中也是站在高尔基一边的,理由是在1913年11月的信中列宁说:“昨天我从《言论报》上读了您对拥护陀思妥耶夫斯基‘叫嚣’的回答。”[③]但该信通篇批判的是高尔基的造神论,仅以“叫嚣”二字断定列宁支持高尔基,显然有些牵强。当然,列宁对陀思妥耶夫斯基的看法有其政治上的考虑,此处不再展开。

高尔基的这种孤单当然有其更深层的原因。1905年革命之后,俄国思想界、文学界出现分流,有的激进左转,但更多的是倾向于明哲保身,或退缩到文史哲的象牙塔里去。对于俄国社会的前途,多数人持悲观态度,高尔基对此曾指责说:“出现在文坛上的是形形色色的偏执狂患者、施虐淫者、好男风者以及各种各类的精神病患者,如卡孟斯基、阿志巴绥夫一流的人们。可以看到精神的混乱、思想的杂乱以及病态的神经质的忙乱。”[④]然而,这种悲观并未持续很久。革命之后的4年,虽然政坛屡经动荡,但思想界已经从革命后的彷徨中走了出来,开始了历史的反思,其结果便是1909年的路标文集。在俄国社会思想史上,1907与1913显然已经处于两个不同的阶段:即前“路标”阶段和后“路标”阶段。长期以来,《路标》被前苏联和我国主流思潮视为自由主义知识分子思想保守甚至反动的见证,认为是自由主义知识分子的

① [俄]丹钦科:《文艺·戏剧·生活》,第240页。

② 苏联艺术研究院编:《艺术论集—马克思主义对西方现代派文艺的评述》,姜其煌等译,北京:文化艺术出版社,1987年,第341页。

③ 安徽大学苏联文学研究组编译:《列宁与高尔基通信集》,北京:外国文学出版社,1981年,第132页。

④ [俄]高尔基:《高尔基文学书简》(上卷),曹葆华等译,北京:人民文学出版社,1962年,第253页。

“个性的毁灭”(高尔基语)。然而,换一个角度看,《路标》总结了知识分子的过去,对流行近百年的革命思潮说“不”,这在当时政治上沙皇统治黑暗,马克思主义盛行的背景下,固然有为当局辩护之嫌,但从中亦充分体现了知识阶层独立思考之特性,是知识阶层自身成熟的标志。[①] 尤其重要的是,《路标》提出知识阶层应该努力的方向:回归知识阶层自身岗位,致力于文化建设。虽说“路标”之后,以列宁为首的俄国革命派仍然流亡海外斗争,但大部分知识分子的确开始注重起平凡但有效的日常工作,由此形成了俄国文化的“白银时代”。这一点,和当时国内政治家的呼吁是不谋而合的。斯托雷平对激进知识分子曾言:“给国家20年内政外交上的安宁,你们并不了解当今的俄罗斯!”[②]俄国当时所需要的,是抓住十九世纪工业革命所带来的最后机遇,在世界列强中占有一席之地,这个目标的实现显然离不开安定的政治环境和各方面卓有成效的合作。应该说,《路标》令俄国知识阶层摆脱了单纯的阶级利益之争,转而关注民族强盛和国家利益。此等作法,革命也好,反动也罢,都属于知识阶层自我探索、自我塑造,应予以重视并详加分析。但高尔基等人从阶级斗争的需要出发,得出了对《路标》的负面评价,对在“路标”精神指引下的知识分子文化创造活动也斥之为“个性的毁灭”,这种功利性的文学观必然导致对反对革命暴力的陀思妥耶夫斯基予以坚决否定,这也暗示着日后革命与文化之间的冲突。

如果从更广的角度来看,《路标》所昭示的,不但是俄国社会思想发展的两个阶段,也是两代知识分子的分野。如果按照葛兰西(Antonio. Gramsci,1891—1937)的说法,所谓“有机知识分子”就是指各社会阶级的有机组成部分,每一个阶级在自己的发展过程中,都会造就出自己的知识分子阶层,他们和自己的阶级有机地统一在一起,在国家生活中明确地表达他们的阶级在政治、经济文化领域中的集体意愿;所谓“传统知识分子”就是那些旧制度残留下来的知识分子,那些赖以依存的生产方式已被消灭,但仍然存在着的世代相传的知识分子。传统知识分子最典型的代表是教士,还有旧官僚、作家、艺术家、哲学家等等。他们不属于任何新生的阶级,是一个“历史发展连续性的

---

① 当今俄罗斯学者诺维科娃(Л. И. Новикова)和西泽姆斯卡娅(И. Н. Сиземская)将“《路标》”定义为“知识阶层自身定位的一种尝试”。参见 Невостребованные возможности русского духа. С. 16.

② 转引自:История русской литературы XX век: Серебряный век. //под ред *Жоржа Нива* и. др. Москва.: Издательская группа «Прогресс»-«Литера». 1995. С. 405.

证明"[①]。他们在新的历史条件下仍将独立于权力之外,并不依附于某个社会集团而保持内心的独立和思考的自由,甘作社会的冷眼旁观者或激进批评者。俄国传统知识分子产生于沙皇统治时期,赖以生存的基础是沙皇统治下的封建农奴制。专制的残暴和人民的苦难成为当时知识分子挺身而出的直接理由。但到十九世纪末,农奴制早就被取消,社会力量的壮大使得沙皇统治下的矛盾多少有些缓和。资本主义生产方式在俄国的发展直接改变了社会阶级的构成,资产阶级和无产阶级的逐渐成熟及其知识分子的出现,开始改变了传统知识分子作为人民唯一代言人的地位。

如此,俄国传统知识分子便陷入了一种尴尬的境地。长期以来他们向俄国人民宣扬西方的先进思想和激进理论,尤其是在80—90年代,马克思主义战胜民粹派思想在俄国大行其道。然而,马克思主义所关注的更多是资产阶级与无产阶级之间的关系、经济基础等问题,对于传统知识阶层本身的定位却没有做过多的申述。十九世纪俄国社会传统框架是由政府—知识分子—人民这三者构成,知识阶层以人民为依托,自命为民众代言人。按高尔基的说法,"俄罗斯是恋女,知识分子是情郎。"但现在人民已经成长起来,已经拥有自己的代言人。知识分子与人民之间的"艳史"结束了,俄国知识分子迎来了他们"个人的毁灭"[②],传统的知识分子该往何处去?历史证明,他们选择的依附点便是文化,这也是世纪之交之所以出现所谓"白银时代"原因之一。因此,围绕《路标》以及《群魔》所展开的这两次争论,从根本上说,都是这两代知识分子对意识形态和文化等各领域主导权的争夺。

值得补充的是,在1935年1月24日,高尔基在《真理报》上又发表文章《关于小说〈群魔〉的出版》,其中说道:"……我坚决主张科学出版社出版小说《群魔》,理由是:应把非法出版物变成合法出版物,因为禁书对年轻人更有诱惑力;必须了解敌人,需要了解他的意识形态,而读他的书是最简便的办法,因为他的意识形态鲜明地表现在小说的形象中。"[③]难道这个时候高尔基就不考虑《群魔》的消极性影响了?情况并非如此。须知,当时的苏联尽管发生了翻天覆地的变化,但人的内心却和革命前没有太大的变化,否则也

① [意]安东尼奥·葛兰西:《狱中札记》,葆煦译,北京:人民出版社,1983年,第419页。
② [俄]高尔基:《论文学》续集,第81页。
③ 转引自蓝英年:《被现实撞碎的生命之舟》,广州:花城出版社,1999年,第269页。

不至于会有左琴科、米·布尔加科夫等大批同路人作家拿苏维埃公民身上的市侩习气、阴暗心理大做文章了。可以猜测,作为知识分子的高尔基,此刻也许已经感觉到了斯大林专制之阴影了,因此才希望通过出版《群魔》以作警世之效。

无论是论战的结局,还是高尔基的“事后诸葛亮”,这些都不重要,重要的是:在这背后所折射的,是俄国有机知识分子对社会现实认识的脱节,也许这才是此次论战的意义所在。

结　语

仅仅以陀思妥耶夫斯基、冈察洛夫、列斯科夫、皮谢姆斯基和斯特拉霍夫、卡特科夫这六位来代表整个十九世纪反虚无主义文学的潮流，严格来说，这还不够全面。但在一定程度上，他们又有某种代表性。前者是在苏联时期长期遭受打击，甚至被冷落的小说家；后者更是默默无闻的思想家，政论家、出版家。他们的遭遇，大体上也是整个反虚无主义文学在二十世纪命运的一种缩影。

反虚无主义文学研究并不容易，首先在于资料搜集的困难。由于历史的原因，反虚无主义文学无论是在俄罗斯还是我们国内学术界，长期处于“有名无实”的状态，不但没有中译本，连俄文的原著都很难寻找，很多人对于反虚无主义作品只是只闻其名，不见其文，这就在资料上给本研究的开展造成了很大困难。在本书所涉及的几部小说中，冈察洛夫的《悬崖》和陀思妥耶夫斯基的《群魔》还算好找，并且也有了中译本。但列斯科夫和皮谢姆斯基的反虚无主义小说就相对难找些。至于说到名声远逊于以上作家的克柳什尼科夫、阿维纳利乌斯、克列斯托夫斯基等人的作品，那寻找难度就更大，限于本书篇幅和作者精力，也只能暂付阙如，留待以后进一步分析。其次，总体来说，一种有价值的文学研究不外乎或观点新颖，或材料新颖，这两者都离不开新颖的研究角度。反虚无主义文学的研究者要改变自己对俄罗斯文学的思维定势。如果说此前的十九世纪俄罗斯文学研究大多立足于进步、革命这样的政治角度的话，那么研究反虚无主义文学则需要从逆向思维出发，打破原有思维定势，对一些经典文本做出新的解释。比如陀思妥耶夫斯基的《群魔》未必只是一部攻击革命者的小说，同时也是从哲学和文化角度阐述虚无主义彻底破产的故事。因此，这一研究过程需要一定的学术勇气和创新精神。再次，所谓反虚无主义者，必然要涉及虚无主义者的问题，两者之间存在着一种内在的互动。本书最终构想是完整地剖析十九世纪60—70年代俄国小说的论争,既要考虑到反虚无主义小说的发展变迁及影响,同时也不能忽略作为其对立面的革命民主主义文学。事实上,笔者从未因从事反虚无主义文学研究就将与之相对的革命民主主义文学弃之一旁。别林斯基、车尔尼雪夫斯基、杜勃罗留波夫、皮萨列夫等革命民主主义文学批评的代表人物就其本质而言都是高尚的理想主义者,他们在批评文字中流露出对俄罗斯祖国的那份热爱,至今读来仍令人心动。[①] 问题在于要解决当时俄国社会所面临的问题,仅有激情是不够的。别车杜等人既没有在俄国农村生活的经历,也没有在国外做过长期逗留(别林斯基看德文文章都要靠卡特科夫等人来帮忙),他们对俄国农奴制的现实以及西欧流行的各种思潮都谈不上非常了解。他们怀着炽热的理想寄希望于某种西方理论,将其介绍给俄国读者,试图以此来一劳永逸地改造俄国。这种想法无论多么美好,从现实角度看是不切实际的。因此,本书在写作过程中一方面注意到了革命民主派的理想主义热情,另一方面也不得不指出其思想中的某些偏激和虚无主义倾向。后者正是构成了反虚无主义文学批判之锋芒所向。其四,因为引入了斯特拉霍夫和卡特科夫两位政论批评家,这使得本书研究范围有所扩大。两位批评家著述庞杂,本书的研究只是略涉及其思想一角,在具体论述上尚不够深刻。不过,这正好构成了笔者今后进一步努力的方向。

需要指出的是,斯特拉霍夫、卡特科夫等大批十九世纪被埋没的思想家、批评家的"复活",实际上标志着长期以来被视为"反动"的保守主义已经卷土重来,重新成为当今俄国政治文化的一部分。普京为首的执政党"统一俄罗斯"党在2009年的11月21日第11次党代会上通过纲领:"党的意识形态是俄罗斯保守主义。这是稳定和发展的意识形态,避免停滞和革命,不断进行创造性的社会革新的意识形态。"[②]尽管有论者认为其中的"保守"可能与

---

① 2013年,俄罗斯出版了名为《真正的心灵骑士:关于别林斯基生平与创作的文章》的论文集,全书共560页。文中既收录了屠格涅夫等5位作家对他的回忆,更有大量当代研究者的学术文章。其中包括尤里·曼、涅兹维茨基等著名学者。参见 Истинный рыцарь духа. Статьи о жизни и творчестве В. Г. Белинского// *Монахова И. Р.* (сост.), *Манн Ю. В.* (науч. ред.)Москва.: Прогресс – Традиция, 2013. 此外,思想家巴赫金对六十年代人也有较高的评价。他曾说:"杜勃罗留波夫是六十年代中最温和的、最聪明的、最崇高的人。"《巴赫金全集》第7卷,万海松等译,石家庄:河北教育出版社,2009年,第27页。

② 转引自李兴耕:《统一俄罗斯党的意识形态:"俄罗斯保守主义"》,载于《当代世界与社会主义》,2010年第1期,第110页。

十九世纪的俄国保守主义有一定距离[①],但无论如何这可以说明俄国当局对激进主义和西式自由主义路线的抛弃。苏联解体之后,曾有一段时间俄罗斯精英的关注焦点在于西方文化,索尔仁尼琴返俄后所遭受的冷遇及盖达尔的休克疗法大行其道便是两个再好不过的例子。然而叶利钦执政的近十年内,俄国沦为二流大国,国内贫富分化严重,人民生活水平急剧下降,一味西化的政策已被证明行不通,"双头鹰到底面向何方"的问题依然得不到解决。

在这种情况下,身为俄罗斯掌舵人的普京必须提出新的治国理念。普京就任俄罗斯联邦总统之前,曾在 1999 年的 12 月 30 日的《独立报》上撰文指出:"九十年代的经验雄辩地证明,将外国课本上抽象公式和模式照搬到我国是无法进行不付太大代价的、真正顺利的改革的。机械照抄别国的经验也是没有用的。每个国家,包括俄罗斯,都必须寻找自己的改革之路。"[②]十九世纪是俄罗斯思想文化的黄金时代,自然成为其关注的焦点。由此,昔日俄国保守主义思想家、政论家的著作纷纷再版,名目之繁多,令人眼花缭乱。比如,莫斯科文明学院出版的"俄罗斯文明"丛书,收录的都是一连串陌生的名字:波别多诺斯采夫(Победоносцев К. П.)、谢尔巴托夫(Щербатов А. Г.)、缅什科夫(Меньшиков М. О.)、梅谢尔斯基(Мещерский В. П.),当然也有熟悉的名字,比如陀思妥耶夫斯基、果戈理、阿克萨科夫兄弟等等。相对于十九世纪的各种西化思潮和二十世纪的马克思主义,这些政治家、思想家对俄国命运的思索更多地立足于本民族现实,提出创建具有本国特色的强国理念,这正契合了当今俄罗斯从上到下的社会心态,因而保守主义的复兴也在情理之中。正如有论者指出的:"因国家这艘大船上的混乱分裂而精疲力竭的我们终于能感觉到狂风暴雨要安静下来,我们能借着古代的希望之风扬帆而起。这股风借着创造性的保守主义与传统主义赋予我们唯一正确的方向,指引着俄罗斯走向其命中注定之所,确立自身文明的基础、正教的根源、多民族的外在文化体现。"[③]

---

① 比如俄罗斯学者亚历山大·丘达杰耶夫曾指出:"统一俄罗斯党未必想要利用俄罗斯本国的这一经验(指俄国保守主义的历史经验——引者注)。根据《总结》杂志收集到的资料,统一俄罗斯党或多或少地把当代西方模式的保守主义思想当作榜样。"[俄]亚历山大·丘达杰耶夫:《统一俄罗斯党的意识形态新变化》,李兴耕译,载于《国外理论动态》,2010 年第 3 期,第 33 页。

② [俄]В. 普京:《千年之交的俄罗斯》,载《独立报》,1999—12—30。转引自安启念:《俄罗斯向何处去:苏联解体后的俄罗斯哲学》,北京:中国人民大学出版社,2003 年,第 8 页。

③ *В. Н. Тростников* К читателю. Предисловие. //Просвещённый консерватизм: Российские мыслители о путях развития Российской цивилизации, Москва, ГРИФОН, 2012. С. 5 – 6.

虽然俄国保守派内部在具体问题上也存在分歧,但有一点是明确的:那就是希望祖国强大,真正做到国富民强,这一点在1905年的日俄战争之后尤为迫切。所以时任部长会议主席的斯托雷平在1907年杜马大会上指出:“国家的敌人们试图选择激进的道路,摆脱俄国历史过去,摆脱文化传统。他们要的是巨大的动荡,我们要的是伟大的俄罗斯!”①可惜没过几年,第一次世界大战的爆发打断了俄国的发展之路。“伟大的俄罗斯”变为红色苏维埃,保守主义正如它所互为依仗的帝制及教会一样,被激进的布尔什维克党人扫入历史垃圾堆。然而,一战前的这段日子,却成为解体后诸多俄国文化精英梦寐以求的黄金时代(证据之一或许是:俄国著名导演尼基塔·米哈尔科夫〈Никита Михалков,1945—　〉在他那部《西伯利亚的理发师》〈Сибирский цирюльник,1998〉里对十九世纪末至二十世纪初的这段帝制末期所做的美化)。

保守主义在今天俄罗斯的复苏,并非仅仅因为它是俄国思想史上被曲解或遗忘的一股思潮,更重要的是,它是一个多世纪以前俄国知识分子对祖国命运的思考。这种思考,即使到了今天,仍然是深刻的、富于启示性的,它为我们展示了一百多年前俄国历史上的另一种可能性。我们今天去回顾俄国的保守主义,自然亦非出于历史考古的嗜好,而是希冀由此为反思当下处于大变革之中的中国社会提供另一种视角。我们正处在一个大变革的年代,在经历了一百多年的沧桑之后,中国的繁荣与崛起势不可挡。然而,30年来的改革也积累了众多的社会矛盾,历史上似乎很少有哪个社会像我们这样在涉及现实、历史等问题上有着如此尖锐的冲突。时至今日,我们都承认政治是非常非常复杂的东西,政治问题的妥善解决必须要摆脱那些简单的口号。中国这样一个大国中的诸多矛盾冲突涉及方方面面,绝非归结喊喊口号,骂骂体制,学学别人就能解决的。但几百年来面对西方的羸弱,已使大多数国人彻底丧失了对传统政体的信心,一味崇拜起西方的理念,所谓“月亮是外国的圆。”著名美国汉学家费正清(John King Fairbank,1907—1991)说中国近代史是一个革命的过程:从康梁到孙文继而毛,是一个radicalization的过程。今天社会中所出现的历史虚无主义思潮歪曲历史,极力否定传统的价值观念,鼓吹照搬西式的自由民主模式,企图以此一劳永逸地解决所有社会矛盾。就

---

① *П. А. Столыпин.* Речь об устройстве быта крестьян и о праве собственности, произнесённая в Государственной думе 10 мая 1907 года. //Просвещённый консерватизм: Российские мыслители о путях развития Российской цивилизации. С. 584.

像十九世纪俄国的六十年代人一样，历史虚无主义者否定一切传统文化，奉西式自由民主为圭臬，既不能仔细反思，也不愿对具体社会问题做具体的思考。习近平总书记在纪念孔子诞辰2565周年国际学术研讨会暨国际儒学联合会第五届会员大会开幕会上的讲话（2014年9月24日）中指出："中国共产党人是马克思主义者，坚持马克思主义的科学学说，坚持和发展中国特色社会主义，但中国共产党人不是历史虚无主义者，也不是文化虚无主义者。我们从来认为，马克思主义基本原理必须同中国具体实际紧密结合起来，应该科学对待民族传统文化，科学对待世界各国文化，用人类创造的一切优秀思想文化成果武装自己。"①这可以看作是对当前历史虚无主义思潮最有力的反驳。

曾几何时，别林斯基、车尔尼雪夫斯基和杜勃罗留波夫、皮萨列夫等因不满于现状而奋起反抗，声称要否定艺术和诗，否定、破坏一切，至于建设，那是以后的事情。他们以简单的话语、激进的姿态赢得了年轻人的追捧。但指点江山，激扬文字毕竟只是文人的浪漫情怀，具体到处理各种现实的内政外交事务，这显然非虚无主义者所长。所以我们看到在文学中巴扎罗夫早早死了；涅日丹诺夫（《处女地》的主人公）自杀了；马克·沃洛霍夫跑了；真正担负起改造俄国的还是那些如索罗明、杜新这样的实干家。要知道否定是容易的，建设则需要付出更多的艰辛与忍耐。或许正是意识到了这一点，十九世纪末二十世纪初的白银时代文学才对激进主义的否定传统来了一个大逆转：勃留索夫、勃洛克、别雷那么多的文人雅士，不去理睬那劳苦大众，偏偏躲进文学的象牙塔里，开始考虑起"燃烧的天使""美妇人"这等永恒的象征了。他们告别革命自然不是心血来潮。卡特科夫于1870年代推动的古典主义人文教育为白银时代作家们在儿时打下了扎实的古典文化基础；与此同时，白银时代对陀思妥耶夫斯基、列斯科夫等反虚无主义作家文学遗产的审视成为新一代作家们艺术创作的理论来源之一。第一次世界大战的炮声打断了俄国文学回归本位的尝试；十月革命的枪声再度使文学成为"从思想上改造和教育劳动人民"的工具。革命战胜反动，天下却并未太平。于是社会恰如鲁迅先生笔下所写的"革命，革革命，革革革命，革革……"②如此反复，幸而未延续到世

① 习近平：《纪念孔子诞辰2565周年国际学术研讨会暨国际儒学联合会第五届会员大会开幕会上的讲话》，《人民日报》2014年9月25日第2版。

② 鲁迅：《小杂感》，载于《鲁迅选集》第2卷，北京：人民文学出版社，1995年，第408页。

界末日。

反虚无主义文学的意义就是在白银时代之前就认识到了虚无主义的这种虚妄。譬如,对于上述社会革命的悲剧,陀思妥耶夫斯基在他的《群魔》中早就借“希加廖夫主义”予以抨击,这也是他后来被称为“俄国革命的先知”(梅列日科夫斯基语)的原因。著名的保守主义者卡特科夫则在虚无主义最为流行的时候,甘冒天下之大不韪不断写文章提醒公众:到底什么才算是“进步”?什么是真正的爱国主义等等,这些问题直到今天依然有值得思考的价值。从今天的角度来看,反虚无主义文学的价值可能并非主要在于文学,而是在于它对盛行于十九世纪的否定一切的激进主义潮流泼了一盆冷水,虽未能阻止虚无主义在俄国的胜利,却为一百多年后的俄罗斯道路选择提供了另一种可能性,也为我们今天的社会文化建设提供了一种有价值的参照。

窃以为,如果说本研究有什么现实意义,那么大抵便在于此了。

参考书目

（一）基本作品

1. *Анненков П. В.* Литературные воспоминания. Москва.: 1983.
2. *Гончаров И. А.* Собрание сочинений. в 8-томах. Москва.: Художественная литература. 1980.
3. *Достоевский Ф. М.* Полное собрание сочинений: в 30 т.. Ленинград.: Наука, Ленинградское отделение, 1972—1990.
4. *Достоевский Ф. М.* Материалы и исследования. Вып. 1—19. Ленинград-СПб.: Наука, Ленинградское отделение, 1974—2010.
5. *Катков М. Н.* Собрание сочинений: В 6 т. СПб.: Издательство "Росток", 2010—2012.
6. *Лесков Н. С.* Собрание сочинений: В 12 т. Москва.: Правда, 1989.
7. *Лесков Н. С.* Полное собрание сочинений в тридцати томах. Москва.: TEPPA-TERRA. 1996—2007.
8. Литературное наследство. Т. 77. Ф. М. Достоевский в роботе надроманом «Подросток». Творческие рукописи. Москва.: Наука, 1965.
9. Литературное наследство. Т. 86. Ф. М. Достоевский: Новые материалы и исследования. Москва.: Наука, 1973.
10. Ф. М. Достоевский в русской критике. Сборник статей. Москва.: Государственное издательство художественной литературы, 1956.
11. Библиотека русской критики: Критика 70-х годов XIX века. Сост., вступит. ст., преамбулы и примеч. *С. Ф. Дмитренко.* Москва.: ООО Издательство «Олимп», ООО Издательство «АСТ», 2002.

12. О Достоевском: Творчество Достоевского в русской мысли / Сост. *В. М. Борисов. А. Б. Рогинский* . Москва. : Книга, 1990.
13. Ф. М. Достоевский «Бесы» (роман в трех частях). «Бесы»: Антология русской критики. Москва. : Согласие, 1996.
14. И. С. Тургенев в воспоминаниях современников. Москва. : Художественная литература, 1983.
15. Русская литературная критика 1860-х годов. Москва. : Просвещение. 1984.
16. *Писарев Д. И.* сочинения в 4 т.. Москва. : Государственное-издательство художественной литературы. 1956.
17. *Страхов Н. Н.* Литературная критика. Сборник статей. СПб. : Издательство русского христианского гуманитарного института, 2000.
18. *Страхов Н. Н.* Критические статьи об И. С. Тургеневе и Л. Н. Толстом (1862—1865). Т. 1. 4-е изд. Киев. : 1901.
19. *Страхов Н. Н.* Из Истории Литературного Нигилизма 1861—1865. С. -Петербург. : 1890.
20. *Страхов Н. Н.* Борьба с Западом в нашей литературе. Кн. 1—3. 3-е изд. Киев. : 1897.

(二)、研究专著

21. *Аллен Луи.* Ф. М. Достоевский: Поэтика. Мироощущение. Богоискательство. Санкт-Петербург. : LOGOS, 1996.
22. *Аннинский Л. А.* Три еретика. Москва. : 1988.
23. *Аннинский Л. А.* Лесковское ожерелье. Москва. : 2000.
24. *Аношкиной В. Н.* -История русской литературы XIX века (70—90 е годы). Москва. : Издательство Московского Университета. 2001.
25. *Антонов Е.* А. Антропоцентрическая философия Н. Н. Страхова-как мыслителя переходной эпохи. Белгород. : Издательство БелГУ, 2007.
26. *Аскольдов Сергей и др.*. Ф. М. Достоевский: 1881—1981. London. : Overseas Publications Interchange Limited, 1981.
27. *Белов С. В.* Роман Ф. М. Достоевского «Преступление и Наказание»

Комментарий. Издание второе, дополненное. Москва. : Просвещение, 1985.

28. *Бердяев Н. А.* О русских классиках. Москва. : Высшая школа 1993.

29. *Бердяев Н. А.* Истоки и смысл русского коммунизма. Москва. : Наука, 1990.

30. *Белопольский В. Н.* Достоевский и философская мысль его эпохи: Концепция человека. Ростов-на-Дону. : Издательство Ростовского университета, 1987.

31. *Борщевский З. С.* Щедрин и Достоевский: История их идейной борьбы. Москва. : Государственное издательство художественной литературы, 1956.

32. *Буданова Н. Ф.* Достоевский и Тургенев: Творческий диалог. Ленинград. : Наука, Ленинградское отделение, 1987.

33. В мире Лескова. Сборник статей. Москва. : 1983.

34. *Васильев А. А.* Мировоззрение почвенников (Ф. М. и М. М. Достоевских, А. А. Григорьева, Н. Н. Страхова): забытые страницы русской консервативной мысли. Москва. : Институт русской цивилизации. 2010.

35. *Венгеров С. А.* Алексей Феофилактович Писемский: критико-биографический очерк, Москва-Санкт-Петербург. : 1884.

36. *Вересаев В. В.* Живая жизнь: О Достоевском. О Льве Толстом. О Ницше. Москва. : Республика, 1999.

37. *Ветловская В.* Роман Ф. М. Достоевского «Бедные Люди». Ленинград. : Художественная литература, Ленинградское отделение, 1988.

38. *Видуэцкая И. П.* Николай Семёнович Лесков . Москва. : Издательство Московского Университета, 2000.

39. *Гончаров И. А.* в русской критике: Сборник статей / Вступ. ст. *М. Я. Полякова*; Примеч. *С. А. Трубникова*. Москва. : Художественная литература, 1958.

40. *Горелов А. А.* Н. С. Лесков и народная культура. Ленинград. : 1988.

41. *Григорьев Аполлон*. Воспоминания. Москва. : 1988.

42. *Гришин Д. В.* Достоевский—человек, писатель и мифы (Достоевский и его «Дневник Писателя»). Австралия. : Издательство Мельбурнского университета, 1971.
43. *Гус М.* Идеи и образы Ф. М. Достоевского. Издание второе, дополненное. Москва. : Художественная литература, 1971.
44. *Долинин А. С.* Достоевскийй и другие: Статьи и исследования о русской классической литературе. Ленинград. : Художественная литература, Ленинградское отделение, 1989.
45. *Долинин А. С.* Последние романы Достоевского: Как создавались «Подросток» и «Братья Карамазовы». Москва-Ленинград. : Советский писатель, 1963.
46. *Евдокимова О. В.* Мнемонические элементы поэтики Н. С. Лескова. СПб. : 2001.
47. *Егоров Б. Ф.* Борьба Эстетический Идей в России 1860-х годов. Ленинград. : Искусство. Ленинградское отделение. 1991.
48. *Зеньковский В. В.* Русские мыслители и европа. Москва. : Республика, 1997.
49. *Ильин Иван.* О грядущей России. Москва. : Военное издательство, 1993.
50. *Кантор В. К.* «Братья Карамозовы»Ф. М. Достоевского. Москва. : Художественная литература, 1983.
51. *Караулов Ю. Н.* ред. Слово Достоевского. Сборник статей. Москва. : Институт русского языка РАН, 1996.
52. *Кашина Н. В.* Эстетика Ф. М. Достоевского. Москва. : Высшая школа, 1975.
53. *Кирпотин В. Я.* Ф. М. Достоевский: Творческий путь (1821—1859). Москва. : Государственное издательство художественной литературы, 1960.
54. *Кирпотин В. Я.* Достоевский в шестидесятые годы. Москва. : Художественная литература, 1966.
55. *Кирпотин В. Я.* Разочарование и крушение Родиона Раскольнико-

ва. Москва. : Советский писатель, 1974.

56. *Климова С. М.* и др. Н. Н. Страхов в диалогах с современниками. Философия как культура понимания. -СПб. : 2010.

57. *Кокшенева К. А.* Российский консерватизм в литературе и общественной мысли XIX века. Москва. : ИМЛИ РАН, 2003.

58. *Котсовский Д.* Достоевский, Толстой и революция. Нью-Йорк. : Всеславянское издательство (All-Slavic Publishing House), 1955.

59. *Краснощекова Е. А.* И. А. Гончаров: мир творчества, С-Петербург. : Пушкинский фонд, 1997.

60. *Кудрявцев Ю. Г.* Три круга Достоевского: Событийное, социальное, философское. Москва. : Издательство Москвского университета, 1979.

61. *Кузнецов Ф.* Нигилисты? Д. И. Писарев и журнал «Русское слово». Москва. : Художественная литература, 1983.

62. *Лесков Андрей.* Жизнь Николая Лескова по его личным, семейным и несемейным записям и памятям: в 2 т. Москва. : Художественная Литература. 1984.

63. *Любимов Н. А.* Михаил Никифорович Катков и его историческая заслуга, С – Петербург. : 1889.

64. *Манн Ю. В.* Тургенев и другие. Москва. : Российский государственный гуманитарный университет, 2008.

65. *Машинский С.* С. Т. Аксаков: Жизнь и творчество. Москва. : Государственное издательство художественной литературы, 1961.

66. *Миролюбов Ю.* Достоевскiй и революцiя. Aachen (West Germany), 1979.

67. *Могилянский А. П.* Писемский: Жизнь и творчество. Лени нград. : 1991.

68. *Мотовникова Е. Н. и Ольхов П. А.* Полемика и понимание: Философские очерки мышления и личности Н. Н. Страхова. -М. ; СПб. : Центр гуманитарных инициатив, 2012.

69. *Мочульский К.* Достоевский: Жизнь и творчество. Paris. : YMCA-

Press, 1980.

70. *Набоков В. В.* Лекции по русской литературе. Москва. : Издательство Независимая Газета. 2001.

71. *Наседкин Н.* Достоевский энциклопедия. Москва. : Алгоритм,2003.

72. *Недзвецский В. А.* И. А. Гончаров-романист и художник, Москва. : Издательство Московского Университета,1992.

73. *Новиков А.* И. Нигилизм и нигилисты. Лениздат. : 1972.

74. *Отрадин М.* В. Проза И. А. Гончарова в литературном контексте, Санкт-Петербург. : Издательство Санкт-Петербургского Университета,1994.

75. Под ред. *Фетисенко О. Л.* Н. С. Лесков: классик в неклассическом освещении. С-Петербург. : 2011.

76. *Попович* (*Прп. Иустин*). Достоевский о Европе и Славянстве. Санкт-Петербург. : Издательский дом«Адмиралтейство», 1998.

77. *Пустовоит П. Г.* "Роман И. С. Тургенева Отцы и дети и идейная борьба 60 – х годов XIX века". Москва. : 1960.

78. *Радек Л. К.* Герцен и Тургенев: литературно-эстетическая полемика. Кишинев. : Штиница. 1984.

79. *Розанов В. В.* Собрание сочинений. Том 4 (О писательстве и писателях). Москва. : Республика, 1995.

80. *Розанов В. В.* Собрание сочинений. Том 7 (Легенда о Великом Инквизиторе Ф. М. Достоевского. Литературные очерки. О писательстве и писателях). Москва. : Республика, 1996.

81. *Розанов В. В.* Литературные изгнанники: Воспоминания. Письма. Москва. : Аграф, 2000.

82. *Руткевич Алексей.* Что такое консерватизм? Москва-Санкт-Петербург. : Раритет-Класска плюс, 1999.

83. *Санькова С. М.* Государственный деятель без государственной должности: М. Н. Катков как идеолог государственного национализма. Санкт-Петербург. : Нестор, 2007.

84. *Санькова С. М.* Михаил Никифорович Катков в поисках места

(1818—1856). Москва.: АПК и ППРО, 2008.

85. *Сапронов П. А.* Путь в ничто: очерки русского нигилизма. Санкт-Петербург.: 2010.

86. *Сементковский Р. И.* М. Н. Катков. его жизнь и литературная деятельность, Санкт-Петербург.: 1892.

87. *Соловьёв В. С.* Сочинения в двух томах. Второе издание. Том 2. Москва.: «Мысль», 1990.

88. *Сохряков Ю.* Творчество Ф. М. Достоевского и русская проза XIX века (70—80-е годы). Москва.: ИМЛИ (Институт мировой литературы им. А. М. Горького) РАН, 2002.

89. *Спиваковский Е. И.* Достоевский: Судьбы России (Идеи-загадки-дискуссии). Москва.: ИНИОН (Институт научной информации по общественным наукам) РАН, 2003.

90. *Старыгина Н. Н.* Русский роман в ситуации философско-религиозной полемики 1860—1870-х годов,Москва.: 2003.

91. *Твардовская В. А.* Идеология пореформенного самодержавия (М. Н. Катков и его издания), Москва.: Наука,1978.

92. *Терёхин В. И.* Утаённые русские писатели. Москва.: Знак. 2009.

93. *Тихонова Е. Ю.* В. Г. Белинский в споре со Славянофилами. Москва.: УРСС, 1992.

94. *Фаресов А. И.* Против течений: Н. С. Лесков . его жизнь, сочнения, полемика и воспоминания о нём. С-Петербург.: 1904.

95. *Шелгунов Н. В.* Литературная критика . Ленинград.: Художественная литература.

96. *Шкловский В.* За и против: Заметки о Достоевском. Москва.: Советский писатель, 1957.

97. *Шкловский В.* Избранное в двух томах. Москва.: Художественная литература, 1983.

98. *Энгельгарт Б. М.* Избранные труды. СПб.: Издательство Санкт-Петербурского университета, 1995.

二、英 文

99. Aileen M. Kelly. *Toward Another Shore: Russian Thinkers Between Neces-*

sity and Chance. Yale University Press, 1998.

100. Aileen M. Kelly. *Views from the Other Shore: Essays on Herzen, Chekhov, and Bakhtin*. Yale University Press, 1999.
101. Arthur E. Adams. *Imperial Russia after* 1861. D. C. Heath and Company. 1965.
102. Carter Stephen K. *The Political and Social Thought of F. M. Dostoevsky*. Garland Publishing, Inc. , 1991.
103. Cattaeu, Jacques. *Dostoyevsky and the Process of Literary Creation*. Cambridge University Press, 1989.
104. Charles A Moser. *Antinihilism in the Russian Novel of the* 1860's. Mouton & Co. the Hague, 1964.
105. Charles A Moser. *Esthetics as Nightmare: Russian Literary Theory* 1855—1870. Princeton University Press,1989.
106. Charles A Moser. *The Cambridge History of Russian Literature*. Revised edition. Cambridge University Press, 1992.
107. Charles A. Moser. *Pisemsky: A Provincial Realist*. Havard university press, 1969.
108. Edward Acton. *Alexander Herzen and the Role of Intellectual Revolutionary*. Cambridge University Press, 2008.
109. Frank, Joseph. *Dostoevsky: a writer in his time*. Princeton University Press, 2010.
110. Freeborn, Richard. *the Russian Revolutionary Novel: Turgenev to Pasternak*. Cambridge University Press, 1982.
111. Gerstein, Linda. *Nikolai Strakhov*. Harvard University Press. 1971.
112. Gleason, Abbott. *Young Russia: the Genesis of Russian Radicalism in the* 1860*s*. The University of Chicago Press. 1980.
113. Hudspith Sarah. *Dostoevsky and the Idea of Russianness: A New Perspective on Unity and Brotherhood*. Routledge Curzon, 2004.
114. Jackson, Robert Louis, Ed. *A New Word on the Brothers Karamazov*. Northwestern University Press, 2004.
115. Jackson, Robert Louis. *Dialogues with Dostoevsky: the Overwhelming Questions*. Stanford University Press, 1993.

116. Jones, Malcolm V. and Robin Feuer Miller. *The Cambridge Companion to the Classic Russian Novel.* Cambridge University Press, 1998.

117. Katz, Martin. *Mikhail Katkov: a political biography.* 1818—1887. Mouton & Co, 1966.

118. Leatherbarrow, William J. *The Cambridge Companion to Dostoevskii.* Cambridge University Press, 2002.

119. Masaryk, T. G. *The spirit of Russia: studies in history, literature and philosophy.* Vol. 1—3. George Allen & Unwin Ltd, 1955.

120. Miller, Robin Feuer. *The Brothers Karamazov: Worlds of the Novel.* Twayne Publishers, 1992.

121. Mirsky, D. S. *A history of Russian Literature: From its Beginnings to* 1900. Alfred A . Knopf, 1958.

122. Murav, Harriet. *Holy Foolishness: Dostoevsky's Novels and the Poetics of Cultural Critique.* Stanford University Press, 1992.

123. Peter C. Pozefsky. *the Nihilist Imagination: Dimitrii Pisarev and the Cultural Origins of Russian Radicalism* (1860—1868). Peter Lang. 2003.

124. Pipes, Richard. *Russian Conservatism and its Critics: a Study in Political Culture.* Yale University Press, 2005.

125. Seduro, Vladimir. *Dostoyevski in Russian Literary Criticism* 1846—1956. Columbia University Press, 1957.

126. Thaden E. C. *Conservative Nationalism in Nineteenth-Century Russia*, University of Washington Press, 1964.

127. Victor Terras. *Reading Dostoevsky.* University of Wisconsin Press, 1998.

128. Victor Terras. *A History of Russian Literature.* Yale University Press, 1991.

129. Walicki, Andrzej. *A History of Russian Thought: from Enlightenment to Marxism.* Stanford University Press, 1979.

130. Walicki, Andrzej. *The Slavophile Controversy: history of a conservative utopia in nineteenth-century Russian thought.* University of Notre Dame Press, 1989.

131. Wayne Dowler. *Dostoevsky, Grigorev, and Native Soil conservatism.* U-

niversity of Toronto Press. 1982.

三、中 文

132. [俄]Вл. 索洛维约夫等编著:《俄罗斯思想》,贾泽林等译,杭州:浙江人民出版社,2000 年。
133. [俄]M. A. 普罗托波波夫等著:《别林斯基、杜勃罗留波夫、皮萨列夫、冈察洛夫》,翁本泽译,郑州:海燕出版社,2005 年。
134. [俄]H. O. 洛斯基:《俄国哲学史》,贾泽林等译,杭州:浙江人民出版社,1999 年。
135. [俄]安娜·陀思妥耶夫斯卡娅:《相濡以沫十四年》,倪亮译,上海:上海译文出版社,1993 年。
136. [俄]巴纳耶夫:《群星灿烂的年代》,刘敦健译,上海:上海译文出版社,1995 年。
137. [俄]巴纳耶娃:《巴纳耶娃回忆录》,蒋路等译,上海:上海译文出版社,1981 年。
138. [俄]别林斯基:《文学论文选》满涛、辛未艾译,上海:上海译文出版社,2000 年。
139. [俄]车尔尼雪夫斯基:《文学论文选》,辛未艾译,上海:上海译文出版社,1998 年。
140. [俄]德·米尔斯基:《俄国文学史》(上、下),刘文飞译,北京:人民出版社,2013 年。
141. [俄]杜勃罗留波夫:《文学论文选》,辛未艾译,上海:上海译文出版社,1984 年。
142. [俄]弗·谢·索洛维约夫等:《精神领袖:俄罗斯思想家论陀思妥耶夫斯基》,徐振亚等译,上海:上海译文出版社,2009 年。
143. [俄]弗里德连杰尔:《陀思妥耶夫斯基的现实主义》,陆人豪译,合肥:安徽文艺出版社,1994 年。
144. [俄]冈察洛夫、屠格涅夫、陀思妥耶夫斯基、柯罗连科:《文学论文选》,冯春编选,上海:上海译文出版社,1997 年。
145. [俄]冈察洛夫:《悬崖》(上、下),翁文达译,上海:上海译文出版社,1983 年。
146. [俄]高尔基:《俄国文学史》,缪灵珠译,上海:上海译文出版社,1979 年。

147. [俄]高尔基:《论文学》,孟昌等译,北京:人民文学出版社,1978年。
148. [俄]高尔基:《论文学》续集,冰夷等译,北京:人民文学出版社,1979年。
149. [俄]格奥尔基·弗洛罗夫斯基:《俄罗斯宗教哲学之路》,吴安迪等译,上海人民出版社,2006年。
150. [俄]格罗斯曼:《陀思妥耶夫斯基传》,王健夫译,北京:外国文学出版社,1987年。
151. [俄]赫尔岑:《赫尔岑论文学》,辛未艾译,上海:上海文艺出版社,1962年。
152. [俄]柯罗连科:《文学回忆录》,丰一吟译,北京:人民文学出版社,1985年。
153. [俄]列宁:《论文学与艺术》,中国社会科学院文学研究所文艺理论研究室编,北京:人民文学出版社,1983年。
154. [俄]列斯科夫:《大堂神父》,陈馥译,北京:外国文学出版社,1984年。
155. [俄]列斯科夫:《中短篇小说选》,多人译,北京:外国文学出版社,1985年。
156. [俄]留利科夫编:《残酷的天才:回忆陀思妥耶夫斯基》(上、下册),翁文达等译,上海:上海译文出版社,1989年。
157. [俄]卢那察尔斯基:《论俄罗斯古典作家》,蒋路译,北京:人民文学出版社,1962年。
158. [俄]卢那察尔斯基:《论文学》,蒋路译,北京:人民文学出版社,1983年。
159. [俄]尼·别尔嘉耶夫:《陀思妥耶夫斯基的世界观》,耿海英译,桂林:广西师范大学出版社,2008年。
160. [俄]皮谢姆斯基:《陪嫁:一千名农奴》,斯庸译,北京:外国文学出版社,1989年。
161. [俄]皮谢姆斯基《在漩涡中》,陈淑贤等译,北京:外国文学出版社,1987年。
162. [俄]普列汉诺夫:《普列汉诺夫美学论文集》(2卷本),曹葆华译,北京:人民出版社,1983年。

163. [俄]屠格涅夫:《屠格涅夫全集》,第12卷:书信,张金长等译,石家庄:河北教育出版社,2000年。
164. [俄]屠格涅夫:《屠格涅夫选集》(11种),北京:人民文学出版社,1993年。
165. [俄]屠格涅夫:《文论·回忆录》,张捷译,石家庄:河北教育出版社,1994年。
166. [俄]陀思妥耶夫斯基:《陀思妥耶夫斯基论艺术》,冯增义等译,桂林:漓江出版社,1988年。
167. [俄]瓦·瓦·津科夫斯基:《俄国哲学史》(上下),张冰译,北京:人民出版社,2013年。
168. [俄]瓦·瓦·罗扎诺夫:《陀思妥耶夫斯基启示录——罗扎诺夫文选》,田全金译,上海:华东师范大学出版社,2013年。
169. [俄]沃罗夫斯基:《论文学》,程代熙等译,北京:人民文学出版社,1981年。
170. [俄]亚·雷巴索夫:《冈察洛夫传》,吴开霞等译,哈尔滨:黑龙江人民出版社,1987年。
171. [美]雷纳·韦勒克:《近代文学批评史》第4卷,杨自伍译,上海:上海译文出版社,2009年。
172. [英]Isaiah Berlin:《俄国思想家》,彭淮栋译,台北:联经出版事业公司,1987年。
173. [英]以赛亚·伯林:《俄国思想家》,彭淮栋译.南京:译林出版社,2011年。
174. 陈燊主编:《陀思妥耶夫斯基全集》(22卷),石家庄:河北教育出版社,2010年。
175. 多人:《回忆陀思妥耶夫斯基》,多人译,北京:人民文学出版社,1987年。
176. 俄罗斯科学院高尔基世界文学研究所集体编写:《俄罗斯白银时代文学史》1—4卷,谷羽等译,兰州:敦煌文艺出版社,2006年。
177. 季明举:《艺术生命与根基:格里高里耶夫"有机批评"理论研究》,北京:中国文联出版社,2005年。
178. 刘宁主编:《俄国文学批评史》,上海:上海译文出版社,1999年。
179. 徐凤林编:《俄国哲学》,北京:商务印书馆,2013年。

主要人名索引

后　记

不经意间，这将是我执教的第十个年头了，本书也将成为我的第二本专著。十年前的此时，我正枯坐于北京四环外的某小屋，为博士论文殚精竭虑，夜不能寐。十年后的今天，我依然为又一本书稿绞尽脑汁。也许十年间发生了许多，我个人也改变了许多，但始终不变的是一种压力，来自学术的压力。我一直疑惑的是：以我这样一名出身外语系的人，是否适合到中文系去工作。来苏州大学十年，眼看周围同事每年发表三五篇甚至更多的成果，自己费尽心机却也不过两三篇，老实说，我觉得惶恐。我想，这恐怕不仅是我，也是很多青年教师的感受吧？

这是一个讲究效率的时代，媒体上充斥着“加快……”“提高……”之类的词句，生活中从动车到高铁，甚至磁悬浮列车，无不在向世界宣告我们引以为豪的“中国速度”。从学术的层面上说，“板凳坐得十年冷，文章不写一朝空”似乎已经成为遥远的过去，成为某种陈词滥调，不再提起。“出名要趁早”反而成了许多初涉学界者的指导思想。于是乎，年轻学人或兢兢业业，以健康为代价换来短暂的成名，也留下无尽的遗憾；也有人“另辟蹊径”，鼠标刷刷点点做起了文抄公，倒也能名噪一时。我没有能力去细究“谁之罪”的问题，我只想回答自己该“怎么办？”本书的写作过程事实上也是我尝试回答这个问题的过程。

2006 年博士论文出版之后，我赴南京师范大学文学院从事博士后研究，入站时便报了“陀思妥耶夫斯基与俄国反虚无主义小说”这一题目。随着 2007 年国家社科基金项目申报的成功，我的博士后报告也相应发生一些变化，由陀思妥耶夫斯基这个点扩展到俄国反虚无主义小说研究这个面。之后，中国博士后科研基金一等资助及特别资助两个项目的获得更令这个研究从作品本身扩展到理论。这样的结果，一方面固然使俄国反虚无主义小说研究显得更为全面,但显然也大大增加了其难度。每天起床,面对的是堆积如山的俄文及英文书籍,从屠格涅夫、陀思妥耶夫斯基到格里戈里耶夫、斯特拉霍夫,所有这些反虚无主义的小说或者批评,作品尚能有些中译本可寻,理论作品则基本上以原文为主,而且由于苏联时期的意识形态关系,很多作品只有帝俄时期的版本,甚为难觅。从研究状况而言,国内极少有人涉猎"俄国文学中的反虚无主义"这一话题。研究的难度本身便证明了课题的价值之所在,也更坚定了我要做下去的决心。2012 年下半年到 2013 年上半年,我申请了国家留学基金委的赴俄访学项目,在莫斯科大学语文系做了一年的访问学者。期间不但搜集了尽可能多的相关材料,阅读了一批十月革命前的反虚无主义小说文本,也与莫斯科大学、别尔哥罗德大学、奥廖尔大学等一批专家学者建立了巩固的学术联系,从而为本研究的顺利完成奠定了基础。此外,泛舟莫斯科湖畔、行走于阿尔巴特老街、在大剧院听歌剧、在斯坦尼看芭蕾,所有这些都给我留下了美好的回忆,也为本研究的进行增添了诸多感性体验。

我自认不是一个特别聪明的人,对于未来也没有什么更高的打算。人文科学研究是个清贫又寂寞的职业,即便是那些今天高高在上的权威们,多半也曾有过发奋苦读的积累时期。年岁的增长使我多少学会了淡定。我想,学术研究尤其是文科的研究,必须要有自己的节奏,一步步慢慢来,无须刻意去追逐流行。由于众所周知的原因,俄罗斯至今仍是我们十分关注的对象,每一本关于俄罗斯的书出来,都会成为读书界的热点话题(尤其是涉及"古拉格""知识分子"这样的主题)。然而当前的俄罗斯文史哲研究又是相对薄弱的。仅以文学研究为例,据笔者的粗略统计,中国知网上从 2000 到 2013 年的外国语言文学下属的俄语语言文学专业博士论文有 129 篇,其中属于文学研究的仅 29 篇,其余皆为语言学或国情学研究。中国语言文学下属的比较文学与世界文学专业博士论文共计 455 篇,以俄国文学为研究对象的仅有 12 篇。在这 41 篇中,研究纳博科夫的就有 4 篇,其余则是契诃夫、佩列文等经典或新潮作家研究。对于 21 世纪以来俄国思想界重新发掘出的一批小说家、文学批评家,对于 17、18 世纪的俄罗斯古典文学研究,国内的专门研究还很少见,有的甚至是一片空白。上述统计自然谈不上精确,但聊作参考也还胜任。博士论文选题是一位学者走上学术研究的起点,如何使之具有可持续研究的性质,这是我们需要思考的问题。经典作家研究,材料众多,要想创新很难;文学热点、新锐作家固然能吸引读者的眼球片刻,但究竟能否经受住时间考验,也是一个问题。这些年的阅读经验告诉我:对于文科来说,古典的一样可以是前沿的。传统印象中的“普希金—果戈理—屠托陀—契诃夫”这样的十九世纪俄国文学图景，是不是可以再丰富一些？俄国文学批评除“别车杜”之外，是不是还有其他人？否则，别车杜与谁去笔战呢？

需要指出的是，反虚无主义文学研究是一个很大的范畴，随着俄国本土资料的不断发掘和更新，目前更呈现出其蓬勃发展的趋向。本书所列举并分析的几位作家、批评家虽有其各自代表意义，但并不能涵盖其全部。严格来说，拙著只是国内研究反虚无主义文学的一个初步尝试，必然存在着一些不足。笔者以为，其意义更多在于为读者介绍十九世纪俄国文学的另一面，并希望抛砖引玉，吸引更多的同行参与到十八、十九世纪俄国文学的研究中来。另外，由于本人资质愚钝，所在文学院又无同事、学生通晓俄语可施援手，虽尽心尽力，但疏漏之处必然不少，尚祈方家指正。

每本书的后记，除了抒发感慨之外，自然也免不了致谢。国人于情感方面历来含蓄，不似老外将致谢置于扉页，唯恐别人不知他爹妈妻女。不过我倒是觉得置于最后也好，所谓“save the best for the last”，但愿我的师友们能感受到我由衷的谢意。我的导师——中国社科院荣誉学部委员、外文所吴元迈研究员虽年已八旬，却仍致力于学术，不时关注着我的研究，并对我取得的任何一丁点儿成绩都加以肯定、鼓励。我的另一位导师——南京师范大学外国语学院张杰教授，可以说是改变了我命运的人。没有他热情洋溢的鼓励和指点，当年懵懂无知的我不会走上学术研究这条道路。中国俄罗斯文学研究学会会长、社科院外文所的刘文飞研究员睿智豁达，学识卓著，时常赋予我这个外省知识分子雪中送炭式的帮助。同样是社科院外文所的刘雪岚老师以其豁达和开朗的性格，不时感染着我，让我透过琐碎的生活看到前行的希望。社科院文学所所长陆建德研究员在过去的日子里，也常于百忙中发邮件与我谈天说地，从学术到人生，令我颇受教益。华中师范大学文学院的聂珍钊教授、王树福副教授在本书的撰写过程中给予了很多帮助，我永远记得我跟树福在莫斯科四处找书的经历，那是一段难忘的回忆。北京师范大学外文学院的张晓东副教授是我相识多年的朋友，还专门在杂志上开辟“俄国反虚无主义文学研究”的专栏，推动这方面的研究。

俄罗斯国立别尔哥罗德大学的 П. А. Ольхов 教授是斯特拉霍夫纪念馆的负责人，与他的相识相交让我对斯特拉霍夫的研究有了更充足的底气。国立莫斯科大学语文系的 Г. В. Зыкова 教授是我的进修导师，平时与她探讨交流，获益良多。国立奥廖尔大学的 С. М. Санькова 教授是一位未曾谋面的俄罗斯美女，却寄来了大批卡特科夫的研究材料。国家哲学社会科学规划办公室、国家留学基金委、中国博士后科学基金分别以资助立项的方式为本研究的顺利完成提供了有力的保障，在此表示诚挚的感谢。《俄罗斯文艺》《外国文学评论》《外国文学研究》等刊物，在我研究反虚无主义小说的漫长过程中，陆续发表了我的一些前期成果，不但赋予我继续研究的勇气，也为我与国内外同行的交流提供了极好的平台。

苏州大学文学院的王尧教授、季进教授、方汉文教授在过去的十年里给予了我大量支持，是他们的鼓励和帮助使我逐步成长为一名合格的人民教师。王耘教授、曾一果教授与我同年进入苏大工作，他们的勤奋与多产始终督促着我不敢懈怠。我一直认为，对于一名治学者来说，一个相处愉快的工作环境比什么都重要。我想，我应该庆幸在这个纷繁多变的世界里，能遇到这样一个和谐的圈子，使我静下心来好好做些自己喜欢做的事情。

北京大学出版社的张冰老师与李哲老师亦是我需要重点感谢的对象。没有他们的鼓励、宽容和细心，本书能否以目前这种形式出版，甚至能否出版，尚属未知。

最后要感谢的是家人：年过花甲的父亲和母亲为我分担了大部分的家务；远居越乡的岳父岳母也时常予以各种形式的关注和帮助；妻子则在繁忙的工作之余担负起了指导孩子功课的任务；可爱的女儿则常常告诉我要多运动，不要老坐着打电脑。本书的写作剥夺了许多本可与她一起共度的快乐时光，这是我深以为憾的地方。谢谢你们！

朱建刚

甲午年初春于姑苏城南阳光水榭

图书在版编目（CIP）数据

十九世纪下半期俄国反虚无主义文学研究 / 朱建刚著. —北京：北京大学出版社，2015.4

（国家哲学社会科学成果文库）

ISBN 978-7-301-25518-6

Ⅰ. ①十… Ⅱ. ①朱… Ⅲ. ①俄罗斯文学 – 近代文学 – 文学研究 – 19世纪
Ⅳ. ①I512.064

中国版本图书馆CIP数据核字（2015）第032136号

书　　名　十九世纪下半期俄国反虚无主义文学研究
著作责任者　朱建刚　著
责 任 编 辑　李　哲
标 准 书 号　ISBN 978-7-301-25518-6
出 版 发 行　北京大学出版社
地　　址　北京市海淀区成府路205号　100871
网　　址　http://www.pup.cn　新浪官方微博：@北京大学出版社
电 子 信 箱　pup_russian@163.com
电　　话　邮购部 62752015　发行部 62750672　编辑部 62759634
印 刷 者　北京中科印刷有限公司
经 销 者　新华书店
720毫米×1020毫米　16开本　18印张　310千字
2015年4月第1版　2015年4月第1次印刷
定　　价　65.00 元